JENNIFER WEINER

Jennifer Weiner est née en 1970 en Louisiane. Diplômée de l'université de Princeton, elle est éditorialiste au Philadelphia Inquirer. Elle est l'auteur de *Alors, heureuse ?* (Belfond, 2002). *Chaussure à son pied* (2004) a été adapté au cinéma avec Cameron Diaz sous son titre original, *In her shoes,* par Curtis Hanson. *Crime et couches-culottes* est paru en 2006 aux éditions Belfond.

CHAUSSURE À SON PIED

DU MÊME AUTEUR
CHEZ POCKET

ALORS, HEUREUSE ?
CHAUSSURE À SON PIED
ENVIES DE FRAISES
CRIME ET COUCHES-CULOTTES

JENNIFER WEINER

CHAUSSURE À SON PIED

Traduit de l'américain
par Florence Hertz

BELFOND

Titre original américain :
IN HER SHOES
publié par Atria Books, New York.

By arrangement with Linda Michaels Limited,
International Literary Agents.

Ce livre est une œuvre de fiction. Les noms, les personnages, les lieux et les événements sont le fruit de l'imagination de l'auteur ou utilisés fictivement. Toute ressemblance avec des personnes réelles, vivantes ou mortes, des événements ou des lieux serait pure coïncidence.

ISBN 2-266-15332-3

À Molly Beth

PREMIÈRE PARTIE

CHAUSSURE À SON PIED

1

« Rah ! » gémit le mec – Barry ? Garry ? – un nom de ce genre – en écrasant sa bouche dans son cou et en lui plaquant le visage contre la paroi de la cabine des toilettes.

Mais qu'est-ce que je fais là ? pensa Maggie en sentant ses mains lui remonter la robe jusqu'à la taille. Cela dit, elle avait avalé cinq vodka tonics dans la dernière heure et demie, et elle n'avait plus les idées très claires.

« T'es trop bonne ! » s'exclama Barry ou Garry en découvrant le Tanga que Maggie avait acheté pour l'occasion.

« Donnez-moi le Tanga. En rouge, avait-elle demandé.

— Carmin, avait rectifié la vendeuse de Victoria's Secret.

— C'est ça. En small. Extra small, si vous avez. » Elle avait accompagné sa phrase d'un petit regard hautain pour bien signifier qu'une fille comme Maggie Feller, même si elle prenait le carmin pour du rouge, n'était pas n'importe qui. Elle avait beau avoir lâché la fac et avoir été virée d'un boulot pourri pas plus tard que le jeudi précédent, elle ne se faisait pas de souci. D'accord, elle n'avait à son actif d'actrice qu'une apparition de trois secondes – un bout de hanche gauche – dans l'avant-dernière vidéo de Will Smith. D'accord, elle se débrouillait comme un manche alors que sa sœur Rose était une surdouée qui avait fait du droit, travaillait dans un grand cabinet et vivait dans un appartement de luxe à Rittenhouse Square. N'empêche qu'elle, Maggie, avait un atout majeur, d'une rareté inouïe, envié des foules : un corps de rêve. Un mètre soixante-sept, quarante-huit kilos, entièrement bronzé à la lampe, entretenu, épilé, ciré, hydraté, désodorisé, parfumé : bref, parfait.

Elle s'était fait tatouer une pâquerette au creux des reins, « REBELLE FOR EVER » autour de la cheville gauche, et un gros cœur percé d'une flèche avec le mot « MAMAN » sur le biceps droit. (Elle avait songé à y ajouter la date de la mort de sa mère, mais y avait renoncé car, pour une raison obscure, ce tatouage-là lui avait fait plus mal que les deux autres réunis.) Pour couronner le tout, Maggie faisait du 85-D. Le D en question lui avait été offert par un amoureux marié, et réalisé à grand renfort de sérum physiologique et de plastique, mais peu importait. « C'est un investissement pour mon avenir professionnel », avait-elle déclaré devant la mine catastrophée de son père. Sydelle, sa belle-mère, avait pris un air outré, et sa grande sœur, Rose, avait commenté : « Ah, oui ? Parce que tu as des projets ? » de ce petit ton vachard qui lui donnait l'air d'avoir soixante-dix ans. Maggie ne les écoutait pas. Maggie s'en contrefoutait. Elle avait vingt-huit ans, elle assistait à la dixième réunion des anciens élèves de son lycée, et elle était la plus canon de la soirée.

Tous les yeux s'étaient braqués sur elle à son arrivée au Hilton de Cherry Hill. Robe de cocktail hypermoulante à fines bretelles, et sandalettes à talons aiguilles Christian Louboutin piquées dans la penderie de sa sœur le week-end précédent. Rose avait beau être devenue une baleine, elles avaient toujours la même pointure. Les regards avaient suivi sa lente progression vers le bar. Port de reine, sourire aux lèvres, déhanchement cadencé, bracelets tintinnabulants. Elle avait paradé devant ses anciens condisciples, elle, la fille autrefois méprisée dont on s'était tant moqué, qu'on avait traitée de demeurée. Maggie s'était métamorphosée. Qu'elles bavent, toutes ! Marissa Nussbaum et Kim Pratt, et surtout cette garce de Samantha Bailey avec ses cheveux blondasses et les sept kilos qu'elle s'était collés sur les hanches depuis le lycée. Qu'elles s'en mettent plein les yeux ou, plutôt, que leur lavette de mari à la boule dégarnie se régalent.

« Ah ! Oui ! » gémit Garry la Gargouille en ouvrant son pantalon.

Il y eut un bruit de chasse d'eau dans les toilettes d'à côté.

Maggie oscilla sur ses talons tandis que Barry-ou-Garry visait et manquait son coup à plusieurs reprises. C'est comme si j'étais attaquée par un serpent bigleux, pensa-t-elle avec un ricanement que Barry prit à l'évidence pour un râle de plaisir.

« Ah ! T'aimes ça, hein ? » grogna-t-il en reprenant de plus belle. Maggie étouffa un bâillement en regardant ses jambes ; elle nota avec satisfaction que ses cuisses – musclées par des heures de marche sur le tapis de course, lisses comme du caoutchouc grâce à une toute récente épilation à la cire – ne frémissaient même pas malgré les assauts de Garry. Et le rouge sur ses ongles de pied, qu'elle avait cru trop clair, était finalement parfait.

« Rah… Bon Dieu ! » hurla Garry, la frustration se mêlant à l'extase, comme s'il avait eu une apparition et ne savait pas trop comment l'interpréter. Maggie l'avait rencontré au bar, environ une demi-heure après son arrivée, et il avait tout pour plaire : grand, blond, épaules larges. Rien à voir avec les anciens dieux du stade de ses années de lycée qui étaient devenus bedonnants et à moitié chauves. Et quelle classe ! Il avait donné un pourboire de cinq dollars au barman à chaque commande, même si les boissons étaient gratuites, et il savait parler aux femmes.

« Tu fais quoi dans la vie ? » avait-il demandé. Ce à quoi elle avait répondu, ravie : « Je suis dans le show-business. »

Ce n'était pas entièrement faux. Depuis six mois, elle était choriste dans un groupe, les Biscuits à moustache, spécialisé dans les reprises trash-metal de classiques disco des années 70. Jusque-là, ils n'avaient réussi à se faire engager qu'une seule fois, car le marché n'était pas encore preneur des versions trash-metal de *MacArthur Park*. D'ailleurs, Maggie savait très bien qu'elle n'avait été prise dans le groupe que parce que le chanteur voulait coucher avec elle. N'empêche, c'était déjà un début, un orteil dans la célébrité.

« On n'a pas suivi de cours ensemble, avait remarqué Garry en lui effleurant le poignet du bout des doigts. Je me serais sûrement souvenu de toi. » Maggie avait baissé les yeux en jouant avec une mèche auburn. Valait-il mieux lui glisser sa sandale le long du mollet ou détacher ses cheveux pour laisser tomber ses boucles dans son dos ? Non, elle n'avait pas suivi les mêmes cours que lui. Elle avait passé sa scolarité dans la section « spéciale », en « adaptation », comme on disait poliment, c'est-à-dire dans les classes pour les nuls, les ratés, avec des manuels scolaires à gros caractères qui n'avaient pas la même forme que ceux des autres : plus longs et plus minces. On avait beau les recouvrir, les cacher dans son sac à dos, les autres élèves les remarquaient toujours. Qu'ils aillent se faire foutre, et les jolies pimbêches, et les mecs trop contents de la tripoter à l'arrière de la voiture de leurs parents mais qui l'ignoraient le lundi matin.

« Putain ! » hurla Garry. Maggie ouvrit la bouche pour lui demander de parler moins fort, mais elle vomit un jet de vodka tonic. Avec quelques vieilles nouilles, nota-t-elle en regardant par terre. Ça datait de quand, les nouilles ? La veille ? Elle essayait de se souvenir de son dernier repas quand il lui agrippa les hanches et la fit tourner brutalement pour la mettre face à la porte.

« Argh ! » dit-il en concluant.

Maggie fit volte-face. « Pas sur la robe ! » cria-t-elle.

Garry la regardait comme un idiot, le pantalon baissé. « C'était super ! déclara-t-il d'un air absent. C'est quoi ton nom, déjà ? »

À vingt-cinq kilomètres de là, Rose Feller savourait un secret – un secret qui ronflait étalé sur le dos, un secret qui s'était débrouillé pour faire sauter le drap-housse et envoyer valser trois oreillers par terre.

Appuyée sur un coude, Rose contemplait son amant à la lueur des réverbères qui filtrait à travers les stores, un petit sourire heureux sur les lèvres. Ce sourire, aucun de ses collègues du cabinet d'avocats Lewis, Dommel et Fenick ne le lui avait jamais vu. Son rêve venait de se réaliser, l'espérance secrète de toute une vie : elle avait trouvé un homme qui la regardait comme si elle était la seule femme au monde. Et il était beau. Et encore plus sans ses vêtements. Peut-être pourrait-elle le photographier ? Mais le bruit le réveillerait. Et à qui montrer la photo ?

Elle se contenta de le dévorer des yeux – ses jambes musclées, ses épaules larges, sa bouche, entrouverte pour mieux ronfler. Rose se tourna de l'autre côté, tira la couverture jusqu'à son menton et sourit en se souvenant de la soirée.

Ils avaient travaillé tard sur l'affaire Veeder, un dossier qui l'aurait rasée si l'associé responsable n'avait été Jim Danvers. Elle était tellement amoureuse de lui qu'elle aurait volontiers passé une semaine en sa compagnie à éplucher des documents rien que pour respirer l'odeur de son costume et de son eau de toilette. Huit heures avaient sonné, puis neuf, ils avaient finalement scellé les dernières pages dans la pochette du coursier, et là, il l'avait regardée avec un sourire de jeune premier : « Tu veux aller manger un morceau ? »

Ils étaient descendus au sous-sol du Bec-Fin, avaient bu un verre de vin, puis toute la bouteille, jusqu'à ce que la foule s'en aille, que les bougies se consument et qu'il soit minuit. La conversation s'était soudain tarie. Pendant que Rose cherchait un nouveau sujet – sports, peut-être ? –, Jim lui avait pris la main et murmuré : « Tu sais que tu es très belle ? » Rose avait secoué la tête parce qu'elle en doutait. Personne ne le lui avait jamais dit, sauf son père, une fois, ce qui ne comptait pas vraiment. Dans la glace, elle voyait une fille ordinaire, binoclarde, trop sérieuse, avec une garde-robe convenable – taille 46, cheveux bruns, yeux bruns, sourcils épais et droits, menton un peu en galoche qui lui donnait l'air de se payer la tête des gens.

Malgré tout, elle espérait en secret qu'on lui dirait un jour qu'elle était belle, un homme qui lui détacherait ses cheveux, qui lui enlèverait ses lunettes en la regardant comme si elle était la belle Hélène de la guerre de Troie. C'était surtout dans l'attente de ce moment qu'elle ne mettait pas de lentilles. Et donc elle s'était penchée vers Jim, tremblante, pour mieux profiter des compliments qu'elle mourait d'envie d'entendre. Mais Jim Danvers s'était contenté de lui prendre la main, de payer l'addition et de l'entraîner chez elle.

Là, il lui avait enlevé ses chaussures et sa robe, il l'avait embrassée du cou au nombril et avait passé trois quarts d'heure à lui faire des choses qu'elle n'avait jamais vécues qu'en rêve (et vues une fois à la télé dans *Sex and the City*).

Elle eut un frisson de plaisir, tira la couette sous son nez et se dit que ce qu'elle venait de faire risquait de lui attirer beaucoup d'ennuis. D'abord, son éthique personnelle lui interdisait de coucher avec un confrère (facile, puisque personne ne lui faisait d'avances). Mais, le plus ennuyeux, c'était que les aventures entre collaborateurs et associés étaient formellement interdites par le règlement du cabinet. Ils encouraient de graves sanctions si cela s'apprenait. Lui, il s'en tirerait, mais elle, on la prierait sans doute d'aller voir ailleurs. Elle devrait retrouver du travail, tout recommencer : la pénible tournée des entretiens d'embauche, les heures passées à débiter les mêmes réponses aux mêmes questions : *Avez-vous toujours rêvé d'être avocate ? Dans quel domaine du droit souhaitez-vous vous spécialiser ? Quels atouts pensez-vous pouvoir apporter au cabinet ?*

Chez Lewis, Dommel et Fenick, son entretien avec Jim avait été très différent. Le rendez-vous avait eu lieu par un bel après-midi de septembre, trois mois plus tôt. Elle était entrée dans la salle de réunion, vêtue de son tailleur bleu marine spécial entretiens, serrant contre elle un dossier rempli de brochures de cabinets d'avocats. Après cinq ans chez Dillert McKeen, elle voulait changer d'air, trouver une boîte un peu plus petite où on lui donnerait plus de responsabilités. C'était son troisième entretien de la semaine, et elle avait les pieds en compote dans ses escarpins Ferragamo assortis à sa tenue. Mais, à la vue de Jim Danvers, elle avait oublié ses ampoules et tous les autres cabinets possibles. Elle s'était attendue à un associé type : quarantaine, calvitie, lunettes, bonhomie forcée. Elle avait trouvé Jim de dos devant la fenêtre, et quand il s'était tourné vers elle pour l'accueillir, le soleil avait transformé ses cheveux blonds en couronne dorée. Il n'avait pas quarante ans – trente-cinq à tout casser, avait pensé Rose, à peine cinq ans de plus qu'elle, et à croquer. Ce menton ! Ces yeux ! Le délicieux sillage de lotion après-rasage qui flottait derrière lui ! C'était le genre de mec auquel Rose n'avait jamais pu toucher : ni au collège, ni au lycée, ni à la fac de droit ; toujours le nez dans le guidon, travaillant d'arrache-pied pour décrocher des notes proches de la stratosphère. Quand il avait souri, elle avait aperçu un éclat métallique sur une de ses dents. Une idée folle avait alors surgi à son esprit. Peut-être n'était-il pas parfait, après tout. Peut-être y avait-il de l'espoir…

« Mademoiselle Feller ? » avait-il demandé, et elle avait acquiescé, évitant de parler par crainte d'entendre sa voix trembler. Il lui avait souri, avant de traverser la pièce en trois longues enjambées pour lui serrer la main.

C'est ainsi que tout avait commencé, à ce moment précis : le soleil derrière lui, sa main dans la sienne diffusant en elle une onde de désir. Elle avait éprouvé un sentiment dont elle n'avait jusqu'alors entrevu l'existence que dans les livres, un sentiment auquel elle n'était même pas sûre de croire : la passion. Un amour aussi dévastateur, aussi dévorant que dans les Harlequin, une émotion à vous couper le souffle. Elle avait contemplé la peau soyeuse du cou de Jim Danvers, avec l'envie de la lécher, là, tout de suite.

« Jim Danvers », avait-il annoncé.

Elle s'était raclé la gorge et avait répondu d'une voix rauque et voilée : « Rose… » Merde, c'était quoi son nom de famille, déjà ? « Feller. Rose Feller. Bonjour. »

Le jeu de la séduction avait commencé très lentement : un regard un peu trop soutenu en attendant l'ascenseur, une main qui s'attardait dans le bas du dos, la façon dont il la cherchait du regard durant les réunions entre collaborateurs et associés. Pendant ce temps, elle avait récolté autant d'informations que possible sur lui. « Célibataire », d'après sa secrétaire. « Célibataire impénitent », avait précisé une assistante juridique. « Bourreau des cœurs, avait murmuré une jeune associée en se remaquillant devant le miroir des toilettes. Et il paraît que c'est une affaire. » Rose, rougissante, s'était lavé les mains et avait fui. Elle aurait voulu que Jim n'ait pas ce genre de réputation, qu'il ne soit pas de ceux dont on discute entre femmes. Elle le voulait tout à elle, elle voulait qu'il lui dise et lui répète qu'elle était belle.

Un bruit de chasse d'eau dans l'appartement du dessus. Jim grogna dans son sommeil. Quand il se tourna, elle sentit son pied lui frôler le bas de la jambe. Oh non ! Rose se passa l'orteil le long du mollet pour évaluer l'étendue du désastre. La cata. Elle avait eu l'intention de se raser, depuis un moment même, s'était promis de le faire avant d'aller à son cours d'aérobic, mais elle séchait depuis trois semaines, et elle avait porté des collants au travail tous les jours, et…

Jim se tourna une nouvelle fois et Rose se retrouva tout au bord du lit. Elle songea à l'état de son appartement, honteuse. Trop révélateur. Autant y accrocher une plaque annonçant : « Jeune femme célibataire, seule, fin des années 90 ». Dans le séjour, depuis les haltères jaunes de deux kilos cinq, le sillage de leurs vêtements menait à la cassette de cardio-boxing encore sous Cellophane. Le tapis de course qu'elle avait acheté à la suite d'une résolution de Nouvel An, trois ans plus tôt, était couvert de vêtements de retour du pressing. Il y avait une bouteille de punch aux fruits de la passion à moitié vide sur la table basse, quatre cartons à chaussures de chez Saks empilés près du placard, et une demi-douzaine de romans à l'eau de rose sur la table de nuit. Le désastre, pensa Rose. Comment transformer son appartement avant l'aube pour donner l'illusion qu'il était habité par une fille intéressante ? Y avait-il un grand magasin ouvert toute la nuit qui vendait des coussins et des bibliothèques ? Était-il trop tard pour se raser les jambes ?

Aussi doucement que possible, elle attrapa son téléphone portable et se glissa dans la salle de bains à pas de loup. Amy répondit à la première sonnerie. « Keskiya ? » En bruit de fond, Rose entendit les beuglements de Whitney Houston. Sa meilleure amie regardait *Où sont les hommes* pour la centième fois. Amy n'était pas noire, mais ce n'était pas l'envie qui lui en manquait.

« Tu ne vas pas le croire, murmura Rose.

— Tu t'es fait baiser ?

— Amy !

— Eh ben quoi ? Sinon, pourquoi tu m'appellerais à cette heure ?

— Tu n'as pas tort, répondit Rose en souriant à son reflet dans le miroir. En fait, tu as raison. Et c'était… » Elle fit une pause et sauta de joie. « C'était super ! »

Amy poussa un hurlement de victoire. « Bravo, ma grande ! Qui est l'heureux élu ?

— Jim », souffla Rose.

Amy ne l'en acclama que plus fort.

« C'était incroyable ! confia Rose. C'était… enfin, il est tellement… »

Le signal d'appel retentit. Rose regarda son téléphone, stupéfaite.

« Ben dis donc ! T'en as, du succès ! s'exclama Amy. Rappelle-moi ! »

Rose prit l'appel. Qui pouvait bien lui téléphoner à une heure du matin ? « Allô ? » Elle entendit de la musique, un brouhaha – un bar ou une fête. Elle s'affaissa contre la porte de la salle de bains. C'était Maggie. Quelle surprise…

À l'autre bout du fil, elle entendit une voix juvénile, masculine et inconnue. « Allô ? Vous êtes bien Rose Feller ?

— Oui. Qui est à l'appareil ?

— Euh… je m'appelle Garry.

— Garry ?…

— Ouais. Et, euh… ben, je suis avec votre sœur, là, en fait. Maggie, c'est ça ? »

Au loin, Rose entendit un borborygme d'ivrogne et reconnut sa sœur. « Ma p'tite sœurette ! » Rose fronça les sourcils en se saisissant d'une bouteille de shampooing – « formule spéciale pour cheveux abîmés et sans éclat » – et la jeta sous le lavabo : si Jim restait prendre une douche, il n'avait pas à se trouver nez à nez avec ses petits soucis capillaires.

« Elle, euh… elle est un peu malade. Elle a trop bu, continua Garry, et elle… enfin… je ne sais pas trop ce qu'elle fabriquait, mais je l'ai trouvée dans les toilettes et on a un peu discuté, et puis elle est tombée dans les vapes, et maintenant, elle euh… elle se fait un peu trop remarquer. Elle m'a demandé de vous appeler avant, en fait. Avant de tourner de l'œil, je veux dire. »

Rose entendit sa sœur hurler « J'suis la meilleure ! ».

« Comme c'est gentil de sa part ! ironisa-t-elle en faisant subir un sort identique à sa crème pour peaux à problème et à une boîte de protège-slips. Pourquoi ne la ramenez-vous pas chez elle ?

— C'est que je ne veux pas trop m'impliquer…

— Dites-moi, Garry, commença Rose de la voix qu'elle avait travaillée à la fac pour tirer les vers du nez aux témoins récalcitrants. Quand vous discutiez avec ma sœur dans les toilettes, que s'est-il passé au juste ? »

Il y eut un silence.

« Bien, je ne tiens pas à entrer dans les détails, reprit Rose, mais j'en déduis que, pour reprendre votre expression, vous êtes déjà quelque peu "impliqué". Alors, pourquoi ne la ramenez-vous pas chez elle, comme un gentil garçon ?

— Écoutez, elle ne se sent pas bien, et moi, je suis pressé... J'ai emprunté la voiture de mon frère, il faut que j'aille lui rendre...

— Garry...

— Je peux appeler quelqu'un d'autre ? Vos parents ? Votre mère ? »

Le cœur de Rose se serra. Elle ferma les yeux. « Où êtes-vous ?

— Au Hilton de Cherry Hill. La réunion des anciens élèves. » Clic. Ciao, Garry.

Rose s'appuya de nouveau à la porte de la salle de bains. Retour brutal à la réalité. Ses obligations lui retombaient sur le dos comme un bus du haut d'une falaise. Elle n'était pas le genre de fille dont Jim pouvait tomber amoureux. Elle n'était pas celle qu'elle aurait voulu paraître : une nana heureuse, toute simple, normale, menant une petite vie bien cool. Une fille qui portait des jolies chaussures et n'avait pas d'autre sujet d'inquiétude que de se demander si, cette semaine, l'épisode d'*Urgences* serait une rediffusion. La réalité, c'était la cassette de cardio-boxing qu'elle n'avait pas eu le temps d'ouvrir, ses poils sur les jambes et ses sous-vêtements de bonne sœur. La réalité, surtout, c'était sa sœur, ravissante, déglinguée, malheureuse chronique et totalement irresponsable. Mais pourquoi ce soir ? Pourquoi fallait-il que Maggie lui gâche sa nuit d'amour ?

« Putain, gémit-elle tout bas. Putain de bordel de merde ! » Elle retourna doucement dans la chambre, chercha à tâtons ses lunettes, son pantalon, ses bottines et ses clés de voiture. Elle griffonna un mot pour Jim (« Problème familial, je reviens très vite ») et courut à l'ascenseur, rassemblant son courage pour prendre sa voiture en pleine nuit et voler au secours de sa sœur une fois de plus.

Au–dessus de l'entrée de l'hôtel, une banderole « Bienvenue à la promo de 89 » pendait tristement. Rose traversa le hall – faux marbre et tapis rouge – et entra dans le salon vide qui empestait la fumée de cigarette et la bière. Les tables étaient encore couvertes de nappes en papier rouge et blanc, décorées de pompons en plastique. Dans un coin, un type et une fille qui tenaient à peine debout se pelotaient contre le mur. Rose plissa les yeux pour mieux voir. Ce n'était pas Maggie. Elle se dirigea vers le bar, où un barman en chemise blanche pas très nette rangeait des verres. Elle repéra sa sœur affalée sur un tabouret, vêtue d'une minuscule robe noire bien trop légère pour la saison – pour n'importe quelle sortie en public, d'ailleurs.

Rose hésita et mit au point une stratégie. De loin, Maggie avait l'air en pleine forme. Tout allait bien tant qu'on ne remarquait pas le maquillage dégoulinant et l'odeur d'alcool et de vomi qui émanait d'elle quand on approchait.

Le barman lança un regard compatissant à Rose. « Ça fait une demi-heure qu'elle est là. Je la surveille pour vous. Je ne lui ai donné que de l'eau. »

Trop aimable, pensa Rose. *Et tu étais où, quand elle se faisait violer dans les chiottes ?*

« Merci, se contenta-t-elle de dire en secouant sa sœur par l'épaule. Maggie ? »

Maggie ouvrit un œil et se renfrogna. « Fous-moi la paix », grommela-t-elle.

Rose saisit les bretelles de la petite robe noire et souleva sa sœur de son siège. « Allez, on rentre. »

Maggie posa les pieds par terre, vacilla et assena un bon coup de sandalette argentée dans la jambe de Rose. Une sandalette argentée à talon aiguille Christian Louboutin, nota Rose. Elle les avait convoitées pendant trois mois, puis achetées juste deux semaines plus tôt, et les croyait encore sagement rangées dans leur boîte. Et maintenant, elles étaient aspergées d'un résidu poisseux dont elle préférait ne pas connaître l'origine.

« Dis donc, c'est mes sandales, ça ! protesta-t-elle en secouant sa sœur par les bretelles.

— J't'emmerde ! » brailla Maggie. Elle essaya de se libérer.

« T'exagères ! Je ne les ai même pas encore portées !

— Du calme », intervint le barman, qui espérait visiblement assister à un crêpage de chignon.

Rose l'ignora et emmena sa sœur dehors, la porta pratiquement jusqu'à la voiture, où elle la fit monter à l'arrière.

« Si tu as mal au cœur, préviens-moi un peu à l'avance, recommanda-t-elle en lui bouclant sa ceinture.

— Je t'enverrai un télégramme, marmonna Maggie en sortant un briquet de son sac.

— Ah, non ! Tu ne fumes pas dans la voiture ! » Rose alluma les phares, manœuvra d'une main rageuse et sortit du parking désert. Elle prit la route du pont de Ben Franklin et de Bella Vista, où Maggie louait son dernier appartement en date.

« Non, pas par là !

— Bon, où tu veux aller, alors ? lança Rose, excédée.

— Chez Sydelle, marmonna Maggie.

— Pourquoi ?

— Merde, fais ce que je te dis ! J'ai pas à te raconter ma vie.

— Ben tiens, moi, je ne suis que le chauffeur, on ne m'explique rien. Tu me passes un coup de fil et le taxi rapplique, c'est tout simple.

— Salope ! » lâcha Maggie d'une voix pâteuse.

Sa tête roulait sur le dossier de la banquette dès que Rose tournait le volant.

« Tu sais, dit Rose de son ton moralisateur, on peut très bien aller à une réunion d'anciens élèves sans finir sous la table.

— Mêle-toi de tes oignons ! Tu te prends pour qui ? Une éducatrice spécialisée ?

— On peut tout bêtement retrouver d'anciens camarades, danser, dîner, boire raisonnablement, et porter des vêtements qu'on s'est achetés soi-même au lieu de les piquer dans la penderie de sa sœur… »

Maggie ouvrit les yeux et, avisant la grosse barrette en plastique blanche de Rose, s'exclama : « Tiens, 1994, le retour ! T'as vu comment tu te coiffes ?

— Pardon ?

— Plus personne ne porte des barrettes comme ça.

— Ah, oui ? Alors ça t'ennuierait de me dire comment il faut se coiffer pour aller récupérer sa sœur bourrée en pleine nuit ? La mode en est où, à ce niveau-là ?

— M'en fous, maugréa Maggie en se tournant vers la fenêtre.

— Tu es contente de ta vie ? Te soûler tous les soirs, sortir avec n'importe qui… ? »

Maggie baissa la vitre sans répondre.

« Tu pourrais retourner à la fac, insista Rose. Tu trouverais un travail plus intéressant.

— Pour que je devienne comme toi ? Quel pied ! T'as pas baisé depuis combien de temps ? Trois, quatre ans ? C'est quand, la dernière fois qu'un garçon t'a regardée ?

— Si je m'habillais comme toi, j'aurais tous les admirateurs que je veux, évidemment.

— Faudrait que tu puisses ! Même ta jambe n'entrerait pas dans ma robe !

— Oh, pardon ! J'oubliais… C'est vrai que l'essentiel dans la vie, c'est de faire du XXS. Toi, ça te réussit drôlement bien, à ce que je vois. » Elle klaxonna pour que la voiture qui la précédait accélère. « Tu ne vas pas bien, tu devrais te faire aider. »

Maggie ricana. « C'est ça, et toi, t'es parfaite, c'est bien connu ! »

Rose secoua la tête. Comment clouer le bec à sa sœur ? Quand elle eut trouvé une réplique suffisamment cinglante, Maggie avait déjà fermé les yeux, dodelinant de la tête contre la banquette.

Chanel – le chien de la marâtre Sydelle, un golden retriever – se mit à tourner comme un fou dans le jardin quand Rose gara la voiture dans l'allée. Une lumière s'alluma à l'étage, puis une autre dans l'entrée au moment où Rose attrapait Maggie par les bretelles et la sortait de la voiture.

« Allez, avance », ordonna-t-elle.

Maggie se traîna tant bien que mal jusqu'à la porte de la bizarrerie moderne qu'habitaient leur père et leur belle-mère. Les haies avaient été torturées au sécateur, et sur le paillasson on lisait « Bienvenue aux amis ! ». Rose avait toujours supposé que le paillasson avait été vendu avec la maison, car sa belle-mère n'était pas du genre hospitalier et n'avait pas d'amis. Maggie se pencha, pour vomir, pensa Rose, mais ce n'était que pour récupérer la clé cachée sous une dalle.

« Laisse-moi, maintenant », ordonna Maggie en essayant d'introduire la clé dans la serrure. Elle fit un signe pour chasser Rose. « Merci d'être venue me chercher. Allez, tire-toi. »

La porte s'ouvrit brutalement sur Sydelle Levine Feller, lèvres pincées, visage luisant de crème de nuit, drapée dans son peignoir, les toisant du haut de son mètre cinquante. Malgré ses heures de gymnastique, les milliers de dollars d'injections de Botox et son tout nouveau trait d'eye-liner permanent, Sydelle Levine Feller n'était pas une beauté. Pour commencer, ses yeux étaient tout petits, bruns et ternes ; ensuite, elle avait d'énormes narines – sans doute le chirurgien n'y pouvait-il rien, car Sydelle devait bien s'être aperçue de quelque chose.

« Elle est ivre, remarqua Sydelle, les narines dilatées. Quelle surprise ! » Comme d'habitude, elle dirigeait ses réflexions dans le vide, à une dizaine de centimètres à gauche du visage de ses belles-filles, comme si elle s'adressait à un témoin invisible, tout disposé à prendre son parti. Rose se souvenait de dizaines – non, de centaines – de ces remarques blessantes. *Maggie, applique-toi quand tu fais tes devoirs. Rose, tu as assez mangé.*

« On ne peut rien te cacher, hein ! » commenta Maggie. Rose laissa échapper un ricanement et, un instant, elles se retrouvèrent complices, unies contre leur formidable ennemie.

« Sydelle, je veux parler à mon père, dit Rose.

— Et moi, ajouta Maggie, je veux faire pipi. »

Rose leva la tête et vit briller les lunettes de son père à la fenêtre de la chambre. Sa haute silhouette filiforme et voûtée flottait dans un bas de pyjama trop large et un vieux tee-shirt. Ses fins cheveux gris se soulevaient autour de sa calvitie. *Je n'avais pas remarqué qu'il avait autant vieilli*, pensa Rose. On aurait dit un fantôme. Depuis qu'ils étaient mariés, au fil des ans, Sydelle devenait de plus en plus colorée – rouge à lèvres de plus en plus vif, mèches de plus en plus rousses – tandis que son père pâlissait comme une photo laissée au soleil.

« Hou hou ! Papa ! » appela-t-elle. Il se tourna vers elle et amorça un geste pour ouvrir la fenêtre.

« Laisse, chéri, je m'en occupe ! » cria Sydelle en levant la tête. La phrase était gentille, le ton glacé. Michael Feller interrompit son geste, et Rose devina que l'expression familière de tristesse et d'impuissance revenait sur ses traits. Une seconde plus tard, la lumière s'éteignait et son père disparut.

« Merde, murmura Rose. Papa ! » appela-t-elle de nouveau, pour la forme.

Sydelle secoua la tête. « Non, dit-elle. Non, non, et non.

— Ça, c'est vraiment non de chez non », ricana Maggie.

Rose pouffa de rire, puis reporta son attention sur sa belle-mère. Elle se souvenait de la première fois où Sydelle était venue chez eux. Leur père la fréquentait depuis deux mois et s'était fait beau pour la recevoir.

« Elle est folle de joie à l'idée de vous rencontrer, les filles », avait-il annoncé à Rose, alors âgée de douze ans, et à Maggie, qui en avait dix. Rose avait été éblouie par Sydelle. Elle n'avait jamais vu une femme aussi élégante, avec ses bracelets en or, ses boucles d'oreilles en or et ses sandalettes dorées. Elle avait des mèches cendrées et cuivrées, et ses sourcils très épilés ressemblaient à des parenthèses dorées. Même son rouge à lèvres avait un reflet doré. Rose n'avait détecté que plus tard les aspects moins séduisants du personnage : les coins de la bouche tombants, les yeux marronnasses, les narines béantes comme des tunnels.

Au dîner, Sydelle avait placé la corbeille à pain hors de sa portée.

« Non, merci, pas pour nous ! avait-elle claironné d'un ton maniéré avec un clin d'œil qui se voulait sans doute complice. Nous, les femmes, nous surveillons notre ligne ! » Elle avait fait la même chose avec le beurre. Quand Rose avait eu le tort de vouloir reprendre des pommes de terre, Sydelle l'en avait empêché d'un air pincé. « Il faut vingt minutes à l'estomac pour signaler au cerveau qu'il est rassasié. Tu devrais attendre un peu pour voir si tu as vraiment encore faim. » Son père et Maggie avaient eu de la glace pour le dessert. Rose n'avait eu droit qu'à du raisin. Sydelle, elle, n'avait rien pris du tout. « Je ne suis pas très dessert », avait-elle minaudé. Cela avait donné envie de vomir à Rose... de vomir et d'aller en douce dans le frigo pour se rattraper. Ce qu'elle avait fait plus tard, d'ailleurs.

Maintenant, elle se retrouvait obligée de supplier Sydelle. Tout ce qu'elle voulait, c'était planter Maggie là et courir retrouver Jim... s'il était encore chez elle.

« Je suis navrée, dit Sydelle d'un ton pas navré pour un sou. Si elle a bu, elle n'entrera pas.

— Eh bien, moi, je n'ai pas bu une goutte. Laisse-moi entrer, je veux parler à mon père. »

Sydelle secoua de nouveau la tête. « Tu n'as pas à te sentir responsable de ta sœur », récita-t-elle, répétant comme un perroquet une phrase tirée d'un manuel de psychologie de bas étage. Ou plus probablement d'un simple article, car elle n'était pas grande lectrice.

« Laisse-moi lui parler », insista Rose, même si elle savait fort bien que cela ne servirait à rien.

Sydelle fit barrage devant la porte, comme si Rose et Maggie avaient eu l'intention de forcer le passage. Et Maggie n'y mettait pas du sien non plus.

« Eh ! Sydelle ! T'es superbelle ! » croassa-t-elle en poussant sa sœur pour prendre sa place. Elle dévisagea sa belle-mère. « T'as changé quelque chose, non ? Un lifting du menton ? Un implant dans les pommettes ? Un litre de Botox ? C'est quoi, ton secret ?

— Maggie… » murmura Rose. Elle priait pour que sa sœur se taise. Peine perdue.

« C'est comme ça que tu dilapides notre héritage ? » brailla Maggie.

Sydelle les regarda enfin en face. Rose l'entendait presque penser que sa fille, l'irréprochable Marcia, ne se conduirait jamais de cette façon, elle. Quand Sydelle et leur père s'étaient mariés, Marcia – ou plutôt « Ma Marcia », comme sa mère la désignait toujours – avait dix-huit ans et était en première année à l'université de Syracuse. Ma Marcia faisait un parfait 36. Ma Marcia était une étudiante modèle. Elle avait intégré le club d'étudiantes le plus coté de l'université de Syracuse, décroché son diplôme avec mention, travaillé trois ans comme assistante d'une des plus grandes décoratrices de New York avant d'épouser un multimillionnaire du Web et de se consacrer à ses enfants dans l'élégance d'un huit pièces à Short Hills, qui avait fait l'objet d'un article dans *Maisons et Jardins*.

« Partez ! » ordonna Sydelle. Elle claqua la porte, laissant Maggie et Rose sur le paillasson.

Maggie leva le nez vers la fenêtre de la chambre. Elle semblait espérer que leur père allait leur lancer son portefeuille. Finalement, elle tourna les talons et repartit vers la rue. De colère, elle s'arrêta pour arracher une touffe de buis et l'expédier sur le pas de la porte, où elle atterrit dans un jet de terre et de gravillons. Ensuite, sous les yeux médusés de Rose, elle ôta ses sandalettes malhonnêtement acquises et les lui lança à la figure. « Tiens, les voilà, tes chaussures ! » cria-t-elle.

Rose serra les poings. Dire qu'elle aurait pu être chez elle, au lit avec Jim, au lieu de se retrouver sur une pelouse gelée du New Jersey, à jouer les anges gardiens.

Maggie traversa l'herbe pieds nus et sortit dans la rue en boitillant.

« Où vas-tu ? cria Rose.

— M'en fous, n'importe où ! T'en fais pas pour moi, je vais me débrouiller. »

Elle avait presque atteint le coin de la rue quand Rose la rattrapa. « Viens ! Tu peux venir chez moi. » Au moment où les mots s'échappaient de sa bouche, elle les regretta. Inviter Maggie, c'était ouvrir sa porte à une tornade. Elle l'avait appris à ses dépens cinq ans plus tôt, quand Maggie avait squatté chez elle pendant trois semaines. Lorsque Maggie était là, tout disparaissait : votre argent, votre rouge à lèvres préféré, vos boucles d'oreilles chéries, ainsi que vos chaussures les plus chères. La voiture manquait à l'appel pendant des jours et des jours, et quand elle reparaissait le réservoir était vide et les cendriers débordaient. On ne pouvait plus mettre la main sur un seul trousseau de clés, les vêtements s'évanouissaient dans la nature. Héberger Maggie signifiait désordre, scènes, larmes, disputes et bouderies sans fin. Elle n'aurait plus un instant de paix. Il était même plus que probable, songea-t-elle avec un frisson de désespoir, qu'elle ferait fuir Jim à tout jamais.

« Allez, viens », répéta Rose.

Maggie fit non de la tête, comme une enfant capricieuse.

Rose soupira. « Rien que pour cette nuit. »

En sentant la main de Rose sur son épaule, Maggie fit volte-face. « Non, une nuit, ce n'est pas assez.

— Pourquoi ?

— Parce que je me suis encore fait virer de mon appart, ça te va ?

— Qu'est-ce qui s'est passé ? demanda Rose, non sans se retenir d'ajouter : “encore”.

— J'ai eu un petit problème. »

Un petit problème, Rose l'avait compris depuis longtemps, était le raccourci de Maggie pour décrire les nombreux pièges que lui tendaient ses difficultés d'apprentissage. C'était un vrai handicap, qui la diminuait beaucoup. C'est tout juste si elle arrivait à faire une addition, elle était incapable de calculer les fractions, de trouver son chemin avec un plan et de faire ses comptes. Inutile de lui demander de doubler les doses d'une recette, et si on lui donnait rendez-vous à un point B à partir d'un point A, elle se retrouvait au point K et atterrissait dans un bar où Rose la retrouvait entourée d'une cour d'admirateurs.

« Tant pis, dit Rose. On trouvera une solution demain matin. »

Maggie serra les bras autour d'elle, toute petite, toute frêle et grelottante. Elle aurait vraiment dû devenir actrice, songea Rose. Quel dommage que ce beau talent ne soit exploité que pour soutirer de l'argent, des chaussures et des hébergements temporaires à sa famille.

« Je vais me débrouiller, affirma Maggie. Je n'ai qu'à rester ici jusqu'à ce qu'il fasse jour et puis... » Elle renifla et frotta ses bras. Elle avait la chair de poule. « Je vais trouver un endroit où aller.

— Allez, viens.

— Non, je suis un boulet. Personne ne veut de moi.

— Allez, viens dans la voiture... » Rose tourna les talons et repartit vers l'allée. Bien sûr, Maggie suivit le mouvement. Il y avait des constantes dans la vie, et l'une d'elles était que Maggie avait toujours besoin d'aide et d'argent. Maggie avait toujours besoin de Rose.

Maggie garda le silence pendant les vingt minutes du trajet de retour vers Philadelphie, tandis que Rose essayait de trouver un moyen de cacher à sa sœur le fait qu'il y avait un homme nu dans son lit. « Prends le canapé », chuchota-t-elle une fois dans l'appartement. Elle se dépêcha de récupérer le costume de Jim qui traînait par terre, mais Maggie n'avait pas les yeux dans sa poche.

« Dis donc, chantonna-t-elle, c'est quoi, ça ? » Elle plongea la main dans la brassée de vêtements que Rose serrait dans ses bras, fourragea quelques secondes et en sortit, triomphante, le portefeuille de Jim. Rose voulut le lui reprendre, mais Maggie fut plus rapide. *Voilà, c'est reparti*, songea Rose.

« Rends-moi ça », murmura-t-elle.

Maggie ouvrit le portefeuille. « James R. Danvers, lut-elle beaucoup trop fort. Society Hill Towers, Philadelphie, PA. Bon quartier, à ce que je vois.

— Chut ! fit Rose avec un coup d'œil inquiet à la cloison derrière laquelle James R. Danvers devait sans doute encore dormir.

— 1964 », lut Maggie d'une voix de stentor.

Rose entendit presque grincer les rouages du cerveau de sa sœur tandis qu'elle se livrait à un lent calcul mental.

« Il a trente-cinq ans ? »

Rose lui arracha le portefeuille. « Couche-toi », siffla-t-elle.

Maggie choisit un tee-shirt dans la pile de vêtements qui couvrait le tapis de course et enleva sa robe. « Pas de commentaire », maugréa-t-elle.

« Tu es trop maigre », lâcha Rose, horrifiée par ses clavicules proéminentes et ses côtes saillantes. Sa maigreur squelettique était encore plus terrible en contraste avec ses énormes seins.

« Et toi, tu t'es servie de l'Ab Master que je t'ai offert ? » contre-attaqua Maggie en enfilant le tee-shirt au plus vite avant de se glisser sous une couette jetée sur le canapé.

Rose ne répondit pas. *Qu'elle s'endorme, par pitié*, se dit-elle.

« Ton mec a l'air mignon, concéda Maggie en bâillant. Tu pourrais m'apporter un verre d'eau et deux aspirines, s'il te plaît ? »

Rose grinça des dents mais alla chercher l'eau et les médicaments. Maggie avala les comprimés, vida le verre, puis ferma les yeux sans un merci. Rose pouvait enfin s'éclipser. Dans sa chambre, Jim était toujours couché sur le côté, ronflant doucement. Elle posa la main sur son bras.

« Jim ? » murmura-t-elle. Il ne bougea pas. Elle songea à se coucher près de lui, à tirer le drap sur sa tête et à attendre le lendemain. Elle jeta un coup d'œil sur la porte, puis sur Jim et se rendit compte qu'elle ne pourrait pas. Comment dormir avec un homme nu alors que sa sœur se trouvait dans la pièce voisine ? Elle s'était toujours fait un devoir de donner le bon exemple à Maggie. Coucher avec un homme qui était un peu son patron, ça n'avait rien de reluisant. Et puis, s'il voulait de nouveau faire l'amour ? Maggie les entendrait, ou, pire, elle entrerait et les regarderait en ricanant.

Finalement, elle prit une couverture au pied du lit, attrapa un oreiller par terre et retourna dans le séjour sur la pointe des pieds pour se recroqueviller dans le fauteuil, songeant que dans les annales de la littérature sentimentale, on ne trouvait sans doute nulle part fin plus déprimante à une première nuit. Pourquoi n'était-ce pas elle, au moins, qui dormait sur le canapé ? Pourquoi avait-elle proposé à Maggie de venir ? Ses réflexions furent interrompues par la voix de sa sœur.

« Tu te souviens de Caramel ? »

Rose ferma les yeux. « Oui, dit-elle, très bien. »

Caramel était arrivé au printemps, quand Rose avait huit ans et Maggie, six. Leur mère, Caroline, les avait réveillées tôt. C'était un jeudi matin.

« Il ne faut rien dire à personne, avait-elle chuchoté en leur mettant à la va-vite leur robe de fête, un pull et un manteau par-dessus. C'est une surprise ! »

Elles avaient crié au revoir à leur père, qui prenait encore son café devant les pages financières du journal, avaient filé à travers la cuisine qui était un vrai chantier et étaient montées dans le break. Au lieu de se garer devant l'école, comme tous les matins, Caroline avait continué sans s'arrêter.

« Maman, tu as raté l'entrée ! avait crié Rose.

— Vous n'allez pas à l'école aujourd'hui, chéries, avait roucoulé leur mère par-dessus son épaule. Aujourd'hui, on s'amuse !

— Hourra ! s'était écriée Maggie, qui avait réussi à s'attribuer la place convoitée de l'avant.

— Pourquoi ? » avait demandé Rose, déçue de ne pas aller à l'école. C'était le jour de bibliothèque et elle n'avait plus rien à lire.

« Parce qu'il est arrivé quelque chose de formidable ! » avait expliqué leur mère.

Rose gardait un souvenir très vif de sa mère ce jour-là, de l'éclat qui illuminait ses yeux bruns, du foulard turquoise qu'elle portait autour du cou. Caroline s'était lancée dans une explication fiévreuse. Elle parlait très vite, les mots se télescopaient. « C'est des bonbons, enfin du caramel, sauf que c'est mieux que du caramel, plutôt comme du nougat, vous voyez, les filles ? »

Rose et Maggie firent non de la tête.

« J'ai lu un reportage dans *Newsweek* sur une dame qui faisait du gâteau au fromage blanc... » Caroline prit un tournant sur les chapeaux de roue et pila net à un feu. « Comme tous ses amis adoraient son gâteau, elle en a placé d'abord dans le supermarché de son quartier et puis elle a trouvé un distributeur, et maintenant on vend son cheesecake dans onze États ! Vous vous rendez compte ? »

Un concert de klaxons retentit derrière elles. « Maman, dit Rose, c'est vert.

— Ça va, ça va, fit Caroline en appuyant sur l'accélérateur. Donc, hier soir, j'ai réfléchi. Moi, je ne fais pas de cheesecake, mais le caramel, ça me connaît. Ma mère fait le meilleur caramel de la terre entière, avec des noix et de la guimauve. Alors je l'ai appelée pour avoir la recette, et je ne me suis pas couchée de la nuit. J'en ai fait des tonnes, j'ai même dû retourner acheter des ingrédients deux fois, mais tenez ! » Elle donna un coup de volant pour s'arrêter dans une station-service. Rose remarqua que les ongles de sa mère étaient cassés et brunâtres, comme si elle avait creusé la terre à pleines mains. « Tenez, goûtez-moi ça ! » Elle plongea dans son sac et en tira deux carrés entourés de papier paraffiné. R & M, lut Rose, écrit d'un trait noir qui ressemblait à de l'eye-liner.

« J'ai dû me débrouiller avec les moyens du bord. Évidemment, l'emballage va changer, mais vous m'en direz des nouvelles ! »

Rose et Maggie sortirent le caramel du papier. « C'est bon ! s'exclama Maggie, la bouche pleine.

— Mmmm, miam, fit Rose, étouffée par un gros bout qui lui collait au palais.

— R & M, c'est pour Rose et Maggie ! expliqua leur mère en redémarrant.

— M & R, ça serait mieux, protesta Maggie.

— Où on va ? demanda Rose.

— Chez Lord and Taylor, annonça gaiement leur mère. J'ai d'abord pensé aux supermarchés, bien sûr, mais je me suis dit que c'était plutôt de la confiserie fine, et qu'il valait mieux les placer dans les petites boutiques et les grands magasins.

— Papa est au courant ? demanda Rose.

— Non, on lui fait la surprise ! Enlevez vos pulls et vérifiez que vous avez la figure propre. On se lance dans la vente, les filles ! »

Rose se tourna dans son fauteuil. Elle se rappelait la suite de la journée – la surprise mal dissimulée du directeur quand sa mère avait renversé son sac sur le comptoir de la bijouterie fantaisie, laissant tomber une vingtaine de caramels enveloppés de papier paraffiné et marqués des lettres R & M (et deux M & R que Maggie avait trafiqués dans la voiture.) Leur mère les avait ensuite fait monter au rayon enfants et leur avait acheté à chacune un manchon en poil de lapin. Elles avaient déjeuné au salon de thé de Lord and Taylor, où on leur avait servi de délicieux petits sandwichs au fromage et aux olives, des cornichons pas plus grands que le petit doigt et des tranches de charlotte à la fraise. Leur mère était ravissante : joues roses, yeux étincelants… Ses mains voletaient devant elle tandis que, oubliant de manger, elle leur parlait de ses idées de marketing et du brillant avenir des caramels R & M. « Nous commençons petit, les filles, mais c'est le premier pas qui coûte. » Maggie avait acquiescé, redit à sa mère que ses caramels étaient très bons, et redemandé des sandwichs et de la charlotte. Rose, elle, se taisait. Elle avalait son déjeuner et se demandait si elle avait été la seule à remarquer la gêne du directeur, son air trop poli quand les caramels avaient dégringolé sur le comptoir.

Après le repas, elles étaient allées faire un tour à la galerie marchande. « Vous avez droit chacune à un cadeau, avait décrété leur mère. Tout ce que vous voudrez, absolument n'importe quoi ! » Rose avait demandé un *Alice détective*. Maggie avait réclamé un chien. Leur mère n'avait pas hésité une seconde.

« Un chien, mais bien sûr ! » s'était-elle exclamée d'une voix stridente. Tout le monde les regardait : deux petites filles en robe de fête, leur mère en jupe imprimée de coquelicots rouges avec un foulard turquoise, grande, belle, les bras chargés de sacs, parlant trop fort. « Ça fait longtemps qu'on aurait dû acheter un chien !

— Papa est allergique », avait protesté Rose.

Sa mère ne l'avait pas entendue, ou alors elle n'avait pas eu envie de l'écouter. Elle avait attrapé ses filles par la main et les avait entraînées au pas de course à l'animalerie, où Maggie avait choisi un petit épagneul roux qu'elle avait baptisé Caramel.

« Maman était complètement déjantée, mais on s'amusait avec elle, hein ? fit Maggie d'une voix étouffée.

— Oui, c'est vrai », reconnut Rose. Elles étaient rentrées chargées de paquets, avec Caramel dans une boîte en carton. Leur père était assis sur le canapé, toujours en costume-cravate. Il les attendait.

« Les filles, montez dans votre chambre », avait-il ordonné. Il avait attrapé la main de Caroline pour l'entraîner dans la cuisine. Rose, Maggie et Caramel avaient sagement pris l'escalier. Mais même derrière la porte de leur chambre, elles avaient entendu leur mère hurler. *Mais Michael, c'était une bonne idée ! C'est un excellent projet commercial, il n'y a aucune raison pour que ça ne marche pas, et j'ai seulement acheté quelques cadeaux aux filles ! Je suis leur mère, j'ai le droit ! Je peux bien leur faire manquer l'école une fois de temps en temps, ça n'est pas grave, nous nous sommes bien amusées, Michael. C'est une journée dont elles se souviendront toute leur vie ! Je suis désolée de ne pas avoir téléphoné à l'école pour prévenir, mais tu n'aurais pas dû t'inquiéter, elles étaient avec moi, et JE SUIS LEUR MÈRE JE SUIS LEUR MÈRE JE SUIS LEUR MÈRE...*

« Oh, flûte, souffla Maggie tandis que le chiot se mettait à couiner. Tu crois qu'ils se disputent ? C'est notre faute ?

— Chut ! » Rose prit le chiot dans ses bras. Maggie s'enfonça le pouce dans la bouche en s'appuyant contre sa sœur, et elles se turent pour écouter les cris de leur mère, ponctués de temps en temps par le fracas d'objets qui se cassaient, ainsi que par le murmure de leur père, qui ne semblait capable de dire qu'une seule chose : *Arrête, s'il te plaît.*

« On a pu le garder combien de temps, Caramel ? » demanda Maggie. Rose changea de position dans le fauteuil.

« Une journée, je crois. » Cela lui revenait, maintenant. Le lendemain matin, elle s'était levée tôt pour sortir le chien. Le couloir était tout noir ; la porte de leurs parents était fermée. Leur père était assis seul à la table de la cuisine.

« Ta mère se repose, avait-il annoncé. Tu peux t'occuper du chien ? Tu peux préparer le petit déjeuner pour toi et Maggie ?

— Bien sûr. » Elle avait lancé un long regard à son père. « Est-ce que maman… va bien ? »

Son père avait soupiré, puis remis de l'ordre dans les pages de son journal. « Elle est juste un peu fatiguée, Rose. Elle se repose. Essaie de ne pas faire de bruit pour la laisser dormir. Occupe-toi de ta sœur.

— D'accord. »

Quand elle était rentrée de l'école, le chien n'était plus là. La porte de la chambre de ses parents était encore fermée. Depuis, vingt-trois ans s'étaient écoulés, et elle se sentait encore tenue par sa promesse de s'occuper de sa sœur.

« Il était bon, son caramel, hein ? » murmura Maggie. Dans le noir, on aurait cru entendre l'enfant de six ans d'alors : une petite fille heureuse et optimiste qui avait envie de croire tout ce que lui racontait sa maman.

« Oui, délicieux. Bonne nuit, Maggie », répondit Rose d'un ton assez ferme, elle l'espérait, pour indiquer qu'elle voulait clore la conversation.

Quand Jim Danvers ouvrit les yeux le lendemain matin, il était seul dans le lit. Il s'étira, se gratta puis se leva, s'enroula une serviette autour de la taille et partit à la recherche de Rose.

Par la porte fermée de la salle de bains, il entendit couler de l'eau. Il frappa à petits coups taquins, tout en imaginant Rose sous la douche. La peau de Rose rosie dans la vapeur ; les gouttelettes sur sa poitrine nue…

La porte s'ouvrit et une fille qui n'était pas Rose émergea de la salle de bains.

« Bonjeur », bégaya Jim, entre « Bonjour » et « À qui ai-je l'honneur ? ».

L'inconnue était mince, avec de longs cheveux châtains tirant sur le roux relevés en chignon, un visage délicat en forme de cœur, des lèvres pleines et roses. Elle avait les ongles de pieds vernis, des jambes bronzées très longues, et le bout des seins qui pointait sous le fin tissu de son tee-shirt (on ne pouvait pas ne pas le remarquer). Elle le toisa d'un air ensommeillé. « Ça existe, ce mot ? » demanda-t-elle. Elle avait de grands yeux bruns, très noircis par l'eye-liner et le mascara étalés pendant la nuit – des yeux durs, méfiants, de la couleur de ceux de Rose, mais très différents.

Jim se reprit. « Bonjour. Euh... Rose est dans le coin ? »

L'inconnue désigna la cuisine avec le pouce. « Par là. » Elle s'appuya au mur, et Jim eut soudain conscience qu'il ne portait qu'une serviette autour des reins. La fille plia la jambe pour appuyer le pied à plat sur le mur derrière elle, et l'examina lentement de haut en bas.

« Tu es la colocataire de Rose ? » demanda-t-il au hasard. Il ne savait plus si Rose avait dit qu'elle partageait son appartement.

La fille fit non de la tête juste au moment où Rose arrivait, habillée, chaussures, rouge à lèvres, et deux tasses de café dans les mains.

« Oh ! fit-elle en s'arrêtant si brusquement que le café aspergea ses poignets et le devant de son chemisier. Euh... Vous vous êtes présentés ? »

Jim fit non de la tête. La fille ne dit rien non plus. Elle se contenta de le fixer d'un petit sourire énigmatique.

« Maggie, je te présente Jim. Jim, je te présente Maggie Feller. Ma sœur.

— Bonjour », dit Jim en s'agrippant à sa serviette.

Maggie le salua d'un petit hochement de tête. Ils restèrent tous les trois plantés là, Jim ridicule avec son pagne, Rose avec du café plein les manches, et Maggie les regardant tour à tour pensivement.

« Elle est arrivée hier soir, expliqua Rose. Elle était à une réunion des anciens élèves de son lycée et...

— Tu peux passer les détails, coupa Maggie. Il saura tout quand ma bio officielle sortira.

— Pardon », dit Rose.

Avec un soupir excédé, Maggie tourna les talons et partit la tête haute vers le séjour. « Pardon, répéta

Rose, cette fois à l'intention de Jim. Elle est un peu comédienne. »

Jim hocha la tête. « Attends, ça m'intéresse, mais je te demande juste une minute… » Il indiqua la salle de bains.

« Oh ! Oh… Pardon…

— Ce n'est pas grave », chuchota-t-il en enfouissant son nez dans le cou de Rose. Le picotement de sa barbe de la veille la fit trembler si fort que le reste du café faillit déborder des tasses.

Quand Jim et Rose partirent une demi-heure plus tard, Maggie était retournée se coucher sur le canapé. Un pied nu et un mollet satiné dépassaient de sous la couette. Rose était persuadée qu'elle ne dormait pas. La courbe dorée de la jambe de sa sœur et les orteils aux ongles écarlates n'étaient qu'une mise en scène. Elle entraîna Jim dehors. Maggie lui avait volé ses effets. C'était elle qui aurait voulu jouer le réveil hollywoodien de l'irrésistible maîtresse, regard sensuel, œil noirci et sourire lascif ; au lieu de quoi elle s'était retrouvée reléguée dans le rôle de la soubrette.

« Tu travailles, aujourd'hui ? » demanda-t-il. Elle hocha la tête.

« Ah, la vie de collaborateur…, commenta-t-il plaisamment, j'ai presque oublié ce que c'est que de travailler le week-end… » Il l'embrassa – un baiser sur la joue, rapide et très correct – puis chercha son ticket de parking dans son portefeuille. « Tiens, s'étonna-t-il avec un froncement de sourcils, j'aurais juré que j'avais cent dollars sur moi. »

Maggie ! songea Rose en prenant un billet de vingt dans son portefeuille. Maggie, Maggie, qui me fait toujours payer.

2

C'était le matin. Ella Hirsch, couchée seule au milieu de son lit, fit l'appel de ses petites douleurs et autres tracasseries. Elle commença par sa cheville gauche faiblarde, passa à sa hanche droite mal en point, s'arrêta au ventre, à la fois vide et noué, et remonta lentement, des seins qui rétrécissaient d'année en année jusqu'aux yeux (l'opération de la cataracte du mois dernier avait très bien réussi), puis aux cheveux qu'elle portait longs, contrairement à la mode, et qu'elle faisait teindre d'une chaude couleur auburn – sa seule coquetterie.

Ça ne va pas trop mal, songea Ella. Elle posa d'abord le pied gauche, puis le pied droit avec précaution sur le marbre frais. Ira, son mari, n'avait pas voulu de carrelage. « Trop dur ! avait-il protesté. Trop froid ! » Ils avaient donc fait poser de la moquette. Beige. À sa mort, dès la fin de la Shiva, Ella avait décroché son téléphone, et deux semaines plus tard la moquette avait laissé place à des carreaux de marbre ivoire, très doux aux pieds.

Elle posa les mains en haut de ses cuisses, se balança d'avant en arrière une fois, deux fois, et parvint à s'arracher non sans mal de son immense lit – son deuxième achat post-Ira. C'était le lundi d'après

Thanksgiving, et Golden Acres, « résidence pour seniors actifs », était d'un calme inhabituel : la plupart des seniors actifs passaient les fêtes avec leurs enfants et petits-enfants. Ella aussi avait célébré Thanksgiving à sa modeste manière : elle s'était offert un sandwich à la dinde pour le dîner.

Elle tira le couvre-lit et pensa à sa journée : d'abord le petit-déjeuner, puis le poème qu'elle devait terminer, ensuite elle prendrait le tram jusqu'à l'arrêt de bus, puis le bus pour aller faire ses heures hebdomadaires de bénévolat au refuge pour animaux. Plus tard, elle rentrerait déjeuner et faire la sieste, et se livrerait peut-être à une heure ou deux de lecture ; elle avait déjà enregistré la moitié d'un recueil de nouvelles de Margaret Atwood pour les mal-voyants. Elle dînait tôt – ici, dernier service à 16 heures, avait plaisanté quelqu'un, ce qui n'était que trop vrai – puis elle irait à la soirée cinéma hebdomadaire. Encore une journée stérile, mais aussi remplie que possible.

Jamais elle n'aurait dû accepter de déménager en Floride, même si Ira avait insisté. « Ce sera un nouveau départ », avait-il expliqué. Il avait étalé les brochures sur la table de la cuisine mais elle avait à peine jeté un coup d'œil sur les photos de plages de sable, de vagues, de palmiers, de bâtiments blancs pourvus d'ascenseurs, de rampes pour les fauteuils roulants et de douches à poignées de maintien intégrées. Elle avait seulement pensé que Golden Acres – comme tous les autres ensembles de ce type, d'ailleurs – serait un bon endroit où se cacher. Plus de vieux amis ni de voisins pour l'arrêter à la poste ou à l'épicerie, qui demanderaient, une main bien intentionnée posée sur son bras : *Vous tenez le coup, tous les deux ? Ça fait combien de temps, déjà ?* Elle avait été presque heureuse, avec l'espoir que tout irait mieux s'ils quittaient le Michigan.

Comment deviner que, chez les retraités, tout tournait autour des enfants ? On n'en parlait pas dans les publicités, songea-t-elle, écœurée ; les salons étaient bourrés de photos d'enfants, de petits-enfants et d'arrière-petits-enfants. Toutes les conversations avaient pour objet ce bien sacré entre tous. *Ma fille a adoré ce film. Mon fils a acheté la même voiture. Ma petite-fille a déposé un dossier pour s'inscrire à cette université. Mon fils dit que ce sénateur est un escroc.*

Ella se tenait à l'écart. Elle s'occupait. Refuge pour animaux, hôpital, repas à domicile, rangement des livres à la bibliothèque, étiquetage à la boutique de charité, rédaction d'une chronique dans l'hebdomadaire de Golden Acres…

Ce matin-là, le soleil brillait sur son sol de marbre. Elle s'assit à la table de la cuisine devant une tasse de thé, avec son calepin et son stylo. Elle voulait finir un poème qu'elle avait commencé la semaine précédente. Elle ne se prenait pas pour une grande poétesse, mais Lewis Feldman, le rédacteur en chef de la *Gazette de Golden Acres*, était venu la supplier de le dépanner quand la rédactrice attitrée s'était cassé le col du fémur. La date de remise était le mercredi et elle voulait se garder le mardi pour la relecture.

Et même si je suis vieille était le titre qu'elle avait retenu. « Et même si je suis vieille, commençait le poème, Que je marche à pas comptés/Qu'après midi je sommeille/Sous mes cheveux enneigés… »

Elle n'était pas allée plus loin. Elle prit une gorgée de thé et réfléchit. Et même si je suis vieille… quoi ?

« JE NE SUIS PAS INVISIBLE », écrivit-elle en lettres capitales. Elle biffa le vers. Pas parce que c'était faux : elle se sentait disparaître depuis dix-huit ans, comme si on ne l'avait plus vue après ses soixante ans. Les vraies gens – les jeunes – l'ignoraient complètement. Mais « invisible », ça ne donnait pas une rime facile.

Elle écrivit en dessous : « Sachez que je compte encore. » C'était moins tranché… mais pas facile non plus à faire rimer. « Car mes gâteaux sont en or ? » « Car j'entends le tram dehors ? » « Même si grossit mon corps ? »

Tiens, pas mal, ça. Les gens de Golden Acres s'identifieraient. Surtout, pensa-t-elle avec un sourire, sa presque-amie Dora, qui faisait du bénévolat à la boutique de charité avec elle. Dora ne portait que des tailles à élastique et commandait de la crème fouettée avec tous ses desserts. « J'ai passé soixante-dix ans à surveiller ma ligne, commentait-elle en enfournant d'énormes bouchées de gâteau au chocolat, mon Mortie n'est plus là, alors à quoi bon m'inquiéter ? »

« Sachez que je compte encore./Même si grossit mon corps,/Je suis bien là,/Car j'entends tout autour bruire/La rumeur de l'océan… »

Sauf que, pour être tout à fait honnête, les bruits de la vie à Golden Acres se réduisaient au bourdonnement de la circulation, à quelques sirènes d'ambulances et aux disputes des résidents, qui s'accusaient mutuellement de laisser trop longtemps leurs vêtements dans le sèche-linge collectif ou de jeter des bouteilles de plastique dans la poubelle destinée à la récupération du verre. Pas très poétique, tout ça, mieux valait s'en dispenser.

« Mêlant aux rires d'enfants, écrivit-elle, Le soleil et les sourires/La vie qui va. »

Voilà. Ça ne fonctionnait pas trop mal. L'océan n'était même pas trop improbable, puisque Golden Acres était à moins de deux kilomètres de la côte. Le tram y allait. Et Lewis apprécierait « le soleil et les sourires ». Avant d'arriver à Golden Acres, il avait dirigé une chaîne de quincaillerie à Utica, dans l'État de New York, mais il préférait de loin le journalisme. Chaque fois qu'elle le voyait, il avait un crayon rouge coincé derrière l'oreille comme s'il était toujours prêt à changer un gros titre ou à annoter un article.

Ella ferma son calepin et reprit une gorgée de thé. Il était 8 h 30, il faisait déjà chaud. Elle se leva, pensa à la journée chargée qui l'attendait et à la semaine non moins pleine qu'elle avait devant elle. Mais lorsqu'elle retourna dans la pièce principale, elle entendit ce dont elle venait de parler dans son poème : des rires d'enfants. Des garçons, sans doute. Il y avait des cris, des courses-poursuites sur la passerelle devant sa porte, probablement pour attraper les minuscules caméléons qui prenaient le soleil. C'étaient les petits-fils de la voisine, Mavis Gold, qui lui avait annoncé leur visite.

« J'en ai un ! J'en ai un ! » hurla l'un des garçons, presque hystérique. Ella ferma les yeux. Elle aurait dû sortir pour leur dire de ne pas avoir peur de ces petites bêtes qui les craignaient sûrement plus qu'eux. Elle aurait dû leur demander de se taire avant que M. Boehr du 6-B ne sorte en hurlant parce qu'il souffrait d'insomnies.

Au lieu de quoi elle se détourna de la fenêtre pour s'empêcher d'ouvrir les stores et de regarder les enfants. Cela lui ferait trop mal... même si cinquante ans s'étaient écoulés depuis l'enfance de sa fille, et plus de vingt depuis qu'elle avait vu ses petites-filles pour la dernière fois.

Elle serra les dents et alla à la salle de bains. Elle ne voulait pas se torturer aujourd'hui. Elle ne penserait pas à sa fille disparue ni à ses petites-filles qu'elle ne verrait jamais adultes ; elle ne penserait pas à la personne qui lui avait été arrachée, excisée de sa vie aussi nettement qu'une tumeur, sans même une cicatrice à chérir pour l'aider à se souvenir.

3

Rose se demandait de plus en plus si son patron n'était pas un peu barge.

Bien sûr, tout le monde pensait la même chose. Toutes ses copines – Amy en tout cas – se plaignaient sans cesse de leur patron : les exigences démesurées, l'irrespect, les pincements de fesse avinés au pique-nique d'entreprise...

Aujourd'hui, en entrant dans la salle de réunion pour la séance de motivation que Don Dommel avait instaurée les vendredis après-midi, elle dut se rendre à l'évidence : l'associé fondateur le plus excentrique du cabinet n'était pas seulement un original, c'était un fou dangereux.

« Vous tous ! hurla-t-il en frappant du poing un diagramme PowerPoint. Il faut ABSOLUMENT que nous fassions mieux que ça ! Le résultat est acceptable, mais Il FAUT MARQUER DES POINTS ! TRANSPIREZ UN PEU ! Nous devons y mettre toute la gomme, nous hisser au TOP NIVEAU et TENIR LA POLE POSITION.

— Quoi ? » marmonna le jeune avocat assis à la droite de Rose, un rouquin aux cheveux frisés et dont la peau très blanche témoignait de son assiduité au bureau. A priori, il effectuait sa dose prescrite d'heures de travail et sortait très peu. Simon Truc-chose, se rappela Rose.

Elle répondit par un petit haussement d'épaules. Déjà, il ne devait pas y avoir beaucoup de cabinets d'avocats où on organisait des séances de motivation, mais dans combien d'autres boîtes les collaborateurs et associés avaient-ils reçu à Noël des skateboards customisés avec CABINET DOMMEL peint sur le devant, au lieu des primes habituelles ? Combien d'associés fondateurs faisaient toutes les semaines des discours truffés de métaphores sportives, conclus par la chanson *Aller plus haut* réglée à plein volume ? À ce tarif-là, d'ailleurs, combien de cabinets avaient un hymne fétiche ? Pas des masses, pensa Rose sombrement.

« C'est qui, "Paul" ? » demanda Simon Truc-chouette. Rose haussa encore une fois les épaules et pria, comme chaque semaine, pour que l'œil de Dommel ne tombe pas sur elle. Don Dommel avait toujours été un fondu de sport. Il avait pratiqué le jogging pendant les années 70, s'était donné à fond pendant les années 80 et avait même tenté quelques triathlons avant d'entrer en vol plané dans le monde sans pitié des sports extrêmes, entraînant le cabinet dans son sillage. Don Dommel ne cherchait pas seulement à garder la forme, il voulait être le mec tendance mais pas prise de tête, agressif et supercool à la fois. Don Dommel se la jouait avocat de cinquante-trois ans monté sur planche à roulettes, sans y voir aucune contradiction.

Il s'était fait faire deux skateboards sur mesure et avait déniché un ado qui traînait dans la rue pour qu'il lui apprenne à s'en servir (officiellement, ce coach travaillait au service courrier, mais personne n'avait vu passer l'ombre de ses dreadlocks dans le secteur). Dommel avait fait installer un plan incliné en bois dans le parking souterrain du cabinet, où il passait toutes ses pauses déjeuner, même après s'être cassé le poignet, amoché le coccyx et chopé une entorse qui lui donnait une démarche de travelo pas très doué.

Malheureusement, cela ne lui suffisait pas. Il voulait que tout le cabinet l'imite. Un vendredi matin, Rose avait trouvé dans son casier un polo en Nylon imprimé dans le dos avec son nom de famille et au-dessous les mots « Toujours plus haut ! ». Rose s'était plainte à sa secrétaire. « C'est pas possible, moi qui arrive à peine à mettre un pied devant l'autre avant mon café… » Mais on ne lui demandait pas son avis. Un e-mail général avait annoncé que tous les avocats devraient les porter le vendredi. Ce vendredi, donc, après avoir enfilé à contrecœur son polo par-dessus sa veste de tailleur, elle avait placé son mug sous la machine à café pour découvrir que ce distributeur, comme tous les autres du cabinet, fontaines à eau comprises, ne donnait plus que du Gatorade. Une boisson qui, à en croire la composition, ne contenait pas de caféine. Par conséquent, parfaitement inutile en ce qui la concernait.

Elle était coincée au milieu du troisième rang, boudinée dans son polo en Nylon, à siroter une boisson tiédasse pour sportifs en rêvant de café.

« Psitt », murmura Simon, tandis que Dommel interpellait un pauvre collaborateur de première année terrorisé. (« VOUS ! VOUS VOULEZ VRAIMENT ALLER PLUS HAUT ? »)

« Quoi ? » demanda Rose tout bas.

Simon lui fit un clin d'œil exagéré et ouvrit un sac en papier marron. Rose flaira une odeur de café et l'eau lui monta à la bouche. « T'en veux ? » murmura-t-il.

Elle hésita, jeta un coup d'œil autour d'elle, se dit que ça ne se faisait pas de boire dans le gobelet des autres, mais, si elle n'avait pas sa dose de caféine, elle ne tiendrait pas la journée. Elle prit le café, se baissa pour se cacher et en but une gorgée.

« Merci ». Il lui adressa un petit signe de complicité juste au moment où le regard d'épervier de Don Dommel fondait sur lui.

« VOUS ! hurla Dommel. QUEL EST VOTRE RÊVE ?

— Mesurer deux mètres cinquante », répondit Simon du tac au tac. Un fou rire s'amorça à l'arrière de la salle. « Et devenir champion de basket chez les Sixers. » Le rire s'amplifia. Don Dommel se tenait au milieu de l'estrade, interloqué, comme si son public s'était transformé en un troupeau de zèbres. « Je ne tiens pas à la place de meneur, en revanche ça ne me gênerait pas de jouer en défense, continua Simon. Mais si mon rêve ne doit pas se réaliser, j'aime autant être un bon avocat. »

Rose gloussa. Don Dommel ouvrit la bouche, la referma, puis se lança dans une grande envolée : « VOILÀ ! C'est EXACTEMENT ce que je vous demande. Je veux que vous ayez tous cette MENTALITÉ DE GAGNANT ! »

Rose avait retiré son polo et l'avait enfourné dans son sac avant que la bouche du patron se referme.

« Tiens, dit Simon en lui tendant son reste de café. J'en ai dans mon bureau, tu peux le garder.

— Ah ! Merci ! » fit Rose en s'en emparant tandis qu'elle scrutait la foule dans l'espoir d'intercepter Jim. Elle le trouva devant le bureau de la réceptionniste.

« De plus en plus fort, commenta-t-elle.

— Allons dans mon bureau pour en discuter, si vous voulez », dit-il au cas où on les écouterait, avec un sourire salace que personne ne pouvait voir. Il ferma la porte et la prit dans ses bras.

« Hum… Ça ne sentirait pas le 100 % arabica ? demanda-t-il avant de l'embrasser.

— Ne me cafte pas, répondit Rose en lui rendant son baiser.

— Ça serait mal me connaître. » Il la souleva pour l'asseoir sur le bureau. (*Mon Dieu, il va se faire mal !* songea Rose). « Tu n'as rien… », il l'embrassa dans le cou, «… à craindre… », ses lèvres s'égaraient dans l'échancrure de sa veste de tailleur, et ses mains s'attaquaient à ses boutons, «… de moi. »

4

Le lundi matin suivant, Maggie ouvrit les yeux à 11 heures. Rose était déjà partie. Elle alla dans la salle de bains, où elle but un bon litre d'eau puis poursuivit l'inspection détaillée de son nouvel habitat, en commençant par l'armoire à pharmacie. Le placard était si plein qu'on aurait dit que sa sœur s'attendait à devoir dispenser des soins d'urgence à tout Philadelphie.

Il y avait de tout : antalgiques, Alka-Seltzer, trousse de secours agréée par la Croix-Rouge, sirop pour la toux, comprimés contre le rhume, tampons, multivitamines, calcium, fil dentaire, eau oxygénée, quatre brosses à dents neuves. Où était l'eye-liner ? Où étaient le blush et l'anti-cernes dont sa sœur avait tant besoin ? Maggie ne trouva pas trace de maquillage à part un tube de rouge à lèvres à moitié usé. Il n'y avait rien, ce qui rendait assez inexplicable la présence d'un flacon de démaquillant géant. Sans doute Rose se préparait-elle à une attaque surprise du maquilleur fou.

Pour terminer, pas un seul préservatif ou tube de spermicide en vue. L'activité devait être plutôt réduite de ce côté-là, pensa Maggie en prenant une aspirine.

Pas non plus de balance, ce qui n'avait rien de surprenant vu le traumatisme de Rose. Pendant leur adolescence, Sydelle avait scotché un graphique au mur de leur salle de bains. Tous les samedis matin, Rose devait monter sur la balance. Yeux fermés, visage impassible, elle attendait que Sydelle inscrive son poids. Puis leur belle-mère s'asseyait sur les toilettes et l'interrogeait sur ce qu'elle avait consommé pendant la semaine. Maggie entendait encore sa voix doucereuse : *Tu as mangé de la salade ? D'accord, mais il y avait quoi comme sauce dessus ? Elle était sans matières grasses ? Tu es sûre ? Rose, je ne cherche qu'à t'aider. C'est pour ton bien.*

Tu parles, pensa Maggie. Comme si Sydelle s'était intéressée à qui que ce soit d'autre qu'elle-même ou sa fille. De retour dans la chambre, Maggie enfila un pantalon de jogging de sa sœur et continua son inventaire, allant, comme elle se le formulait, à la chasse aux informations.

« Tu es très intelligente », lui avait affirmé Mme Fried à l'école primaire. Mme Fried, avec ses boucles grises et sa poitrine imposante, sa chaînette de lunettes en perles et ses gilets en tricot, avait été sa prof de « développement » (plutôt appelé « rattrapage » par les élèves) à l'école primaire. Elle était très gentille, un peu comme une grand-mère, et l'avait beaucoup soutenue, surtout pendant les premiers mois de son arrivée dans cette nouvelle école, dans ce nouvel État. « Ce qui te rend si intelligente, c'est que tu trouves toujours le moyen de contourner la difficulté. Par exemple, quand tu ne sais pas ce que veut dire un mot, que fais-tu ?

— Je devine ? » avait deviné Maggie.

Mme Fried avait souri. « Disons plutôt que tu te sers de ce que tu sais pour en déduire la signification. Le tout, c'est de trouver des solutions. Les solutions qui te conviennent… » Maggie avait opiné du bonnet, ravie et flattée, car les compliments n'étaient pas chose courante pour elle en classe. « Imaginons par exemple que tu vas à un concert et qu'il y a un gros embouteillage. Que fais-tu ? Tu décides de rentrer chez toi ? De manquer le concert ? Non, avait répondu Mme Fried sans laisser à Maggie le temps de demander qui jouait, pour voir si ça en valait vraiment la peine. Non, tu trouverais un autre moyen d'arriver à destination. Tu es assez intelligente pour y parvenir. » Mme Fried ne s'était pas contentée de lui révéler qu'on pouvait comprendre un mot d'après son contexte, elle lui avait montré bien d'autres astuces : par exemple, comment se tirer d'un calcul en additionnant au lieu de multiplier, comment analyser un paragraphe difficile en entourant le sujet et en soulignant les verbes. Depuis l'école, Maggie avait mis au point toutes sortes d'autres stratégies, telles ses récoltes d'informations. Elle accumulait les observations pour apprendre le plus de choses possible sur les gens, toutes ces choses qu'ils cachaient. L'information était une arme fort utile, pas très difficile à trouver. Au fil des ans, Maggie s'était fait une spécialité des reçus de cartes de crédit, des journaux intimes, des relevés de compte en banque et des vieilles photos. Au collège, elle avait découvert un exemplaire du *Diable au corps* sous le matelas de Rose. Rose lui avait cédé son argent de poche pendant presque un an avant de se dire qu'elle se moquait que sa sœur aille révéler à leur père qu'elle avait corné tous les passages érotiques.

Maggie alla farfouiller dans le bureau de Rose : factures de gaz, d'électricité, de téléphone, d'abonnement au câble, sagement attachées avec des trombones aux enveloppes de règlement, déjà timbrées, prêtes à partir. Elle trouva un reçu de Tower Records, qui lui apprit que Rose avait acheté (pas en solde, en plus) un CD des plus grands succès de George Michael. Maggie l'empocha, persuadée qu'elle en ferait quelque chose, même si elle ne savait pas encore quoi. Un reçu de

Saks pour une paire de chaussures, d'un montant de trois cent douze dollars. Intéressant. Les horaires du club de gym, périmés depuis six mois. Pas très surprenant. Maggie ferma le tiroir et se dirigea vers la penderie, se préparant au pire.

Elle passa en revue le contenu et soupira devant les vêtements noirs et marron, avec quelques pulls gris pour égayer. La-men-table. Des tailleurs fadasses en rang d'oignons, des twin-sets, une petite dizaine de jupes qui devaient toutes lui arriver pile au milieu du mollet, comme si elle les choisissait exprès pour accentuer au maximum l'épaisseur de ses jambes. Maggie aurait pu lui donner un coup de main, mais Rose refusait son aide. Rose pensait que tout allait pour le mieux dans sa vie. Rose s'imaginait que ce n'était pas elle qui avait des problèmes, mais les gens qui l'entouraient.

Quand elles étaient petites, les gens les prenaient souvent pour des jumelles, avec leurs nattes, leurs yeux bruns identiques et leur air insolent. Depuis, de l'eau avait coulé sous les ponts. Rose avait trois ou quatre centimètres et au moins vingt-cinq kilos de plus qu'elle, sinon davantage – Maggie avait même remarqué un léger relâchement au niveau du cou, le début d'un double menton. Mais Rose s'en fichait. Elle avait les cheveux mi-longs et les portait le plus souvent attachés en chignon mal fait ou en queue-de-cheval, ou, encore pire, retenus avec des barrettes en plastique passées de mode depuis cinq ans. À se demander où Rose se les procurait encore !

Maggie repoussa la dernière veste dans la penderie et s'attaqua au plat de résistance : les chaussures. Comme d'habitude, ce qu'elle découvrit l'émerveilla tout en l'écœurant, telle une gamine qui aurait mangé trop de bonbons pour Halloween. Rose, la grosse Rose, Rose la ringarde, Rose qui ne se faisait jamais de peeling, ne se mettait pas de crème sur les mains ni de vernis sur les ongles, Rose avait des dizaines de paires de chaussures fantastiques. De quoi halluciner : chaussures compensées, plates, à talons – aiguilles ou non. Elle trouva des mocassins en daim d'une douceur de rêve, une paire de spartiates Chanel qui ne consistaient qu'en une mince semelle de cuir retenue par quelques rubans et lanières dorées. Des bottes Gucci vernies noires montant jusqu'aux genoux, des bottines Stéphane Kelian couleur cannelle, une paire de bottes de cow-boy rouge vif ornée de piments cousus main sur le côté. Des bottillons lacés Hush Puppies framboise et vert ; des escarpins Sigerson Morrison et des mules Manolo Blahnik. Un modèle Steve Madden un peu sport, encore dans sa boîte de chez Saks, une paire de sandales rétro à talons moyens Prada, blanches avec des pâquerettes collées sur le dessus. Retenant son souffle, Maggie les passa. Comme toujours avec les chaussures de Rose, elles lui allaient à ravir.

Quelle injustice, songea-t-elle en essayant les Prada jusqu'à la cuisine. Où Rose allait-elle trouver l'occasion de porter ces petites merveilles ? À quoi cela lui servait-il ? D'une humeur de chien, elle ouvrit un placard. Farine, riz : rien que du complet. Ce n'était quand même pas la semaine de prévention des maladies du côlon ! Et pas un sac de nachos, de doritos, de cheetos en vue... Elle plongea dans le congélateur, ignora les burgers végétariens, les litres de jus de fruits naturel, les sorbets bio, fouilla jusqu'à dénicher un pot de Ben and Jerry's, caramel et cookies. La glace avait toujours été une valeur refuge pour sa sœur. Maggie s'empara d'une cuillère et retourna s'asseoir sur le canapé. Le journal était ouvert au milieu de la table basse. Elle se pencha et vit les offres d'emploi du jour, aimablement fournies par sa grande sœur, avec un stylo rouge posé à côté. Ben tiens.

Nous voilà bien arrangées, pensa-t-elle, se remémorant l'expression favorite de Mme Fried, qui accueillait toujours ainsi les petits tracas – peinture renversée ou livre perdu.

Jamais Mme Fried n'aurait pu lui prédire une telle déchéance, songea Maggie en mangeant la glace d'une main et en entourant les annonces de l'autre. C'était arrivé si vite qu'elle avait l'impression d'être tombée d'une falaise vers quatorze ans et de ne pas avoir encore terminé sa chute.

La primaire et le collège s'étaient bien passés, se souvint-elle, engloutissant la délicieuse crème glacée (sans s'apercevoir qu'elle avait fait tomber une noix enrobée de chocolat sur ses chaussures). Elle avait dû assister au cours de « développement » trois fois par semaine, mais cela ne lui avait fait ni chaud ni froid, parce qu'elle était la plus jolie de la classe et la plus cool. C'était elle qui avait eu le plus de robes, les plus beaux costumes de Halloween qu'elle fabriquait elle-même, le plus d'idées sur quoi faire à la récré. Après la mort de leur mère et leur emménagement dans le New Jersey, pendant que son père était au travail, que Sydelle partait s'occuper de ses bonnes œuvres et que Rose était bien sûr monopolisée par le club d'échecs ou le groupe de débats, elle avait pu inviter ses copines l'après-midi, dans la maison vide, où il suffisait d'ouvrir le bar pour se servir. Elle s'était fait des tonnes d'amis. À cette époque, Rose était la moche, la pestiférée, la bonne élève ringarde qui se cachait derrière ses grosses lunettes et dont tout le monde se payait la tête.

En fermant les yeux, elle revit une récréation de ses neuf ans. Ce jour-là, elle jouait à la marelle avec Marissa Nussbaum et Kim Pratt quand Rose, alors âgée de onze ans, avait traversé par mégarde un jeu de balle au prisonnier parce qu'elle lisait en marchant.

« Eh ! Dégage ! » s'était écrié un grand de sixième. Rose avait relevé le nez, ahurie. *Bouge-toi de là, Rose,* avait prié Maggie de toutes ses forces pendant que Kim et Marissa gloussaient. Rose avait continué son chemin sans accélérer. Un autre grand avait ramassé le ballon et l'avait jeté sur elle de toutes ses forces. Il avait visé le corps, mais la balle l'avait touchée par-derrière en pleine tête. Ses lunettes avaient été éjectées, ses livres lui étaient tombés des bras, elle avait trébuché et s'était étalée à plat ventre par terre.

Le cœur de Maggie avait cessé de battre. Elle était restée figée, aussi paralysée que le groupe des sixièmes qui se jetaient des coups d'œil coupables, se demandant sans doute si la blague n'était pas allée trop loin, s'ils lui avaient vraiment fait mal, si cela risquait de leur attirer des ennuis. Puis l'un d'entre eux – Sean Perigini probablement, le plus grand des sixièmes – s'était mis à rire. Alors tous l'avaient imité, tous les garçons de sixième et les autres qui regardaient. Rose pleurait, bien sûr. Elle avait essuyé la morve qui lui coulait du nez avec sa main égratignée, puis avait cherché ses lunettes autour d'elle à tâtons.

Maggie n'avait pas quitté ses amies, bien consciente qu'elle aurait dû aller à son secours, mais des pensées cruelles avaient pris le dessus : *Tant pis pour elle, elle n'a qu'à se débrouiller toute seule, on n'a pas idée d'être aussi débile. C'est sa faute !* Et puis Maggie n'avait pas l'habitude d'aider Rose. C'était toujours le contraire. Alors elle avait attendu, une éternité, que Rose retrouve ses lunettes. Quand sa sœur s'était relevée, elle avait vu qu'un des verres était cassé. Rose s'était ensuite baissée pour récupérer ses livres, et… Oh, non ! Le pantalon de Rose était fendu aux fesses, on voyait sa culotte. Une culotte avec des petites poupées qui avait fait hurler de rire tout le monde. *La honte !* avait pensé Maggie avec horreur. *Mais pourquoi elle a mis ça ?*

« Tu vas me les rembourser ! » avait crié Rose à Sean Perigini, brandissant ses lunettes, sans se douter qu'on avait vu sa culotte. Les rires avaient redoublé. Rose avait regardé tout autour d'elle, les yeux plissés pour essayer d'y voir, et elle avait fini par repérer Maggie, entre Kim et Marissa.

Maggie avait compris sa colère et sa souffrance. *Je devrais aller la consoler*, avait murmuré une petite voix dans sa tête. Mais elle n'avait pas bougé. Ce n'était pas sa faute si elle était plus jolie que sa sœur. Ça ne lui arriverait jamais à elle, avait-elle pensé avec mépris tandis que Rose s'essuyait la figure et s'éloignait sous les quolibets. Maggie, elle, n'aurait jamais dérangé une partie de balle au prisonnier, et jamais elle n'aurait mis de culotte avec des poupées. Bien fait pour elle, songeat-elle encore en voyant Rose pousser la porte vitrée et entrer dans le bâtiment, sans doute pour aller se plaindre au directeur.

« Tu crois qu'elle s'est fait mal ? » avait demandé Kim, et Maggie avait rétorqué : « J'y crois pas, c'est quoi, cet engin ? Ça peut pas être ma sœur ! » Kim et Marissa avaient adoré, et Maggie avait ri avec elles, la gorge serrée.

Et puis soudain, aussi vite qu'un ballon qui vous arrive en pleine tête, tout avait changé. Quand, exactement ? Vers la fin de la troisième, entre le collège et le lycée, c'est là que la chance avait tourné.

La descente aux enfers avait commencé par un test d'intelligence. « Ne vous inquiétez pas ! » avait claironné la remplaçante de Mme Fried en troisième. Leur nouvelle prof de « développement » était très laide, maquillée à la truelle, avec une verrue près du nez. Elle avait proposé à Maggie de passer la version non chronométrée du test. « Tu vas voir, ce n'est pas difficile ! » Mais Maggie avait fixé la page de bulles vides qu'elle devait remplir au crayon papier, la mort dans l'âme, comprenant que ça ne serait pas facile du tout. Tu es très intelligente, lui avait affirmé Mme Fried des dizaines de fois. Hélas, Mme Fried n'était plus sa prof. Le lycée, ce serait autre chose. Et ce test – « Pour nos dossiers seulement, les résultats sont confidentiels ! » – lui avait pourri la vie. Elle n'était pas censée voir les résultats, mais la prof avait laissé traîner la feuille sur son bureau et Maggie avait regardé derrière son dos, essayant d'abord de lire à l'envers, puis attrapant carrément la feuille et la tournant vers elle pour se faciliter la tâche. Le commentaire l'avait frappée de plein fouet : « Dyslexique. Troubles de l'apprentissage. » Ils auraient pu aussi bien mettre « foutue à vie ».

« Allons, Maggie, n'en fais pas toute une histoire, avait dit Sydelle après le coup de fil de la prof, rapportant les résultats “confidentiels”. Nous allons te faire prendre des cours particuliers.

— Je n'en ai pas besoin ! » s'était écriée Maggie, ravalant des larmes brûlantes.

Rose, assise dans un coin du salon blanc de blanc, avait levé la tête de son livre. « Ça pourrait t'être utile, tu sais.

— Ta gueule, toi ! Je ne suis pas idiote, Rose, alors la ferme !

— Maggie, était intervenu son père, personne n'a dit que tu étais idiote…

— C'est ce que dit le test ! Eh ben moi, je m'en fiche ! Et d'abord, pourquoi tu lui as tout raconté, à elle ? avait-elle attaqué en montrant Sydelle du doigt. Et à elle ? avait-elle ajouté en désignant Rose. C'est pas leurs oignons.

— Nous voulons tous te venir en aide », avait protesté Michael Feller.

Maggie avait hurlé qu'elle n'avait pas besoin qu'on l'aide, qu'elle se moquait bien de ce test à la con, qu'elle était intelligente, comme le lui avait toujours dit Mme Fried. Non, elle n'avait pas besoin de cours particuliers, non, elle ne voulait pas aller dans une école privée ; elle avait des amis, elle, contrairement à certaines personnes qu'elle ne voulait pas nommer, et surtout, elle préférerait être idiote que laide à faire peur comme l'autre boudin là-bas avec son bouquin. Tant pis si elle était bête, elle s'en fichait.

Mais elle ne s'en fichait pas du tout. Quand elle était entrée au lycée, ses amis étaient tous allés dans les bonnes sections, alors qu'elle avait été mise en classe d'adaptation, sans la gentille Mme Fried pour la rassurer et lui dire qu'elle n'était pas une demeurée, que son cerveau fonctionnait juste un peu différemment des autres, qu'elles allaient trouver ensemble des moyens de surmonter ses difficultés. Elle avait récolté tous les mauvais profs – les ratés en bout de course qui voulaient qu'on leur fiche la paix, comme Mme Cavetti, qui portait des perruques de travers et se mettait trop de parfum, ou Mme Learey qui leur faisait lire des textes en classe et en profitait pour coller d'innombrables photos de ses petits-enfants dans d'énormes albums.

Maggie avait vite compris : on donnait les plus mauvais élèves aux plus mauvais profs pour les punir de mal faire leur métier. Et on fourguait les mauvais profs aux élèves difficiles pour leur apprendre à être pauvres – ou bêtes. Ce qui, dans leur ville de snobs, revenait souvent au même. Eh bien, dans ce cas, si on la considérait comme une punition, elle se conduirait en conséquence. Elle avait cessé d'apporter ses livres en classe et pris à la place un nécessaire à maquillage gros comme une boîte à outils. Elle se faisait les ongles pendant les cours, se passait des couches de vernis pendant les interrogations, répondant toujours par la même lettre : A à un cours, B au suivant. Les profs ne leur donnaient jamais d'autre genre de tests. Quand une vieille bique disait « Maggie, au tableau s'il te plaît », Maggie faisait non de la tête sans quitter des yeux son miroir de poche. « Désolée, j'peux pas, lançait-elle en agitant les doigts, ça sèche. »

Elle aurait dû redoubler, mais les profs la laissaient passer, sans doute parce qu'ils n'avaient aucune envie de la récupérer l'année suivante. Et, tous les ans, ses amis s'éloignaient un peu plus d'elle. Elle avait beau faire des efforts, et Kim et Marissa aussi, finalement le décalage avait été trop grand. Les autres jouaient au hockey sur gazon, devenaient déléguées des élèves, allaient aux cours de préparation à l'examen d'entrée à la fac, visitaient des universités, et Maggie ne suivait pas.

En première, Maggie avait décidé que, si les filles la lâchaient, elle se rattraperait sur les garçons. Elle s'était mise à se faire des chignons de star, et à porter des soutiens-gorge en dentelle à armature qui gonflaient ses chemisiers. Le jour de la rentrée, elle était arrivée avec un jean à taille basse qui lui descendait presque sous les hanches, des bottes en cuir noir à talons hauts et un bustier en dentelle porté sous une veste de l'armée volée à son père. Elle avait du rouge à lèvres, du vernis à ongles, et assez d'ombre à paupières pour crépir un mur. Elle s'était entièrement couvert un bras de bracelets en caoutchouc noir, et attaché les cheveux avec un grand foulard. Inconditionnelle de Madonna dont les clips commençaient tout juste à passer sur MTV, elle copiait son idole dans les moindres détails. Elle lisait toutes les critiques dans les magazines, tous les portraits dans les journaux, et s'émerveillait de sa ressemblance avec la star. Elles avaient toutes les deux perdu leur mère, elles étaient belles, bonnes danseuses, avaient fait des claquettes et du jazz depuis leur plus jeune âge. Elles étaient effrontées et dotées d'un sex-appeal d'enfer. Les garçons tournaient autour d'elle comme des mouches, lui offraient des paquets de cigarettes, l'invitaient à des fêtes sans les parents, lui remplissaient son verre, lui prenaient la main et la conduisaient dans une chambre vide ou à l'arrière d'une voiture en fin de soirée.

Il avait fallu un moment à Maggie pour se rendre compte qu'ils ne la rappelaient jamais, ne l'invitaient pas à sortir, ne la saluaient même pas dans les couloirs du lycée. D'abord elle avait pleuré – la nuit, quand Rose dormait, quand personne ne pouvait l'entendre – et puis elle avait décidé de ne plus s'en faire. Ils n'en valaient pas la peine. Ils s'en mordraient les doigts, dans dix ans, quand elle serait célèbre et qu'ils seraient encore des moins que rien, paumés dans leur petite ville, gros, moches et anonymes, des couilles molles de péquenauds.

C'était ainsi qu'elle avait traversé ses années de lycée, rôdant autour de ses anciennes amies comme un chien qu'on a chassé à coups de pied mais qui revient, attiré par le souvenir des caresses. Elle allait aux fêtes le week-end, buvait de la bière, du vin, fumait des joints ou avalait ce qui lui tombait sous la main ; tout le monde faisait cela, et puis c'était plus facile de se soûler pour imaginer de l'admiration dans le regard des autres.

Et Rose... Non, Rose ne s'était pas métamorphosée comme le vilain petit canard ; elle n'avait pas un beau jour enlevé ses lunettes, confié ses cheveux à un bon coiffeur et gagné le cœur du capitaine de l'équipe de football. Mais elle avait tout de même changé. Ses pellicules avaient disparu, grâce à Maggie, qui avait laissé traîner – pas très subtilement – des bouteilles de Head & Shoulders dans la douche. Elle avait gardé ses lunettes et continué à se ficeler comme l'as de pique, mais elle s'était fait une amie : Amy, qui était, de l'avis de Maggie, tout aussi bizarre que Rose. Rose était une des meilleures de la classe, Rose décrochait des notes excellentes. Maggie trouvait cela nul, mais c'était devenu moins ringard d'être bonne en classe.

« Princeton ! s'était gargarisée Sydelle quand, en terminale, Rose avait reçu sa lettre d'admission. Eh bien, Rose, quelle réussite ! » Elle était même allée jusqu'à lui préparer son dîner favori – poulet frit, petit pain et miel – et n'avait pas ouvert la bouche quand Rose en avait repris. « Maggie, comme tu dois être fière de ta sœur ! » avait-elle commenté. Maggie s'était contentée de lever les yeux au ciel. Il n'y avait vraiment pas de quoi en faire tout un plat. Comme si Rose était la seule fille à réussir malgré la mort de sa mère. Maggie aussi avait perdu sa mère, mais qui en tenait compte ? Personne. On la bassinait tant et plus : les voisins, les profs, tous ceux qui connaissaient sa sœur. « Tu vas nous éblouir, toi aussi ? » Eh bien, non, songea Maggie en entourant d'un gros cercle rouge une annonce demandant une serveuse dans un « restaurant branché du centre-ville ». Elle avait hérité de la beauté, Rose de l'intelligence, et, finalement, sa sœur n'avait pas fait une si mauvaise affaire que ça.

Rose avait donc passé sa licence à Princeton alors que Maggie n'avait suivi que quelques semestres sans enthousiasme à l'université publique près de chez elle. Rose avait ensuite continué à la fac de droit, tandis que Maggie servait des pizzas, gardait des enfants, faisait des ménages ; elle avait laissé tomber son brevet d'hôtellerie quand le prof de cocktails avait essayé de lui fourrer sa langue dans l'oreille après un cours. Rose était quelconque, grosse, mal fagotée, et n'avait jamais eu de mec, sauf peut-être dix minutes à la fac de droit. Et pourtant, c'était elle qui avait un appart mortel (enfin, qui l'aurait été si Maggie avait pu l'arranger à son goût), elle encore qui avait du fric et des amis, elle qu'on respectait. Son mec, Jim Truc-muche, était assez mignon dans le genre semi-ringard, et il avait sûrement de la thune.

Quelle injustice ! pensa Maggie en retournant dans la cuisine. C'était injuste qu'elle ait perdu sa mère. Injuste d'avoir épuisé tout son capital chance avant d'entrer au collège et de ne vivre plus que dans l'ombre de sa sœur, condamnée à la regarder accumuler tout ce qu'elle aurait voulu posséder. Elle écrasa le pot de glace vide, plia le journal, et elle allait les jeter tous les deux à la poubelle quand un encart attira son attention. Elle avait vu le mot magique : *casting*. Maggie jeta le pot et reprit le journal. « MTV lance une campagne d'auditions pour le recrutement d'un présentateur ou d'une présentatrice de clips vidéo », lut-elle. Elle fut submergée par une vague d'euphorie, puis par une violente panique – et si la date était passée ? Elle parcourut l'annonce aussi vite que possible. *1er décembre ! Ouvert à tous et à toutes. À New York.* Elle avait encore le temps d'y aller ! Elle dirait à Rose qu'elle avait un entretien d'embauche, ce qui finalement n'était pas loin de la vérité, et elle arriverait à lui soutirer de l'argent pour acheter son billet de car et de quoi s'habiller. Il lui fallait des fringues neuves. C'était évident, rien de ce qu'elle avait ne ferait l'affaire, même de loin dans le brouillard. Maggie replia le journal avec soin et se précipita dans la penderie de sa sœur pour choisir les chaussures qu'elle mettrait pour partir à la conquête de la Grosse Pomme.

5

Lewis Feldman fit entrer Mme Sobel dans son bureau – un dressing aménagé portant les mots *Gazette de Golden Acres* peints sur la porte vitrée – et referma derrière eux.

« Merci de vous être déplacée », dit-il en ôtant son crayon rouge de derrière son oreille et en le posant sur son bureau. Mme Sobel s'assit, croisa les jambes et attendit, les mains sur les genoux. C'était une toute petite vieille dame aux cheveux bleutés, portant un cardigan bleu pâle, les mains marbrées de grosses veines bleuâtres. Il lui lança un sourire qu'il voulut le plus rassurant possible. Elle y répondit par un timide hochement de tête.

« Je tiens d'abord à vous dire à quel point je vous suis reconnaissant, déclara-t-il. Nous ne savions vraiment plus quoi faire. » Et c'était vrai : depuis que son critique gastronomique avait été victime d'une crise cardiaque qui l'avait fait tomber la tête la première dans une omelette aux lardons, Lewis était obligé de recycler de vieilles chroniques. Les lecteurs commençaient à s'impatienter, fatigués de lire pour la énième fois des nouvelles du roi du falafel.

« Vous vous en êtes très bien tirée pour une première fois », lança-t-il en étalant les épreuves sur son bureau afin de lui montrer l'aspect que prendrait son article une fois mis en page. « Les papilles en fête au restaurant italien », disait le titre, juste sous le dessin d'un petit oiseau clignant de l'œil – l'oiseau de bon augure –, tenant en son bec un vermisseau. « Cependant, quelques petites suggestions », continua Lewis. Mme Sobel eut un hochement de tête incertain. Il respira un bon coup : sa chaîne de quincaillerie avait été une sinécure comparée à la gestion bimensuelle de vieilles dames susceptibles. Il se mit à lire :

« *Le restaurant italien Mangiamo se trouve dans le centre commercial de Powerline Road, pas loin des anciens locaux de la police, de l'autre côté de la boutique de glace au yaourt. L'accès n'a pas l'air difficile comme ça, mais mon mari, Irving, a trouvé l'entrée dangereuse quand on arrive de la gauche.* »

Mme Sobel ponctua d'un nouveau mouvement de tête, cette fois plus assuré, et Lewis continua sa lecture.

« *Il y a une moquette rouge dans le restaurant et des nappes blanches avec des petites bougies dessus. L'air conditionné est réglé assez fort, donc prenez une petite laine si vous y allez pour dîner. Le Minestrone n'est pas aussi bon que le mien. Ils le font avec des haricots rouges, alors que ni Irving ni moi, nous n'aimons cela. La Salade César était bonne, mais ils y mettent des anchois, alors attention, si vous êtes allergique au poisson, prenez plutôt la Salade du Chef.* » Mme Sobel opinait vigoureusement du bonnet et ponctuait les informations en répétant certains mots dans un chuchotement passionné.

« *En entrée, Irving a absolument tenu à prendre le poulet au parmesan, pourtant il digère mal le fromage. Moi, j'ai choisi les spaghettis aux boulettes parce que je me suis dit qu'Irving en mangerait. J'ai eu bien raison : comme il n'arrivait pas à mâcher le poulet, il a préféré mes boulettes, qui étaient plus molles.* »

« Voilà, voyez, ce qu'il faudrait, c'est un peu plus d'objectivité, expliqua Lewis en se demandant si Ben Bradlee du *Washington Post* ou William Shawn du *New Yorker* s'étaient souvent heurtés à ce genre de problème.

— Comment ça ?

— Nous voulons donner aux lecteurs une idée du plaisir de dîner dans ce restaurant, n'est-ce pas ?... »

Elle hocha de nouveau la tête mais l'enthousiasme avait laissé place à l'ahurissement.

« Donc, quand vous parlez du tournant que votre mari a eu du mal à prendre, ou de la soupe qui n'est pas la même que la vôtre... » *Attention, Lewis*, se dit-il, remettant son crayon derrière son oreille. « Je reconnais que tout ceci est très intéressant et très bien écrit, mais peut-être que ça n'est pas tout à fait le genre d'informations dont les lecteurs ont besoin pour décider s'ils vont aller là. »

Mme Sobel se redressa, frémissant d'indignation. « Mais tout ce que j'ai mis est vrai !

— Bien entendu, je ne dis pas le contraire... Je me demandais simplement si ce genre de détails était très utile. Par exemple, l'air conditionné et la recommandation de prendre un pull, ça c'est très, très intéressant. Mais pour la soupe... tous les lecteurs ne connaissent pas votre recette. » Il sourit, espérant l'amadouer ainsi. Sa femme, Sharla – Sharla, si chère à son souvenir, disparue depuis deux ans –, lui avait toujours dit qu'il obtenait tout ce qu'il voulait grâce à son sourire. Il n'était pas vraiment bel homme, il ressemblait plutôt à Einstein qu'à Paul Newman, il était fripé jusqu'aux lobes des oreilles, mais son sourire gardait son charme. « Je me doute que peu de soupes peuvent rivaliser avec la vôtre. »

Mme Sobel haussa les épaules, l'air beaucoup moins vexé.

« Je vous propose de reprendre l'article pour le relire à tête reposée. Demandez-vous à chaque phrase si ce que vous avez écrit aiderait… » – il réfléchit un instant et choisit un nom au hasard – «… M. et Mme Rabinowitz à choisir ce restaurant.

— Oh, les Rabinowitz n'iraient jamais là ! se récria Mme Sobel. C'est beaucoup trop bien pour eux. »

Puis, sans laisser à Lewis le temps de se remettre de sa surprise, elle prit son sac, son cardigan et son article, et sortit de la pièce la tête haute. Elle croisa Ella Hirsch sur le pas de la porte.

La nouvelle visiteuse de Lewis n'avait heureusement pas la tremblote. Elle était beaucoup moins vieille et beaucoup moins fragile que Mme Sobel. Elle avait des yeux noisette, portait ses cheveux châtain-roux simplement relevés en torsade, et il ne lui avait jamais vu de pantalon en polyester, tenue de prédilection des résidentes de Golden Acres.

« Comment va ? demanda-t-elle.

— Euh… Je ne sais pas trop, répondit-il.

— Voilà qui manque d'enthousiasme », commenta-t-elle en lui tendant son poème.

Se serait-il entiché d'elle si elle n'avait pas été la meilleure rédactrice de la *Gazette de Golden Acres* ? Sans doute, se dit-il. Malheureusement, elle n'avait pas l'air de s'intéresser à lui. Chaque fois qu'il l'avait invitée à prendre un café pour discuter d'idées d'articles, elle avait été toute prête à accepter, mais n'avait pas du tout semblé regretter de finir sa tasse et de lui dire au revoir.

« Merci, dit-il en mettant le poème dans le bac des articles à traiter. Alors, que faites-vous de beau, ce week-end ?

— Je travaille à la Soupe populaire demain soir, et il faut que je lise deux livres pour les aveugles. »

Le ton était poli, pensa Lewis, *mais c'était tout de même une fin de non-recevoir*. Avait-elle lu le livre sur les stratégies amoureuses que les vieilles dames s'arrachaient deux ans auparavant et qui expliquait qu'il ne fallait pas céder trop vite ? Cette petite plaisanterie avait déjà poussé Mme Asher, âgée de quatre-vingt-six ans, à lui raccrocher au nez au milieu d'un coup de fil de travail, parce que c'était à la femme de terminer une conversation téléphonique.

« Merci pour le poème. Vous êtes la seule à avoir rendu votre copie à temps. Comme d'habitude. » Ella lui sourit vaguement et repartit vers la porte. Peut-être ne le trouvait-elle pas à son goût, songea-t-il. Il se rappela Sharla, qui lui avait dit un jour avec un baiser que même s'il n'avait plus aucune chance de devenir jeune premier, elle l'aimait malgré tout.

Lewis secoua la tête pour chasser ces souvenirs, puis il prit le poème d'Ella. « Et même si je suis vieille », lut-il, puis il sourit au vers qui clamait : « JE NE SUIS PAS INVISIBLE », et se dit qu'Ella valait vraiment la peine qu'il se donne un peu de mal pour la conquérir.

6

Rose s'adressa à son confrère, assis de l'autre côté de la table de conférence. « Les stipulations habituelles, maître ? » demanda-t-elle. L'avocat de la partie adverse – un juriste pâlichon vêtu d'un costume gris-vert qui ne lui allait pas au teint – hocha la tête. Bien entendu, il ne devait pas non plus savoir ce qu'étaient les « stipulations habituelles », mais toutes les dépositions comportaient ce préliminaire, et elle faisait comme tout le monde.

« Parfait, donc si nous sommes prêts, nous allons commencer, reprit-elle avec une feinte assurance, comme si elle avait déjà recueilli des centaines de dépositions seule, alors que ce n'était que la deuxième. Je m'appelle Rose Feller, et je suis avocate au cabinet Lewis, Dommel et Fenick. Aujourd'hui, je représente la société de transport Veeder, et Stanley Willet, le comptable de la société Veeder, est présent et assis à ma gauche. Nous allons procéder à la déposition de M. Wayne LeGros. » Elle s'interrompit avec un coup d'œil au témoin assis en face d'elle, espérant qu'il allait confirmer la prononciation de son nom de famille. Mais il évitait obstinément son regard. Elle continua, se disant qu'il l'aurait interrompue si elle avait déformé son patronyme. « M. Wayne LeGros est le président de l'entreprise de construction Majestic. M. LeGros, pouvez-vous décliner vos nom et adresse ? »

Wayne LeGros, petit, la cinquantaine, cheveux gris en hérisson, grosse chevalière, n'avait pas l'air à l'aise.

« Wayne LeGros, déclara-t-il d'une voix trop forte. J'habite au 513, Tasker Street. À Philadelphie.

— Merci », dit Rose. En fait, elle avait un peu pitié de lui. Elle ne s'était jamais trouvée dans sa situation, sauf à la fac de droit pendant les simulations de procès, mais elle se doutait que cela n'avait rien d'agréable. « Quelles sont vos fonctions dans l'entreprise ?

— Président de Majestic.

— Merci. Donc, comme vous l'a sans aucun doute expliqué votre conseil, nous sommes réunis aujourd'hui pour rassembler des informations sur l'affaire. Mon client affirme que vous devez à sa société… » Elle jeta un rapide coup d'œil sur ses notes. « … huit mille dollars pour de la location de matériel.

— Des camions-bennes, précisa Wayne LeGros.

— Exact, enchaîna Rose. Pouvez-vous me dire combien vous en avez loués ? »

Wayne LeGros eut l'air abattu. « Trois. »

Rose fit glisser un papier de l'autre côté de la table. « Ceci est une copie du contrat de location que vous avez signé à M. Veeder. J'ai demandé au greffier du tribunal de l'enregistrer sous le numéro 15 A, pièce à conviction plaignant. » Le greffier confirma d'un mouvement de tête. « Pouvez-vous lire les parties que j'ai surlignées ? »

Wayne LeGros prit une profonde inspiration et approcha la page de ses yeux. « Il y a écrit que Majestic accepte de payer deux mille dollars par semaine à Veeder pour trois tombereaux.

— Est-ce votre signature ? »

Il prit une bonne minute pour étudier la photocopie. « Ouais, finit-il par admettre. C'est ma signature. » Sa voix était devenue agressive. Il avait retiré sa bague et la faisait tourner comme une toupie sur la table de conférence.

« Merci, dit Rose. Ce chantier à Ryland est-il terminé ?

— L'école ? Ouais.

— Et l'entreprise de construction Majestic a été payée pour son travail ? »

Il hocha la tête. Son avocat lui lança un regard pour lui rappeler de répondre tout haut. « Ouais », fit-il.

Rose fit glisser une autre feuille vers eux. « Voici la pièce à conviction plaignant numéro 16 A, une copie de votre facture au conseil d'administration de l'école Ryland, annotée du mot réglé. Cette facture a-t-elle été réglée ?

— Mouais.

— Donc vous avez bien été payé pour les travaux que vous avez effectués sur ce chantier ? »

Nouveau hochement de tête. Nouveau regard mécontent de l'avocat. Nouveau « mouais ». Pendant la demi-heure suivante, Rose fit passer en revue, feuille à feuille, par la partie adverse une pile de factures envoyées en recommandé et d'avis de passage d'une société de recouvrement. Ce n'était pas aussi passionnant qu'un roman de John Grisham, songea-t-elle, mais elle serait déjà contente de mener la déposition à son terme.

« Donc le chantier de Ryland a été terminé, et vous avez payé tous les autres sous-traitants ? résuma Rose.

— Ouais.

— Sauf M. Veeder.

— Il a eu ce qui lui revient, marmonna-t-il. Il s'est payé comme il faut.

— Je vous demande pardon ? s'étonna Rose poliment.

— Il a eu son argent », répéta-t-il. Il baissa le nez et fit tourner sa bague. « Des trucs qu'il devait à d'autres entreprises. De l'argent qu'il devait à mon expéditrice, jeta-t-il en crachant les syllabes. Pourquoi vous ne lui demandez pas ce qu'il a fait de l'argent qu'il doit à mon expéditrice ?

— Je vais le faire, promit Rose. Mais pour l'instant, il s'agit de votre déposition. C'est à vous de nous livrer votre version des faits. »

Wayne LeGros baissa de nouveau le nez sur sa chevalière.

« Comment s'appelle votre expéditrice ? demanda doucement Rose.

— Lori Kimmel, marmonna-t-il.

— Où habite-t-elle ? »

Il prit l'air buté. « Comme moi, au 513, Tasker Street. »

Rose sentit son pouls s'accélérer. « C'est votre… ?

— C'est mon amie, déclara Wayne LeGros, l'air de dire *Ça vous défrise ?…* Vous n'avez qu'à lui demander, à lui, poursuivit-il en désignant Stanley Willet avec le pouce. Demandez-lui. Il la connaît ! »

Son avocat posa la main sur son bras, mais on ne pouvait plus l'arrêter.

« Vous n'avez qu'à lui demander combien d'heures supplémentaires ils lui ont fait faire ! Demandez-lui pourquoi on ne l'a pas payée ! Demandez-lui pourquoi, quand elle a quitté l'entreprise, il a dit qu'il lui réglerait ses vacances et ses arrêts maladie et qu'il ne l'a pas fait !

— Pourrions-nous faire une petite pause ? » demanda l'avocat de Wayne LeGros. Rose hocha la tête. La greffière eut l'air surprise. « Bien sûr, acquiesça Rose. Un quart d'heure. » Elle fit entrer Stan Willet dans son bureau pendant que Wayne LeGros et son avocat s'isolaient au bout du couloir.

« Vous comprenez à quoi il fait allusion ? » questionna-t-elle.

Stan Willet haussa les épaules. « Le nom me dit quelque chose. Je pourrais passer quelques coups de fil… »

Rose désigna le téléphone. « Allez-y. Il faut faire le 9. Je reviens dans une minute. » Elle se dépêcha d'aller aux toilettes. Les dépositions lui donnaient le trac, le trac lui donnait envie de faire pipi, et…

« Mademoiselle Feller ? » C'était l'avocat de Wayne LeGros. « Pourrais-je vous parler un instant ? » Il l'entraîna dans la salle de réunion. « Écoutez, nous voudrions négocier à l'amiable.

— Qu'est-ce qui vous a fait changer d'avis ?

— Vous vous en doutez. Sa petite amie travaillait pour votre client. D'après ce que j'ai compris, elle a quitté la boîte sans préavis, et elle s'est imaginé qu'elle avait droit à tous ses congés payés et à ses journées de maladie. Veeder a refusé, et mon client a décidé de récupérer directement sur sa facture ce que Veeder lui devait, selon elle.

— Vous ne le saviez pas avant de venir ? »

Il haussa les épaules. « J'ai écopé du dossier il y a deux semaines.

— Alors il est prêt à… » Rose laissa sa phrase en suspens pour qu'il termine à sa place.

« Il est prêt à payer. Il paiera tout.

— Plus les intérêts. Ça fait trois ans que ça dure. »

L'avocat de LeGros fit la grimace. « Un an d'intérêts. Nous vous faisons un chèque tout de suite.

— Je transmets la proposition à mon client. Je vais lui recommander d'accepter. »

Le cœur de Rose battait à se rompre, son sang galopait dans ses veines. Victoire ! Elle avait envie de danser. Mais elle se contint et retourna auprès de Stan Willet, qui inspectait ses diplômes accrochés au mur.

« Ils veulent régler à l'amiable, annonça-t-elle.

— Tant mieux », répondit-il sans se tourner vers elle.

Rose cacha sa déception. Bien sûr, cela lui faisait moins d'effet qu'à elle. Pour lui, huit mille dollars, c'était de l'argent de poche. Mais quand même ! Elle mourait d'impatience de raconter son triomphe à Jim. Elle transmit les termes proposés. « Ils sont d'accord pour signer le chèque tout de suite, ce qui veut dire que vous ne perdrez plus de temps à courir après cet argent. Je vous recommande d'accepter.

— D'accord, fit-il, regardant toujours les cadres où figuraient les diplômes rédigés en latin. Établissez le chèque et envoyez-le-moi. » Il se tourna enfin vers elle. « Bon travail, commenta-t-il avec un semblant de sourire. Ça s'appelle noyer l'adversaire sous la paperasse, c'est ça ?

— Oui, c'est ça », approuva Rose, vexée par sa tiédeur. Pourtant, elle avait été excellente ! Enfin, peut-être pas d'une habileté suffocante, mais elle avait bien fait son travail. Extrêmement bien, même. Elle avait pisté le moindre ordre de virement, la plus minuscule facture qui prouvait que son client était dans son droit. Elle raccompagna Stan Willet à l'ascenseur et retourna vite dans son bureau, où elle composa le numéro du poste de Jim.

« Ils ont négocié ! annonça-t-elle avec joie. Huit mille plus un an d'intérêts.

— Beau boulot », répondit-il, manifestement satisfait. Satisfait, mais distrait. Elle entendit le cliquetis de sa souris. « Vous pouvez me rédiger un mémo ? »

Rose eut l'impression de recevoir un seau d'eau glacée sur la tête. « Bien sûr. Ce sera prêt dans l'après-midi. »

La voix de Jim s'adoucit. « Félicitations. Je suis sûr que vous avez été formidable.

— Je les ai noyés sous la paperasse. » Elle entendit la respiration de Jim et des voix dans le fond.

« Pardon ? demanda-t-il d'un air absent.

— Rien. » Elle raccrocha sans un au revoir. Aussitôt, un message apparut sur son écran d'ordinateur. Il venait de Jim. Elle l'ouvrit.

« Pardon, je ne pouvais pas te parler », lut-elle. Suivi de – son cœur sauta de joie – « Je peux passer chez toi ce soir ? »

Elle tapa vite sa réponse : « OUI ! » Puis retomba contre le dossier, rayonnante. Finalement, tout allait pour le mieux dans le meilleur des mondes. Elle réussissait dans son métier. On était vendredi, et elle ne passerait pas la soirée seule. Elle avait dans sa vie un homme qui l'aimait. Évidemment, elle avait aussi une petite sœur qui s'incrustait, mais pas pour longtemps.

Elle resta euphorique jusqu'à 16 heures, heureuse jusqu'à 18 heures ; mais, vers 21 heures, Jim n'ayant toujours pas sonné à sa porte, elle sombra dans la déprime. Elle alla à la salle de bains, où son adorable petite sœur avait laissé un article d'*Allure* collé au miroir. « Sculptez vos sourcils ! » conseillait le titre. La pince à épiler était posée bien en évidence sur le lavabo.

« D'accord, se dit Rose, je suis une rapide, j'ai compris. » Quand Jim arriverait, s'il venait, au moins il la trouverait en train de l'attendre avec des sourcils irréprochables. Rose se contempla longuement dans la glace et pensa que sa vie aurait été plus facile si elle avait été quelqu'un de différent. Pas complètement, mais juste un peu, une version améliorée d'elle-même, plus jolie, plus soignée, un peu plus mince. Bien entendu, elle ne savait absolument pas comment être autre chose que ce qu'elle était, et ce n'était pas faute d'avoir essayé.

À treize ans, elle avait emménagé chez Sydelle avec Maggie et son père. « C'est plus logique, avait gentiment expliqué leur belle-mère. J'ai de la place. » Sa maison était une affreuse construction moderne entièrement laquée de blanc, qui donnait l'impression qu'une soucoupe volante s'était écrasée dans un charmant vieux quartier. La maison de Sydelle – Rose n'y pensait jamais en d'autres termes – comportait d'immenses fenêtres, des avancées biscornues et des pièces de forme bizarre remplies de meubles en verre et en métal aux coins meurtriers. Il y avait des miroirs partout, y compris dans la cuisine, où un mur entier était couvert d'une glace qui trahissait la moindre empreinte digitale, le moindre grignotis hors la loi. Pour couronner le tout, on rencontrait des balances dans toutes les salles d'eau, même les toilettes du bas. À cela s'ajoutait une collection de magnets sur le réfrigérateur avec des plaisanteries liées à l'alimentation. Celui qui avait particulièrement marqué Rose était illustré d'une vache en train de brouter paisiblement et disait : « La vache ! Encore en train de manger ? » Ces surfaces réfléchissantes, ces magnets, ces balances semblaient se liguer avec Sydelle pour lui signifier qu'elle n'était pas assez féminine, pas assez jolie et beaucoup trop grosse.

La semaine de leur emménagement, Rose avait demandé de l'argent à son père.

« Tu as besoin de quelque chose de particulier ? » avait-il interrogé avec inquiétude. Rose ne lui réclamait jamais rien en plus de ses cinq dollars hebdomadaires. C'était Maggie qui quémandait régulièrement de l'argent – pour acheter des Barbie, une boîte à pique-nique, des feutres magiques parfumés, des stickers à paillettes ou un poster de Kurt Cobain à accrocher dans sa chambre.

« Des fournitures scolaires », avait-elle répondu. Avec le billet de dix dollars qu'il lui avait donné, elle était allée au drugstore pour acheter un petit carnet à couverture violette. Pendant le reste de l'année scolaire, elle s'en était servie afin de noter scrupuleusement tout ce qui caractérisait les femmes. C'était son sujet d'étude secret. Sydelle, bien sûr, lui aurait volontiers dressé la liste de ce que les femmes devaient faire ou ne pas faire, dire, porter, et surtout manger, mais Rose tenait à le découvrir par elle-même. Avec le recul, elle se rappelait avoir eu la vague impression d'être passée à côté des informations pertinentes quand elle était petite, à un âge où elles auraient dû s'emmagasiner toutes seules… et que son ignorance mettait en défaut sa mère disparue. Ce qui bien sûr la motivait d'autant plus pour éclaircir ce mystère sans aide extérieure.

« Les ongles coupés en amande, pas droit ! » écrivait-elle… Ou « ne pas raconter de blagues bêtes ! » Elle avait persuadé son père de lui prendre un abonnement d'un an à *Seventeen* et à *Young Miss*, et elle avait mis de côté son argent de poche pour s'acheter un livre intitulé *Cent Conseils pour plaire,* pour lequel elle avait vu de la publicité au dos de ses magazines. Elle en avait étudié le contenu avec autant d'attention qu'un futur rabbin penché sur les textes sacrés du Talmud. Elle observait ses professeurs, ses voisines, sa sœur, même les serveuses de la cantine, en essayant de comprendre ce qu'on attendait des adolescentes et des femmes adultes. Ce n'était pas plus dur qu'un problème de maths, raisonnait-elle. Une fois qu'elle aurait résolu l'équation chaussures, plus vêtements, plus coiffure, plus personnalité, égale la personne qu'elle devait être, les gens se mettraient à l'aimer. Elle aurait autant d'amies que Maggie.

Bien entendu, ses efforts s'étaient soldés par un cuisant échec, se souvint-elle en essuyant la buée du miroir contre lequel elle collait le nez pour s'épiler. Ses observations et ses notes n'avaient servi à rien. Elle avait eu beau noircir des dizaines de pages, rêver qu'elle s'asseyait avec Missy Fox et Gail Wylie à la cantine, son sac accroché au dossier de la chaise, un Coca light et un sachet de carottes déshydratées devant elle, rien n'y avait fait.

À l'époque du lycée, elle avait abandonné toute velléité de s'habiller selon les normes en vigueur, de se maquiller, de s'arranger les cheveux ou de se vernir les ongles. Elle avait cessé de lire les conseils prodigués par les magazines sur la manière de parler aux garçons ou de s'affiner les sourcils. Elle avait abandonné tout espoir d'être jolie et de plaire, et réservé ce qui lui restait de coquetterie aux chaussures. Avec les chaussures, on ne pouvait pas se tromper. Il n'y avait aucune variable : pas de col à remonter ou à descendre, pas de poignets à rouler, pas d'accessoire qui changeait tout, pas de détail qui tue. Les chaussures étaient des chaussures, point barre. Et même si elle ne les portait pas avec les bons vêtements, de belles chaussures restaient de belles chaussures ; elle aurait au moins les pieds d'une fille canon.

Il ne fallait donc pas s'étonner qu'à l'âge de trente ans elle n'ait toujours rien compris à la mode tout en étant devenue spécialiste des mérites comparés du nubuck et du daim ou de la forme des talons de la dernière collection automne-hiver. Rose se contempla avec un soupir. De travers. « Eh merde ! » murmura-t-elle en levant la pince à épiler. La sonnette de la porte d'entrée retentit.

« J'y vais ! lança Maggie d'une voix chantante.

— Ah, non ! » s'écria Rose. Elle se rua hors de la salle de bains, non sans bousculer sa sœur au passage, qui la repoussa brutalement.

« Eh ! Mais qu'est-ce qui te prend ?!

— Pousse-toi de là ! » clama Rose. Elle attrapa son portefeuille pour prendre un rouleau de billets qu'elle lui fourra dans la main. « Va-t'en ! Va au cinéma !

— Il est presque 22 heures.

— Va à la dernière séance ! » jeta Rose en ouvrant la porte. C'était bien Jim, qui sentait l'eau de toilette mais aussi le scotch, avec une douzaine de roses dans les bras.

« Bonjour, mesdames, dit-il.

— Oh, qu'elles sont jolies ! s'enthousiasma Maggie en prenant le bouquet. Rose, mets-les dans un vase, tu veux ? ordonna-t-elle. Je te prends ton manteau, Jim ? »

Au secours ! Rose se retint de protester et alla dans la cuisine. De retour dans le séjour, elle trouva Maggie et Jim assis côte à côte sur le canapé. Maggie ne faisait pas mine de les laisser… et avait empoché l'argent qu'elle lui avait donné.

« Alors, Jim ! lança Maggie, penchée vers lui, son décolleté généreux collé sous son nez. Comment vas-tu ?

— Maggie, intervint Rose, tu ne devais pas sortir ? »

Sa sœur lui jeta un sourire diabolique. « Mais non, Rose, je n'ai rien à faire ce soir. »

7

Le lundi matin, Maggie sauta du bus, balança son sac à dos sur une épaule et traversa l'immense gare routière de New York. Il était 9 h 30, et les auditions commençaient à 9 heures. Elle aurait dû arriver plus tôt, mais elle avait eu du mal à se décider entre des bottes en cuir caramel Nine West (avec un jean boot-cut) ou des chaussures à bride Stuart Weitzman (avec une jupe étroite et des bas résille).

Elle tourna de la 42e Rue dans Broadway et eut une très mauvaise surprise. Au moins mille personnes attendaient devant les fenêtres du studio de MTV, soit l'intégralité du trottoir plus la bande d'herbe au milieu de l'avenue.

Maggie arrêta une fille à chapeau de cow-boy. « Vous êtes là pour le casting ? »

La fille faisait une tête de six pieds de long. « C'est foutu : ils ont pris les trois mille premiers arrivants, et ils ont dit à ceux qui restaient de rentrer chez eux. »

De mieux en mieux. Pas question de se laisser décourager ! Elle fendit la foule aussi vite que le lui permettaient ses talons aiguilles et finit par repérer une employée à l'air préoccupé, munie d'un talkie-walkie et d'une veste imprimée dans le dos du logo MTV. *Fonce*, se dit Maggie en lui tapant sur l'épaule.

« Je viens pour le casting », annonça-t-elle.

Son interlocutrice secoua la tête. « Désolée, ma petite, dit-elle sans relever les yeux de ses documents. C'est trop tard, on a arrêté les entrées. »

Maggie plongea la main dans son sac à dos et attrapa le flacon de Doliprane qu'elle avait volé à sa sœur et le lui agita sous le nez. « Je suis handicapée », annonça-t-elle.

La responsable des entrées releva la tête, intriguée. « Du Doliprane ?

— Je suis handicapée par des règles extrêmement douloureuses, continua Maggie. Vous devez connaître la loi sur la discrimination contre les personnes handicapées… »

À présent, la responsable la dévisageait avec curiosité.

« Vous ne pouvez pas m'éliminer à cause du handicap de mon utérus malade ! attaqua Maggie.

— Vous plaisantez, j'espère. » Malgré son air revêche, Maggie vit bien qu'elle riait sous cape.

« Laissez-moi passer ! Je viens de Philadelphie !

— Il y a des gens qui viennent du fin fond de l'Idaho. »

Maggie leva les yeux au ciel. « Laisse tomber ! Ils n'ont même pas le câble, là-bas, je parie. Moi, j'ai consenti des sacrifices importants pour me préparer. »

La responsable des entrées prit un air dubitatif.

« Je vous signale, continua Maggie, que j'ai fait épiler à la cire une partie très intime de mon anatomie selon la forme du logo de MTV. »

Maggie eut peur un instant que la dame ne demande à voir, mais elle se contenta de rire, griffonna quelques mots sur sa feuille et lui fit signe de la suivre. « Je m'appelle Robin. Viens. » Maggie retint un cri de joie.

Elle avait réussi ! Du moins, elle avait franchi la première étape, songea-t-elle en lui emboîtant le pas. Maintenant, il ne lui restait plus qu'à séduire le jury, et ce serait dans la poche.

Les couloirs étaient encore plus encombrés que les trottoirs. Il y avait des garçons avec des tresses, des bandanas et des jeans tombants qui rappaient en sourdine, des filles très jolies en minijupe et décolleté plongeant qui se surveillaient dans leurs miroirs de poche. Maggie se rendit vite compte que la majorité des candidats avait la petite vingtaine et décida de s'enlever cinq ans en répondant au questionnaire que Robin venait de lui donner à remplir.

« Tu es d'où ? demanda la fille qui la précédait, une grande maigre déguisée en Ginger Spice.

— De Philadelphie, répondit Maggie en songeant qu'elle n'avait rien à perdre à se montrer aimable. Je m'appelle Maggie.

— Moi, Kristy. Tu as le trac ? »

Maggie signa sa feuille avec un superbe paraphe. « Pas vraiment. Je ne sais même pas ce qu'on doit faire.

— Il faut parler à la caméra pendant trente secondes. J'aurais préféré qu'on nous demande de danser. Je fais de la danse depuis que j'ai quatre ans, des claquettes, du jazz, et je chante. J'ai préparé un monologue… »

Cette surenchère lui flanqua un coup. Elle aussi avait fait de la danse – pendant douze ans – mais elle n'avait jamais pris de cours de théâtre, et la seule chose qu'elle ait apprise par cœur, c'était l'adresse de Rose, pour que MTV sache où lui envoyer des fleurs quand elle aurait gagné.

Kristy rassembla ses cheveux sur le sommet de sa tête, puis les laissa retomber sur ses épaules. « Je n'arrive pas à me décider, confia-t-elle. Attachés, ou pas ? »

Maggie la considéra. « Pourquoi pas en chignon banane ? Attends, tu vas voir. » Dans son sac, elle prit une brosse, de la laque, des épingles à cheveux et des élastiques. La file d'attente avança d'un pas. Quand Maggie arriva devant la salle d'audition, trois heures s'étaient écoulées et elle avait recoiffé et remaquillé Kristy, avait appliqué du brillant sur les paupières d'une fille de dix-huit ans qui s'appelait Kara, et prêté à Latisha, qui attendait derrière elle, les bottes Nine West de Rose.

« Suivant ! » cria le cadreur qui semblait s'ennuyer à mourir derrière sa caméra.

Elle prit une grande inspiration – elle ne sentait aucun trac mais plutôt une suprême confiance en elle – et entra, rayonnante de joie, dans la petite cabine moquettée de bleu, sous le rond brûlant du projecteur. Derrière le cameraman, Robin lui sourit et leva le pouce pour l'encourager.

« Dis-nous comment tu t'appelles, s'il te plaît », demanda-t-elle.

Maggie sourit. « Je m'appelle Maggie May Feller », répondit-elle de sa voix grave et claire. Dingue ! Elle se voyait dans le moniteur ! Elle y jeta un regard furtif et se vit, pour de vrai, à la télé ! Superbelle en plus !

« Maggie May ? s'étonna Robin.

— Ma mère s'est inspirée de la chanson. Elle devait se douter que j'étais destinée à briller dans le monde de la musique. »

Robin parcourut le formulaire de Maggie. « Tu as mis que tu avais été serveuse.

— Oui, c'est ça. Et je pense que c'est une expérience idéale pour travailler avec des rock stars.

— C'est-à-dire ?

— Eh bien, une fois qu'on a appris à calmer des étudiants qui se balancent des gaufres à la figure, on est capable de maîtriser toutes les situations difficiles. Et puis, quand on est serveuse, on rencontre toutes sortes de gens. Il y a les filles qui font des régimes et qui ont des allergies pas possibles. » Elle prit une voix suraiguë de pimbêche. « "Dites, il y a des cacahuètes là-dedans ?" Ce qui n'a rien de gênant en soi, sauf qu'elles le demandent pour tout, même le thé glacé. Ensuite, il y a les végétariens chieurs, les végétaliens, les phobiques épisodiques, les diabétiques, les macrobiotiques, les diabétiques épisodiques macrobiotiques avec de l'hypertension qui ne peuvent pas manger de sel… » Elle était lancée, ne se préoccupant plus des projecteurs, ni des concurrents, ni même de Robin et du type à casquette de base-ball qui l'accompagnait. Elle parlait à la caméra comme si elle avait fait ça toute sa vie. « Et quand on est obligée de renverser un café frappé sur un mec qui essaye de vous mettre son pourboire dans le décolleté, eh bien on ne risque plus d'avoir peur de Kid Rock.

— Tu aimes quel genre de musique ? s'enquit Robin.

— Tous les genres. Je suis fan de Madonna, sauf sa période yoga, qui ne me branche pas trop. Ah, et puis bien sûr, je chante aussi, dans un groupe qui s'appelle les Biscuits à moustache… »

Le cameraman éclata de rire.

« Vous connaissez peut-être notre single, bientôt en tête des charts : "Lèche-moi dans le noir" ?

— Tu peux nous en chanter un petit bout ? » demanda le cameraman.

Maggie lui adressa un grand sourire. Enfin ! Enfin la chance qu'elle attendait depuis si longtemps ! Elle tira sa brosse de son sac à dos pour s'en faire un micro, agita la tête et brailla à tue-tête : « Lèche-moi dans le noir ! Sers-toi à boire ! Me balance pas tes histoires, bordel, tu m'prends pour une poire ? » Elle se demanda un bref instant si on pouvait dire « bordel » sur MTV, mais tant pis, le mal était fait.

« As-tu quelque chose à ajouter, Maggie ? demanda Robin.

— Non, rien, sauf que je suis prête pour le prime. Et si Carson Daly redevient célibataire, donnez-lui mon numéro. » Elle lança un baiser à la caméra, puis tira une langue moqueuse, exposant son piercing avant de sortir.

« Ouais, super ! » murmura Kristy. Latisha applaudissait et Kara leva le pouce. Robin sortit de la cabine et vint lui taper sur l'épaule. Elle l'entraîna dans une partie du couloir où une dizaine de personnes attendaient. « Félicitations, murmura-t-elle, tu as franchi la première étape. »

« Quoi ? Tu es où ? cria Rose.

— À New York ! hurla Maggie dans son portable. Il y a un casting de présentateurs de clips vidéo à MTV, et je suis dans la première sélection ! »

Un silence. « Tu m'avais dit que tu avais un entretien d'embauche », finit par protester Rose.

Maggie rougit. « Et alors, qu'est-ce que je fais, à ton avis ?

— Tu perds ton temps.

— Mais, merde, tu ne peux jamais être contente pour moi ? » La fille qui attendait à côté d'elle, une amazone d'un mètre quatre-vingts en combinaison de cuir, lui fit les gros yeux. Maggie lui renvoya un regard furibond et se réfugia dans un coin de la pièce.

« Je serai contente quand tu trouveras du travail.

— Mais je vais le décrocher, ce contrat !

— Ah oui ? Tu es sûre que MTV va te prendre ? Et le salaire, c'est quoi ?

— Beaucoup », répliqua Maggie, boudeuse. En fait, elle ne savait pas trop combien elle devait gagner... mais c'était sans doute un paquet. On payait toujours bien, à la télévision, non ? « Plus que toi ! Tu veux que je te dise ? T'es jalouse. »

Rose poussa un soupir. « Non, je ne suis pas jalouse. Je voudrais seulement que tu laisses tomber tes idées délirantes de célébrité et que tu trouves un vrai boulot, au lieu de gâcher ton argent à New York.

— Ce que tu veux, c'est que je sois comme toi. Merci bien ! » Elle jeta son téléphone dans son sac, furieuse. Quelle saleté, cette fille ! Dire qu'elle s'était imaginé que sa sœur serait contente pour elle ! Qu'elle serait impressionnée en apprenant comment elle avait forcé la porte de la chaîne et charmé tout le monde... Tant pis, pensa-t-elle en dévissant son rouge à lèvres. Elle lui montrerait, à sa grosse conne de sœur. Elle décrocherait le contrat, et la prochaine fois que Rose la verrait, elle serait à la télé, en gros plan, et superbelle.

« Maggie Feller ? »

Maggie respira à fond, retoucha son rouge et partit courir après son rêve. Cette fois, on la conduisit dans un studio plus grand, éclairé par trois spots aveuglants accrochés en haut de passerelles métalliques. Robin accueillit Maggie avec un sourire et désigna un moniteur.

« Tu as déjà lu un texte sur un prompteur ? » demanda-t-elle.

Maggie fit non de la tête.

« Bon, c'est facile. » Elle alla se placer sur un grand X collé par terre, face à la caméra. « Et maintenant ! lut-elle d'une voix claire et enthousiaste, en exclu, le nouveau clip des Spice Girls ! Et rien que pour vous, avant la fin de l'émission, le dernier clip de Britney Spears. Ne zappez pas ! »

Maggie regarda le texte défiler à l'écran. À la fin, le sens s'inversa et les lignes repartirent vers le haut, si vite qu'elle en eut mal au cœur. Elle savait lire, pourtant. Bien, même. Seulement pas tout à fait aussi vite que tout le monde. Et sûrement pas en suivant des mots qui se baladaient sous son nez !

Elle réalisa que Robin la contemplait avec surprise. « Ça va ?

— Oui, bien sûr ! » Elle alla se placer sur le X, les jambes flageolantes. « Et maintenant », murmura-t-elle. Elle secoua la tête et s'humecta les lèvres. La lumière l'aveuglait, brûlante. Elle sentit de la sueur perler entre ses cheveux.

« Quand tu voudras ! cria le cameraman.

— Et maintenant… » commença Maggie avec une fausse assurance. Les mots défilaient très vite à l'écran. «… en ex-cul le clip des Spice Girls ! Et… » Merde. « Exclu », murmura-t-elle.

« Exclu ! » dit-elle tout haut. Mais pourquoi les mots ne s'écrivaient-ils pas comme ils se prononçaient ? Le cameraman riait, mais pas très gentiment. Elle se concentra sur le moniteur, pria de tout son cœur pour arriver à lire la suite. A B. Quelque chose avec un B et un Y ? Quoi ? « Boys II Men ? » devina-t-elle. « Oui, Motown Philly nous revient ! et… »

Le cameraman la regardait, atterré, et Robin aussi. « Tu es sûre que ça va ? demanda-t-elle. Tu vois bien l'écran ? Tu veux réessayer ?

— Et maintenant ! » clama Maggie beaucoup trop fort. Elle priait de toutes ses forces : *Mon Dieu, je vous en supplie. Je ne vous demanderai plus jamais rien de ma vie si vous m'aidez à lire ça.* Elle fournit un effort surhumain, mais les *b* devenaient des *d* et les *m* se changeaient en *n*. « On va entendre plein de super-musique juste après la pub... » Les mots se transformaient en hiéroglyphes incompréhensibles, et Robin et le cameraman la regardaient avec une expression qui ne lui était que trop familière. Elle leur faisait pitié.

« Et maintenant, vous allez entendre la même merde qu'on vous a passée hier », jeta Maggie en tournant les talons. Elle s'enfuit du studio en s'essuyant les yeux, traversa la salle d'attente en courant, manqua renverser au passage la fille en combinaison de cuir. Il lui fallut encore se frayer un chemin dans le couloir, alors que la voix de Robin criait un ultime « Suivant ! Grouillez-vous, tout le monde, on n'a pas terminé ».

8

Lewis Feldman s'arrêta sur le palier, un bouquet de tulipes dans une main et une boîte de chocolats dans l'autre. L'appréhension lui nouait l'estomac. *Apprenait-on un jour à se déclarer sans se mettre dans un état pareil ?* songea-t-il en levant la tête vers l'étage d'Ella Hirsch.

Le pire qui puisse arriver, se rappela-t-il, c'est qu'elle dise non. Il changea les tulipes et les chocolats de main, et baissa les yeux sur son pantalon, qui, malgré un passage à la laverie, était froissé et gardait une tache de stylo sous une poche.

Un non ne le tuerait pas, se répéta-t-il. Si la petite crise cardiaque dont il avait été victime trois ans plus tôt n'avait pas eu raison de lui, un refus d'Ella Hirsch ne l'achèverait pas. Une de perdue, dix de retrouvées. Les femmes se jetaient dans ses bras sans qu'il le demande. Mais comment s'intéresser à Lois Ziff, qui était passée le voir deux semaines après l'enterrement de Sharla avec un quatre-quarts, le chemisier trop ouvert, exposant six bons centimètres de décolleté ridé ? Comment s'intéresser à Bonnie Begelman, qui avait glissé une enveloppe sous sa porte le mois précédent, contenant deux billets de cinéma et un mot proposant de le retrouver « dès qu'il serait prêt » ? Après la mort de Sharla, il avait subi durant des semaines les visites quotidiennes de la « clique des dames ragoût », comme il surnommait l'armée de visiteuses inquiètes qui débarquaient avec des petits plats dans des Tupperware. Pendant cette période, il avait cru qu'il ne rencontrerait jamais plus personne, même si Sharla en avait émis le souhait.

« Trouve-toi quelqu'un », avait-elle ordonné. C'était pendant son dernier séjour à l'hôpital, alors qu'ils savaient tous les deux, même s'ils n'en parlaient jamais, qu'elle n'en ressortirait pas.

Il lui avait pris la main, celle qui ne portait pas de cathéter, et s'était penché pour écarter ses cheveux fins de son front. « Sharla, ne parlons pas de ça », avait-il supplié. Elle avait posé sur lui un regard intense, l'étincelle familière scintillant dans ses yeux bleus – une étincelle qu'il avait très peu vue depuis que le cancer était revenu.

« Je ne veux pas que tu restes seul, avait-elle dit. Je ne veux pas que tu deviennes un veuf grincheux. Tu mangerais trop de sel.

— C'est tout ce qui t'inquiète ? s'était-il moqué. Mon taux de sodium ?

— Les veufs deviennent acariâtres. » Ses yeux se fermaient. Il avait appuyé la paille contre ses lèvres pour la faire boire. « Ils deviennent moralisateurs et avares. Je ne veux pas que ça t'arrive. » Sa voix faiblissait. « Je veux que tu te trouves quelqu'un.

— Tu as quelqu'un à me recommander ? »

Elle n'avait pas répondu. Il avait cru qu'elle s'était endormie – ses paupières s'étaient fermées, sa poitrine maigre se soulevait régulièrement sous les pansements – mais elle avait repris la parole. « Je veux que tu sois heureux. »

Il avait baissé la tête, craignant d'éclater en sanglots s'il la regardait, elle, sa femme, qu'il aimait depuis cinquante-trois ans. Alors il était resté assis près de son lit, lui avait tenu la main, lui avait murmuré des mots tendres. À sa mort, il avait pensé ne plus jamais pouvoir regarder une autre femme. Les voisines, avec leurs quatre-quarts et leurs décolletés, le dégoûtaient. Personne ne l'avait attiré jusqu'à présent.

Ella ne lui rappelait pas Sharla. En tout cas, pas physiquement. Sharla était petite et, avec l'âge, elle avait encore rapetissé. Ses yeux étaient ronds et bleus, ses cheveux blonds, coupés à la Jeanne d'Arc, son nez trop volumineux à son goût, et son bon gros derrière avait fait son désespoir. Elle aimait le rouge à lèvres corail et les bijoux fantaisie : les colliers en perles de verre peintes, les pendants d'oreilles qui miroitaient à chaque mouvement. Elle lui faisait penser à un petit oiseau tropical au plumage iridescent et au chant mélodieux. Ella était différente : plus grande, avec des traits élégants : un nez fin et busqué, un menton bien dessiné, de longs cheveux auburn qu'elle coiffait en chignon, contrairement à la mode de Golden Acres. Ella lui rappelait un peu Katharine Hepburn – une Katharine Hepburn juive, un peu moins distinguée, un peu moins intimidante, une Katharine Hepburn empreinte d'une mélancolie secrète.

« Hepburn », murmura-t-il. Il secoua la tête et reprit la montée de l'escalier. Ah ! Si seulement sa chemise était mieux repassée, s'il avait mis un chapeau…

« Tiens ! Bonjour… »

Lewis sursauta et regarda sans la reconnaître la femme qui lui faisait face.

« Mavis Gold, vous ne me remettez pas ? Et où allez-vous, pour vous être fait si beau ?

— Oh… Juste… »

Mavis Gold battit des mains, ce qui fit trembler ses bras bronzés. « Ella ! » murmura-t-elle – un murmure si sonore qu'on aurait pu l'entendre depuis la rue, songea Lewis. Elle considéra les tulipes en connaisseuse. « Vous êtes un parfait gentleman. » Elle lui lança un sourire radieux, lui posa un baiser sur la joue, puis essuya du bout du doigt la marque de rouge qu'elle y avait laissée. « Bonne chance ! »

Il hocha la tête, prit son courage à deux mains et actionna le bouton de la sonnette. Il tendit l'oreille, mais ne surprit ni radio ni télévision, rien qu'un bruit de pas rapides qui venait vers la porte.

Ella ouvrit et le dévisagea avec une immense surprise. « Lewis ? »

Il inclina la tête, incapable d'émettre un son. Elle portait un jean, de ceux qui ne descendent qu'à mi-mollet, et une chemise blanche flottante. Elle était pieds nus. Ses pieds, longs et clairs, avaient une très belle forme, et elle portait du vernis nacré sur les ongles. Cela lui donna envie de l'embrasser. Il déglutit péniblement.

« Bonjour », dit-il. Bon, c'était déjà ça.

Ella fronça les sourcils. « Le poème était trop long ?

— Non, non, parfait. Je suis passé vous voir parce que… enfin, je me demandais si… » *Allez, mon vieux, courage !* Il avait fait la guerre ; il avait perdu sa femme ; il avait vu son fils devenir républicain. Il avait traversé des épreuves autrement plus difficiles que celle-ci. « Je voulais vous proposer de dîner avec moi. »

Il sentit qu'elle allait refuser avant même qu'elle n'ouvre la bouche pour répondre. « Non… non, merci, mais…

— Pourquoi ? » demanda-t-il sans parvenir à cacher sa déception.

Ella soupira. Profitant de cet instant de silence, Lewis reprit l'initiative. « Je peux entrer ? »

Elle ouvrit la porte, visiblement à contrecœur, et s'effaça pour le laisser passer. Son appartement n'était pas encombré comme la plupart de ceux de Golden Acres. Les gens avaient tendance à vouloir entasser toutes leurs possessions dans des petites pièces qui n'étaient pas prévues pour une telle accumulation de souvenirs. L'appartement d'Ella avait un carrelage de marbre, des murs blanc cassé et un canapé blanc qui ne le resterait pas longtemps, d'après l'expérience de Lewis, surtout quand on avait des petits-enfants qui aimaient le jus de raisin.

Il s'assit à un bout du canapé. Ella prit place à l'autre bout, les pieds repliés sous elle, manifestement mal à l'aise.

« Lewis… » commença-t-elle.

Il se leva.

« Ne partez pas. Je voudrais vous expliquer.

— Je ne pars pas, je cherche un vase.

— Attendez ! » Elle avait le ton anxieux de quelqu'un qui n'a pas envie qu'on fouille dans ses affaires. « Je vais en chercher un. » Elle courut à la cuisine et tira un vase d'un placard. Lewis, qui l'avait suivie, le remplit d'eau, y mit les tulipes, puis, retournant dans le séjour, il le plaça au milieu de la table basse.

« Voilà, dit-il. Maintenant, si vous persistez à refuser, vous vous sentirez coupable en regardant mes tulipes. »

Elle sembla sur le point de sourire… mais cela ne dura pas.

« En fait, très honnêtement…, commença-t-elle.

— Une seconde », coupa-t-il. Il ouvrit la boîte de chocolats. « Après vous…

— Non, merci… »

Il mit ses lunettes sur son nez et ouvrit le dépliant. « Les noirs en forme de cœur sont au cherry, annonça-t-il. Et les ronds sont au nougat.

— Lewis, vous êtes quelqu'un d'épatant…

— Mais… J'entends un “mais” qui se profile. » Il se leva une nouvelle fois, alla dans la cuisine et mit de l'eau à bouillir. « Où sont vos tasses ?

— Attendez ! s'écria-t-elle en se précipitant pour le rejoindre.

— Ne vous inquiétez pas. Je fais seulement du thé. »

Elle le regarda, regarda la bouilloire, capitula. « D'accord », dit-elle en prenant sur une étagère deux mugs publicitaires de la bibliothèque municipale de Broward County. Lewis y mit les sachets de thé, trouva le sucrier (rempli de sucrettes) et posa le tout sur la table avec une bouteille de lait de régime sans lactose.

« Vous semblez très à l'aise dans une cuisine, remarqua-t-elle.

— C'est assez récent. » Il ouvrit le réfrigérateur, trouva un citron au fond du bac à légumes et le coupa en tranches tout en s'expliquant. « Quand ma femme est tombée malade et qu'elle a compris… Enfin, bref, quand elle a compris, elle m'a donné des cours.

— Elle vous manque ?

— Beaucoup. Il n'y a pas une journée où je ne pense pas à elle. Et vous ?

— Vous savez, je n'ai jamais rencontré votre femme, alors je ne peux pas dire honnêtement qu'elle me manque…

— Une plaisanterie ! » Il applaudit et s'assit à côté d'elle en examinant ce qu'il y avait sur la table. « Je crois qu'il manque encore quelque chose. » Il se leva pour ouvrir le congélateur. « Vous permettez ? »

Elle hocha la tête, un peu dépassée par les événements. Il finit par tomber sur un paquet de forme familière. C'était un quatre-quarts Sara Lee, la marque préférée de Sharla. Parfois, au milieu de la nuit, il la trouvait devant la télévision, regardant le télé-achat en se bourrant de quatre-quarts décongelé. Ces nuits-là marquaient souvent la fin de ses régimes bi-annuels pendant lesquels elle se nourrissait exclusivement de thon et de pamplemousse. Quand elle revenait se coucher avec un sourire coupable, elle avait un bon goût de beurre sur les lèvres. *Embrasse-moi*, murmurait-elle en faisant passer sa chemise de nuit par-dessus sa tête. *Allez viens, on va brûler ces sales calories.*

Il montra le gâteau à Ella. « On peut le prendre ? »

Elle hocha la tête et le mit dans le micro-ondes. Lewis avala une gorgée de thé en la regardant faire. Adam, un de ses petits-fils, avait affirmé lors de sa dernière visite qu'il voyait tout de suite si une femme s'était fait refaire les seins, et Lewis s'était attribué le même pouvoir pour la chirurgie du col du fémur. De ce côté-là, Ella avait l'air en parfait état, pensa-t-il, amusé.

« Qu'est-ce qui vous fait sourire ?

— Rien… Je pensais à mon petit-fils. »

Elle eut l'impression que son visage s'affaissait comme un ballon crevé. Vite, elle se maîtrisa, mais Lewis avait vu. Il eut envie de lui prendre les mains, de lui demander ce qui n'allait pas, ce qui la peinait autant. Il amorça même un geste, glissant le bras sur la table, mais elle regardait ailleurs, comme si elle venait de voir un cafard sortir de la boîte du quatre-quarts.

« Qu'est-ce qu'il y a ? » demanda-t-il.

Elle désigna son poignet de chemise. Il manquait un bouton et le bord était usé et un peu bruni.

« Vous l'avez brûlée en repassant ? demanda Ella.

— J'ai l'impression. Je ne suis pas très doué.

— Ah… Je pourrais… » Elle se tut brusquement et se passa la main dans les cheveux, mal à l'aise. Lewis vit là sa planche de salut, un canot de sauvetage oscillant sur les vagues, et s'y accrocha avec l'énergie du désespoir.

« Vous me montreriez comment faire ? » demanda-t-il. *Pardon, Sharla*, pensa-t-il. Il lui faudrait cacher toutes les instructions que sa femme lui avait laissées, les boîtes et les bouteilles marquées « pour les couleurs » et « pour le blanc ».

Ella hésita. Le micro-ondes sonna. Lewis alla en extraire le gâteau. Il en servit une tranche à Ella, puis s'en coupa une.

« Je ne voudrais pas vous accaparer trop longtemps, dit-il, je sais que vous êtes très occupée. Mais depuis la mort de ma femme, je ne m'en sors pas. La semaine dernière, j'ai essayé de calculer si ça ne serait pas plus simple de me racheter des vêtements tous les mois au lieu de…

— Ah, non ! Ne faites pas ça ! Je vais vous aider. » Il vit combien cela lui coûtait, sa compassion l'emportant tout juste sur son besoin d'être seule. « Attendez, je prends mon agenda. »

Son agenda était un énorme planning de dix centimètres d'épaisseur, un jeu de piste presque illisible de notes griffonnées et de flèches, de numéros de téléphone intercalés de Post-it. « Voyons voir, dit Ella en parcourant les pages. Mercredi je vais à l'hôpital…

— Vous êtes malade ?

— Je berce des bébés. Jeudi je suis à la Soupe populaire, puis à l'hospice, vendredi c'est le jour des repas à domicile…

— Et samedi ? Je ne voudrais pas être alarmiste, mais je suis presque à court de sous-vêtements. »

Ella fit un bruit de gorge qui ressemblait vaguement à un rire. « Bon, d'accord, samedi.

— Cinq heures ? Je vous emmène au restaurant après. »

Il fila sans lui laisser le temps de changer d'avis. Il reprenait le couloir en sifflotant quand il croisa de nouveau Mavis Gold qui feignait de descendre à la laverie, même si elle ne portait pas de sac à linge.

« Comment ça s'est passé ? » demanda-t-elle. Il leva le pouce et elle eut l'air si contente qu'il ne put s'empêcher de rire. Ensuite, il se dépêcha de rentrer chez lui pour renverser de l'encre sur ses pantalons et arracher quelques boutons à sa chemise préférée.

9

« C'est bon ! cria Rose depuis sa chaise d'ordinateur. J'ai tapé ton nom. Pour l'adresse, on peut mettre la mienne. » Ses doigts volèrent sur le clavier. « Objectifs ?

— Trouver du boulot », dit Maggie. Elle était vautrée sur le canapé, le visage couvert d'une épaisse couche de boue qui, avait-elle appris à sa sœur, était un masque astringent.

« Tu serais d'accord pour qu'on mette “un emploi dans le secteur commercial” ? demanda Rose.

— Mets ce que tu veux », répondit Maggie en allumant la télé. C'était le samedi matin, cinq jours après la débâcle du casting, et MTV présentait le vainqueur du concours, une jolie brune pétillante avec un piercing au sourcil. « Et maintenant ! En exclu, le nouveau clip des Spice Girls ! » lança-t-elle avec enthousiasme. Maggie se dépêcha de zapper.

« Écoute, protesta Rose, moi, j'essaie de t'aider. Tu ne pourrais pas te concentrer un peu ? »

Maggie eut un soupir excédé et éteignit la télé.

« Expérience professionnelle, je mets quoi ?

— Hein ?

— Tu sais, ce que tu as eu comme travail avant. Enfin, Maggie, tu n'as jamais fait ton CV ?

— Oh, si ! Tout le temps. Aussi souvent que tu vas à la salle de sport, genre.

— Expérience professionnelle ? » répéta Rose.

Maggie regarda avec envie les cigarettes dans son sac, mais elle savait que si elle en allumait une, Rose la bassinerait avec les risques de cancer du poumon ou qu'elle se lancerait dans la rengaine de la fille qui est chez elle et qui veut se faire respecter. « Bon, dit-elle en fermant les yeux. T. J. Maxx, six semaines, d'octobre à juste avant Thanksgiving. » Elle soupira. Pourtant, ce job, elle l'avait bien aimé. Elle avait été superbonne, même. Quand on l'avait mise aux cabines d'essayage, elle ne s'était pas contentée de donner aux clientes les numéros en plastique en leur désignant les cabines libres. Elle les avait accompagnées en portant les articles, les avait accrochés avec soin comme on le fait dans les boutiques de luxe. Et quand les clientes sortaient pour se regarder, Maggie les avait aidées, faisait des suggestions, leur disait honnêtement (mais avec tact) si le vêtement leur allait, courait dans les rayons pour trouver une autre taille, une autre couleur ou un autre modèle qu'elles n'auraient jamais pensé acheter mais que Maggie les voyait bien porter. « Vous êtes une vraie perle ! » s'était exclamée une cliente, une femme grande et élégante avec les cheveux noirs, qui aurait pu mettre tout ce qu'elle voulait, mais qui avait été particulièrement flattée par ce que lui avait trouvé Maggy : une petite robe noire avec le sac à main en cuir noir, des sandales, et une ceinture à chaînons en or qu'elle avait pêchée dans le bac des bonnes affaires. « Je vais dire au responsable que vous êtes très bonne vendeuse ! »

« Pourquoi tu n'es pas restée ? demanda Rose.

— J'ai été obligée de partir », marmonna-t-elle. En fait, il s'était passé ce qui se passait chaque fois : il y avait toujours, un jour, quelque chose qui clochait. En l'occurrence, elle avait eu un problème de caisse enregistreuse. Elle n'avait pas réussi à décoder un coupon de réduction de dix pour cent. « Vous ne pouvez pas le calculer manuellement ? » avait demandé la cliente. Maggie lui avait jeté un regard noir, avant de considérer le total fixement. Cent quarante dollars. Donc, dix pour cent, ça faisait… euh… « Quatorze dollars ! avait clamé la cliente. Allez, activez ! » Maggie s'était redressée lentement, avait sonné pour appeler la chef de caisse et s'était tournée vers la cliente suivante avec un sourire aimable.

« Bonjour.

— Eh ! avait protesté la cliente à dix pour cent, vous ne m'avez pas terminée ! »

Maggie l'avait ignorée tandis que la cliente suivante empilait ses pulls et ses jeans sur le tapis roulant et que Maggie ouvrait un sac en plastique. Elle savait très bien ce qui allait arriver. La cliente allait la traiter d'imbécile, et ça, elle ne pourrait jamais le supporter. Déjà qu'elle n'avait pas envie de faire ce boulot ! C'était du gâchis de la coller derrière une caisse alors qu'elle était tellement meilleure à l'essayage. Là, elle pouvait vraiment aider les gens au lieu de se contenter de saisir les codes-barres en faisant passer les articles comme un robot.

La chef de caisse était arrivée rapidement, ses clés cliquetant sur sa poitrine. « Qu'est-ce qui vous arrive ? »

La cliente à dix pour cent avait montré Maggie du doigt. « Elle n'a pas su me faire ma réduction.

— Et alors, Maggie, où est le problème ?

— Ça ne passe pas.

— Bon, mais dix pour cent, ça fait quatorze dollars !

— Pardon », avait marmonné Maggie en regardant par terre, tandis que la cliente levait les yeux au ciel. À la fin de son service, quand la chef de caisse avait commencé à lui faire la morale en lui rappelant qu'il y avait une calculette à sa disposition et qu'elle pouvait toujours demander de l'aide, Maggie avait enlevé sa blouse, jeté son badge par terre et était partie en claquant la porte.

« D'accord, dit Rose, mais si on te demande pourquoi tu es partie, il vaut mieux raconter que tu ne trouvais pas le travail assez intéressant.

— Si tu veux », répondit Maggie en fixant le plafond. « Avant T.J. Maxx, j'ai travaillé chez Gap, et avant ça chez Pomodoro Pizza, et avant chez Starbucks, et avant ça chez Limited… non, attends, d'abord chez Urban Outfitters… »

Rose tapait à toute allure.

« Banana Republic, continua Maggie. Macy's accessoires, Macy's parfumerie, Cinnabon, Chick-fil-A, Baskin Robbins…

— Et le restaurant ? Canal House ? »

Ce nom éveillait de mauvais souvenirs. Maggie s'était très bien débrouillée à Canal House jusqu'à ce que Conrad, le responsable du dimanche, commence à lui pourrir la vie. *Margaret*, les salières ne sont pas pleines. *Margaret*, allez donner un coup de main en cuisine. Elle lui avait dit et répété qu'elle ne s'appelait pas Margaret, mais Maggie, ce qui ne l'avait pas empêché de continuer pendant un long mois avant qu'elle trouve le moyen de se venger. Tard un soir de mai, elle avait convaincu son copain-du-moment d'escalader le toit et d'arracher le C de l'enseigne du restaurant. Ainsi, des dizaines de dames portant des fleurs à la boutonnière en l'honneur de la fête des Mères étaient arrivées pour prendre un brunch à « Anal House ».

« Je suis partie », dit brièvement Maggie. *Avant qu'ils ne me virent*, compléta-t-elle en son for intérieur.

« Bon, soupira Rose en étudiant l'écran. Il va falloir qu'on brode un peu.

— Si tu veux. » Maggie partit dans la salle de bains pour rincer son masque à l'argile. Et alors ? Même si elle ne restait pas longtemps, ça ne voulait pas dire qu'elle ne travaillait pas dur ! Ça ne voulait pas dire qu'elle ne faisait pas de son mieux !

Sa sœur vint tambouriner à la porte. « Maggie, tu as bientôt fini ? Je veux prendre une douche. »

Maggie s'essuya le visage et retourna dans le séjour, où elle ralluma la télévision avant de s'asseoir à l'ordinateur. Pendant que Rose était sous la douche, elle enregistra son CV, ouvrit un nouveau fichier et se mit à taper une liste pour Rose. *Faire de la gymnastique régulièrement (aérobic, poids et haltères). Faire des masques de beauté toutes les semaines. S'inscrire dans un centre d'amincissement Jenny Craig (ils font des prix pour l'instant).* Elle continua dans cette veine, s'amusant beaucoup, puis elle alla chercher sur le web un article sur la liposuccion de Carnie Wilson. Elle laissa la liste imprimée sur la chaise de bureau de Rose, ainsi que l'article (« Une étoile a fondu grâce à la chirurgie esthétique ») affiché à l'écran pour que ce soit la première chose que voie sa sœur en rentrant du travail. Cela fait, elle se planta une cigarette entre les lèvres et se prépara à sortir.

« Ferme à clé derrière toi ! » cria Rose depuis la salle de bains. Maggie ne se sentit pas concernée. Puisque Rose était si maligne, qu'elle ferme sa porte toute seule, pensa-t-elle en partant dans le couloir.

« Vous êtes avocate ? » Le barbu regardait Rose avec un petit air futé. « Vous savez ce que ça fait, six avocats au fond de la mer ? »

Rose eut un petit haussement d'épaules et jeta un regard malheureux sur la porte de l'appartement d'Amy en se demandant pourquoi Jim n'arrivait pas.

« C'est toujours ça de gagné ! » beugla le barbu.

Rose prit un air ahuri. « Je ne comprends pas. »

Il la dévisagea, se demandant si elle se payait sa tête.

« Je ne comprends pas. Je veux dire : pourquoi les avocats dont vous parlez sont-ils au fond de la mer ? Ils font de la plongée ? » Maintenant, le barbu semblait passablement gêné. Rose fronça les sourcils. « Ah… Attendez… Est-ce qu'ils sont au fond de la mer parce qu'ils se sont noyés ?

— Euh, ouais, c'est ça, fit le barbu en décollant l'étiquette de sa bouteille de bière avec le bout de son ongle.

— Bon, j'y suis, continua Rose laborieusement. Donc il y a six cadavres d'avocat noyés au fond de la mer… » Elle le regarda d'un air interrogateur, attendant la fin de l'explication.

« C'est juste une blague, se justifia-t-il.

— Mais je ne comprends pas la chute… »

Le barbu recula.

« Non, ne partez pas ! s'exclama Rose. Il faut que vous finissiez de m'expliquer !

— Euh oui… je… heu… » Il s'esquiva vers le bar. Amy, à quelques pas de là, lança un regard sévère sur Rose. *Vilaine*, articula-t-elle en agitant le doigt. Rose haussa les épaules. En général elle était moins méchante, mais le retard de Jim, combiné à trois semaines de cohabitation avec Maggie – et qui sait combien d'autres en perspective ? –, l'avait mise de très mauvaise humeur.

Rose contempla sa meilleure amie et se réjouit de constater qu'elle, au moins, avait changé depuis leurs années noires au collège. À quatorze ans, Amy atteignait le mètre quatre-vingts pour moins de soixante kilos, et les garçons de la classe la surnommaient Ichabod Crane – Ick pour les intimes. Mais elle avait fini par s'habituer à son aspect de grande asperge. Maintenant, elle faisait danser ses poignets osseux comme des bracelets de luxe et elle exhibait son visage anguleux et ses hanches saillantes comme des œuvres d'art. Elle portait des dreadlocks au collège, puis avait tout coupé après le lycée et s'était teinte en acajou. Elle s'habillait avec des hauts noirs moulants et des jeans longs et étroits, ce qui lui allait très bien. En toute circonstance, elle restait originale, mystérieuse et sexy, même quand elle laissait échapper son accent natal du nord du New Jersey. Amy avait toujours au moins une dizaine de chevaliers servants, d'ex et de soupirants déçus qui l'assiégeaient pour avoir le privilège de lui offrir de la pizza et de l'entendre discourir sur les mérites du hip-hop en Amérique.

Mieux encore, Amy était devenue ingénieur chimiste, métier qui attirait l'intérêt en société, alors que Rose n'avait droit qu'à deux réactions quand on savait sa profession. La première avait été illustrée par le barbu et sa blague anti-avocats ; la seconde, Rose le sentait, était en passe de se matérialiser en la personne d'un échalas à teint de navet qui venait de se poser sur le canapé à côté d'elle, interrompant son charmant tête-à-tête avec le bol de croustilles au fromage.

« Amy m'a dit que vous étiez avocate, commença-t-il. Il se trouve que j'ai un petit problème juridique en ce moment. »

Tu m'étonnes, pensa Rose avec un sourire crispé. Elle jeta un coup d'œil sur l'horloge. Presque 23 heures. Où Jim était-il passé ?

« Il y a un arbre qui pousse chez moi, mais les feuilles tombent surtout dans le jardin du voisin… »

Je vois le genre. Vous êtes tous les deux trop flemmards pour les ramasser, ou alors il a abattu ton arbre sans ta permission. En tout cas, au lieu de discuter du problème en adultes responsables – ou de vous offrir les services d'un avocat –, tu vas me pomper l'air toute la soirée.

« Excusez-moi », murmura Rose au beau milieu du récit. Elle s'échappa dans la foule, à la recherche d'Amy, qu'elle trouva dans la cuisine, appuyée au réfrigérateur, un verre de vin à la main et riant à gorge déployée aux blagues d'un type qui lui contait fleurette.

« Dan, je te présente mon amie Rose », dit Amy.

Dan était un grand brun ténébreux, fort beau garçon. « Enchanté », dit-il. Rose lui sourit distraitement ; elle s'accrochait à son sac à main – dans lequel se trouvait son téléphone portable. Il fallait absolument qu'elle joigne Jim. Lui seul pourrait la rassurer, lui redonner le sourire, la convaincre que la vie valait la peine d'être vécue et que le monde n'était pas rempli de sinistres crétins. Où était-il passé ?

Elle s'éloigna en plongeant la main dans son sac, mais Amy veillait au grain.

« Ne l'appelle pas, conseilla-t-elle. Ne t'impose pas, ce n'est pas élégant, tu sais bien. Ce sont les hommes qui doivent prendre l'initiative, et les femmes qui doivent se laisser séduire. » Amy lui arracha de force son portable et le remplaça par une écumoire. « Aide-moi à faire cuire les bouchées aux crevettes. » Elle la poussa vers la cuisinière, où fumait une marmite d'eau.

« J'ai l'impression que tu n'aimes pas Jim », se plaignit Rose.

Amy réfléchit en levant les yeux au plafond, puis regarda Rose bien en face. « Je n'ai rien contre lui, mais je me fais du souci pour toi.

— Pourquoi ?

— J'ai l'impression que tu es plus accro que lui. Je ne veux pas que tu souffres. »

Rose ne sut pas quoi répondre. Comment convaincre Amy qu'elle se trompait alors que Jim n'était même pas là ? Et puis il lui restait un doute désagréable, un souvenir qui ne la lâchait pas : celui du soir où il était arrivé en retard avec un gros bouquet. Il sentait le scotch et les roses, et aussi une légère odeur d'autre chose. Du parfum ? s'était-elle demandé, mais elle n'avait surtout pas voulu s'y attarder.

« Ce n'est pas ton patron ? demanda Amy.

— Pas exactement. » Jim n'était pas plus son patron que tous les autres associés du cabinet. Donc il l'était quand même un peu, quelque part. Elle ravala son sentiment de culpabilité comme d'habitude et fit cuire une fournée de bouchées aux crevettes. Dès qu'Amy eut le dos tourné, elle se jeta sur son sac, fila dans le couloir, où pendait une collection de masques africains, et plongea dans la salle de bains. Là, elle composa le numéro de Jim au travail. Pas de réponse. Elle fit son propre numéro. Peut-être avait-elle mal compris et il était passé la prendre chez elle au lieu d'aller directement chez Amy.

« Allô ? »

Flûte, Maggie. « Salut, c'est moi. Jim a appelé ?

— Nan…

— Bon, s'il appelle, dis-lui… qu'on se verra plus tard.

— Je ne serai sans doute pas là. Je sors.

— Ah… » Elle aurait bien voulu savoir où sa sœur allait, avec qui, et avec quel argent. Elle se mordit les lèvres pour s'empêcher de parler. Si elle lui posait des questions, Maggie serait furieuse, et la laisser sortir en colère, c'était un peu confier un revolver chargé à un enfant de deux ans.

« Ferme à clé en partant.

— Mais oui.

— Et sois gentille d'enlever mes chaussures. »

Il y eut un silence. « Je ne porte pas tes chaussures. »

Ben tiens, je suis sûre que tu viens de te les ôter des pieds, eut envie de rétorquer Rose. « Amuse-toi bien », dit-elle à la place. Maggie lui assura qu'elle n'y manquerait pas. Après avoir raccroché, Rose s'aspergea les joues et les poignets à l'eau froide et s'inspecta dans le miroir. Son mascara avait coulé. Son rouge à lèvres s'était évaporé. Et elle s'était laissé coincer toute seule aux fourneaux pour le reste de la soirée. Où pouvait-il bien être ?

Rose ouvrit la porte et trouva Amy devant elle, ses longs bras croisés sur sa poitrine osseuse.

« Tu l'as appelé ?

— Qui ? »

Cela fit rire Amy. « Tu mens toujours aussi mal. Je me souviens, c'était pareil quand tu étais raide dingue de Hal Lindquist au collège. » Elle prit une serviette en papier et essuya le noir qui débordait sous les yeux de Rose.

« Je n'étais pas amoureuse de Hal Lindquist !

— Tu parles. Sans doute que tu notais tous les jours comment il était habillé dans ton classeur de maths pour l'édification des générations futures. »

Rose eut un petit sourire. « Bon, et toi, qui est ton fiancé, ce soir ? »

Amy fit la grimace. « On passe à autre chose ? C'était censé être Trevor. »

Rose essaya de se rappeler ce qu'Amy lui avait raconté sur lui. « Il est là ?

— Non, sûrement pas ! On était au restaurant…

— Où ça ?

— Chez Tangerine. Très sympa : dîner aux chandelles, je ne m'étais pas renversé de couscous sur les genoux, et tout d'un coup il me dit qu'il a rompu avec sa dernière copine parce qu'elle ne partageait pas ses penchants.

— Ses penchants pour quoi ?

— Les actes de défécation consentants.

— Tu blagues !

— Du tout. Je peux te dire que ça m'a coupé l'appétit ! »

Rose éclata de rire.

« Allez, viens t'amuser », dit Amy en fourrant la serviette en papier dans sa poche et une bière dans les mains de Rose.

Rose retourna à la cuisine, mit à chauffer de la sauce aux artichauts, remplit une corbeille de crackers et discuta avec un des nombreux admirateurs d'Amy sans se souvenir par la suite d'un mot de leur conversation. Elle n'avait envie que d'une seule chose : voir Jim – Jim qui, de son côté, si on s'en tenait aux faits, n'avait aucune hâte de la retrouver.

10

Jim Danvers ouvrit les yeux et se jura ce qu'il se jurait tous les matins : aujourd'hui, je serai sage. *Ne nous soumets pas à la tentation*, pria-t-il en passant son rasoir sur son menton. *Vade retro, Satanas*, pensa-t-il en enfilant son pantalon.

L'ennui, c'était que Satan rôdait partout. La tentation surgissait à tous les coins de rue. Elle était là, par exemple, appuyée à un mur à l'arrêt de bus. Jim ralentit pour mieux voir, en se demandant si la blonde en jean moulant était aussi jolie qu'il se l'imaginait sous son gros manteau d'hiver, si elle bougeait bien au lit, si elle gémissait très fort, et s'il devrait se donner beaucoup de mal pour le découvrir.

Arrête, s'ordonna-t-il, ça suffit. Il appuya sur le bouton de la radio. La voix séduisante et profonde de Howard Stern monta dans la voiture, pleine de sous-entendus. « Alors, charmante enfant, c'est des vrais ? demanda-t-il à la starlette du jour.

— Du vrai silicone », répondit-elle en gloussant.

Jim toussa et passa à la station de musique classique, pestant contre l'injustice de la vie. Depuis que sa puberté s'était déclarée de façon intempestive et nocturne pendant un camp de scouts, peu après ses douze ans, il pensait aux femmes avec l'intensité obsessionnelle que mettrait un homme affamé, échoué sur une île déserte, à lire *Les Recettes de tante Marie*. Les blondes, les brunes, les rousses, les fines à petits seins, les petites rebondies, les Noires, les Hispaniques, les Asiatiques, les Blanches, les jeunes, les vieilles, et celles entre les deux, et même, sans mentir, une jolie petite appareillée des deux jambes qu'il avait vue pendant le téléthon de Jerry Lewis – dans le monde de ses fantasmes, Jim Danvers ne pratiquait pas de discrimination à l'embauche.

Et il n'avait pu en avoir aucune. Pas plus à douze ans, petit garçon grassouillet, qu'à quatorze ans, toujours petit mais désormais franchement gros, le visage criblé par l'acné la plus terrible que le Dr Guberman ait vue de sa carrière. À seize ans, il avait grandi d'un coup de quinze centimètres, mais le mal était fait, et le surnom de Fifi la Baleine l'avait malheureusement poursuivi pendant le reste de sa scolarité. Le classique cercle vicieux s'était installé : il était malheureux à cause de son poids, donc il mangeait pour se consoler, nourrissant son désespoir à coups de pizza et de bière, ce qui le faisait encore plus grossir et le rendait d'autant moins attirant aux yeux des femmes. Il avait perdu son pucelage à vingt ans avec une prostituée qui l'avait évalué en mâchant son chewing-gum et insisté pour se mettre sur le dessus. « Je ne veux pas te faire de peine, mon joli, mais là, je risque l'arrêt de travail. »

La situation aurait dû s'arranger à la fac de droit, songea-t-il tout en écoutant la musique apaisante de Bach. Il avait encore grandi, et après son entrevue embarrassante avec la prostituée, il s'était mis au jogging. Il avait perdu du poids. Ses problèmes de peau s'étaient réglés, ne laissant que des vestiges de cicatrices qui lui donnaient du caractère. Et il s'était fait redresser les dents. Mais il avait gardé une timidité paralysante, un manque de confiance en lui extrêmement handicapant. Pendant toutes ses études et ses premières années de carrière chez Lewis, Dommel, et Fenick, dès qu'il entendait rire une femme, il pensait aussitôt que c'était à ses dépens.

Et puis, un jour, tout avait changé. Il se souvenait du soir où, devenu associé, il était allé fêter l'événement avec trois de ses collègues, récemment promus comme lui, dans un pub irlandais de Walnut Street. « C'est le soir des nounous », avait dit l'un d'entre eux en lui lançant un gros clin d'œil. Jim, d'abord étonné, avait vite compris. Le pub était bourré de jeunes Irlandaises, de Suédoises aux yeux bleus, de Finlandaises à nattes. Une demi-douzaine de jolis accents se répondaient d'un bout à l'autre du bar de cuivre et d'acajou. Jim en avait perdu tous ses moyens et était resté dans son coin, continuant à boire du champagne et de la bière longtemps après le départ de ses confrères, fasciné par les jeunes filles qui riaient en se plaignant des enfants qu'elles gardaient. En sortant des toilettes, il s'était heurté à une rousse criblée de taches de rousseur, aux yeux bleus étincelants. « Attention ! » avait-elle protesté en riant alors qu'il murmurait une excuse embarrassée. Elle s'appelait Maeve, avait-il appris tandis qu'elle le guidait jusqu'à sa table. « Il est associé dans un cabinet d'avocats », avait-elle annoncé à ses amies, qui avaient eu l'air de trouver cela très bien. Il s'était retrouvé au lit avec elle et avait passé six heures délicieuses à goûter ses taches de rousseur et à se remplir les mains du feu crépitant de ses cheveux.

Depuis, il n'avait plus arrêté. C'était un vrai drogué. Il n'était ni don Juan ni Roméo, pas plus étalon que coq de basse-cour ; il était esclave de ses sens et vivait tous les fantasmes de son adolescence frustrée. Il lui semblait ne plus être entouré que de gentilles filles d'une vingtaine d'années, cherchant toutes, comme lui, à passer du bon temps sans s'engager. Il avait franchi une étape magique où son métier (et son salaire) avaient effacé sa laideur. Ou alors son physique s'était amélioré. Ou alors, pour les femmes, les mots « je suis avocat associé » équivalaient à « enlève ta culotte ». Il ne s'expliquait pas ce qui était arrivé, mais soudain sa vie s'était peuplée de jeunes filles au pair et d'étudiantes, de secrétaires, de barmaids, de baby-sitters et de serveuses, et il n'avait même pas besoin de traîner dans les bars pour les trouver. Rien qu'au bureau, une assistante juridique était toute prête à rester après l'heure, à s'enfermer avec lui dans son bureau et à tout enlever sauf un soutien-gorge mauve et une certaine paire de sandales lacées autour des mollets, et à…

Stop, se dit Jim. C'était indécent. Gênant. Il fallait arrêter. Il avait trente-cinq ans et était associé. Il s'empiffrait au grand banquet des plaisirs des sens depuis un an et demi, et cela aurait dû suffire. Pense aux risques, s'exhorta-t-il. Les maladies ! Les peines de cœur ! Les pères et les fiancés hargneux ! Ses trois confrères qui étaient passés associés en même temps que lui étaient déjà mariés, et deux d'entre eux avaient des enfants. Même si ce n'était pas dit de façon explicite, c'était le genre de vie qu'il fallait mener pour se faire bien voir. Un foyer stable, avec peut-être à l'occasion une petite diversion discrète, pas des week-ends de débauche avec des filles dont on ne retenait même pas le nom de famille. L'admiration de ses confrères avait d'ailleurs déjà commencé à se mâtiner d'amusement. Bientôt, il n'y aurait plus que de l'amusement. Et, pour finir, l'amusement se teinterait de répugnance.

Et il y avait Rose. Jim s'attendrissait en pensant à elle. Rose n'était pas la fille la plus jolie qu'il ait rencontrée, ni la plus sexy. Elle avait tendance à s'habiller en bibliothécaire coincée ; pour elle, porter de la lingerie affriolante se résumait à mettre une culotte en coton assortie à son soutien-gorge. N'empêche, elle le touchait droit au cœur. Elle le regardait d'une façon ! Comme si elle avait devant elle un play-boy de roman d'amour, comme s'il avait laissé son cheval blanc attaché au parcmètre et bravé d'épais buissons d'épines pour la sauver. Cela l'étonnait que tout le cabinet n'ait pas encore compris ce qui se passait entre eux malgré l'interdiction des liaisons entre collaborateurs et associés. Ou alors il ne voyait rien : tout le monde était au courant. Et lui, il était tenté cent fois par jour de lui briser le cœur.

Adorable Rose. Elle méritait mieux que lui, songea Jim en manœuvrant sa Lexus pour entrer dans le parking du cabinet. Et pour elle, il avait essayé d'être aussi sage que possible. Il avait déjà échangé sa secrétaire canon contre une sexagénaire maternelle qui sentait les pastilles pour la toux, et il n'avait pas mis les pieds dans un bar depuis trois semaines, du jamais vu. C'était Rose la femme qu'il lui fallait, se dit-il en pénétrant dans l'ascenseur qui montait au cabinet. Elle était vive, intelligente et chaleureuse ; le genre de fille avec qui il se verrait bien vieillir. Pour Rose, il s'achèterait une conduite, se jura-t-il en regardant un trio de secrétaires qui venait de faire irruption dans l'ascenseur en bavardant. Il aspira une dernière fois leurs parfums mélangés, soupira et détourna la tête.

11

« Pourquoi on doit y aller, déjà ? » demanda Maggie en se laissant choir à la place du passager.

Elle posait la même question chaque fois qu'elles allaient voir l'équipe de Philadelphie jouer sur son terrain, ce qu'elles faisaient une fois par an depuis vingt ans. La réponse était toujours la même. « Parce que notre père manque cruellement d'imagination, dit Rose en démarrant pour aller au Vet. Tu es sûre que tu vas avoir assez chaud ? Tu te souviens que c'est l'équipe de Tampa qui vient jouer, ce n'est pas nous qui allons en Floride. » Pour le match, Maggie avait mis une combinaison intégrale noire, des bottes noires à talons épais et une veste en cuir à col de fourrure synthétique. Rose, quant à elle, était en jean et pull, avec un bonnet, une écharpe, des gros gants de laine et une énorme doudoune jaune.

Maggie inspecta la veste de Rose. « On dirait un matelas imbibé de pipi.

— Merci pour cette judicieuse observation. Attache ta ceinture.

— Tout de suite », répondit Maggie en tirant une flasque d'une de ses poches minuscules. Elle prit une gorgée au goulot puis la tendit à sa sœur. « Eau-de-vie d'abricot, indiqua-t-elle.

— Je conduis, rétorqua Rose.

— Et moi, je bois », commenta Maggie en s'esclaffant. Ce rire rappela à Rose la succession de matches auxquels elles avaient assisté depuis que leur père, dans un maladroit sursaut de paternité, avait acheté leurs premiers billets pour la saison 1981.

« On déteste le foot », avait clamé Maggie avec la franchise d'un enfant de dix ans sûr d'avoir toujours raison. Michael Feller avait eu l'air peiné.

« C'est pas vrai, avait protesté Rose en pinçant sa sœur.

— Ouille ! avait crié Maggie.

— Tu es sûre que vous avez envie d'y aller ? avait demandé leur père.

— Ben, on n'aime pas tellement regarder le foot à la télé, avait expliqué Rose, mais on serait contentes de voir une partie pour de vrai ! » Elle avait encore pincé sa sœur pour la dissuader de la contredire. La tradition était lancée. Une fois par an, ils allaient voir les Eagles jouer sur leur terrain, d'abord à trois, puis à quatre quand Sydelle était arrivée. Maggie décidait ce qu'elle allait mettre des jours à l'avance, des gants bordés de fourrure acrylique, des bonnets ornés de gros pompons, et même, une fois, si Rose avait bonne mémoire, agrémentés d'une minuscule paire de bottes de majorette. Rose préparait des sandwichs au beurre de cacahuète et à la gelée, et une Thermos de chocolat chaud. Ils apportaient des couvertures, sous lesquelles ils se pelotonnaient tous les trois quand il faisait vraiment froid, et léchaient le beurre de cacahuète sur leurs doigts gelés. Leur père s'énervait à toutes les actions manquées, puis jetait des coups d'œil coupables à ses filles en s'excusant d'être si mal embouché.

« Mal embouché », murmura Rose. Maggie la regarda, étonnée, puis reprit une gorgée d'eau-de-vie.

Leur père et Sydelle les attendaient près du guichet. Michael était en jean, avec un sweat-shirt des Eagles, et une doudoune aux couleurs de l'équipe, vert et argent. Sydelle, glaciale et pincée comme d'habitude, était maquillée à outrance et portait un manteau en vison qui lui balayait les chevilles.

« Maggie ! Rose ! s'exclama leur père en leur donnant leurs billets.

— Bonjour, les filles. » Sydelle claqua un baiser à dix centimètres de leur joue droite et se remit aussitôt du rouge à lèvres.

Rose suivit sa belle-mère dans l'escalier des gradins. Tout en écoutant le cliquetis de ses talons résonner sur le ciment, Rose se demanda pour la millième fois ce qui avait bien pu la pousser à épouser son père. À l'époque, Sydelle Levine était une divorcée d'environ quarante-cinq ans dont le mari, un agent de change, avait eu l'impudence de la quitter pour sa secrétaire. Un cliché des plus éculés, mais Sydelle s'était vite remise de son humiliation, peut-être aidée en cela par une énorme pension alimentaire. Son mari avait accepté les termes du divorce avec empressement (il aurait sans doute consenti à verser un million de dollars pour s'en débarrasser). Michael avait huit ans de moins qu'elle et un poste de cadre dans une banque de moyenne envergure. Il était à l'abri du besoin mais ne serait jamais riche. Et puis il arrivait avec un passé chargé : une femme décédée et deux filles.

Qu'avait-elle bien pu lui trouver ? Adolescente, Rose avait passé des heures à se poser cette question au cours des années qui avaient suivi la rencontre de Michael Feller et de Sydelle Levine dans le hall du centre communautaire Beth Shalom (où Sydelle allait assister à un dîner de charité à cinq cents dollars le couvert, alors que Michael sortait d'une réunion pour parents isolés).

« C'est pour le cul ! » avait suggéré Maggie avec un gros rire. Et, en toute objectivité, il fallait reconnaître que leur père était bel homme. Mais Rose n'était pas convaincue. D'après elle, Sydelle n'avait pas seulement été sensible à l'aspect physique, ou pratique, de leur rencontre. Leur père avait vraiment été l'amour de sa vie, sa seconde chance. Rose avait toujours pensé que Sydelle l'aimait sincèrement – du moins au début. Et elle était presque sûre que son père, lui, n'avait recherché que de la compagnie – et bien sûr une mère de substitution pour Maggie et Rose. Michael avait déjà trouvé la femme de sa vie et l'avait enterrée dans le Connecticut. C'était ce que Sydelle avait compris au fil du temps et qui avait causé sa déception – ainsi que sa dureté envers ses belles-filles.

Quel gâchis ! songea Rose en s'asseyant. Elle tira son bonnet sur ses oreilles et enroula son écharpe autour de son cou. Il y avait peu de chances pour que ça change ; Sydelle et leur père étaient bien partis pour terminer leurs jours ensemble.

« T'en veux ? »

Rose sursauta. Elle se tourna vers sa sœur, qui avait passé les jambes par-dessus le dossier de la rangée précédente et brandissait son eau-de-vie d'abricot. « Non, merci », dit Rose. Puis elle se tourna vers son père. « Alors, quelles nouvelles ?

— Oh, rien de particulier. Je travaille beaucoup, comme d'habitude. Mon placement Vanguard 500 a beaucoup chuté ce trimestre. Je… MAIS COURS, GROS EMPOTÉ ! »

Rose se pencha par-dessus sa sœur pour parler à Sydelle. « Et toi, ça va ? » demanda-t-elle pour être aimable.

Sydelle caressa son vison. « Ma Marcia refait les peintures chez elle.

— Elle doit être contente ! s'exclama Rose avec un enthousiasme forcé.

— Oui. Et nous partons ensemble en thalasso. En février, ajouta-t-elle en jetant sur Rose un regard critique. Tu sais que pour son mariage, Ma Marcia a acheté une robe Vera Wang taille 36, et… »

… et qu'elle a été obligée de la faire rétrécir, compléta Rose en son for intérieur. Maggie ne s'encombra pas de cette précaution.

Sydelle eut l'air fâchée. « Je ne vois pas à quoi ça t'avance d'être aussi désagréable. »

Sans répondre, Maggie tendit la main pour que son père lui passe ses jumelles. Les pom-pom girls envahissaient le terrain. « Grosse, grosse, vioque, grosse, murmura-t-elle en les passant en revue. Teinture loupée. Oh ! Faux seins ratés, vioque, grosse, vioque… »

Michael Feller héla le vendeur de bière. Sydelle lui attrapa le bras. « Enrut ! siffla-t-elle.

— Pardon ? demanda Rose.

— Enrut, répéta Sydelle. Nous suivons le régime de Dean Enrut. À base de plantes. » Elle jeta un nouveau regard réprobateur sur Rose. « Ça te ferait du bien d'essayer. »

Je suis en enfer, pensa Rose. *L'enfer, c'est un match des Eagles où les gradins sont toujours gelés, où l'équipe perd systématiquement et où je suis coincée avec ma famille de fous furieux.*

Son père lui tapa sur l'épaule et ouvrit son portefeuille. « Tu veux bien aller nous chercher des chocolats chauds ? »

Maggie se pencha. « Moi aussi, je peux avoir de l'argent ? » Elle avisa une photo dans le portefeuille. « C'est qui, ça ?

— Quoi ? demanda son père, un peu perdu. C'est juste un article que j'ai découpé. Je voulais le donner à Rose…

— Papa, intervint Rose, c'est Lou Dobbs.

— C'est ça.

— Tu te balades avec la photo d'un chroniqueur financier dans ton portefeuille ?

— Ce n'est pas pour la photo, protesta Michael Feller. C'est un article qui parle des plans retraite. Très intéressant.

— Tu as des photos de nous, là-dedans ? s'enquit Maggie en attrapant le portefeuille. Ou tu n'as que Lou Machin ? » Elle passa les photos en revue pendant que Rose regardait par-dessus son épaule. Il y avait des portraits scolaires d'elle et de Maggie. Une photo de Michael et de Caroline le jour de leur mariage – une prise de vue très naturelle où Caroline soufflait sur son voile pour se dégager le front devant Michael, qui la regardait. Rose nota qu'il n'y avait aucune photo de son père avec Sydelle. Elle se demanda si sa belle-mère l'avait remarqué. À en juger par son expression glacée, c'était possible.

« Allez les Birds ! » beugla un spectateur droit dans le tympan de Rose, ponctuant l'encouragement par un rot retentissant. Rose se leva et se dirigea vers la passerelle venteuse, où elle s'acheta un chocolat chaud aqueux et un hot dog ramolli qu'elle dévora en quatre énormes bouchées. Ensuite, elle s'appuya à la rambarde, ôta les bouts d'oignon tombés sur son écharpe et se demanda si elle allait tenir jusqu'à son rendez-vous avec Jim. Ils devaient se voir pour le dîner à 20 heures. *Ne flanche pas*, s'exhorta-t-elle. Résignée, elle acheta trois autres chocolats chauds qu'elle rapporta à pas prudents.

12

« Madame Lefkowitz ? » Ella tambourina à la porte en aluminium, un plateau de déjeuner en équilibre sur la hanche. « Il y a quelqu'un ?

— Tire-toi ! » répondit une voix pâteuse à l'intérieur. Ella soupira et frappa de nouveau.

« Le déjeuner ! cria-t-elle du ton le plus enjoué possible.

— Dégage ! » hurla Mme Lefkowitz. Mme Lefkowitz avait été victime d'une attaque, et sa convalescence avait malheureusement coïncidé avec une connexion gratuite temporaire à la chaîne HBO et à une série d'émissions de sketchs. Elle faisait maintenant des bons mots à longueur de journée en riant comme une hyène.

« J'apporte de la soupe ! » cria Ella.

Il y eut un silence de l'autre côté de la porte. « Velouté de champignons ? demanda une voix gourmande.

— Pois cassés », avoua Ella.

Il y eut un nouveau silence, puis la porte s'ouvrit toute grande sur Mme Lefkowitz, un mètre quarante-huit, cheveux blancs en désordre, sweat-shirt rose, jogging assorti et chaussons en tricot rose et blanc – une tenue de nouveau-né, songea Ella en réprimant un sourire devant sa dernière cliente de la journée.

« Les pois cassés, c'est infect », maugréa Mme Lefkowitz. Un coin de sa bouche tombait, et elle avait le bras gauche replié contre elle. Elle lança un regard suppliant à Ella. « Vous ne pourriez pas me faire du velouté de champignons ?

— Vous en avez ?

— Mais oui, mais oui », affirma Mme Lefkowitz. Elle partit en traînant la patte vers la cuisine, son corps menu flottant dans sa layette rose, suivie par Ella, qui posa le plateau sur la table. « Excusez-moi de vous avoir crié dessus. Je croyais que c'était quelqu'un d'autre. »

Qui ? eut envie de demander Ella, sachant qu'elle était la seule personne à rendre visite à Mme Lefkowitz, en dehors de ses médecins et de son aide ménagère qui venait trois fois par semaine.

« Mon fils, ajouta Mme Lefkowitz en se tournant vers Ella, une boîte de soupe Campbell dans la main droite.

— Vous parlez comme ça à votre fils ?

— Ah, vous savez ! Les jeunes d'aujourd'hui...

— Il est pourtant gentil de vous rendre visite, remarqua Ella en versant le contenu gris et gélatineux dans une casserole.

— Je lui avais demandé de ne pas venir. Mais il a dit : "M'man, t'as un pied dans la tombe." Moi j'ai répondu : "Je sais, j'ai quatre-vingt-sept ans. Où tu veux que j'aie un pied ? Au club Med ?"

— C'est gentil de venir vous voir.

— Tu parles ! C'est pour passer des vacances au soleil. Il trouve ça pratique. Devinez où il est, à l'heure qu'il est. À la plage. Sûrement en train de lorgner les minettes en bikini en buvant de la bière. Je t'en ficherais ! Il n'a qu'une idée : sortir d'ici.

— La plage, c'est agréable.

— Oui, peut-être. » Mme Lefkowitz tira une chaise et attendit qu'Ella la rapproche de la table. Ella posa l'assiette devant elle. Mme Lefkowitz trempa sa cuillère et la leva lentement vers sa bouche. Son poignet tremblait si fort que la moitié du contenu se répandit sur le devant de son sweat-shirt. « Merde ! gémit-elle d'une petite voix.

— Vous avez prévu quelque chose pour ce soir » ? demanda Ella en lui tendant une serviette. Elle lui versa sa soupe dans un mug.

« Je lui ai dit que je lui ferais à dîner. De la dinde. Il aime ça.

— Je peux vous aider, si vous voulez. On pourrait préparer un plateau de sandwichs variés. C'est plus facile à manger. » Ella se leva et chercha un stylo et du papier pour faire une liste. « Nous pourrions aller acheter du rosbif, de la dinde, du corned-beef… et de la salade de pommes de terre, s'il aime ça… »

Mme Lefkowitz sourit du côté droit. « Avant, j'en achetais avec du cumin dedans et à la fin du repas je retrouvais une petite pile de graines sur le bord de son assiette. Il ne disait rien… il se contentait de les trier.

— Ma fille faisait pareil avec les raisins secs. Elle les enlevait dans tout… » Comme Mme Lefkowitz levait vers elle des yeux inquisiteurs, elle laissa mourir sa phrase.

Mme Lefkowitz avala une gorgée de soupe avec précaution, elle semblait ne pas remarquer le silence d'Ella. « Alors, vous m'emmenez faire des courses ?

— Oui, avec plaisir », répondit Ella. Elle se pencha pour mettre la casserole dans le lave-vaisselle, ce qui lui permit de cacher son visage. Lewis devait passer la chercher ce soir, ils avaient prévu d'aller au cinéma. Combien de répit aurait-elle avant qu'il ne commence à lui poser des questions ? *Tu as des enfants ? Tu as des petits-enfants ? Où sont-ils ? Qu'est-il arrivé ? Tu ne les vois pas ? Mais pourquoi ?*

« Avec grand plaisir. »

13

« Ah, te voilà ! » s'exclama Maggie.

Rose entra dans l'appartement, épuisée. Elle venait de passer une journée très pénible : treize heures d'affilée au bureau, et la porte de Jim ne s'était pas ouverte une seule fois ; elle n'était pas d'humeur à supporter les idioties de sa sœur.

Dans le séjour, toutes les lumières étaient allumées, et une odeur de brûlé venait de la cuisine. Plantée sur le canapé, en caleçon de pyjama rouge avec un tee-shirt froissé qui disait « SEX KITTEN » en lettres argentées, Maggie zappait d'une chaîne à l'autre. Un bol de pop-corn brûlé au micro-ondes était posé sur la table basse à côté d'un bol de maïs surgelé, de deux tiges de céleri et d'un pot de beurre de cacahuète. Pour elle, c'était un repas équilibré.

« Comment avance ta recherche d'emploi ? » demanda Rose en accrochant son manteau. Sans attendre la réponse, elle alla dans la chambre, où elle trouva son lit enseveli sous l'intégralité du contenu de sa penderie. « C'est quoi, ça ? Que s'est-il passé ?

— J'ai décidé de trier tes vêtements. »

Rose considéra l'amoncellement de chemisiers, de vestes, de pantalons et retourna dans le séjour.

« Pourquoi tu me fais ça ? Je ne veux pas que tu touches à mes affaires !

— Mais, Rose, c'était pour te rendre service, protesta Maggie, vexée. C'était bien le moins, pour te remercier. » Elle baissa le nez. « Excuse-moi, je croyais bien faire. »

Rose ouvrit la bouche pour répondre, puis renonça. C'était tout Maggie, ça. Juste quand on était prête à la trucider, à la jeter dehors, à exiger de récupérer son argent, tous les vêtements et les chaussures qu'elle avait empruntés, elle disait quelque chose qui se plantait en plein dans le cœur, comme un harpon.

« Ce n'est pas grave, marmonna Rose. Du moment que tu ranges quand tu auras fini.

— Il faut trier ses placards tous les six mois. J'ai lu ça dans *Vogue*. Toi, t'as pris du retard. J'ai même retrouvé des jeans neige ! T'en fais pas, je les ai jetés.

— Tu aurais pu les donner à la Croix-Rouge.

— Ce n'est pas parce qu'on est pauvre qu'on doit s'habiller n'importe comment. » Elle tendit le bol de maïs à sa sœur.

Rose attrapa une cuillère. « Comment arrives-tu à savoir ce que je mets et ce que je ne mets plus ? »

Maggie haussa les épaules. « Parfois c'est facile. Comme le pantalon Ann Taylor taille 42… »

Ah, oui, là, d'accord… Elle l'avait acheté en solde et était arrivée à entrer dedans une seule fois en quatre ans, après une semaine de café noir et de Slim Fast. Depuis, il pendait dans son placard, témoin muet de son incapacité à se priver de frites, de pizza et de… enfin d'à peu près tout ce qu'elle aimait. « Tu peux le prendre.

— Il est beaucoup trop grand pour moi. Mais je pourrais peut-être le donner à rétrécir. » Elle se retourna vers la télévision.

« Quand as-tu l'intention de ranger ? demanda Rose.

— Chut ! » Maggie désigna l'écran. Un petit robot métallique rouge à roulettes menaçait une sorte de bidon bleuâtre muni d'une lame rotative.

« C'est quoi ?

— La télé. » Maggie étendit une jambe devant elle et inspecta son mollet. « Tu connais ? Une boîte, avec des images dedans qui racontent une histoire marrante ! »

Rose eut furieusement envie de sortir son chéquier et de le lui mettre sous le nez. *Ça, c'est des bouts de papier qui représentent l'argent qu'on gagne quand on a du travail*. Maggie but au goulot de la bouteille de champagne posée à côté d'elle. Rose allait lui demander d'où elle la sortait quand elle réalisa que c'était celle qui lui avait été offerte pour fêter son succès à l'examen du barreau, et qui était restée depuis au fond du réfrigérateur.

« Il est bon, ce champagne ? » demanda Rose.

Maggie en reprit une gorgée. « Délicieux. Maintenant, regarde bien, tu vas comprendre. Ça s'appelle *Bataille de robots*. Il y en a deux. Celui-là, c'est mon préféré, dit-elle en désignant celui avec la lame. Il s'appelle Philiminator. » Un autre robot, qui ressemblait à une poubelle relookée formule 1, fit son apparition.

« Grendel », annonça une voix.

« Bon, toi, tu es dans le camp de Grendel, décréta Maggie.

— Pourquoi ? » Mais le duel commençait déjà, et les deux robots se poursuivaient comme deux chiens en furie.

« Vas-y, Philiminator ! » hurla Maggie en brandissant la bouteille de champagne. Elle guetta une réaction de sa sœur.

« Ouais, Grendel », fit Rose d'un ton monocorde. Le robot de Maggie se rapprocha, la lame se leva et s'abattit sur Grendel comme une guillotine. Maggie applaudit en criant.

« On a bien failli vous avoir ! »

Les robots pivotèrent à grand renfort de roulettes pour se faire face.

« Vas-y, Philiminator, RENTRE-LUI DANS LE LARD ! » beugla Maggie.

Rose éclata de rire et vit qu'une plaque pleine de pointes tournait dans la partie centrale de Grendel. « Attention, je passe à l'attaque ! » lança-t-elle. Grendel avança sur son adversaire, mais Philiminator l'éperonna par le milieu.

« Oui ! cria Maggie.

— Allez, du nerf… » marmonna Rose. Les roues de Grendel tournaient en faisant des étincelles, et au moment où Philiminator relevait sa lame pour le pourfendre, Grendel lui échappa.

« FAIS-LUI LA PEAU, GRENDEL ! hurla Rose en sautant sur place. Oui ! OUI ! »

Maggie se mit à bouder quand Grendel fonça sur son adversaire et le renversa sur le dos. « Oh, non ! » gémit-elle pendant que Grendel achevait Philiminator en lui roulant dessus.

« Bravo ! BRAVO ! » cria Rose en agitant le poing comme les supporters des Eagles dans les plus beaux moments. Se reprenant, elle se tourna vers sa sœur, s'attendant à la voir se moquer de son enthousiasme. Mais Maggie, les joues roses, souriante, leva la main pour taper dans la sienne, après quoi elle lui tendit la bouteille de champagne. Rose n'hésita qu'un instant avant d'en prendre une gorgée. « Tu voudrais qu'on se commande une pizza ? » proposa-t-elle. Elle imaginait une soirée télé à deux en pyjama sous la couverture, avec du pop-corn tiède à volonté.

Maggie eut un sourire méprisant. « Dis donc, là, c'est vraiment l'éclate ! Tu ne crois pas que tu devrais sortir un peu ?

— Je sors beaucoup. C'est toi qui devrais rester plus souvent à la maison.

— Je suis très souvent là », rétorqua Maggie. Elle disparut dans la chambre et revint quelques minutes plus tard, vêtue d'un jean délavé très serré, taille basse, avec un haut rouge qui découvrait totalement une épaule et un bras, et les bottes de cow-boy cousues de piments que Rose avait achetées au Mexique lors d'un séminaire sur le droit des assurances. « Ça ne t'ennuie pas que je te les prenne, hein ? demanda Maggie en attrapant son sac et ses clés. Je les ai trouvées dans ton placard. Elles avaient l'air toutes tristes.

— Non, vas-y. » Rose contemplait sa sœur. Quel effet cela faisait-il d'être si mince et si jolie, et d'avoir tous les hommes à ses pieds ? « Amuse-toi bien.

— Je m'amuse toujours », répliqua Maggie, la tête haute, laissant sa sœur seule avec le pop-corn, le champagne éventé, et l'innommable tas de vêtements sur le lit. Rose éteignit la télévision puis se mit à ranger.

14

« Je peux vous aider ? » demanda Ella. C'était son après-midi de bénévolat à la boutique de charité, où elle passait quelques heures, en général plaisantes et fort tranquilles, à trier les sacs de vêtements et à mettre des étiquettes sur les meubles et la vaisselle.

Une jeune femme anxieuse, vêtue d'un caleçon orange vif et d'un tee-shirt taché, errait dans l'allée décorée de fausses branches de sapin et de cheveux d'ange en prévision de Noël. « Des draps », dit-elle nerveusement. Une vieille trace de coup était visible sur sa pommette. « Je cherche des draps.

— Vous avez de la chance. Nous venons d'en recevoir de chez Bullock's. Ils ont des défauts, mais ça ne se voit pas du tout, sauf les couleurs qui sont peut-être un peu… Vous allez voir. » Ella traversa le magasin d'un pas rapide, vêtue de son pantalon noir et d'un chemisier blanc auquel était accroché un badge portant son nom. « Voilà, c'est là », annonça-t-elle en désignant la pile – quelques dizaines de paquets de draps en tout, certains pour des lits doubles, d'autres pour des lits à une place. Il n'y avait que du turquoise et du rose vif, mais ils étaient neufs. « Ils sont à cinq dollars le paquet. Combien en voulez-vous ?

— Euh… deux à une personne. » La jeune femme prit un des paquets enveloppés de plastique et le tourna dans tous les sens. « Les taies sont en plus ?

— Non, non. C'est cinq dollars pour toute la parure. »

La cliente eut l'air soulagée, prit deux paquets de taies d'oreiller avec les draps, puis se dirigea vers la caisse. Elle tira de sa poche un billet de cinq dollars, puis trois billets de un dollar très chiffonnés. Ensuite, elle partit à la chasse aux pièces et les aligna les unes après les autres sur le comptoir. Ella glissa les draps dans un sac. « Ça ira comme ça », dit-elle.

La jeune femme releva la tête. « Vous êtes sûre ?

— Oui, ça ira. Bonne journée, et à bientôt… Revenez, nous avons des arrivages très fréquents. »

La cliente sourit – trop poliment, de l'avis d'Ella – et sortit de la boutique, ses tongs claquant sur le trottoir. Ella la suivit des yeux et regretta de ne pas avoir trouvé le moyen de glisser quelques serviettes de toilette dans le sac avec le reste. Elle soupira. Cela lui rappelait Caroline. Elle avait toujours envie d'en faire plus pour sa fille, de tout arranger pour elle. Elle l'avait poursuivie de ses coups de téléphone, de ses cartes postales, de ses lettres. Elle lui avait donné de l'argent, avait voulu l'attirer avec des promesses de vacances, de voyages, répétant de cent manières différentes : *Laisse-moi t'aider*. Mais Caroline n'avait pas voulu, parce que accepter de l'aide, c'était admettre qu'on ne savait pas se débrouiller seule. Et ses efforts n'avaient servi à rien.

La porte s'ouvrit cette fois sur Lewis, qui portait un paquet de journaux sous le bras.

« Dernière édition ! » claironna-t-il. Elle essaya de sourire et chercha son poème. « JE NE SUIS PAS INVISIBLE », lut-elle. Pas invisible, songea-t-elle tristement, mais vouée au malheur.

Lewis l'observait. « On déjeune toujours ensemble ? » demanda-t-il. Elle hocha la tête puis ferma la caisse. Il lui offrit son bras et elle sortit avec lui dans le soleil éclatant. Elle s'en voulait encore de n'avoir pas su y faire. Elle aurait dû essayer de discuter avec cette jeune femme, peut-être lui demander si elle avait besoin de quelque chose, trouver un moyen de lui venir en aide. Et, tout en se désolant, elle souhaitait de toutes ses forces que Lewis ne découvre pas la vérité sur elle. Elle avait évité le sujet des enfants, et jusqu'à présent il n'avait pas posé de questions… mais un jour, tôt ou tard, cela arriverait. Que ferait-elle ? Que dirait-elle ? Au fond, que pouvait-elle dire d'autre que la vérité, qu'elle avait été mère, et qu'elle ne l'était plus, et que c'était sa faute ? Il la regarderait sans comprendre, et elle ne parviendrait pas à s'expliquer, même si elle savait que c'était vrai et que c'était la seule chose qu'elle ne pourrait jamais digérer, jamais dépasser. C'était sa faute. Malgré tous ses efforts pour tenter de se rattraper, quels que soient ses petits actes de générosité, elle porterait cette culpabilité jusqu'à sa mort.

15

« Il y a quelqu'un pour vous », annonça la secrétaire de Rose. Cette dernière leva les yeux de son ordinateur et vit entrer sa sœur, resplendissante dans son pantalon cigarette de cuir noir, sa veste en jean coupée à la taille et ses bottes de cow-boy rouges.

« Bonne nouvelle ! » clama Maggie joyeusement.

Pourvu qu'elle ait trouvé du travail, pensa Rose. « Quoi ?

— J'ai eu un entretien dans un nouveau bar super !

— Bravo ! Et tu auras la réponse quand ?

— Je ne sais pas. Peut-être après Noël.

— Ce n'est pas pendant Noël qu'ils ont le plus besoin de monde ?

— Mais je ne sais pas, moi ! » Elle prit dans la bibliothèque la petite figurine de Xena la princesse qu'Amy avait offerte à Rose pour son anniversaire, et la reposa la tête en bas. « Tu ne pourrais pas te réjouir un peu pour moi quand il m'arrive des choses bien ?

— Bien sûr que si. Tu as avancé dans le rangement de ma penderie ? » Cela faisait plusieurs nuits qu'elle était obligée de transférer le tas de vêtements par terre pour dormir et de le remettre sur le lit le matin.

« J'ai commencé. Je vais le faire, je t'ai dit, c'est quand même pas compliqué.

— Évidemment, pas pour toi.

— C'est-à-dire ? »

Rose se leva. « C'est-à-dire que tu vis gratuitement chez moi et que tu n'as pas trouvé de boulot...

— Je viens de te dire que j'avais passé un entretien !

— Tu ne te donnes pas beaucoup de mal.

— Mais si ! Qu'est-ce que t'en sais ?

— Moins fort ! »

Maggie claqua la porte et fusilla sa sœur du regard.

« Ça ne doit quand même pas être si difficile que ça de trouver du travail, attaqua Rose. Il y a des affichettes d'offres d'emploi partout ! Dans toutes les boutiques, les restaurants...

— Je ne veux pas retravailler dans une boutique. Et je n'ai pas envie d'être serveuse.

— Tu veux faire quoi, alors ? Rester assise sur tes fesses en attendant un coup de fil de MTV ? »

Les joues de Maggie se marbrèrent de rouge comme si elle avait reçu une claque. « Pourquoi tu es méchante comme ça ? »

Rose se mordit les lèvres. Elles répétaient sans cesse la même scène, ou plutôt c'était Maggie qui se mettait toujours dans la même situation, avec leur père, avec des petits amis, des professeurs ou des patrons inquiets pour elle. Quel que soit l'interlocuteur, sa technique de culpabilisation était bien huilée.

Maggie devina à la seconde près l'instant où Rose allait lui demander pardon et, une fraction de seconde avant que sa sœur n'ouvre la bouche pour s'excuser, elle reprit la parole en s'essuyant les yeux.

« Je te jure que je fais ce que je peux... Je fais plein d'efforts. Ce n'est pas facile pour moi, tu sais. Tout le monde n'a pas tes facilités.

— Je sais, répondit Rose gentiment. Je sais que tu fais de ton mieux.

— Oui, je n'arrête pas. Je ne suis pas une pique-assiette. Je ne reste pas à ne rien faire en m'apitoyant sur mon sort. Je sors, je cherche… du travail… tous les jours. Je sais bien que je ne deviendrai jamais avocate comme toi… »

Rose amorça une protestation, mais Maggie pleura un peu plus fort. «… Mais ça ne veut pas dire que je me tourne les pouces. Je fais de mon mieux, je me donne du mal… » sanglota-t-elle.

Rose fit le tour du bureau pour la prendre dans ses bras. Mais Maggie la repoussa.

« Bon, dit Rose, d'accord, ne t'inquiète pas. Tu vas bien finir par trouver quelque chose…

— Comme toujours », remarqua Maggie en s'essuyant les yeux. Elle se moucha, se redressa et regarda sa sœur avec l'air digne et héroïque de celle qui s'en sort envers et contre tout.

« Je suis désolée, vraiment, excuse-moi », supplia Rose, qui ne savait plus au juste pourquoi elle demandait pardon. Maggie était chez elle depuis un mois et ne faisait pas mine de partir. Ses vêtements, ses affaires de toilette, ses boîtiers de CD vides et ses briquets traînaient partout dans l'appartement, qui paraissait de plus en plus petit. « Bon, écoute, tu veux qu'on sorte dîner quelque part ? On pourrait aller voir un film… »

Maggie s'essuya de nouveau les yeux et lança un regard en coulisse à sa sœur. « Tu sais ce qu'on devrait faire ? On devrait sortir, mais vraiment. Aller en boîte.

— Je ne sais pas… Il y a toujours la queue pour entrer. Et puis c'est horriblement enfumé, la musique est assourdissante…

— Allez, pour une fois. Je vais t'aider à te faire belle…

— Bon… d'accord… Je crois que le cabinet organise une soirée dans un bar de Delaware Avenue.

— Quel genre de soirée ? »

Rose chercha dans sa pile de courrier et retrouva son invitation. « "Cocktail de fin d'année, buffet, jeux". On pourrait peut-être y aller.

— Au moins pour commencer la soirée », répondit Maggie. Elle ouvrit la porte et sortit d'un pas allègre. « Allez, en route ! »

De retour à l'appartement, Maggie tira un pull bleu et une jupe noire de la pile. « Va prendre une douche, et n'oublie pas de te passer de la crème sur le corps ! »

Quand Rose sortit de la douche, la mallette de maquillage à plusieurs étages de Maggie était ouverte, et une rangée de produits s'alignait sur le côté du lavabo. Il y avait deux fonds de teint, trois correcteurs, une demi-douzaine de pastilles d'ombre à paupières, du blush, des pinceaux pour les yeux, les joues, les lèvres… Rose s'assit sur les toilettes, intimidée.

« Où as-tu trouvé tout ce matériel ?

— Oh, à droite à gauche », répondit Maggie en taillant un crayon pour les yeux.

Rose étudia la boîte à maquillage. « Ça doit valoir une fortune.

— Je ne sais pas. » Maggie lui passait de la lotion sur les joues à gestes rapides et assurés. « En tout cas, ça vaut le coup, tu vas voir ! »

Rose se laissa faire, immobile comme une statue. Elle endura sans piper mot le quart d'heure que sa sœur passa sur ses paupières. Ensuite, Maggie mélangea du fond de teint sur le dos de sa main et l'appliqua à la brosse, reculant pour voir l'effet produit, puis revenant à la charge pour rajouter de la poudre et du blush. Quand vint le moment de la pince à cils et du pinceau à lèvres,

Rose ne tenait plus en place, mais elle dut admettre que le résultat était… stupéfiant.

« C'est moi, ça ? » Elle se dévisageait dans le miroir, admirait ses joues creuses, l'air romantique et mystérieux de ses yeux sous l'ombre à paupières or et crème.

« C'est réussi, hein ? Je veux bien te maquiller tous les jours, mais tu dois d'abord faire une cure de soins pour la peau. Il faut absolument que tu te fasses des gommages ». Elle lui présenta la jupe noire et le haut bleu ainsi qu'une paire de sandales bleues à talons hauts et à lanières. « Tiens, essaie ça. »

Rose enfila la jupe avec difficulté, puis le haut échancré. Elle ne les avait pas mis depuis longtemps, car elle les trouvait trop moulants, et portés ensemble…

« Je ne sais pas. » Elle se forçait à regarder son allure générale sans se laisser distraire par son visage. « Tu ne trouves pas que ça me donne l'air un peu… » Le mot *vulgaire* trembla sur ses lèvres. Avec ses sandales bleues, ses jambes semblaient longues et élégantes, et son décolleté était aussi profond que le Grand Canyon. Maggie était enchantée de son travail.

« Tu es superbe ! » jugea-t-elle en vaporisant sa sœur avec sa précieuse bouteille de Coco.

« Qu'est-ce qu'on s'emmerde ici ! » maugréa Maggie en vidant le fond de son dirty martini.

Rose remonta son décolleté en plissant les yeux pour distinguer la foule. Elle n'y voyait rien sans lunettes, mais Maggie n'avait pas voulu la laisser les mettre. « Les filles à lunettes ne se font jamais draguer ! » avait-elle chantonné, puis elle l'avait tarabustée pour savoir pourquoi elle ne faisait pas traiter sa myopie au laser, comme les présentateurs de journal télévisé et les top models.

La soirée, organisée par le cabinet deux fois par an pour les jeunes collaborateurs, se déroulait dans une sorte de salle de jeux vidéo perchée sur les quais de la Delaware River. Rose avait complété le badge épinglé sur l'un de ses seins : « JE SUIS Rose Feller » et ajouté entre parenthèses « contentieux ». Sur son premier badge, Maggie avait écrit : « JE SUIS pompette. » Rose le lui avait fait enlever, et maintenant sa sœur en avait rempli un autre qui disait « JE SUIS Monique ». Exaspérée, elle n'avait pas eu l'énergie de se battre pour le lui faire changer une nouvelle fois.

La salle était pleine de jeunes avocats qui se faisaient des relations professionnelles en sirotant de la bière. Tous regardaient Don Dommel et son protégé à dreadlocks faire des démonstrations de skate sur la rampe de compétition virtuelle. Un buffet était dressé contre un mur – Rose avait repéré des plateaux de bâtonnets de légumes et de sauces, ainsi qu'une poêle à frire contenant des morceaux étranges, non identifiés – mais Maggie l'en avait éloignée. « Va parler aux gens ! » avait-elle ordonné.

Maggie donna un coup de coude à Rose et lui indiqua une silhouette diffuse près du baby-foot. « C'est qui, celui-là ? »

Rose plissa les yeux. Elle ne distinguait que des cheveux blonds et des épaules larges. « Je ne vois pas bien. »

Maggie secoua la tête d'un air excédé. Bien entendu, elle était magnifique. Elle portait des sandales roses et un pantalon de cuir noir qui coûtait, Rose le savait pour avoir trouvé le reçu dans la cuisine, deux cents dollars. En haut, un carré de tissu argenté s'attachait autour du cou et laissait le dos entièrement nu. Maggie avait lissé ses cheveux au séchoir – opération qui lui avait pris une bonne heure – et orné ses bras fins d'une rangée de bracelets en argent. Elle arborait du rouge à lèvres rose pâle, un trait argenté autour des yeux et n'y était pas allée de main morte avec le mascara. Elle ressemblait à une visiteuse du futur ou à une animatrice de télévision.

« En tout cas, moi, je vais lui parler », annonça Maggie. Elle passa la main dans ses cheveux soyeux et lisses, montra les dents pour que Rose lui dise si elle avait du rouge et se fondit dans la foule. Rose tira de nouveau sur son décolleté. Elle avait mal aux pieds mais Maggie s'était montrée intraitable.

« Il faut souffrir pour être belle », avait-elle affirmé en reculant pour admirer son œuvre. Elle était même allée jusqu'à lui demander si elle n'avait pas de culotte gainante pour maintenir un peu tout ça.

Rose essaya de repérer sa sœur qui se lançait à l'assaut de l'avocat innocent avec sa double force de frappe : mouvement de cheveux désinvolte et cliquetis de bracelets. Ensuite, elle s'approcha discrètement du buffet, jeta un coup d'œil coupable autour d'elle et se remplit une petite assiette de sauce au fromage blanc, de crackers, de carottes, de cubes de fromage et d'une portion des trucs frits. Elle trouva une table tranquille, enleva ses chaussures et commença à manger.

Une forme indistincte s'avança vers elle – petite taille, teint pâle, cheveux roux frisés. « Rose Feller ? »

Rose avala ce qu'elle avait dans la bouche et hocha la tête en tâchant de lire le badge du nouveau venu.

« Simon Stein. J'étais assis à côté de toi pendant la séance de motivation.

— Ah, oui..., répondit Rose en s'efforçant d'avoir l'air de le reconnaître.

— Je t'ai donné du café.

— Ah, mais oui ! s'exclama Rose, l'identifiant enfin. Tu m'as sauvé la vie ! Merci ! »

Simon eut un hochement de tête modeste. « Alors comme ça, nous allons être compagnons de voyage... »

Rose le fixa sans comprendre. Son seul voyage prévu était une expédition de recrutement à la faculté de droit de l'université de Chicago qu'elle devait effectuer seule avec Jim le lundi suivant.

« Je remplace Jim Danvers », expliqua Simon. Le coup fut dur pour Rose.

« Ah, bon, marmonna-t-elle.

— Il a trop de travail, alors on m'a demandé de prendre sa place.

— Ah, bon…

— Si tu ne vis pas trop loin du centre, je peux passer te prendre pour aller à l'aéroport.

— Ah, bon », fit Rose une troisième fois. Pour pimenter un peu, elle ajouta : « D'accord. »

Simon se pencha vers elle. « Dis donc, tu ne joues pas au soft-ball, par hasard ? »

Rose fit non de la tête. Elle n'y avait joué qu'en première année de collège. Et encore, elle n'avait pas touché une seule fois la balle, sauf celle qu'elle avait reçue en pleine poitrine et qui l'avait dégoûtée à tout jamais de ce jeu.

« Nous avons formé une équipe, à la section motions rejetées, continua Simon. C'est mixte, mais nous n'avons pas assez de femmes. Nous devrons déclarer forfait si nous n'en trouvons pas d'autres.

— C'est bête.

— On se la joue plutôt pépère. » Rose pensa qu'il était sans doute plaideur. Chez les hommes surtout, on observait une tendance à ne jamais lâcher le morceau, en bon bouledogues. « Ça fait prendre de l'exercice, on est au grand air…

— Je te donne l'impression d'avoir besoin de faire du sport ? demanda-t-elle en se considérant piteusement. Non, ne réponds pas, ça va me déprimer. »

Simon Stein poursuivit ses effets de manche. « On s'amuse vraiment bien, et puis ça te fera rencontrer plein de gens.

— Non, je t'assure, je ne vous serai d'aucune utilité. Je suis nulle. »

Une jeune femme arriva sur ces entrefaites. Elle s'accrocha au bras de Simon. « Chéri, viens jouer au billard avec moi ! » Rose frémit. C'était une fille du cabinet qu'elle surnommait « Quatre-vingt-quinze » : elle avait reçu son diplôme de Harvard en 1995 et s'arrangeait pour caser l'information dès qu'elle ouvrait la bouche.

« Rose, je te présente Felice Russo, dit Simon.

— Nous nous connaissons déjà », répondit Rose. Felice passa la main dans les cheveux de Simon pour les assagir, tentative parfaitement vaine, songea Rose. Maggie reparut à cet instant, les joues roses, une cigarette à la main.

« Je m'ennuie à mourir ! » Elle regarda le couple. « Tu fais les présentations ?

— Maggie, Simon et Felice. Nous travaillons ensemble.

— Ah ! fit Maggie en aspirant une longue bouffée. Super.

— Quel beau bracelet ! remarqua Felice en désignant l'un des joncs de Maggie. Il est amérindien ?

— Quoi ? Non, je l'ai acheté dans South Street.

— Ah… Je dis ça parce qu'il y avait une petite boutique à Boston qui vendait des bijoux de ce genre. J'en ai acheté quelques-uns quand j'étais à l'université. »

Nous y voilà, pensa Rose.

« Je suis allée une fois à Boston, remarqua Maggie. J'avais une amie à la fac de Northeastern. »

Trois… deux… un… partez.

« Ah, oui ? En quelle année ? Moi, j'étais à Harvard en… »

Rose ne put retenir un sourire. Était-ce un effet de son imagination ou Simon Stein ricanait-il lui aussi ?

« Asseyons-nous », proposa-t-il. Ils trouvèrent une table ronde. Felice disserta sur les délices de Cambridge en hiver tandis que Maggie engloutissait son cocktail. De son côté, Rose mourait d'envie de retourner faire un petit tour au buffet.

« Alors, tu réfléchiras, pour le softball ? demanda Simon.

— Euh… Oui… bien sûr.

— On s'amuse bien, tu sais.

— Moi, j'adore ça, intervint Felice. À la fac, je jouais au squash. Ce n'est pas possible dans toutes les universités, mais heureusement, à Harvard, nous étions bien lotis. »

Cette fois, elle en était sûre, Simon avait levé les yeux au ciel.

« On fait le tour des bars après l'entraînement, insista-t-il.

— Ah, bon ? répondit Rose poliment. Vous allez où ? »

Pendant qu'il énumérait les bars favoris de son équipe, Maggie se pencha vers sa sœur. « Tu sais, chuchota-t-elle assez fort pour être entendue, je crois que Felice est allée à Harvard. »

Simon fut pris d'une quinte de toux et avala une grande gorgée de bière. « Excusez-nous », murmura Rose en décochant un coup de pied à Maggie. Elle se leva et entraîna sa sœur vers la sortie. « Ce n'est pas gentil ! attaqua-t-elle.

— Tu parles ! Comme si elle était gentille, elle !

— C'est vrai qu'elle est épouvantable.

— Atroce ! Viens, on s'en va.

— On rentre ? demanda Rose, pleine d'espoir.

— Sûrement pas. On va s'amuser ailleurs. »

Plus tard – beaucoup, beaucoup plus tard –, les deux sœurs s'installaient face à face dans un coin banquette pour prendre le petit déjeuner à l'*International House of Pancakes*.

Elles étaient allées dans un club, puis dans un after. Puis dans un after-after. Puis, à moins que Rose n'ait été victime d'une hallucination causée par la vodka, elles avaient chanté dans un karaoké. Elle secoua la tête pour chasser cette drôle d'impression, mais le souvenir persistait. Elle se revoyait sur scène, pieds nus, les consommateurs scandant son nom pendant qu'elle interprétait à pleins poumons et un peu faux *Midnight Train to Georgia* avec Maggie derrière elle, lancée dans une chorégraphie très personnelle.

Elle fredonna quelques notes du refrain, que Maggie reprit aussitôt.

Bon sang, se dit Rose en s'affaissant, c'était donc vrai ! *Fini la vodka !* se jura-t-elle. Les lèvres tremblantes, elle se souvint alors de ce qui l'avait poussée à se soûler : Jim avait renoncé à leur voyage à Chicago et lui avait fourgué Simon Stein pour le remplacer. « Je crois que tu es plus accro que lui » avait dit Amy ; cela se confirmait. Qu'avait-elle fait pour le dégoûter d'elle ? Comment le reconquérir ?

« Vous avez choisi ? Vous voulez quoi ? » demanda une serveuse maussade, stylo posé sur son calepin.

Rose passa le bout des doigts sur le menu comme s'il était rédigé en braille. « Des pancakes, dit-elle finalement.

— Quelle sorte ? demanda la serveuse.

— Traditionnels, décida Maggie en ôtant le menu des mains de sa sœur. Pareil pour moi, avec deux grands jus d'orange et encore du café, s'il vous plaît. »

La serveuse s'éloigna.

« Je ne savais pas que tu chantais si bien, remarqua Maggie alors que Rose était prise de hoquets.

— Je ne suis pas chanteuse. Je suis juriste. »

Maggie versa quatre sachets d'édulcorant dans la tasse de café que la serveuse venait de poser devant elle. « On s'est bien amusées, non ?

— On s'est amusées. » Elle eut un nouveau hoquet. L'eye-liner et le mascara que Maggie avait pris tant de peine à lui appliquer la veille au soir s'étaient étalés partout, cela lui donnait l'air d'un raton laveur. « Alors, tu comptes faire quoi ?

— À propos de quoi ?

— Mais de ta vie. »

Maggie se rembrunit. « Tu vois, c'est pour ça qu'on ne va jamais faire la fête ensemble, ça me revient maintenant. Tu descends un demi-litre d'eau et tu concoctes un programme pour me remettre dans le droit chemin.

— C'est pour ton bien. Il faut que tu aies un but dans la vie. »

La serveuse revint avec des assiettes et un pichet de sirop d'érable chaud qu'elle posa sur la table.

« Attendez, dit Rose d'une voix pâteuse en levant les yeux vers la serveuse. Vous embauchez, ici ?

— Je crois. Je vous apporterai un formulaire avec l'addition. »

Maggie s'étonna. « Tu ne crois pas que tu es surqualifiée ? Avec tes diplômes, ça t'intéresserait vraiment de servir des crêpes ?

— Ce n'est pas pour moi, c'est pour toi.

— Ah, tu veux que je serve des crêpes…

— Je veux que tu trouves du travail, clama Rose avec un geste grandiose d'ivrogne. Je veux que tu règles ta facture de téléphone. Et aussi que tu me donnes de l'argent pour les courses.

— Mais je ne mange rien ! » protesta Maggie. Ce n'était pas tout à fait vrai, elle le savait, mais elle grignotait à peine. Et puis Rose avait les moyens. Elle avait vu ses relevés de compte rangés par ordre chronologique dans un dossier marqué « relevés de compte ». Pourtant, elle voyait bien Rose faire le tour de la cuisine et prendre des notes. *Un dîner oriental au poulet basses calories ! Un demi-verre de jus d'orange ! Deux paquets de pop-corn micro-ondes ! Trois cuillères à café de sel !*

Maggie sentit la chaleur lui monter au visage. « Je vais t'en donner, de l'argent ! cria-t-elle, furieuse.

— Tu n'en as pas.

— J'en trouverai.

— Quand ? Quand aurons-nous la chance de voir venir ce jour béni ?

— J'ai passé un entretien.

— Super, mais ce n'est pas comme d'être embauchée.

— Va te faire foutre. Je me casse ! cria Maggie en jetant sa serviette sur la table.

— Reste, dit Rose d'un ton las, mange ton petit déjeuner. Je vais aux toilettes. »

Elle quitta la table, et Maggie planta rageusement sa fourchette dans ses pancakes, sans rien manger. Quand la serveuse apporta le formulaire d'embauche, Maggie pêcha un stylo dans le sac de sa sœur, prit vingt dollars dans son portefeuille, puis remplit le papier au nom de Rose, cochant toutes les cases « disponibilités horaires » et ajoutant « je suis prête à tout ! » sur la ligne réservée aux commentaires. Ensuite elle rendit le formulaire à la serveuse, versa du sirop de fruits rouges sur les pancakes de sa sœur, sachant très bien qu'elle avait horreur de ça, puis sortit du restaurant, toujours furieuse.

Quand Rose revint à la table, elle regarda, stupéfaite, le gâchis dans son assiette.

« Votre amie est partie », indiqua la serveuse.

Rose secoua lentement la tête. « Ce n'est pas mon amie, c'est ma sœur », expliqua-t-elle. Elle paya la note et enfila sa veste, puis, souffrant le martyre dans ses chaussures, elle sortit en boitillant.

16

« Non, merci », dit Ella en posant la main sur son verre à vin. C'était son premier dîner en tête à tête avec Lewis, leur premier rendez-vous officiel, auquel elle avait fini par consentir après des semaines d'insistance. Elle avait accepté de partager une bouteille, mais à présent elle le regrettait. Cela faisait des années – peut-être dix ans – qu'elle n'avait pas bu de vin, et comme on pouvait s'y attendre, l'alcool lui était monté droit à la tête.

Lewis reposa la bouteille. « Je déteste Noël, déclara-t-il d'un ton aussi placide que s'il avait annoncé qu'il n'aimait pas les artichauts.

— Ah ?

— J'ai horreur de ça depuis des années.

— Pourquoi ? »

Il se reversa un demi-verre de vin. « Parce que mon fils ne vient jamais me voir.

— Jamais ? demanda Ella d'une voix hésitante. Vous êtes… ? Y a-t-il… ?

— Il passe Noël chez ses beaux-parents. » À la façon dont il annonça cela, elle comprit à quel point le sujet était sensible. « Ils viennent me voir en février, pendant les vacances scolaires.

— Ça doit être agréable.

— Oui, très. Je gâte mes petits-enfants de façon éhontée. Je me réjouis de leur visite, n'empêche que je trouve la fin de l'année difficile. » Il haussa les épaules, mais Ella savait que ce n'était pas facile d'être seul.

« Et toi ? » demanda Lewis. Elle s'était doutée que la question viendrait, si discret soit-il. « Parle-moi de ta famille. »

Ella fit tout pour ne pas se crisper. C'était bien naturel de lui répondre. « Mon mari, Ira, était professeur d'université. Histoire de l'économie. Nous vivions dans le Michigan. Il est mort d'une attaque il y a quinze ans.

— Vous vous entendiez bien ? Je sais que ça ne me regarde pas mais…

— Pas trop mal…, répondit-elle en jouant avec le couteau à beurre. C'était une autre époque. Il travaillait, et moi je m'occupais de la maison. Je faisais la cuisine, le ménage, je recevais les invités…

— Quel genre d'homme était-il ? Qu'aimait-il dans la vie ? »

Le plus étrange, c'était qu'Ella s'en souvenait à peine. Le mot qui revenait le plus quand elle essayait de le décrire était *assez*. Ira était assez gentil, assez intelligent, il gagnait assez d'argent et s'occupait assez bien d'elle et de Caroline. Il était aussi assez près de ses sous (il appelait cela économe) et plus qu'assez imbu de sa personne. Mais, dans l'ensemble, il était… assez bien.

« Il n'était pas mal, répondit-elle, se rendant compte de la tiédeur du compliment. Il subvenait à nos besoins et il était bon père. » Et pourtant, ce n'était pas complètement vrai. Ira, avec ses manuels d'économie et son odeur de craie, n'avait pas su par quel bout prendre Caroline – leur fille si belle, si fragile, si déroutante, si révoltée, qui avait insisté pour mettre son tutu le premier jour de maternelle et avait annoncé à l'âge de huit ans que désormais, elle ne répondrait plus qu'au nom de Princesse Flore Magnolia. Ira l'emmenait à la pêche et à des matches, mais il avait sans doute secrètement regretté de ne pas avoir eu de fils, ou tout du moins une fille plus normale.

« Donc tu as des enfants ? »

Elle rassembla son courage. « J'avais une fille. Caroline. Elle est morte. » Cela ne révélait pas grand-chose : ni son caractère, ni comment elle était morte, ni pourquoi.

Lewis posa doucement la main sur les siennes. « Je suis désolé. Je conçois difficilement la douleur que ça doit être. »

Ella ne répondit rien, parce qu'il n'y avait aucune façon d'expliquer ce qu'on ressentait. Être la mère d'un enfant mort, c'était pire que tout. C'était la chose la plus monstrueuse au monde. C'était tellement atroce qu'elle ne pouvait penser à la mort de Caroline que par visions brèves, par images, et encore, très peu nombreuses ; une poignée de souvenirs tous plus douloureux les uns que les autres. Elle se souvenait de l'acajou verni du cercueil, frais et dur sous la main. Elle revoyait le visage des filles de Caroline, vêtues de robes bleu marine, leurs cheveux châtain foncé relevés en queues-de-cheval identiques. La grande tenait la petite par la main pour approcher du cercueil ; la petite pleurait, mais pas la grande. « Dis au revoir à maman », avait dit la grande de sa voix rauque, et la petite avait fait non de la tête en pleurant. Elle se souvenait d'être restée là, immobile, vide, comme si une main gigantesque lui avait ôté tous ses organes – ses boyaux, son cœur – et l'avait laissée identique en apparence, mais complètement différente. Elle se souvenait qu'Ira la soutenait comme si elle était invalide, ou aveugle, lui prenait le bras, l'aidait à entrer dans la voiture, à en descendre, à monter les marches du funérarium devant Maggie et Rose. Elles n'ont plus de mère, avait-elle pensé, et la phrase avait explosé comme une bombe dans sa tête. Elle avait perdu sa fille, ce qui était terrible, tragique, mais ces petites avaient perdu leur mère. C'était sûrement pire.

« Nous devrions venir vivre ici, avait-elle dit à Ira le soir, après qu'il l'eut reconduite à l'hôtel et assise dans un fauteuil. Nous n'avons qu'à vendre la maison, louer un appartement… »

Debout près du lit, il avait essuyé ses lunettes avec le bout de sa cravate tout en la regardant avec pitié. « Tu crois que c'est vraiment nécessaire ?

— Ira, notre fille est morte ! Nos petites-filles n'ont plus de mère ! Il faut que nous fassions quelque chose ! Nous devons rester près d'elles ! »

Il l'avait regardée fixement… puis, pour la première fois en trente ans de mariage, il avait fait preuve de finesse. « Peut-être que Michael n'a pas envie de notre présence. »

« Ella ? » appela Lewis.

Elle ravala ses larmes, se souvint de la pluie torrentielle qui était tombée le soir du coup de téléphone. Quelques jours plus tard, elle avait démonté l'appareil, dévissé le micro, détaché le cordon, arraché le cadran et ouvert le boîtier pour le vider de ses fils et de ses circuits. À la fin, elle avait regardé les morceaux épars en songeant : *Ah ! Tu ne peux plus me faire de mal, maintenant !* Elle aurait pu lui raconter cela, et aussi que le soulagement n'avait pas duré plus de cinq minutes. Il lui avait fallu descendre au sous-sol, à l'établi poussiéreux d'Ira pour pulvériser le reste à coups de marteau. Elle aurait voulu se broyer les mains pour se punir d'avoir voulu croire ce que

Caroline lui disait – qu'elle prenait son traitement, que tout allait bien et que c'était la vérité.

Lewis l'observait. « Ça va ? » demanda-t-il.

Elle respira à fond. « Oui, ça va… Ça va. »

Lewis se leva de table et l'aida à faire de même. Ensuite, sa main chaude sous son bras, il la guida vers la porte. « Allons marcher un peu », proposa-t-il.

17

Maggie passa le dimanche après-midi dans la forteresse blanche de Sydelle à jouer à la chasse aux informations.

Chez Rose, elle avait été tirée de sa torpeur de lendemain de fête par le téléphone. « Rose, téléphone ! » avait-elle gémi. Mais Rose n'avait pas répondu. Et Sydelle la Terrible avait rappelé jusqu'à ce que Maggie décroche et accepte de venir vider sa chambre. « Nous avons besoin de récupérer la pièce, avait expliqué Sydelle.

— Je ne sais pas où entreposer mes affaires. »

Sydelle avait soupiré. Maggie la voyait comme si elle était en face d'elle : lèvres comprimées, narines frémissantes, mèches blond platine s'agitant par paquets rigides tandis qu'elle marquait son agacement. « Tu peux les descendre au sous-sol, si tu ne sais vraiment pas où les mettre.

— Comme c'est gentil ! Je viendrai dans l'après-midi.

— Je serai à mon atelier de cuisine macrobiotique », avait précisé Sydelle à Maggie, qui s'en moquait éperdument.

Maggie prit une douche bien chaude, empocha les clés de la voiture de Rose et s'en fut sur la route du

New Jersey. Quand elle arriva, la maison était vide, gardée par Chanel, le chien abruti (que Rose appelait Fous-le-camp). Comme d'habitude, il hurla comme si elle venait cambrioler, puis essaya de s'accoupler avec sa jambe. Maggie le flanqua dehors et ne prit qu'une demi-heure pour descendre ses cartons au sous-sol, ce qui lui laissait encore une bonne heure pour fouiner.

Elle commença par le bureau de Sydelle, mais n'y trouva rien d'intéressant : des factures, du papier à lettres, une photo taille portefeuille de Ma Marcia en robe de mariée, une plus grande, encadrée, des jumeaux de Ma Marcia, Jason et Alexander. Elle était ensuite passée à un terrain de chasse plus prometteur : le dressing de la chambre conjugale, où elle avait un jour débusqué une de ses plus belles prises : une boîte à bijoux en bois sculpté. La boîte ne contenait qu'une paire de créoles en or et une mince chaînette, en or également. Ces bijoux avaient-ils appartenu à sa mère ? Peut-être : ce n'était pas là que Sydelle rangeait les siens. Maggie avait songé à se les approprier, mais son père les regardait peut-être parfois et il risquait de s'apercevoir de leur disparition. Elle n'aurait pas voulu qu'il trouve la boîte à bijoux vide.

Maggie s'attaqua à la première étagère et trouva un paquet de vieilles déclarations d'impôts entourées par un élastique. Elle les feuilleta, puis les remit en place. Les trophées de pom-pom girl de Ma Marcia, les pulls de Sydelle… Maggie se dressa sur la pointe des pieds, glissa la main par-dessus les piles de chemises d'été de son père et fouilla l'arrière de l'étagère. Elle tomba sur une espèce de carton à chaussures.

C'était une vieille boîte rose aux coins écrasés. Elle essuya l'épaisse couche de poussière, sortit du dressing et alla s'asseoir sur le lit avec son butin. Cela ne pouvait pas appartenir à Sydelle, car sa belle-mère collait sur ses cartons à chaussures une description de leur contenu (en général des escarpins chers et pointus). Et puis Sydelle faisait du 37, alors que cette boîte, à en croire l'étiquette, avait contenu une paire de ballerines d'enfant Capezio roses, taille 26. Elle souleva le couvercle.

Elle était remplie de lettres ; au moins une vingtaine. Des cartes, plutôt, dans des enveloppes de couleur. La première lui était adressée : Mademoiselle Maggie Feller, à leur ancienne adresse, le trois pièces où ils avaient vécu avant que son père les fasse emménager chez Sydelle. Le cachet de la poste indiquait le 4 août 1980, la carte avait donc été envoyée juste avant son huitième anniversaire (qui, si sa mémoire était bonne, avait été fêté au bowling du quartier, avec de la pizza et de la glace pour le dessert). Une étiquette d'expéditeur apparaissait en haut à gauche. La carte venait d'une certaine Ella Hirsch.

Hirsch, pensa Maggie, sentant son cœur battre plus fort à la découverte de ce mystère. Hirsch, c'était le nom de jeune fille de leur mère.

Elle souleva un coin du rabat. Au bout de vingt ans ou presque, la colle ne tenait plus. C'était une carte d'anniversaire, une carte pour enfant avec un gros gâteau rose piqué de bougies jaunes. « JOYEUX ANNIVERSAIRE ! » était imprimé devant. Et, à l'intérieur, sous le message standard « MES VŒUX LES PLUS SINCÈRES », quelqu'un avait écrit : « Chère Maggie, j'espère que tu vas bien. Tu me manques beaucoup et j'aimerais avoir de tes nouvelles. » Suivait un numéro de téléphone et une signature : « Mamie », et en dessous, entre parenthèses, *Ella Hirsch*. La carte contenait un billet de dix dollars que Maggie fourra dans sa poche.

Intéressant, pensa-t-elle en se levant pour aller vérifier à la fenêtre que Sydelle ne revenait pas. Maggie savait qu'elle avait une grand-mère ; elle gardait de vagues souvenirs d'avoir été assise sur les genoux de quelqu'un qui sentait bon et posait une joue douce sur la sienne pendant que sa mère prenait une photo. Elle conservait aussi une image confuse de cette même femme, cette grand-mère, à l'enterrement de sa mère. La photo avait subi le même sort que le reste : après leur arrivée chez Sydelle, toutes les preuves concrètes de l'existence de leur mère avaient disparu. Mais qu'était-il advenu de leur grand-mère ? Elle se rappelait que, bien des années plus tôt, pour son premier anniversaire dans le New Jersey, elle avait demandé à son père : « Où est mamie Ella ? Elle m'a envoyé quelque chose ? » Une ombre était passée sur le visage de Michael. « Je suis désolé, elle ne peut pas venir. » C'était du moins la réponse dont Maggie croyait se souvenir. Puis, l'année suivante, quand elle avait posé la même question, elle avait reçu une réponse différente : « Mamie Ella est dans une maison.

— Ben nous aussi », avait-elle répondu. Qu'est-ce qu'il y avait d'extraordinaire à cela ?

Mais Rose, elle, avait compris. « Pas une maison comme nous, avait-elle expliqué, cherchant confirmation auprès de leur père, qui avait hoché la tête. « Une maison pour les gens qui sont vieux. » Et on n'avait plus jamais parlé d'elle. Mais n'empêche, maison de vieux ou pas, leur grand-mère leur avait envoyé des cartes. Pourquoi ne les leur avait-on pas transmises ?

Elle se demanda si toutes les cartes disaient la même chose et en prit une autre de 1982, adressée à Mademoiselle Rose Feller. Celle-ci souhaitait à Rose une joyeuse Hanoukka, et était signée comme l'autre : « Je t'aime, tu me manques, j'espère que tu vas bien, je t'embrasse très fort, Mamie (Ella). » Avec encore un billet, de vingt dollars cette fois, qui rejoignit l'autre dans la poche de Maggie.

Mamie Ella, songea-t-elle. Que s'était-il passé ? Sa mère était morte et il y avait eu un enterrement. Leur grand-mère était sûrement présente. Puis ils avaient quitté le Connecticut pour le New Jersey dans le mois qui avait suivi, et Maggie avait beau fouiller sa mémoire, elle ne se souvenait pas d'avoir revu ou entendu parler de cette grand-mère depuis lors.

Elle avait les yeux fermés quand elle entendit l'ouverture automatique de la porte du garage, puis un claquement de portières. Elle fourra la carte de Rose dans sa poche et se leva d'un bond.

« Maggie ? appela Sydelle, ses talons claquant sur le carrelage de la cuisine.

— J'ai presque fini ! » Elle remit le carton à chaussures sur l'étagère puis descendit. Elle trouva son père et Sydelle en train de ranger un chargement de légumes divers et de céréales complètes.

« Reste dîner », proposa son père. Il lui fit un baiser sur la joue pendant qu'elle remettait son manteau. « Au menu il y a… euh…

— … du quinoa, compléta Sydelle.

— Non, merci », dit Maggie. Tout en fermant ses boutons, elle regarda son père ranger les provisions. Elle avait du mal à le trouver beau. Bien sûr, elle avait vu des photos de lui dans sa jeunesse, avant que son front ne se dégarnisse et que les rides de résignation ne transforment son visage. Et il arrivait parfois que dans certains mouvements, à la forme de ses épaules, de son crâne, elle devine l'homme qui avait pu se faire aimer par une femme aussi belle que leur mère. Elle aurait voulu lui parler des cartes de vœux, mais pas devant Sydelle, qui s'arrangerait pour détourner la conversation en exigeant de savoir de quel droit elle fouillait dans leurs placards.

« Dis, papa, tu ne voudrais pas déjeuner avec moi cette semaine ?

— Bien sûr », répondit son père à l'instant où Sydelle demandait : « Comment se passe ta recherche d'emploi, Maggie ?

— Très bien ! » répondit-elle d'un ton léger en pensant : *sale garce.*

Sydelle fit un sourire artificiel. « Excellente nouvelle. Tu sais que nous nous faisons beaucoup de souci pour toi… »

Maggie attrapa son sac à main. « Il faut que je file. J'ai plein de gens à voir, des trucs à faire !

— Appelle-moi ! » cria son père. Maggie lui fit un signe d'adieu et monta dans la voiture de Rose. Là, elle tira la carte et l'argent de sa poche et les examina pour s'assurer qu'elle n'avait pas rêvé. *Mamie*. Rose saurait quoi faire.

Sauf que, quand Maggie rentra, Rose préparait sa valise. « Je retourne au bureau pour finir un dossier. Je vais rentrer tard et je pars tôt demain matin. Voyage de boulot », annonça-t-elle de sa voix de femme d'affaires. Elle courait dans la pièce avec ses tailleurs, son ordinateur portable et son air important. Tant pis, Maggie décida d'attendre son retour pour percer le mystère de la grand-mère disparue.

18

Le lundi matin, Simon Stein attendait Rose dans le hall de l'immeuble. Il portait un pantalon kaki et des mocassins, un polo Lewis, Dommel et Fenick avec le logo du cabinet imprimé sur la poitrine et une casquette de base-ball Lewis, Dommel et Fenick sur la tête. Rose sortit de l'ascenseur en courant et le dépassa sans le voir.

« Eh ! cria Simon.

— Ah, tu es là, dit Rose en passant les doigts dans ses cheveux mouillés. Salut. »

La matinée avait très mal commencé. Quand elle avait cherché ses tampons sous le lavabo, elle avait trouvé une boîte vide. « Maggie ! » avait-elle hurlé. Tirée d'un profond sommeil, Maggie avait fourragé dans son sac et jeté un tampon mini. « Où sont passés tous mes super ? » avait protesté Rose. Maggie s'était contentée de hausser les épaules. Rose allait devoir en acheter à l'aéroport, si elle arrivait à semer Simon Stein assez longtemps pour…

« … du voyage, disait Simon en entrant sur l'autoroute.

— Pardon ?

— J'ai dit que je me réjouissais vraiment du voyage. Pas toi ?

— Oh, bof, si. » En fait, elle n'avait aucune envie de partir. Elle rêvait depuis des semaines de se retrouver seule avec Jim, dans une ville où personne ne les connaîtrait, loin de leurs collègues. Ils auraient dîné en amoureux dans un restaurant... ou ils se seraient fait monter un repas dans leur chambre. Et maintenant, elle était coincée avec Simon Stein.

« Tu crois que nous avons été choisis parce que nous représentons bien les jeunes collaborateurs du cabinet, ou parce que c'était une occasion de se débarrasser de nous ? demanda-t-elle.

— Oh, fit Simon en pénétrant dans le parc de stationnement longue durée. Moi, c'est parce que je représente bien le cabinet, et toi, c'est pour que tu dégages.

— Quoi ?

— Mais non, je blague. »

Il lui adressa un sourire espiègle. Beurk, songea Rose. L'espièglerie n'allait pas du tout aux hommes adultes.

Ils arrivèrent à la porte d'embarquement trois bons quarts d'heure en avance. *Nickel*, pensa Rose en laissant tomber ses affaires sur un siège. « Je reviens, je vais juste faire un tour chez le marchand de journaux. » À son grand soulagement, Simon se contenta de hocher la tête et ouvrit un journal sportif. Elle savait que c'était ridicule, mais elle était incapable de jeter un paquet de Kotex Super Plus sur le tapis roulant avec sa salade et son blanc de dinde, et de regarder sans broncher un garçon de dix-huit ans passer ses achats au scanner. Impossible. Elle achetait toujours ses tampons dans la même pharmacie et traînait dans le magasin en attendant une caisse libre, tenue par une femme. Ça n'avait rien de bien méchant, elle le savait (Amy et Maggie avaient dû le lui répéter cent fois) mais ça la gênait. Son traumatisme venait sans doute du jour où elle avait eu ses règles pour la première fois. Son père s'était affolé au point qu'il l'avait laissée saigner dans la salle de bains pendant trois heures, jusqu'à ce que Sydelle revienne de son cours de jazz tonique avec un paquet de serviettes hygiéniques. Maggie lui avait tenu compagnie de l'autre côté de la porte en la bombardant de questions.

« Qu'est-ce qui t'arrive ?

— Je suis devenue une femme. Hourra !

— Ben dis donc ! Félicitations ! » Maggie avait essayé de lui glisser *People* sous la porte et était même allée jusqu'à lui faire un gâteau, nappé d'une épaisse couche de glaçage au chocolat, avec « Félissitations, Rose », écrit sur le dessus. Leur père avait été trop gêné pour en manger, Sydelle avait critiqué l'excès calorique et la faute d'orthographe, mais cela restait tout de même un bon souvenir.

Dans l'avion, elle plaça son sac dans le compartiment à bagages, attacha sa ceinture et grignota un mélange de fruits secs pour tromper sa faim. Si elle n'avait pas passé tant de temps à peaufiner son dossier pour impressionner Jim et à fouiller partout pour voir ce que Maggie lui avait encore chipé, elle aurait pu s'acheter un bagel. Pendant ce temps, Simon attrapa une petite sacoche sous son siège et l'ouvrit d'un geste théâtral.

« Tiens », dit-il.

Rose vit qu'il lui tendait un petit pain couvert de grains.

« Il est aux neuf céréales, expliqua-t-il. Pour moi, j'en ai pris un aux onze céréales.

— Au cas où les neuf céréales ne suffiraient pas ? » demanda-t-elle. Elle lui jeta un coup d'œil curieux, puis accepta le petit pain, encore tiède et délicieux. Un instant plus tard, il lui tapa sur le bras et lui offrit un morceau de fromage.

« C'est ta mère qui a préparé ton pique-nique ? demanda-t-elle.

— Non, ma mère n'est pas très douée. En plus, elle n'est pas du matin. Quand j'étais petit, elle descendait comme un zombi et me tartinait de la margarine sur du pain de mie industriel. » Rose s'imagina une dame avec une vieille robe de chambre, pieds nus et de mauvaise humeur. « Comme la margarine était trop froide, le pain se trouait. Elle flanquait dessus une vieille tranche de jambon puis par-dessus la deuxième tranche, fourrait le tout dans un plastique et me le donnait dans un sac en papier avec des fruits et quelques cacahuètes entières. Je devais me contenter de ça. On comprend pourquoi je suis devenu comme je suis », conclut-il en sortant un brownie de sa sacoche. Il le partagea avec Rose.

« Tu es devenu comment ?

— Quand on grandit dans une famille où tout le monde se fiche de la nourriture, soit on finit pareil, soit on aime trop manger. » Il se tapota le ventre. « Devine dans quelle catégorie je suis tombé… Et toi, tes déjeuners étaient comment, quand tu allais à l'école ?

— Ça dépendait.

— De quoi ? »

Rose réfléchit. Elle avait connu trois sortes de déjeuner. Les bons jours, les pique-niques de sa mère étaient des œuvres d'art : la croûte des sandwichs était enlevée, les carottes pelées et coupées en bâtonnets de dimensions égales, la pomme lavée. Il y avait une serviette en papier pliée au fond du sac, et parfois cinquante cents accompagnés d'un mot : « Achète-toi une glace. » Ensuite, il y avait les déjeuners des mauvais jours. Le pain gardait sa croûte, les carottes n'étaient pas épluchées ; une fois, sa mère avait même mis une carotte entière avec les fanes. Elle oubliait la serviette, l'argent pour acheter à boire, et parfois même le sandwich. Un jour, Maggie était venue la trouver au vestiaire, l'air bizarre. « Regarde. » Son sac de déjeuner ne contenait rien, sauf, allez savoir pourquoi, le chéquier de leur mère. Rose avait regardé dans le sien et découvert un gant de cuir roulé en boule.

« Nous mangions surtout à la cantine », répondit-elle à Simon. Ce qui était vrai aussi. Après deux ans de déjeuners préparés par sa mère, bons et mauvais, elles étaient passées à la troisième catégorie de repas : dix ans de pizza réchauffée et de hachis parmentier. Sydelle leur avait bien proposé des plats de régime et des salades pour midi mais Rose n'en avait pas voulu.

Simon soupira. « J'aurais vendu mon âme au diable pour aller à la cantine. » Il retrouva son sourire. « Enfin, bref… Tu crois qu'on va s'amuser ?

— Tu te souviens comment tu étais, en première année de droit ? »

Simon réfléchit. « Odieux.

— Oui, moi aussi. Donc nous pouvons logiquement nous attendre à ce que les étudiants que nous allons voir soient aussi pénibles que nous l'étions.

— Très juste », approuva Simon. Il plongea dans sa serviette et en tira quelques magazines. « Tu veux quelque chose à lire ? » Elle hésita, préférant finalement à *Ma cuisine* un autre intitulé *The Green Bag*. « C'est quoi ?

— Une revue juridique marrante.

— Plutôt contradictoire ! » Elle se tourna vers le hublot et ferma les yeux en espérant que Simon allait la laisser tranquille. Ce qu'il fit, à son grand soulagement.

La première candidate répéta la question. « Mes objectifs ? » Elle était d'une jeunesse scandaleuse, avec un frais minois et un tailleur noir, et elle regardait Rose et Simon fixement, sans doute pour s'affirmer, mais ne réussissait qu'à se donner l'air myope. « Dans cinq ans, je veux être assise à votre place. »

Espérons pour elle qu'elle aura des protections féminines plus efficaces que moi, songea Rose. Depuis dix minutes, elle avait la nette impression que les tampons de l'aéroport fuyaient.

« Dites-nous pourquoi vous vous intéressez à Lewis, Dommel et Fenick, demanda Simon.

— Eh bien, commença l'étudiante avec assurance, je suis très sensible à la politique d'aide juridique gratuite de votre cabinet... »

Simon jeta un coup d'œil sur Rose et traça un bâton sur le papier qui leur servait à compter les lieux communs.

«... et j'apprécie la volonté des associés de ménager un juste équilibre entre travail et vie familiale... »

Simon fit un deuxième bâton.

« Et, conclut l'étudiante, je trouve que Boston est une ville très agréable. »

Rose et Simon échangèrent un regard. *Boston ?*

La candidate ne comprit pas leur hésitation. « Il y a tant de choses à faire dans cette ville ! C'est un lieu tellement chargé d'histoire !

— C'est vrai, intervint Simon, mais nous sommes situés à Philadelphie. »

La candidate eut l'air gênée. « Oh, pardon.

— Philadelphie est une ville très animée aussi », remarqua Rose, songeant qu'elle aurait très bien pu commettre la même bourde à son époque. On se présentait à tellement d'entretiens que tous les cabinets finissaient par se fondre en une même grande entité généreuse et sympathique, et qu'on s'en tenait à la même salade.

« Parlez-nous un peu de vous », proposa Rose à l'étudiant qui avait pris place face à eux.

Il soupira. « Je me suis marié l'année dernière.

— Félicitations, intervint Simon.

— Ouais, sauf qu'elle m'a annoncé hier soir qu'elle me quittait pour notre prof de droit pénal.

— Aïe…, murmura Rose.

— Elle disait qu'il la conseillait pour un projet. Je n'avais aucun soupçon. Vous vous seriez doutés de quelque chose, vous ? ajouta-t-il, avec un regard noir à Simon et à Rose.

— Euh… Je ne suis pas marié », répondit Simon.

L'étudiant se voûta dans son costume-cravate. « Bon, vous avez mon CV, vous savez où me trouver.

— Oui, dit Simon tout bas alors que le candidat suivant entrait. Planqué dans les buissons devant chez ton prof avec des jumelles infrarouges. »

« J'ai décidé de faire mon droit parce que j'étais révoltée, commença la petite brune. Vous vous souvenez de l'affaire du McNugget trop chaud ?

— Non, dit Rose.

— Pas vraiment », fit Simon.

L'étudiante les considéra avec mépris. « Une dame commande des McNuggets dans un drive-in de McDonald's. Les McNuggets arrivent, ils sortent de la friteuse. Ils sont chauds. La dame en prend une bouchée et se brûle les lèvres. Elle poursuit McDonald's car elle estime que le vendeur ne l'a pas avertie que son produit risquait d'être trop chaud et de la blesser. Elle gagne des centaines de milliers de dollars. Je trouve ça scandaleux. » Elle les fusilla du regard pour bien souligner son écœurement. « De tels jugements ne font qu'encourager le cancer procédurier qui dévore l'Amérique.

— Ah oui, mon oncle a eu cette maladie aussi, remarqua Simon tristement. Un cancer de la procédure. Et c'est incurable, à ce qu'il paraît.

— Mais je ne plaisante pas ! s'écria l'étudiante. Ce genre d'affaire futile est dramatique pour la profession. » Simon hocha la tête d'un air entendu tandis que Rose étouffait ses bâillements. L'étudiante passa un long quart d'heure à leur citer des exemples pertinents, des décisions marquantes, le tout avec profusion de notes de bas de page. Soudain, elle se leva.

« Bonne journée », lança-t-elle brusquement. Et elle sortit sans autre forme de procès.

Rose et Simon se regardèrent puis éclatèrent de rire.

« Eh bien ! commenta Rose.

— Je crois que celle-ci a décroché le pompon. Mlle McNugget trop chaud, t'es d'accord ?

— Je ne sais pas. Il y avait aussi celui qui postillonnait… Et miss Boston ?

— Je suis embêté, parce que nous avons oublié de leur demander s'ils aimaient les sports extrêmes. On ne va pas oser rentrer faire notre rapport !

— Le mec qui s'est fait plaquer par sa femme a une tête à avoir un snowboard dans son garage.

— Très juste, pendu à côté de son arc et de ses flèches. Et la blonde ? »

Rose attendit son commentaire. La blonde était leur avant-dernière candidate. Notes moyennes, quasiment aucune expérience, mais très jolie.

« Je pense que certains associés l'auraient appréciée », remarqua Simon sèchement. Rose se sentit gênée. Faisait-il allusion à Jim ?

« Enfin, bref, dit Simon en replaçant ses papiers dans l'inévitable chemise cartonnée Lewis, Dommel et Fenick. Tu as des envies particulières pour le dîner ?

— Un plateau dans ma chambre », répondit Rose en se levant.

Il eut l'air déçu. « Mais non ! Il faut qu'on sorte ! Il y a plein de bons restos à Chicago ! »

Rose essaya de se montrer gentille. « Je suis vraiment fatiguée », expliqua-t-elle. C'était vrai, et puis elle avait mal au ventre. Et puis elle voulait être dans sa chambre pour Jim qui, en prix de consolation, lui avait promis de l'appeler. Elle se demanda s'il était très difficile de faire l'amour par téléphone et si elle serait capable de s'en tirer sans ressembler aux immondes pubs pour les téléphones roses des chaînes câblées. Ou sans avoir l'air de lire tout haut les dépositions de l'affaire Clinton-Lewinsky.

« Tant pis pour toi », dit Simon. Il la salua, rangea sa chemise dans un fourre-tout Lewis, Dommel et Fenick (on devrait interdire les fourre-tout aux mecs, pensa Rose) et partit. Enfin libre, Rose se dépêcha de rentrer à l'hôtel pour attendre l'appel de Jim.

19

Maggie se fit le pari qu'elle arriverait à trouver du travail avant le retour de Rose. Si elle travaillait, Rose serait contente d'elle et accepterait de s'atteler au mystère de la grand-mère disparue. Elle abandonna donc la piste initiale du bar et partit en campagne avec un paquet de CV. Il ne lui fallut pas vingt-quatre heures pour décrocher un emploi à La Patte élégante, une boutique de toilettage pour chiens à deux pas de chez Rose, dans une rue qui comptait deux bistros français, un bar à cigares, une boutique de prêt-à-porter féminin et une parfumerie qui s'appelait Parfum d'amour.

« Vous aimez les chiens ? » demanda Béa, la gérante, qui fumait une Marlboro sans filtre en passant un shih tzu au séchoir à main.

« Beaucoup, dit Maggie.

— En tout cas, le toilettage, ça vous connaît, commenta Béa devant le jean serré de Maggie et son pull moulant. Vous ferez très bien l'affaire. Il faut laver les chiens, leur couper les griffes et les moustaches, leur passer du conditionneur et les sécher. Vous touchez huit dollars de l'heure, ajouta-t-elle en soulevant le shih tzu par la queue et le collier pour le déposer dans un bac en plastique.

— Ça me va. »

Béa lui tendit un tablier, une bouteille de shampooing pour bébé et désigna un petit caniche pas très reluisant. « Vous connaissez les glandes anales ?

— Pardon ?

— Les glandes anales, répéta Béa avec un sourire. Je vais vous montrer. » Avec dégoût, Maggie la regarda soulever la queue du chien. « Là, vous voyez ? » Sa nouvelle patronne désigna l'endroit en question. « On appuie dessus », expliqua-t-elle en joignant le geste à la parole. Une odeur à vomir se répandit dans la pièce. Même le caniche avait l'air de ne pas savoir où se mettre.

« Il faut faire ça à tous les chiens ?

— Juste à ceux qui en ont besoin. » Ce qui n'avait rien de bien rassurant.

« Et comment je sais lesquels en ont besoin ? » insista Maggie.

Cela fit rire Béa. « On voit si c'est gonflé. » Maggie frémit, prit son courage à deux mains et approcha de son premier chien, manifestement aussi peu rassuré qu'elle.

Huit heures plus tard, Maggie avait lavé seize chiens et accumulé seize sortes de poils différents sur son pull.

« Joli travail, félicita Béa en nouant un bandana rayé autour du collier d'un sheltie. Demain, mettez des bonnes chaussures de sport plates. Vous en avez ? »

Elle, non, mais Rose, si. Les pieds en compote, Maggie sortit dans la rue et fourra ses mains répugnantes dans ses poches, heureuse d'avoir l'appartement à elle toute seule pour la soirée. Elle pourrait se faire du popcorn et boire un verre sans que sa sœur se plaigne de la musique ou de son parfum, sans qu'elle la cuisine pour savoir où elle allait et quand elle rentrait.

Elle s'arrêta devant l'endroit où la voiture de Rose était garée... une place de stationnement à présent occupée par une flaque gelée et quelques feuilles mortes.

Bon, elle s'était peut-être trompée... Pine Street... La voiture était dans Pine Street, ça, elle en était sûre. Elle alla jusqu'au stop près d'un des bistros français, traversa au coin de la rue et repartit en sens inverse, dépassa le bar à cigares et Parfum d'amour, fermés à cette heure, puis continua, de feu en feu, de lampadaire en lampadaire, sans trouver la voiture.

Elle retourna au carrefour, revint encore sur ses pas, passa sous les décorations de Noël, sentit le vent glacé souffler dans son cou. Pourtant, elle était bien garée dans Pine Street... à moins qu'elle ne fasse erreur. Rose ne le lui pardonnerait jamais. Elle imaginait sa sœur tout juste revenue de Chicago pour apprendre que sa voiture avait disparu. Elle n'attendrait même pas ses explications avant de la jeter dehors et de la renvoyer chez Sydelle. Finalement, c'était toujours pareil. Un pas en avant, deux pas en arrière. Elle décrochait une audition pour MTV, et elle se faisait avoir par le prompteur. Elle trouvait du travail, et elle se faisait voler la voiture. Merde ! Merde, merde, merde !

« Ils vous ont eue aussi ? » demanda un homme en veste de cuir qui arrivait sur le même trottoir. Il montra un panneau que Maggie n'avait pas remarqué jusque-là. « Nettoyage de la chaussée, commenta-t-il. Avant, ils collaient juste des prunes mais tout le monde s'en fichait, alors maintenant ils font venir la fourrière.

— Où ils emmènent les voitures ?

— Au dépôt. Je vous emmènerais bien, mais... » Il indiqua la place où il avait garé sa voiture avec une mimique si comique que Maggie fut bien obligée de rire. « On n'a qu'à y aller ensemble », proposa-t-il.

Elle essaya de mieux voir son visage, mais il faisait trop sombre et sa capuche était remontée. « Je vais juste boire une bière vite fait en attendant mon pote, et il pourra nous déposer là-bas. Vous avez votre carnet de chèques ?

— Euh… Ils prennent les cartes de crédit ? »

Il haussa les épaules. « On verra bien quand on y sera. »

Le passant s'appelait Grant, et son pote Tim. Ils ne burent pas une bière mais trois, plus un Irish coffee. Maggie sirota le sien lentement. Bercée par la musique, elle s'efforçait de s'intéresser à leur conversation et de ne pas regarder sa montre toutes les cinq secondes. Croiser les jambes, s'enrouler une mèche autour du doigt d'un air mutin, paraître fascinée mais aussi un peu mystérieuse. Faire des effets de cils, prendre une moue boudeuse. Les regarder, puis baisser timidement les paupières. Elle était rodée à l'exercice, et les mecs prenaient toujours ça pour argent comptant.

« Dis, Monique, tu veux venir à une fête avec nous après la fourrière ? »

Elle continua de jouer son rôle, hocha la tête avec un petit haussement d'épaules et recroisa les jambes. Grant posa la main sur son genou en remontant vers la cuisse. « C'que t'es douce », commenta-t-il. Elle s'appuya contre lui une seconde puis s'écarta. Avancer, reculer.

« Allons chercher les voitures d'abord, on verra après », dit-elle. Dès qu'elle aurait récupéré sa voiture, elle rentrerait. Elle était fatiguée et rêvait de prendre une douche et de s'écrouler comme une masse dans le confortable lit de sa sœur.

Il était plus de 22 heures quand ils finirent par se lever et mettre leur manteau. Grant l'aida à descendre de son tabouret de bar, et Maggie poussa un soupir de soulagement en montant dans le camion de Tim. Ils prirent une autoroute, puis en sortirent, puis en reprirent une autre quelque part dans le sud de Philadelphie. Au bout d'un moment, Tim tourna sur une route sinueuse, sans éclairage. Les deux types riaient en chantant avec la radio et se passaient une bouteille par-dessus sa tête. Elle eut une soudaine appréhension. Cela risquait de mal tourner. Où étaient-ils ? Qui étaient ces types, d'abord ? Pourquoi s'était-elle fourrée dans cette situation impossible ? Quelle conne !

Elle essayait de trouver une idée pour se sortir de là quand Tim braqua à droite. En cahotant, il s'engagea dans un chemin qui longeait un parking rempli de voitures, entouré par une clôture d'une blancheur spectrale.

« On y est », annonça-t-il. Maggie tenta de percer l'obscurité. Il y avait des voitures par centaines, des dizaines de rangées d'épaves et de beaux modèles récents, et là, juste sur le devant, la petite Honda argent de Rose. Tout au fond, elle distingua des silhouettes de chiens qui patrouillaient le long du grillage. *Des bergers allemands*, pensa-t-elle.

Tim ouvrit sa portière, croquant une poignée de pastilles à la menthe. « Le bureau est par là, déclara-t-il en désignant une cahute en parpaings à la fenêtre éclairée. Vous rappliquez ? »

Maggie évalua la situation. Le portail était ouvert. Elle pouvait très bien aller jusqu'à sa voiture, monter dedans et partir. Elle descendit du camion. « Je vais récupérer ma voiture, annonça-t-elle.

— Ben oui, c'est pour ça qu'on t'a amenée », rétorqua Tim.

Maggie était bien ennuyée. Cela faisait six mois qu'elle devait faire renouveler son permis. Et puis la voiture était au nom de Rose, pas au sien. Il était plus que probable que, même s'ils acceptaient les cartes de crédit, ils allaient refuser de lui laisser reprendre la voiture. Il fallait ruser.

Il faisait tellement froid qu'elle en avait mal aux joues ; l'intérieur de son nez était comme un glaçon, elle avait la chair de poule. Elle fit quelques pas comme si elle marchait sur des œufs. Ni trop lentement ni trop vite.

« Eh ! appela Grant. Eh ! » Elle sentit qu'il la suivait et elle vit en cinémascope ce qu'il devait avoir dans la tête. D'abord, récupérer les voitures, puis retourner au bar pour la faire boire. Ensuite, lui dire qu'elle n'était pas en état de conduire et lui proposer de venir prendre un café chez eux. L'appartement sentirait le vieux linge et le dessous de bras, il y aurait des boîtes à pizza vides sur le comptoir de la cuisine et de la vaisselle sale dans l'évier. Tu veux qu'on se mette un film ? demanderaient-ils, et ce serait une vidéo porno, et ils sortiraient une bouteille, et un des deux la materait d'un œil vitreux. *Alors, chérie,* dirait-il avec un sourire lubrique, *mets-toi à l'aise, ma jolie, viens voir un peu ici.*

Maggie prit ses jambes à son cou.

« Attends ! » cria Grant, d'un ton furieux, cette fois. Elle l'entendit se lancer à sa poursuite. Tandis que ses pieds martelaient le sol gelé, elle pensa à l'histoire d'Atalante qui ne voulait pas se marier. Les dieux l'avaient autorisée à participer à une course pour gagner la pomme d'or, et Atalante, qui courait plus vite que tous les hommes, aurait triomphé si on ne l'avait pas piégée. Maggie, elle, ne se laisserait pas battre.

A-ta-lante, A-ta-lante, ses pieds tenaient le rythme, son souffle argenté s'échappait de ses lèvres par saccades.

Elle y était presque, elle allait toucher la poignée quand Grant l'attrapa par la taille et la souleva de terre.

« Où tu cours comme ça ? souffla-t-il dans son oreille, l'haleine humide et aigre. Où tu vas ? » Il remonta la main sous son pull.

« Lâche-moi ! » Maggie se débattait. Il rit, la tenant à distance pour éviter les coups. Au loin, les chiens se mirent à aboyer.

Tim avait couru pour les rejoindre. « Allez, mec, laisse-la.

— Lâche-moi !

— Attends, dit Grant en lui tripotant les seins. Tu ne veux pas qu'on s'amuse un peu avant ? »

Merde ! pensa Maggie. *Non !* Elle se souvint d'un autre soir, il y avait très longtemps, à l'époque du lycée, une fête dans un grand jardin, chez quelqu'un. Elle avait bu de la bière, puis fumé un joint, puis descendu un verre d'elle ne savait trop quoi, un alcool brun et sucré, et elle n'avait plus très bien suivi le reste. Elle s'était retrouvée avec un mec, couchée dans l'herbe derrière un arbre. Il avait la braguette ouverte, et elle, le pull remonté jusqu'au cou. En levant les yeux, elle avait vu deux autres types en train de les regarder, canette à la main. Ils attendaient leur tour. À ce moment, elle avait mesuré à quel point on perdait vite le contrôle, combien l'illusion de la liberté était glissante, comme un couteau savonneux dans un évier, et à quelle vitesse et avec quelle force la lame pouvait entrer dans la chair. Elle s'était relevée en titubant, avec des bruits de haut-le-cœur très réalistes. « Je vais gerber », avait-elle jeté avant de courir vers la maison, la main plaquée sur la bouche. Elle s'était cachée dans la salle de bains jusqu'à 4 heures du matin, en attendant que tout le monde dorme. Mais maintenant, c'était différent. Il n'y avait pas de salle de bains où se réfugier, pas de foule dans laquelle disparaître. Il n'y avait personne pour la sauver.

Maggie donna des coups de pied frénétiques et sentit son talon atteindre la cuisse de Grant. Il poussa un grognement de douleur et elle parvint à lui échapper.

« Connard ! » hurla-t-elle. Grant la regarda d'un air mauvais alors que Tim détournait les yeux. « T'es pas bien, espèce de connard ? !

— Allumeuse, jeta Grant.

— Taré ! » Ses mains tremblaient si fort qu'elle laissa tomber deux fois ses clés avant d'arriver à ouvrir sa portière.

« Il faut que tu payes avant de partir. » Tim avançait lentement vers elle, mains ouvertes, paumes en l'air. « Ils ont pris ton numéro d'immatriculation… Ils vont t'envoyer ta contravention par la poste, et tu auras des tas de pénalités à payer…

— Rien à foutre ! Pousse-toi de là. Ma sœur est avocate. Elle va te faire tomber pour agression.

— On s'excuse, il a trop bu…

— J't'emmerde. »

Elle démarra et alluma ses phares. Grant se protégea les yeux avec les bras. Maggie fit tourner le moteur et, une seconde, eut envie d'appuyer sur la pédale pour l'écrabouiller. Elle respira à fond pour se calmer, essaya de maîtriser ses mains qui tressautaient sur le volant et passa le portail.

20

Si Maggie avait été sa colocataire, la facture de téléphone aurait été la goutte d'eau qui fait déborder le vase. Mais Maggie n'était pas sa colocataire, c'était sa sœur. Quand Rose était rentrée de ses deux jours à Chicago (le vol avait eu du retard, ses bagages s'étaient perdus, la foule de Noël avait été épouvantable), la facture de téléphone l'avait assommée. Le total dépassait d'environ trois cents dollars les quarante dollars habituels. Le principal coupable : un coup de téléphone de deux cent vingt-sept dollars au Nouveau-Mexique.

Rose s'était aussitôt juré d'exiger des explications à la seconde où sa sœur passerait la porte. Elle lui laisserait accrocher son manteau, enlever ses chaussures, puis elle annoncerait mine de rien que la facture de téléphone était arrivée et lui demanderait si elle s'était fait un pote à Albuquerque. Seulement, en entrant dans sa chambre, elle avait vu tous ses vêtements empilés par terre et les draps en désordre, ce qui signifiait que Maggie avait couché dans son lit. Et qu'elle avait sans doute porté ses chaussures et mangé dans son petit bol et utilisé sa petite cuillère.

Rose l'attendit assise sur le canapé jusqu'à minuit passé, folle de rage. Maggie franchit la porte d'excellente humeur, avec une lourde odeur de bar et quelque chose qui remuait sous son manteau.

« Ah, t'es rentrée ! s'exclama Maggie.

— Oui. Et la facture de téléphone est arrivée, répondit Rose pendant que Maggie jetait ses chaussures dans un coin et envoyait son sac valser sur le canapé.

— Je t'ai rapporté quelque chose ! » Maggie avait les joues roses, les pupilles très dilatées et sentait le whisky. « Deux choses, en fait, se reprit-elle en ouvrant son manteau d'un geste facétieux. Caramel numéro deux ! » annonça-t-elle, et elle laissa tomber par terre un petit chien brun en forme de galette. Il avait des yeux bruns luisants, un collier en cuir marron, et un museau qui semblait avoir été écrasé par une poêle à frire.

Rose n'en croyait pas ses yeux. « Maggie… mais c'est quoi, ça ?

— Caramel numéro deux, répéta sa sœur. Cadeau !

— Je n'ai pas le droit d'avoir de chien dans l'appartement ! » cria Rose. Pendant ce temps, le petit chien brun faisait un rapide tour du propriétaire et s'arrêta devant la table basse, avec des airs de vieille dame distinguée mécontente de sa chambre d'hôtel. « Il faut que tu ailles le rendre !

— Bon, d'accord, d'accord, dit Maggie. De toute façon, ce n'est pas pour longtemps. Je l'ai emprunté.

— Mais à qui ?

— À mon nouveau boulot. Je suis toiletteuse pour chiens à La Patte élégante depuis deux jours. T'es contente ?

— Il faut qu'on parle de la facture de téléphone. Tu as appelé quelqu'un au Nouveau-Mexique ?

— Non, je ne crois pas. »

Rose lui tendit la facture. Maggie l'étudia un moment. « Ah… Oui…

— Oui, quoi ?

— Je me suis fait lire le tarot. Mais c'est un truc de… ça n'a duré qu'une demi-heure ! Je ne pensais pas que ça coûterait aussi cher.

— Tu t'es fait tirer les cartes…

— C'était juste avant mon audition, marmonna Maggie. Je voulais savoir si ce serait un jour favorable pour trouver du travail.

— J'y crois pas…

— Rose, on ne pourrait pas parler de ça à un autre moment ? Je suis lessivée. J'ai passé une soirée crevante.

— Je comprends, après deux grandes journées de travail, tu dois être épuisée.

— Laisse tomber. Je te rembourserai. »

Le petit chien fit entendre un grommellement réprobateur et grimpa sur le canapé, où il se mit à gratter le coussin. « Arrête ! » cria Rose. Il fit la sourde oreille, continua à triturer le coussin pour l'arranger comme il l'entendait, puis se coucha dessus et s'endormit instantanément.

« Maggie ! » hurla Rose. Pas de réponse. La porte de la salle de bains resta fermée, et on n'entendit plus que la douche couler et le petit chien ronfler. « Et l'autre surprise, c'est quoi ? » demanda Rose. Pas de réponse. Elle attendit un moment devant la porte, la facture de téléphone serrée dans la main, puis abandonna, ulcérée. Demain matin, se promit-elle.

Sauf que le lendemain débuta par ce qui était devenu la routine depuis l'arrivée de Maggie : l'appel d'un créditeur qui réclamait le paiement d'une facture.

Les coups de fil commençaient invariablement ainsi : « Bonjour, pourrais-je parler à Maggie Feller ? Lisa de Lord and Taylor à l'appareil », ou Karen de Macy's, ou Elaine de Victoria's Secret. Cette fois, c'était Bill, de Gap. Le soir, le répondeur était encombré de messages de Strawbridge, Bloomingdale's, Citibank, American Express.

« Maggie ! » appela Rose. Sa sœur était recroquevillée sur le canapé, le chien couché en boule par terre, sur l'oreiller. « Téléphone ! »

Maggie ne se retourna pas, n'ouvrit même pas les yeux – elle se contenta de tendre le bras. Rose lui fourra le téléphone dans la main et fila s'enfermer dans la salle de bains ; le ton montait et sa sœur criait « Oui ! » et « Non ! » et « Je vous ai déjà envoyé un chèque ! ». Quand elle sortit de la douche, Maggie était toujours au téléphone, et le chien rongeait un objet qui ressemblait à s'y méprendre à l'une de ses bottes de cow-boy rouges. « J'en ai marre ! » hurla-t-elle en claquant de toutes ses forces la porte de l'appartement derrière elle.

Elle prit l'ascenseur, sortit du hall et traversa la rue, espérant que sa voiture serait garée à peu près là où elle l'avait laissée en partant pour Chicago. Elle la trouva pratiquement au même endroit. Ouf, c'était déjà ça, pensa-t-elle en prenant place au volant. À cet instant, un vieux monsieur tapa à la vitre.

« Attention, ne démarrez pas, conseilla-t-il.

— Hein ?

— Vous avez un sabot. Regardez. »

Rose sortit de sa voiture. En effet, un sabot jaune métallique emprisonnait sa roue avant, assorti d'une affichette orange vif. « Infraction », lut-elle. *Maggie ! C'est la faute de Maggie !* Elle regarda sa montre et vit que, si elle se dépêchait, elle avait le temps de remonter pour exiger une explication. « Vous avez oublié quelque chose ? » demanda le portier. Elle appuya avec fureur sur le bouton de l'ascenseur, tapa du pied, l'œil fixé sur le miroir du plafond pendant que la cabine s'élevait, prit le couloir au pas de course et rentra dans l'appartement. « Maggie ! » hurla-t-elle en tambourinant à la porte de la salle de bains. Pas de réponse. Rose tourna la poignée. Ce n'était pas fermé à clé. Tant pis si Maggie était encore sous la douche, elle voulait savoir ce qui s'était passé. Elle fit un pas dans la pièce embuée et s'arrêta en voyant la silhouette de sa sœur à travers le rideau de douche en plastique. Maggie tournait le dos à la porte et appuyait le front contre le carrelage. Plus inquiétant, Rose l'entendit répéter sans fin le même mot :

« Imbécile… Imbécile… Imbécile… Imbécile… »

Elle en resta paralysée. Sa sœur lui rappelait un pigeon sur lequel elle avait failli trébucher un jour dans la rue. Au lieu de s'enfuir, il avait posé sur elle des petits yeux rouges haineux. En repartant, elle avait compris pourquoi il ne s'envolait pas. Une de ses pattes, horriblement blessée, était repliée contre son corps, ce qui l'obligeait à sautiller sur l'autre.

Rose avait ébauché un geste vers lui, mais elle ne pouvait quand même pas ramasser cette bête répugnante et l'emmener chez le vétérinaire. L'oiseau lui avait jeté un dernier regard furieux et s'était éloigné en sautillant sur une patte, drapé dans sa dignité. C'était à vous briser le cœur.

Maggie était exactement comme ce pigeon, pensa Rose. Elle aussi était blessée, mais elle avait trop d'amour-propre pour accepter de l'aide, ou qu'on lui montre de façon anodine qu'on remarquait ses failles, cette cassure qu'elle n'arrivait pas à comprendre et à réparer toute seule.

Rose sortit de la salle de bains sans bruit et referma la porte derrière elle, exaspérée et touchée à la fois, comme d'habitude. Elle retourna à l'ascenseur, retraversa le hall, ressortit et arrêta un taxi au coin de la rue. La voiture… la facture de téléphone… les créditeurs… le chien… les vêtements entassés par terre, les produits de beauté qui s'étalaient partout dans la salle de bains, les avis de relance qui obstruaient la boîte à lettres. Rose ferma les yeux. Il fallait que cela cesse. Mais comment faire ?

21

Ella avait du sable dans les chaussures. Elle les enleva et se frotta la plante des pieds sur le tapis de sol de la voiture avant de les remettre.

Lewis la regarda « Ça va ?

— Très bien. » Ils étaient sortis dîner tard (c'est-à-dire après 19 heures) puis étaient allés à un concert – pas à la salle commune de Golden Acres, mais dans un vrai night-club de Miami. Lewis les y avait conduits dans sa grosse voiture, sous la chaleur humide et odorante de la nuit.

Quand la voiture franchit l'entrée de Golden Acres, Ella se demanda ce qui allait se passer. Si elle avait été plus jeune, elle aurait probablement compté leurs rendez-vous (six à ce jour), calculé depuis combien de temps ils se voyaient et en serait arrivée à la conclusion que Lewis s'attendait à « aller plus loin ». Si elle avait eu soixante ans de moins, elle se serait préparée à une demi-heure de tripotage peu ragoûtant avant d'être libérée par le couvre-feu. Mais, à son âge, que pouvait-il se passer ? Après tout ce qu'elle avait vécu… Elle avait cru son cœur mort, inapte et racorni. Du moins, c'était ce qu'elle avait pensé pendant des années après la mort de Caroline. Mais à présent…

Lewis trouva une place devant chez lui. « Tu veux monter prendre un café ?

— Ça va m'empêcher de dormir ! » répondit-elle en gloussant comme une adolescente.

Ils prirent l'ascenseur en silence. Ella essaya de se persuader qu'elle avait mal compris. Peut-être avait-il vraiment l'intention de lui offrir une boisson chaude et de la raser avec des photos de ses petits-enfants. Ou alors il cherchait une oreille compatissante pour l'écouter parler de sa défunte épouse. Il n'était probablement pas question de lit. Sans doute prenait-il un traitement, comme tous les gens qu'elle connaissait. Mais s'il avait du Viagra ? Sûrement pas. Elle se faisait du cinéma. Elle avait soixante-dix-huit ans ; qui aurait envie de coucher avec elle, avec ses plis, ses rides, ses taches sur la peau ?

Lewis lui jeta un regard curieux en ouvrant la porte. « Tu as l'air d'être à des kilomètres.

— Euh... je... » commença-t-elle en le suivant à l'intérieur. Elle vit tout de suite que son appartement était beaucoup plus grand que le sien, et que, alors que ses fenêtres à elle donnaient sur le parking et l'autoroute, celles de Lewis avaient vue sur la mer.

« Assieds-toi », dit-il. Elle s'installa sur le canapé et sentit comme un frémissement de... quoi ? De peur ? De joie ? Il n'avait pas allumé la lumière.

Il vint s'asseoir à côté d'elle, lui mit un mug dans les mains, puis se releva pour remonter les stores, et Ella vit l'eau scintiller sous la lune et les vagues se jeter sur le sable clair. Les baies vitrées étaient si grandes qu'elle avait l'impression d'être toute proche de l'eau, comme si...

« On se croirait dans un bateau ! » s'exclama-t-elle. Oui, c'était cela, même si elle n'était pas montée sur un bateau depuis des années, c'était exactement la même sensation. Elle sentait presque le roulis, le mouvement du navire qui fendait les flots, l'emmenait loin de sa vie, loin d'elle-même. Et quand Lewis lui prit la main, elle trouva cela tout naturel, aussi normal que le flux et le reflux sur le sable.

22

« Il faut qu'elle parte », dit Rose à Amy. Elles étaient dans le café préféré d'Amy et buvaient du thé glacé en attendant leur déjeuner. Après avoir pris son taxi pour aller travailler, Rose avait passé la matinée au téléphone, à essayer de démêler auprès du service du stationnement de la ville de Philadelphie ce qui était arrivé à sa voiture, et combien allait lui coûter le dernier exploit de Maggie. Puis elle avait regardé l'heure, réalisé avec horreur qu'elle n'avait encore rien fait de la journée, et appelé chez elle. Maggie n'avait pas répondu, Rose avait laissé un bref message : « Maggie, appelle-moi au bureau dès que tu auras ce message. » À 13 heures, toujours sans nouvelles de sa sœur, Rose avait retrouvé Amy pour manger une salade et mettre au point une stratégie.

« Tu te souviens quand elle est restée trois semaines chez moi la première fois ? L'enfer que j'ai vécu ? Tu te souviens que j'avais juré qu'on ne m'y reprendrait plus ?

— Oui, je me souviens », répondit Amy, compatissante.

Rose eut un moment de gêne : elle gardait un souvenir cuisant du jour où Amy était passée regarder une vidéo chez elle pendant le séjour de sa sœur et avait découvert que deux tubes de rouge à lèvres et quarante dollars avaient disparu de son sac.

« Écoute, Rose, tu as fait ton devoir de sœur. Tu as été plus que patiente. Elle a trouvé du travail ?

— Elle dit que oui.

— “Elle dit”… Est-ce qu'elle te donne de l'argent pour le loyer, pour les courses ? Pour les frais généraux ? »

Rose fit non de la tête. La serveuse, grande, noire et très belle, apporta leurs assiettes avec la fierté d'une reine, les jeta sur la table et repartit sans paraître s'apercevoir que le verre d'eau de Rose était vide.

« Pourquoi on vient encore ici ? demanda Rose en prenant sa fourchette. Le service est abominable.

— Je préfère donner mon argent à la communauté.

— Amy, tu ne fais pas partie de cette communauté », répondit Rose patiemment. Elle prit quelques bouchées de sa salade puis repoussa son assiette. « Qu'est-ce que je fais, pour Maggie ?

— Fiche-la dehors, conseilla Amy, la bouche pleine d'épinards.

— Mais où va-t-elle aller ?

— Ce n'est pas ton problème. Je sais que ça peut sembler dégueulasse, mais elle ne va pas mourir de faim dans le caniveau. Tu n'es pas responsable d'elle. Tu n'es pas sa mère. »

Rose se renfrogna et Amy s'en voulut. « Excuse-moi, je suis désolée que ta sœur aille si mal, c'est bête que Sydelle soit un monstre, et c'est triste ce qui est arrivé à ta mère. Mais tu n'arriveras pas à la sauver… Ça ne peut pas marcher. Tu ne peux pas remplacer votre mère.

— Je sais bien… Le problème, c'est que je ne sais pas quoi faire. Enfin, je sais ce que je veux faire, mais je ne sais pas comment m'y prendre.

— Répète après moi : “Maggie, il faut que tu partes.” Non, sérieusement, elle n’a qu’à aller chez ton père et Sydelle, et si ça ne suffit pas à la persuader de gagner de quoi se louer un appartement, je ne vois pas ce qui la convaincra. Tu peux même lui donner de l’argent – et note bien que je dis “donner”, pas “prêter”. Je t’aiderai, si tu veux.

— Merci, dit Rose en se levant. Il faut que j’y aille.

— Dis à Maggie de partir. Tu as besoin de t’occuper un peu de toi. » Rose hocha la tête d’un air malheureux. « Appelle-moi si tu as besoin de quoi que ce quoi. En tout cas, tiens-moi au courant. »

Rose promit et retourna au bureau. Elle écouta ses messages. Rien de Maggie, mais Sydelle avait téléphoné. « Rose, s’il te plaît, appelle-nous immédiatement. »

Ah ! Sa sœur était peut-être allée chez eux. Rose rassembla son courage et composa le numéro. « C’est Rose.

— Il faut que tu fasses quelque chose ! attaqua aussitôt Sydelle. Tu sais que des sociétés de recouvrement débarquent chez nous à 8 heures du matin ?

— Chez moi c’est pareil.

— Tu ne peux pas régler ça ? Tu es avocate, quand même. Tu ne peux pas leur dire que c’est illégal de venir chez nous ? Chérie, ce n’est pas bon pour ton père… »

Rose eut une furieuse envie de lui faire remarquer que ce n’était pas bon pour elle non plus – que ce qui venait de Maggie n’était bon pour personne, sauf pour Maggie elle-même –, mais elle tint sa langue et promit d’essayer d’intervenir. Elle raccrocha et rappela chez elle. Toujours pas de réponse. Elle commençait à s’inquiéter. Maggie était peut-être à son travail. *On peut toujours rêver !* pensa-t-elle, écœurée. Elle alluma son ordinateur pour récupérer ses e-mails. Elle trouva un message d’un associé qui lui demandait, assez sèchement d'ailleurs, quand elle aurait fini de rédiger son dossier, et un e-mail collectif émanant de Simon Stein, intitulé « Réunion de préparation à la saison de softball » que Rose effaça sans le lire.

Elle se leva et marcha de long en large dans son bureau. Elle avait besoin de Jim, et tout de suite ! Il fallait qu'elle le voie, qu'il le veuille ou non. Baissant les yeux, elle eut la surprise de constater qu'elle portait deux mocassins noirs différents – pas étonnant quand sa sœur laissait traîner ses chaussures en vrac par terre. *Maggie, tu exagères !* Elle courut dans le couloir, passa sans s'arrêter sous le nez de la secrétaire de Jim (« Hé ! Il est au téléphone, Rose ! ») et entra directement dans son bureau.

Il raccrocha et referma la porte derrière elle. « Rose ? Que se passe-t-il ? » demanda-t-il. Elle baissa les yeux sur ses chaussures dépareillées. Ce qui se passait ? Son appartement était devenu un taudis, elle ne savait plus où elle en était, elle devait deux cents dollars à la fourrière, un chien vivait clandestinement dans son séjour et elle n'était même plus capable de s'habiller correctement. Elle avait besoin qu'il la prenne dans ses bras, qu'il lui pose une main rassurante sur la joue et qu'il lui dise qu'ils étaient deux, que leurs débuts étaient difficiles à cause de la présence de Maggie mais que très bientôt tout irait mieux.

« Hein ? Qu'est-ce qui ne va pas ? » demanda-t-il en la conduisant au fauteuil en cuir des clients, le fauteuil qui vous avalait et vous rendait tout petit.

Elle préféra rester debout. *Sois brève*, pensa-t-elle. « Tu me manques. »

Jim eut l'air navré. « Je suis désolé, Rose, mais je ne sais plus où donner de la tête. »

C'était comme si elle était sur les montagnes russes, quand on arrive en haut d'une montée plus vite que prévu et qu'on tombe en chute libre. Ne comprenait-il pas qu'elle avait vraiment besoin de lui ?

Il lui passa un bras autour des épaules mais s'arrangea pour la garder à distance. « Qu'est-ce que je peux faire ? murmura-t-il.

— Viens chez moi ce soir, supplia-t-elle, les lèvres contre son cou, sachant pertinemment qu'elle faisait exactement ce qu'il ne fallait jamais faire, sous aucun prétexte. J'ai besoin de te voir, dis oui, je t'en prie…

— Je risque d'arriver tard. Pas avant 22 heures.

— Tant pis, ce n'est pas grave. Je t'attendrai. » *Je t'attendrai autant qu'il faudra*, pensa-t-elle en sortant du bureau. La secrétaire de Jim lui jeta un regard assassin.

« On ne peut pas entrer comme ça sans se faire annoncer !

— Pardon, dit Rose, qui avait l'impression d'avoir passé la journée la plus humiliante de sa vie. Pardon, je ne le ferai plus. »

23

Le téléphone de Rose sonnait encore. Maggie ne s'en occupa pas. Elle laissa tomber sa serviette par terre dans le séjour et alla sous la douche. C'était sa troisième de la journée. Elle prenait beaucoup de douches depuis sa rencontre un peu trop intime avec le duo dynamique Grant et Tim. Elle y passait dix, vingt, trente minutes à se frotter avec son luffa, à se laver les cheveux à fond. Et elle se sentait encore sale. Sale et pleine de hargne. Elle dormait depuis des semaines sur le canapé de Rose, et qu'avait-elle fait ? Elle n'avait pas d'argent, pas de mec. Pas de book. Rien, rien, rien de rien. Rien que des abrutis qui lui sautaient dessus dans des parkings comme sur une moins que rien. Une vraie tache.

Elle entendit la voix de sa sœur bêler dans le répondeur. « Maggie, tu es là ? Décroche si tu es là. Il faut vraiment que je te parle. Maggie… »

Indifférente, elle s'enveloppa dans une serviette et passa la main sur le miroir pour essuyer la buée. Son arme numéro un, comme toujours, c'était son corps, plus efficace qu'un revolver ou un couteau. Elle retrouverait ces deux connards. Elle fouillerait la ville de fond en comble s'il le fallait et elle tomberait sur eux dans un bar, dans un bus, n'importe où. Elle avancerait, tête haute, seins en avant, et elle sourirait. Le sourire, ce serait le plus difficile, mais elle y arriverait. Elle était actrice, non ? Une star. Elle sourirait et poserait la main dans le dos de Tim en lui demandant comment il allait. Elle siroterait son verre, laissant des traces de rouge en forme de demi-baisers sur le rebord. Elle frotterait son genou contre le sien. Elle se pencherait tout contre lui et murmurerait qu'elle avait adoré leur rencontre, qu'elle regrettait de s'être sauvée, qu'elle avait envie de les revoir. Ce soir même, s'ils étaient libres. Et ils la ramèneraient chez eux. Alors ce serait le moment de sortir son arme numéro deux, un couteau, ou un revolver si elle en trouvait un. Quelque chose qui leur ferait bien mal et qui leur montrerait qu'on ne se payait pas sa tête impunément.

Le téléphone sonna de nouveau. « Maggie, je sais que tu es là. Décroche, je t'en prie. Je viens d'avoir la fourrière. Il paraît que la voiture a été sortie illégalement, et il y a tout un tas d'amendes à payer… »

Maggie fit la sourde oreille et monta la stéréo – Axl Rose qui bramait *Welcome to the Jungle*. Elle enfila la dernière trouvaille de Rose, une paire de bottes noires moulantes en cuir qui montaient au genou. Des bottes à deux cent soixante-huit dollars, que sa sœur s'était achetées sans même se poser de questions, parce que, pour Rose, tout allait bien. Rose, elle, ne se laisserait jamais intimider par un prompteur, Rose ne se garerait jamais du mauvais côté de la rue, Rose ne se ferait jamais agresser par deux salauds dans un parking, Rose n'en serait jamais réduite à tripoter des culs de chien pour joindre les deux bouts. Rose avait tout et Maggie n'avait rien. Rien du tout, sauf la petite chienne abandonnée à La Patte élégante depuis des mois et que Maggie avait sauvée en la ramenant chez elle.

Uniquement vêtue des bottes de Rose, elle faisait les cent pas de la chambre au séjour, du séjour à la cuisine. Ses semelles crissaient sur le parquet, son corps sentait le cuir, le savon et la sueur. Aveuglée par la colère, elle ne pensait qu'au couteau. Chaque fois qu'elle passait dans la salle de bains, elle s'apercevait dans le miroir, corps rose, moite et ravissant – déguisement machiavélique, fleur aux pétales veloutés accrochés à la longue tige de ses jambes. Personne ne pouvait deviner à quel point elle était dangereuse.

L'Interphone sonna. La chienne gémit. « Ne t'en fais pas », dit Maggie en enfilant un tee-shirt. Elle hésita à mettre une culotte, mais pourquoi s'embêter ? Il n'était que 20 heures – trop tôt pour Rose, qui rentrait toujours plus tard, des sermons plein la bouche. C'était sans doute le crétin d'à côté qui venait lui demander de baisser la musique.

Elle éteignit la lumière, ouvrit la porte, prête à hurler, et vit le petit ami de Rose.

« Rose ? » Il plissait les yeux pour la distinguer dans le noir. Maggie se mit à rire, un gloussement d'abord, qui enfla, roula dans sa gorge comme du poison, comme si elle vomissait à l'envers. Non, elle n'était pas Rose. Elle ne serait jamais Rose. Elle n'avait pas les capacités de sa sœur, ses succès faciles. Ce n'était pas elle qui faisait la morale aux autres, se mêlait de ce qui ne la regardait pas, cachait mal son agacement sous sa fausse compassion. Rose… Ah, ça, non ! Elle jeta la tête en arrière et laissa libre cours à son hilarité. « Rose ? Sûrement pas », dit-elle pour finir.

Il la contempla des pieds à la tête. Ses bottes, ses cuisses nues, ses seins… « Rose est là ? » demanda-t-il.

Maggie secoua la tête, lui coula un sourire lascif. Le sang battait dans ses tempes, et elle avait une idée. L'heure de la revanche avait sonné, songea-t-elle. *Vengeance*… « Tu veux entrer pour l'attendre ? »

proposa-t-elle. Jim la léchait des yeux et Maggie entendait presque ses pensées. Il voyait en elle une Rose améliorée, amplifiée, renumérisée ; Rose, mais en mille fois mieux.

Comme il refusait d'un mouvement de tête, Maggie s'appuya au chambranle avec une pose insolente.

« Attends, dit-elle d'une voix chaude, provocante, je suis sûre que tu en as marre de la daube et que tu as envie de filet mignon… »

Jim secoua de nouveau la tête. Il ne la quittait pas des yeux.

« Ou alors, tu nous veux toutes les deux. C'est ça ? Un sandwich de frangines… »

Il essaya de prendre l'air scandalisé, mais elle avait bien vu à l'expression de son visage à quel point il trouvait l'idée tentante.

« Eh bien, il va falloir attendre, continua-t-elle. Il n'y a que la petite Maggie à la maison, pour l'instant. » Elle fit passer son tee-shirt par-dessus sa tête et fit en sorte que ses seins aillent frôler le devant de la veste de Jim. Il s'étrangla à moitié. Elle avança d'un demi-pas, se colla à lui. Il posa les mains sur ses seins, et elle fourra la tête dans son cou pour sucer sa peau d'une bouche avide et brûlante.

« Non, murmura-t-il en refermant les bras sur elle.

— Non », dit-elle. Elle enveloppa une jambe nue autour des siennes en se pressant contre lui.

« Non, quoi ? »

Elle leva l'autre jambe et s'enroula autour de lui comme un serpent ; il la souleva avec un gémissement et la porta à l'intérieur. « Non, dit-elle, ne me dis pas non. »

Quand Rose finit par rentrer chez elle, il était presque 21 heures et l'ascenseur était plein. Elle s'y glissa et essaya de faire abstraction du parfum suffocant de sa voisine.

« Peut-être que je deviens folle, annonça cette dernière à la cantonade, mais je jurerais qu'il y a un chien dans l'immeuble. »

Rose garda les yeux baissés.

« Je ne sais pas qui a le culot monstrueux de nous imposer ça, continua la dame, mais il y a des gens qui souffrent de très graves allergies ! »

Rose regarda avec désespoir l'indicateur de niveau. Troisième. Plus que treize étages.

« Les gens ne sont pas croyables. Ils se fichent des autres ! On a beau leur dire qu'il y a un règlement, ils pensent qu'il n'est pas fait pour eux. "Ça ne me concerne pas, moi, parce que je vaux tellement mieux que tout le monde !"»

Enfin, la dame au parfum sortit de l'ascenseur, et Rose arriva à son étage. Dans le couloir, elle espéra que sa sœur serait rentrée et répéta son petit discours. *Maggie, il faut qu'on discute. Je ne veux plus du chien ici. Je ne veux plus recevoir tes coups de fil. Je veux récupérer mon appartement, récupérer mes chaussures, récupérer ma vie.*

Elle tourna la clé dans la serrure et ouvrit la porte sur l'entrée sombre. Elle entendit des voix, un rire, des jappements.

« Maggie ? » appela-t-elle. Il y avait une cravate sur le canapé. C'est pas vrai, pensa-t-elle la mort dans l'âme. Maintenant, elle ramène des mecs à la maison. Et elle fait ça dans mon lit. « Maggie ! » Elle entra en trombe dans la chambre. Sa sœur était dans son lit, complètement nue, excepté sa paire de bottes Via Spiga neuve, sous un Jim Danvers complètement nu lui aussi.

« Non », murmura Rose. Elle se figea, le regard fixe, essaya de trouver un sens à ce qu'elle voyait. « Non », répéta-t-elle. Maggie roula sur le côté pour se dégager et s'étira, languide, exhibant son dos long et mince, ses petites fesses parfaites, ses longues jambes souples émergeant des bottes de cuir noir. Puis elle ramassa un tee-shirt par terre, l'enfila et sortit de la chambre d'une démarche fière, comme si elle présentait une collection de haute couture sous les flashes des photographes. Jim jeta à Rose un regard honteux et tira les couvertures pour se cacher.

Elle plaqua sa main sur sa bouche, courut à la salle de bains et vomit dans le lavabo. Elle s'aspergea le visage, passa ses doigts mouillés et tremblants dans ses cheveux et retourna dans la chambre. Jim avait enfilé son boxer et rassemblait fébrilement le reste de ses vêtements. Elle vit la lumière se refléter sur son appareil dentaire, posé sur la table de nuit.

« Va-t'en ! cria-t-elle.

— Rose..., dit-il d'un ton suppliant.

— Sors d'ici et emmène-la. Je ne veux plus jamais vous voir, ni toi ni elle !

— Rose !

— Fiche le camp ! Fiche le camp ! » Ses cris s'étaient transformés en hurlements. Elle chercha quelque chose à lui lancer, une lampe, une bougie, un livre. Sa main se referma sur une bouteille d'huile de massage au santal. Ouverte. Sans bouchon. Récemment utilisée sans doute, et achetée avec la carte de crédit de Maggie. Encore une facture qu'il allait falloir payer pour elle. Elle la jeta de toutes ses forces – si seulement elle était en verre, qu'elle puisse se casser et le couper ! Au lieu de quoi la fiole rebondit sur l'épaule de Jim, roula par terre, et toute l'huile se répandit sous le lit.

« Je te demande pardon, bredouilla Jim sans parvenir à soutenir son regard.

— Ah, oui ? Tu me demandes pardon et tout va s'arranger, c'est ça ? » Elle tremblait de tous ses membres. « Comment as-tu pu faire ça ? Comment ? »

Elle partit comme une furie, traversa le séjour en courant – Maggie était assise sur le canapé devant la télé – et entra dans la cuisine. Elle sortit un sac-poubelle et commença à le remplir de tout ce qui appartenait à l'un ou à l'autre. Le briquet de Maggie et ses cigarettes sur la table basse. Le porte-document de Jim. Elle continua dans la salle de bains. Les collants et les soutiens-gorge de Maggie. De retour dans la chambre, elle trouva Jim qui remontait son pantalon. Elle ne le regarda même pas. Le *Guide du curriculum vitae* de Maggie. Son vernis à ongles et son dissolvant, ses tubes, ses pots, ses boîtes de blush, de fond de teint, de mascara, ses flacons d'après-shampooing, ses petits débardeurs, ses jeans lycra et ses Doc Martens. « Tu dégages, tu dégages », marmonnait-elle en remorquant le sac-poubelle derrière elle.

« Alors, on parle toute seule, Rosie jolie ? » cria Maggie. Sa voix était glaciale mais incertaine. « Fais attention, ça te donne l'air barge. »

Rose ramassa une basket et la jeta à la tête de sa sœur. La chaussure rebondit contre le mur. « Sors d'ici ! cria Rose. Je ne veux plus de toi chez moi. »

Maggie eut un grand rire. « Ah, non ? Ben merde, alors ! »

Elle alla tranquillement dans la salle de bains tandis que, la respiration laborieuse, en nage, Rose tirait le sac dans la chambre. Jim était habillé mais encore pieds nus.

« Je suppose que ça n'arrangerait rien si je te disais que je regrette… » Il prenait le dessus ; la panique avait disparu, et il semblait simplement gêné.

« J'en ai rien à fiche !

— Je tiens quand même à le dire... » Il se racla la gorge. « Je te demande pardon, Rose. Tu mérites mieux que ça.

— Pauvre con. » Elle fut impressionnée par sa propre assurance, par sa voix impassible qui lui rappelait celle de quelqu'un d'autre, des années plus tôt. Elle avait l'impression d'assister à toute la scène en simple spectatrice. « Avec ma sœur, avec ma propre sœur !

— Pardon », répéta Jim. Maggie attendait en silence dans le couloir.

« Et tu sais le plus dramatique ? ajouta Rose. C'est que j'aurais pu t'aimer. Et que Maggie ne se souviendra même pas de ton nom. » Elle sentit monter des mots terribles, des mots interdits qu'elle n'avait jamais prononcés. Elle voulut les arrêter... et puis au fond pourquoi se gêner ? Avaient-ils essayé de se refréner, eux ? « Tu sais, Maggie est très jolie, mais question intelligence, c'est autre chose. » Elle ramena ses cheveux en arrière. « En fait, je parie qu'elle ne sait pas écrire ton nom. Jim, trois lettres, c'est déjà trop pour elle. Tu veux lui demander ? Hein ? Alors, Maggie, tu te lances ? »

Derrière elle, elle entendit un bruit ; Maggie avait du mal à encaisser le coup.

« Tu n'es qu'un con, continua-t-elle avec mépris. Et toi, enchaîna-t-elle en se tournant vers sa sœur – Maggie était toute pâle –, toi, j'ai toujours su que tu n'avais rien dans la tête. Maintenant, je sais aussi que tu n'as rien dans le cœur.

— Grosse vache », marmonna Maggie.

Rose éclata de rire. Elle laissa tomber le sac-poubelle. Des larmes jaillissaient de ses yeux.

« Elle est folle, jeta Maggie.

— Grosse... vache..., hoqueta Rose. Alors, dit-elle en montrant Jim du doigt, toi, tu es un salaud, et toi – elle désigna Maggie –, toi, tu es ma sœur. Ma sœur !

Et la pire insulte que tu trouves contre moi, c'est "grosse vache" ? »

Elle souleva le sac et le projeta de toutes ses forces contre la porte. « Cassez-vous ! cria-t-elle. Je ne veux plus vous voir de ma vie ! »

Rose passa presque toute la nuit à quatre pattes, à briquer l'appartement, pour faire disparaître toute trace du passage de Maggie et de Jim. Elle arracha du lit drap, taies et housse de couette et les enfourna dans la machine avec deux doses de lessive. Elle lava les sols de la cuisine et de la salle de bains au détergent parfumé au pin. Elle frotta les parquets du séjour, de la chambre et du couloir. Elle récura la baignoire au désinfectant, passa le carrelage de la douche à l'aérosol antibactérien et antimoisissure. Le petit chien l'observa un moment, de pièce en pièce, comme si Rose était la nouvelle femme de ménage et lui une patronne méfiante. Ensuite, il bâilla et partit faire un somme sur le canapé. À 4 heures du matin, Rose n'avait toujours pas recouvré son calme. Ulcérée, elle voyait encore l'image de sa sœur portant ses bottes neuves, au lit avec Jim, le regard vitreux de plaisir.

Elle enfila une chemise de nuit propre, se coucha dans son lit propre et tira la couette propre jusque sous son menton. Elle ferma les yeux, pantelante, espérant être assez épuisée pour dormir.

Mais non. Comme elle s'en était doutée, le souvenir qui rôdait, embusqué dans un coin, fondit sur elle. Le souvenir de la pire nuit de sa vie, où Maggie tenait un des premiers rôles.

Ce jour-là, c'était la journée pédagogique, et il n'y avait pas classe l'après-midi. En cette fin du mois de mai, les élèves furent libérés juste après midi. Rose prit ses livres dans son casier et retrouva Maggie devant la salle des préparatoires. Elle vérifia que sa petite sœur avait bien son cartable et vit qu'elle tenait à la main un papier rose familier.

« Encore ? » demanda Rose. Elle lut le mot de l'institutrice pendant que Maggie marchait devant.

« Maggie, il ne faut pas mordre les autres enfants, sermonna Rose.

— C'est elle qui a commencé !

— Ça ne change rien. Tu te souviens de ce qu'a dit maman ? Il faut apprendre à se défendre avec des mots. » Elle courut pour rattraper sa sœur, un peu essoufflée à cause du poids de son sac à dos. « Ça a saigné ?

— Oui, j'aurais pu lui arracher le nez, si j'avais voulu ! Dommage que Mlle Burdick ait regardé.

— Pourquoi tu as fait ça ?

— Parce que ! Elle m'a énervée !

— Maggie, Maggie, gronda Rose sur le même ton que sa mère, qu'est-ce qu'on va faire de toi ? »

Maggie leva les yeux au ciel puis regarda sa grande sœur. « Tu crois que je vais être punie ?

— Je ne sais pas.

— C'est la soirée pyjama de Megan Sullivan. »

Rose haussa les épaules. La soirée pyjama de Megan Sullivan, elle en avait tellement entendu parler… La petite valise Barbie rose bonbon de Maggie était prête depuis des jours.

« Tu as pris des livres à la bibliothèque ? » demanda Rose. Maggie hocha la tête et tira *Bonne Nuit la lune* de son cartable. « C'est un livre pour les bébés », protesta Rose.

Maggie lui jeta un regard noir. C'était vrai, mais elle s'en moquait.

« Bonne nuit, les moufles sur la chaise. Bonne nuit, les gens, partout », murmura-t-elle.

Le chemin se terminait derrière le jardin des McIlheney. Rose et Maggie firent le tour de la piscine et de la terrasse, puis traversèrent le gazon ; de l'autre côté de la rue se dressait leur maison : deux étages, trois chambres à coucher, briques rouges et persiennes noires, avec un carré de pelouse verte, comme dans un livre de coloriage.

« Attends-moi ! cria Rose à Maggie, qui courait pour arriver sur l'autre trottoir. Tu n'as pas le droit de traverser toute seule ! Tu dois me tenir la main ! »

Maggie fit semblant de ne pas entendre. Elle remonta à toutes jambes l'allée de gravier. « Maman ! » appela-t-elle. Elle posa la clé sur le comptoir de la cuisine et renifla afin de deviner ce qu'il y avait pour le déjeuner. « Eh ! maman ! On est rentrées ! »

Rose passa la porte et posa son cartable. La maison était silencieuse et elle comprit, avant que Maggie le lui annonce, que leur mère n'était pas là.

« Sa voiture n'est pas dans le garage ! rapporta Maggie, essoufflée. Et j'ai regardé sous l'aimant en forme de pomme, et il n'y a pas de mot pour nous.

— Peut-être qu'elle a oublié qu'on n'avait pas classe cet après-midi. » Sauf que Rose l'avait rappelé à sa mère le matin même. Sur la pointe des pieds, dans la chambre obscure, elle avait murmuré : « Maman ? Maman ? », sa mère avait hoché la tête quand elle lui avait annoncé qu'elles rentraient à midi mais elle n'avait pas ouvert les yeux. « Tu seras gentille avec ta sœur, hein, Rose ? avait-elle recommandé. Tu vas t'occuper d'elle. » Elle disait ça tous les matins – du moins quand elle disait quelque chose.

« Ne t'en fais pas, dit Rose. Elle sera là pour 15 heures. » Maggie avait l'air inquiète. Rose lui prit la main. « Allez, viens. Je vais te préparer à manger. »

Rose fit cuire des œufs, ce qui leur plut beaucoup, même si c'était interdit parce qu'elles n'avaient pas le droit d'allumer la cuisinière. « Ne t'inquiète pas, dit Rose à Maggie. Tu n'as qu'à surveiller que je n'oublie pas de l'éteindre. »

Vers 13 h 30, Maggie voulut passer par le jardin pour aller jouer chez son amie Nathalie, mais Rose préféra qu'elles restent ensemble pour attendre leur maman. Alors, elles s'assirent devant la télévision et regardèrent des dessins animés de Tom et Jerry pendant une demi-heure (pour faire plaisir à Maggie), puis les programmes éducatifs de 1, rue Sésame (pour faire plaisir à Rose).

À 15 heures, leur mère n'était pas rentrée. « Elle a dû oublier », décida Rose, qui pourtant commençait à s'inquiéter aussi. La veille, elle avait entendu sa mère au téléphone dans sa chambre. « Oui ! criait-elle à quelqu'un. Oui ! » Rose s'était approchée en silence de la porte close et y avait collé l'oreille. Cela faisait des mois qu'elle n'avait pas entendu sa mère parler autrement que d'une voix lente et engourdie. Mais maintenant, elle hurlait, chaque mot se détachait distinctement. « Oui. Je. Prends. Mes. Médicaments ! Mais fiche-moi la paix ! Je vais très bien ! »

Rose ferma les yeux. Non, sa mère n'allait pas très bien. Elle le savait, son père le savait, et sûrement aussi la personne après laquelle sa mère criait.

« Ne t'inquiète pas, répéta-t-elle à sa sœur. Tu veux bien chercher le carnet rouge de maman ? Il faut qu'on appelle papa.

— Pourquoi ?

— Tu vas le chercher, oui ? »

Maggie revint en courant avec le carnet. Rose trouva le numéro de son père au bureau et le composa avec application. « Oui, je voudrais parler à M. Feller, s'il vous plaît, demanda-t-elle d'une voix une octave plus haute que d'habitude. C'est de la part de sa fille, Rose Feller. » Elle attendit, le visage impassible, le téléphone pressé à l'oreille, sa petite sœur à côté d'elle. « Ah. D'accord. Non. Dites-lui juste qu'on verra plus tard. Merci. D'accord. Au revoir. »

Elle raccrocha.

« Quoi ? demanda Maggie. Qu'est-ce qui se passe ?

— Il n'est pas là. La dame ne sait pas quand il va revenir.

— Mais il va rentrer pour le dîner, hein ? » cria Maggie, toute pâle, les yeux angoissés : la perspective d'avoir deux parents absents était vraiment trop pénible à supporter. « Il va rentrer, hein ?

— Bien sûr. » Mais ce que Rose fit ensuite confirma à Maggie qu'il y avait vraiment de quoi s'inquiéter : elle lui tendit la télécommande puis sortit de la pièce.

Maggie la suivit.

« Laisse-moi, dit Rose. Il faut que je réfléchisse.

— Moi aussi, je peux réfléchir. Je vais t'aider. »

Rose essuya ses lunettes. « On devrait peut-être aller voir s'il manque quelque chose.

— Quoi ? Une valise, par exemple ?

— Oui, c'est ça, par exemple. »

Les filles se dépêchèrent de monter, ouvrirent la porte de la chambre de leurs parents et regardèrent à l'intérieur. Rose s'était préparée à trouver le désordre habituel : draps en bataille, oreillers tombés par terre, assortiment de verres à moitié vides et de croûtes de tartines sur la table de nuit. Mais le lit était fait. Les tiroirs de la commode étaient tous fermés. Sur la table de chevet, Rose trouva une paire de boucles d'oreilles, un bracelet, une montre et une alliance en or. Elle la glissa dans sa poche avant que Maggie ne la voie et ne l'interroge.

« La valise est là ! s'exclama Maggie en ressortant joyeusement de la penderie.

— Bien », répondit Rose, les lèvres paralysées. Elle allait devoir occuper sa sœur, rappeler son père et lui raconter ce qu'elle avait découvert. « Viens », dit-elle. Elle fit sortir Maggie de la chambre.

Maggie broyait un sac de chips avec le rouleau à pâtisserie. Rose regarda la pendule pour la troisième fois en moins d'une minute. Il était 18 heures. Elle essayait de faire comme si tout allait bien, même si ce n'était pas vrai. Elle n'était pas arrivée à joindre son père, et leur mère n'était toujours pas rentrée. Même si elle avait oublié qu'il n'y avait pas classe l'après-midi, elle aurait dû être là à 15 h 30 au plus tard.

Où est maman ? se demandait Rose pendant que sa sœur réduisait les chips en miettes. Elle avait bien une petite idée : leur mère était peut-être de nouveau « quelque part ». Elle et Maggie n'étaient pas censées savoir où elle allait quand elle partait « quelque part », mais Rose l'avait découvert. L'été précédent, quand leur mère était revenue de « quelque part », Maggie lui avait apporté une brochure froissée.

« Ça dit quoi, là-dedans ?

— Institut du mieux-vivre », avait lu Rose. Elle regardait fixement le dessin : une grande main tenant dans sa paume le visage d'une femme, d'un homme et d'un enfant.

« Qu'est-ce que ça veut dire ?

— Je ne sais pas. Où tu as trouvé ça ?

— Dans la valise de maman. »

Rose ne lui avait même pas demandé ce qu'elle cherchait dans la valise de leur mère – à six ans, Maggie était déjà une fouineuse invétérée. Quelques semaines plus tard, de retour d'une excursion de l'école hébraïque, en voiture avec les Schoen, Rose avait remarqué un groupe de bâtiments dont le panneau à l'entrée représentait l'image qu'elle avait vue sur la brochure : les mêmes visages dans la même main.

« C'est quoi, ça ? » avait-elle demandé parce qu'ils roulaient trop vite pour lui permettre de lire.

Steven Schoen avait lâché en ricanant : « L'asile de fous », et sa mère s'était tournée si vite que ses cheveux avaient fouetté sa joue et que Rose avait senti l'odeur de son parfum. « Steven ! » s'était-elle écriée. Puis elle s'était tournée vers Rose, la voix douce et sirupeuse. « C'est un endroit qui s'appelle l'Institut du mieux-vivre. C'est une clinique spécialisée pour les gens qui ont besoin de se soigner parce qu'ils sont trop sensibles. »

C'était donc ça, « quelque part ». Rose n'avait pas été très surprise, parce qu'elle savait que leur mère avait besoin de soins spéciaux. Mais où était-elle allée, cette fois ? Était-elle retournée là-bas ?

Rose regarda de nouveau la pendule : 18 h 05. Elle rappela son père à son bureau, mais personne ne répondit. Après avoir laissé sonner longtemps, elle raccrocha et alla retrouver Maggie qui était sur le canapé de la salle de séjour et regardait par la fenêtre. Elle s'assit à côté d'elle.

« C'est ma faute ? murmura Maggie.

— Quoi ?

— C'est ma faute si elle est partie ? Ça l'a mise en colère que je fasse des bêtises à l'école ?

— Mais non. C'est pas ta faute. Et puis elle n'est pas partie. Elle a dû se tromper, ou alors elle a eu une panne de voiture. Il y a plein de choses qui peuvent retarder quelqu'un ! » Tout en rassurant Maggie, Rose glissa la main dans sa poche et toucha le métal froid de l'alliance en or. « Ne t'inquiète pas.

— J'ai peur, chuchota Maggie.

— Oui, moi aussi. » Et elles restèrent assises côte à côte à attendre, pendant que le soleil descendait à l'horizon.

La voiture de Michael Feller entra dans l'allée du garage juste après 19 heures, et Rose et Maggie coururent dehors à sa rencontre.

« Papa, papa ! cria Maggie en se jetant dans ses jambes. Maman n'est pas là ! Elle est partie ! Elle n'est pas rentrée ! »

Michael se tourna vers son aînée. « Rose ? Que se passe-t-il ?

— On est rentrées de l'école à midi… C'est la journée pédagogique, j'ai ramené une lettre aux parents la semaine dernière…

— Elle n'a pas laissé de mot ? demanda leur père, allant si vite à la cuisine que Rose et Maggie durent courir pour le suivre.

— Non, dit Rose.

— Elle est où ? demanda Maggie. Tu sais ? »

Leur père fit non de la tête et se saisit du carnet rouge et du téléphone. « Ne vous en faites pas. Je suis sûr que ce n'est pas grave. »

Minuit. Rose avait fait des pâtes au thon à Maggie, son père avait refusé de manger. Il était toujours assis devant le téléphone, passant coup de fil sur coup de fil. À 22 heures, comme ses filles étaient toujours debout, il leur avait fait enfiler leur chemise de nuit et les avait mises au lit, oubliant de leur rappeler de se laver la figure et de se brosser les dents. « Dormez », avait-il ordonné. Depuis deux heures, elles étaient couchées toutes les deux dans le lit de Rose, les yeux grands ouverts dans le noir. Rose avait raconté des histoires à Maggie : *Cendrillon* et *Le Petit Chaperon rouge*, et l'histoire de la princesse aux chaussons enchantés qui la faisaient danser sans pouvoir s'arrêter.

La sonnette retentit. Rose et Maggie se dressèrent dans le lit en même temps.

« On devrait aller ouvrir, dit Maggie.

— Ça pourrait être elle », approuva Rose.

Elles descendirent l'escalier en courant pieds nus, main dans la main. Leur père était déjà à la porte, et Rose devina tout de suite que quelque chose de très grave s'était passé, qu'il était arrivé malheur à leur mère et que rien ne serait jamais plus comme avant.

Un homme de haute taille se tenait à la porte, un homme en uniforme vert et en chapeau marron à large bord. « Monsieur Feller ? demanda-t-il. Je suis bien chez Caroline Feller ? »

Son père fit oui de la tête. Le chapeau de l'homme dégoulinait d'eau de pluie. « Je suis désolé, mais je ne vous apporte pas de bonnes nouvelles, monsieur.

— Vous avez retrouvé notre maman ? » demanda Maggie d'une petite voix inquiète.

Le policier les regarda tristement. Sa ceinture de cuir grinça quand il leva la main pour la poser sur l'épaule de leur père. Des gouttes de pluie tombèrent sur les pieds nus de Maggie et de Rose. Il baissa les yeux sur elles, puis les releva vers leur père.

« Je pense qu'il vaut mieux que nous nous parlions en privé, monsieur », dit-il. Et Michael Feller, dos voûté, visage défait, l'avait conduit dans une autre pièce.

Et ensuite…

Ensuite, il y avait eu le visage de marbre de leur père. Ensuite, on avait dit « accident de voiture », on avait quitté la maison du Connecticut, l'école, les amis, la rue. Leur père avait rangé les affaires de leur mère dans des cartons et les avait données à des associations caritatives, et Rose et Maggie et leur père étaient montés dans un camion de déménagement et étaient partis pour le New Jersey. Ils allaient « commencer une nouvelle vie », avait dit leur père. Comme si c'était possible. Comme si le passé pouvait se jeter comme un papier de bonbon ou une paire de chaussures trop petites.

Dans son lit, à Philadelphie, Rose s'assit dans le noir, incapable de dormir. Elle pensa à l'enterrement. Elle pensa à la robe bleu marine qu'elle portait ce jour-là, achetée pour la rentrée des classes neuf mois plus tôt et qui était déjà trop petite ; l'élastique des manches bouffantes avait laissé des marques rouges sur ses bras. Elle se souvenait de l'expression de son père devant la tombe, lointain, distant ; elle se souvenait d'une vieille femme aux cheveux roux assise au fond de la salle qui pleurait sans bruit dans son mouchoir. Sa grand-mère. Qu'était-elle devenue ? Rose l'ignorait. Après l'enterrement, on n'avait plus parlé de leur grand-mère et de leur mère. Ils avaient voulu vivre loin du policier et de son chapeau trempé, loin de l'allée où il avait garé sa voiture avec la lumière bleue qui clignotait dans la nuit, loin de la route qui l'avait mené chez eux. La route glissante et mouillée, avec ses tournants dangereux, ce ruban noir comme une langue menteuse. Ils étaient partis loin de la route, de la maison et du cimetière où leur mère était enterrée sous une couche de terre et une pierre tombale, gravée à son nom, avec l'année de sa naissance et de sa mort, et les mots *Épouse et mère aimante*. Rose n'y était pas retournée depuis.

Deuxième partie

FORMATION CONTINUE

24

Maggie cherchait un plan d'action.

Elle était assise sur un banc de la gare de la 30e Rue, un énorme hall jonché de vieux journaux et d'emballages de fast-food, qui sentait le graillon, la sueur et les manteaux d'hiver. Il était presque minuit. Des mères épuisées tiraient leurs enfants par le bras. Des sans-abri dormaient sur les bancs de bois. *Je pourrais devenir comme eux*, songea-t-elle, au bord de la panique.

Il faut que tu trouves une idée ! se dit-elle. Elle n'avait en sa possession qu'un sac-poubelle rempli de ses affaires, son sac à main, son sac à dos, et deux billets de cent dollars que Jim lui avait donnés avant de la déposer. « Je peux faire quelque chose ? » avait-il demandé, plutôt gentiment, et elle avait tendu la main sans le regarder en face. « Je veux deux cents dollars. C'est le tarif. » Il avait sorti l'argent sans protester. « Je suis désolé », avait-il dit… mais désolé de quoi ? Et à qui demandait-il pardon ? Pas à elle, bien sûr. Maintenant, il fallait qu'elle trouve un endroit où dormir… et puis un nouveau travail, dès qu'elle pourrait.

Elle ne pouvait plus aller chez Rose. Ni chez son père. Maggie frissonna, s'imaginant sur la pelouse avec ses sacs et l'abruti de chien qui hurlerait à la mort. En ouvrant la porte, Sydelle camouflerait mal son dégoût derrière un faux air compatissant. *Ça ne m'étonne pas de toi !* dirait son regard. Sydelle voudrait savoir tous les détails ; pourquoi elle était partie de chez Rose, pourquoi elle avait quitté son travail. Elle la harcèlerait pendant que son père resterait inerte dans son fauteuil, silencieux, malheureux.

Quelle autre solution avait-elle ? Elle n'allait tout de même pas aller dans un foyer pour sans-abri avec des femmes qui avaient raté leur vie. Elle n'avait pas raté sa vie, elle : elle était une star qu'on n'avait pas encore découverte !

Non, t'es pas une star, souffla une voix dans sa tête, une voix qui ressemblait à celle de Rose, mais en beaucoup plus froid. *T'es pas une star, t'es qu'une tache, une pute, une petite pute idiote. Tu ne sais même pas te servir d'une caisse enregistreuse ! Tu ne sais pas faire tes comptes ! Virée de chez toi ! Pratiquement clocharde ! Et t'as couché avec mon mec !*

Trouve une idée, se répéta Maggie avec l'énergie du désespoir. Quels étaient ses points forts ? Son corps. Il lui restait toujours ça. Jim lui avait donné deux cents dollars. Il y avait plein d'hommes qui paieraient cher pour coucher avec elle, et aussi qui paieraient pour la regarder danser nue. Au moins, c'était du spectacle, une forme de travail de scène. Beaucoup de stars avaient eu recours à ce genre de boulot dans les moments difficiles.

Bon. Maggie s'agrippa à son sac-poubelle, tandis que le SDF à deux bancs de là gémissait dans son sommeil. Très bien, elle ferait des strip-teases. Ce n'était pas la fin du monde. Mais cela ne réglait pas son problème d'hébergement. On était en janvier. Elle pourrait prendre un train jusqu'à Trenton et changer pour aller à New York. Mais elle n'arriverait pas avant deux heures du matin, et que ferait-elle alors ? Où irait-elle ?

Elle se leva, son sac à dos dans une main et son sac-poubelle dans l'autre, et leva les yeux vers le tableau des départs. Rahway, Westfield, Matawan, Metuchen, Red Bank, Little Silver. Le dernier nom était joli, mais ça ne prouvait rien. Newark… Trop grand. Elizabeth… toutes les blagues sur les bouseux du New Jersey se passaient là. De la brique partout. Beurk. Princeton.

Elle était allée rendre visite à Rose plusieurs fois à Princeton, quand elle avait seize, dix-sept ans. Elle revoyait bien la ville : les bâtiments de pierre grise couverts de lierre, avec des gargouilles au coin des toits. Maggie se souvenait des chambres d'étudiant avec cheminée, des bancs de fenêtre en bois qui faisaient office de coffre pour les couvertures d'appoint et les manteaux d'hiver, des fenêtres à petits carreaux. Elle se rappelait les immenses amphithéâtres en gradin avec leurs pupitres en bois soudés aux chaises, et une fête dans un sous-sol, avec un tonneau de bière à leur disposition. Elle avait vu une bibliothèque gigantesque sur six étages, chaque niveau grand comme un terrain de foot. L'odeur de bois brûlé et de feuilles mortes, une écharpe en laine rouge qu'elle s'était enroulée autour du cou pour aller à la fête par un sentier dallé d'ardoise grise. Maggie avait réalisé qu'elle ne serait jamais capable de retrouver son chemin toute seule pour revenir tant il y avait d'embranchements et de bâtiments qui se ressemblaient. « C'est facile de se perdre ici, avait remarqué Rose pour la rassurer. Ça m'arrivait tout le temps en première année. »

Pourquoi n'irait-elle pas se perdre là-bas ? Elle pourrait prendre le train pour Trenton, changer pour aller à Princeton et rester là-bas quelques jours, histoire de se remettre. On lui disait toujours qu'elle faisait plus jeune que son âge, et elle avait un sac à dos, signe de reconnaissance universel des étudiants. « Princeton », dit-elle tout haut. Elle alla au guichet et paya sept dollars pour un aller simple. Elle avait toujours eu envie de retourner à l'université, songea-t-elle sur la passerelle qui conduisait aux quais. Quelle importance si elle ne s'y prenait pas d'une façon très normale ? Il fallait s'y faire, Maggie Feller n'était pas une fille comme tout le monde.

À 2 heures du matin, Maggie traversait le campus de l'université de Princeton plongé dans le noir. Elle avait mal aux épaules, à cause de son sac à dos, et les mains engourdies par le poids de son sac-poubelle, mais elle s'efforçait de marcher d'un bon pas, l'air de savoir où elle allait, se mêlant à un groupe d'étudiants.

Elle était descendue du train à Princeton Junction. En mettant pied à terre, elle n'avait vu qu'un grand parking illuminé par des halogènes qui jetaient de froides lueurs dans la nuit. Maggie avait eu un instant de panique, mais elle avait vu une foule d'étudiants – ou du moins de personnes qui ressemblaient à des étudiants – qui se dirigeait vers un tunnel. Elle les avait suivis, émergeant de l'autre côté des voies, devant un autre train, beaucoup plus petit. Elle avait acheté un billet, et deux minutes plus tard était arrivée au campus.

Maggie examina le petit groupe auquel elle essayait de s'incorporer : de jeunes étudiantes qui revenaient des vacances de Noël, à en juger par leur conversation et leurs bagages. De toute évidence, l'élégance n'était pas la priorité à Princeton. Elles n'avaient pas un gramme de maquillage, portaient toutes des jeans délavés, des pulls ou des sweats, des duffel-coats beiges, et ne semblaient rebutées ni par les bonnets, ni par les écharpes, ni par les gants en laine, ni par les bottines fourrées. Voilà qui expliquait les goûts de Rose, pensa-t-elle. Quels vêtements pourrait-elle mettre ? Pas de débardeurs. Probablement pas de pantalons de cuir. Twin-set en cachemire ? Sûrement, si elle en avait eu. Elle frissonna en sentant la morsure d'un vent glacé sur la peau nue de son cou. Il lui fallait une écharpe. Il lui fallait aussi une cigarette, mais elle ne voyait personne fumer. Peut-être parce qu'il faisait trop froid, mais plus probablement parce que personne ne fumait. Maggie soupira et se rapprocha le plus possible du groupe afin de glaner des informations.

« Je ne sais pas, disait l'une des filles. Je crois que je lui plais. Je lui ai donné mon numéro, mais il ne m'a pas appelée. »

Donc ça veut dire que tu ne lui plais pas, connasse, pensa Maggie. Les garçons téléphonaient toujours quand ils en avaient envie. C'était tout simple. Et on appelait ça l'élite de la nation ?

« Peut-être que tu devrais lui téléphoner », suggéra l'une de ses amies. *Ouais, c'est ça*, pensa Maggie, *et va agiter un drapeau devant sa fenêtre, des fois qu'il n'aurait pas compris.*

Le groupe s'arrêta devant une grande maison de pierre fermée par une lourde porte en bois. Une des filles retira ses moufles et tapa le code. La porte s'ouvrit, et Maggie les suivit à l'intérieur.

Elle se retrouva dans une sorte de salle commune, avec six ou sept divans, quelques tables basses où s'entassaient des journaux et des magazines, et une télévision. Au fond, un escalier menait sans doute aux chambres… et, à en juger d'après le bruit, il y avait une ou plusieurs fêtes dans les étages. Maggie posa ses sacs et sentit des picotements dans ses doigts à mesure que le sang se remettait à circuler. *Ça y est, je suis dans la place*, se dit-elle, à la fois triomphante et inquiète en pensant aux difficultés à venir.

Le groupe de filles monta l'escalier avec la grâce d'un troupeau d'éléphants. Maggie les suivit dans la salle d'eau (« Bon, mais si je l'appelle, je dis quoi ? » continuait la fille). Maggie attendit qu'elles ressortent, puis elle s'aspergea le visage avec de l'eau tiède et essuya ce qui lui restait de maquillage. Elle s'attacha les cheveux en queue-de-cheval à la Rose (la coiffure standard à Princeton, d'après ce qu'elle venait de voir). Elle se remit du déodorant et un petit coup de parfum et se rinça la bouche au robinet. Pour que la deuxième partie de son plan fonctionne, il fallait qu'elle soit appétissante, en tout cas aussi mignonne qu'elle pouvait l'être après cette journée pourrie.

Cela fait, elle retourna dans le foyer et inspecta ce qui l'entourait. Si elle laissait ses sacs derrière un divan, les lui volerait-on ? Non. Ici, tout le monde avait largement assez de vêtements, raisonna-t-elle en s'enfonçant dans un fauteuil. Elle resta tranquille en regardant autour d'elle.

Elle n'eut pas à attendre longtemps. Quatre ou cinq garçons – en sweat-shirt et pantalon kaki, qui parlaient fort et sentaient la bière – franchirent la porte en se bousculant, passèrent devant Maggie et se dirigèrent vers l'escalier. Elle leur emboîta le pas.

« Eh, dit l'un d'eux. Où tu vas, toi ? »

Maggie sourit. « À la fête », répondit-elle comme si c'était évident. Il eut l'air réjoui et, s'appuyant au mur pour ne pas perdre l'équilibre, il lui dit qu'il avait drôlement du pot.

La fête – bien entendu, même dans les universités de l'élite, il y a des fêtes tout le temps – avait lieu au quatrième étage, dans un trois pièces. Maggie aperçut un salon avec un canapé et une stéréo, deux chambres avec deux lits jumeaux et, entre les deux, un baquet rempli de glace avec l'inévitable tonneau de bière posé sur le dessus. « Tu veux boire quelque chose ? » s'enquit l'un des garçons rencontrés dans l'escalier – peut-être celui qui pensait avoir du pot, peut-être un autre. La lumière était trop mauvaise, et il y avait trop de bruit et trop de cohue pour que Maggie soit sûre de son identité, mais elle accepta. Elle se pencha contre lui et frôla son oreille du bout des lèvres en murmurant : « Merci. »

Quand il arriva à la rejoindre, renversant au passage la moitié de la bière, elle s'était assise sur un bras du canapé, ses longues jambes croisées.

« Comment tu t'appelles ? » demanda-t-il. C'était un garçon petit et délicat, avec un visage pointu et des boucles blondes qui auraient mieux convenu à une fillette de six ans.

Elle s'était préparée à cette question. « M », répondit-elle. Elle avait décidé dans le train qu'elle ne voulait plus s'appeler Maggie. Maggie n'avait pas réussi à trouver la gloire. À partir de maintenant, elle ne s'appellerait plus que M.

Il la regarda d'un drôle d'air. « Em ? C'est un nom de vieille, ça. »

Maggie fronça les sourcils. « Je m'appelle M, c'est tout.

— Bon, d'accord, fit-il avec un haussement d'épaules. Je ne t'ai pas vue en cours. C'est quoi, ta dominante ?

— Subterfuge. »

Il hocha la tête, comme s'il avait compris. Maggie se dit qu'elle était peut-être tombée juste sans faire exprès. Il faudrait vérifier. « Moi, je suis en sciences politiques, annonça-t-il avec un énorme rot. Pardon.

— Je t'en prie, minauda-t-elle comme si elle était sous le charme. Et toi, tu t'appelles comment ?

— Josh.

— Josh, répéta Maggie, toujours aussi fascinée.

— Tu veux danser ? »

Elle prit une petite gorgée de bière puis lui tendit son verre, qu'il vida aussitôt. Ils se levèrent et dansèrent... ou plutôt, Josh se secoua d'avant en arrière comme s'il touchait un fil électrique basse tension, tandis que Maggie se frottait contre lui en se déhanchant.

« Ouah ! » fit-il, ravi. Il passa les mains autour de sa taille et la pressa contre la bosse qui gonflait le devant de son pantalon. « Dis donc, tu danses bien ! »

Maggie réprima un ricanement. Douze ans de cours de danse, jazz, classique et claquettes, et voilà ce qu'il appelait bien danser. Pauvre crétin. Cachant son mépris, elle leva la tête vers lui, approcha une fois de plus ses lèvres et son souffle chaud de son oreille, frôlant à peine son cou. « On ne pourrait pas aller dans un endroit tranquille ? » susurra-t-elle. Il mit une minute à enregistrer, mais quand il saisit, ses yeux brillèrent.

« Bien sûr ! J'ai une chambre pour moi tout seul. »

Coup de pot, se dit Maggie. « Une petite bière pour la route ? » demanda-t-elle d'une voix fluette. Il revint avec deux verres, but le sien et finit presque entièrement celui de Maggie. Puis il passa le bras autour de sa taille, jeta son sac à dos sur son épaule et la guida vers ses quartiers et des plaisirs imaginaires. Le bâtiment où il logeait s'appelait Blair. *Blair*, se répéta Maggie en suivant le pas titubant de son compagnon. Il lui faudrait retenir une quantité de noms de lieux et de personnes, et être très prudente, très maligne. Plus maligne que Rose, même. Cela ne devait déjà pas être facile de survivre à ce genre d'endroit quand on y était inscrit, mais y survivre quand on était clandestin… Elle allait devoir mobiliser toutes ses ressources, utiliser l'intelligence que Mme Fried lui attribuait, malgré ce que prétendaient les tests.

Josh ouvrit sa porte tel un empereur en son palais. Maggie se préparait au pire. Elle serait peut-être obligée de coucher avec lui. Deux mecs dans la même soirée, songea-t-elle sans enthousiasme ; elle n'avait aucune envie de tenter le record.

La chambre était une toute petite pièce rectangulaire encombrée de livres, de chaussures et de vêtements entassés, qui sentait la chaussette et la vieille pizza. « Mon humble demeure », déclara Josh. Il se jeta sur le lit les bras en croix, fit tomber un livre de chimie, une bouteille d'eau et un haltère de cinq kilos. Il la regardait, avec le sourire calculateur du gamin à qui on a toujours donné tout ce qu'il veut et qui casse ses jouets rien que pour embêter ses parents. « Viens là. »

Maggie n'obéit pas mais lui adressa un sourire aguicheur. Elle glissa un ongle le long de son décolleté. « Tu as quelque chose à boire ? » murmura-t-elle.

Josh tendit le doigt. « Sur le bureau. » Maggie trouva un flacon plat et brun. Du schnaps à la pêche. Beurk ! Elle pencha la tête en arrière, tâchant de ne pas montrer son dégoût, et jeta un coup d'œil provocateur sur Josh pour l'attirer. Il arriva comme une flèche et posa une bouche assez répugnante sur celle de Maggie. Elle y inséra sa langue et laissa couler le liquide sirupeux.

Josh, très soûl, n'en croyait pas son bonheur. Il était au paradis, ou en tout cas dans la section classée X de son vidéo-club intérieur.

Maggie posa une main sur la poitrine de Josh et le poussa en arrière. Il s'abattit sur le lit comme un arbre.

Elle reprit une gorgée de schnaps et se mit à cheval sur lui. *Courage*, songea-t-elle. Elle se cambra et fit passer son haut par-dessus sa tête. Les yeux de Josh s'écarquillèrent à la vue de ses seins. Elle essaya de se mettre à sa place, d'imaginer ce qu'il voyait : une fille mince à moitié nue, les cheveux tombant sur ses épaules, peau blanche, ventre plat, mamelons brun foncé et durs se dressant vers lui.

Il tendit le bras pour l'attraper. *C'est le moment*, se dit-elle. Elle pencha la bouteille de schnaps entre ses seins et laissa couler un ruisseau poisseux jusqu'à la ceinture de son jean. Josh poussa un gémissement : « Ce que t'es bonne ! »

Il se redressa pour lécher le schnaps sur sa peau ; il haletait des mots sans suite, tentait désespérément d'ouvrir le premier bouton du jean de Maggie. Elle avait bien compté qu'il serait trop ivre pour lui enlever son pantalon.

« Attends, murmura-t-elle. Je vais m'occuper de toi.

— T'es pas croyable », dit-il en se laissant retomber, les yeux clos. Maggie se pencha et lui embrassa le cou. Il poussa un soupir. Elle fit pleuvoir une cascade de petits baisers de son oreille à sa clavicule, puis ralentit l'allure. Il poussa un nouveau soupir et glissa la main dans son boxer. Maggie descendait vers sa poitrine. Doucement, se dit-elle. Chaque coup de langue et chaque baiser tombait au rythme d'un battement de cœur. Doucement…

Les baisers se firent plus légers, de plus en plus lents. Elle retint son souffle, guetta la respiration de Josh, l'entendait ralentir, se régulariser. Il y eut un petit ronflement. Elle releva la tête tout doucement pour vérifier. Il avait les yeux fermés, la bouche ouverte, et une bulle montait et descendait entre ses lèvres. Il s'était endormi.

Son plan avait fonctionné. Elle lui fit les poches et trouva sa carte d'étudiant. Parfait. Elle descendit du lit en silence et remit son débardeur pendant que Josh ronflait. Par terre, elle ramassa une serviette qui sentait mauvais, mais inutile de chercher du linge propre dans cette porcherie, pensa-t-elle. Elle prit ensuite un seau en plastique qui contenait du savon et du shampooing.

Le portefeuille de Josh traînait sur le bureau. Elle hésita, puis l'ouvrit : six cartes de crédit et un bon paquet de billets. Elle compterait plus tard, décida-t-elle en fourrant le tout dans sa poche avant de se tourner vers la penderie. Oserait-elle ? Elle avança à pas de loup et ouvrit la porte millimètre par millimètre. Josh avait non pas une, mais deux vestes de cuir, plus toutes sortes de chemises, de pulls, de pantalons, de chaussures de sport et de marche, des jeans, des polos, des coupe-vent, des manteaux d'hiver et même un smoking enveloppé dans une housse de nettoyage à sec. Maggie prit deux pulls puis regarda au fond. Encore mieux ! Elle avisa un sac de couchage proprement roulé dans un sac de toile, ainsi qu'une lampe de poche. Il ne s'apercevrait jamais de leur disparition et, s'il en avait besoin, la personne qui lui avait offert tout cet équipement se ferait sûrement un plaisir de lui envoyer un chèque pour les remplacer.

Josh poussa un grognement aviné, roula sur le ventre et jeta un bras sur l'oreiller où la tête de Maggie aurait dû se trouver. Elle sursauta. Elle s'obligea à compter jusqu'à cent avant de bouger, puis rassembla son butin et casa le sac de couchage et la lampe de poche dans son sac à dos. Enfin, elle ouvrit doucement la porte et s'enfuit dans le couloir. Il était 4 heures du matin. Elle entendait encore de la musique, les cris et les rires d'étudiants éméchés qui rentraient de diverses fêtes.

Les salles d'eau étaient situées à l'autre bout du couloir, protégées par des codes. Heureusement, la porte des toilettes des filles était tenue ouverte par le corps d'une étudiante qui s'était effondrée, mi-dedans, mi-dehors. Maggie l'enjamba, se déshabilla et pendit soigneusement ses vêtements à un crochet, la serviette par-dessus.

Elle entra sous l'eau chaude et ferma les yeux. *Bon*, songea-t-elle. *Bien. Prochaine étape, trouver à manger et un endroit tranquille pour récupérer*. Elle pensa à la bibliothèque : dans toutes les universités où elle était passée, les vigiles ne regardaient jamais les cartes de près. Si on avait l'air d'une étudiante, ils laissaient passer sans vérifier. Donc, elle allait d'abord chercher ses vêtements derrière le canapé du premier bâtiment, et ensuite elle se servirait de la carte de Josh pour entrer dans un réfectoire et manger quelque chose. Ensuite…

En baissant les yeux, Maggie vit une barrette en plastique oubliée dans le porte-savon. Le même genre de monstruosité dont se servait sa sœur pour s'attacher les cheveux. Elle pensa soudain à Rose, et une vague de regret la submergea, si énorme qu'elle crut suffoquer. *Rose*, pensa-t-elle, *excuse-moi*. Et à cet instant, seule sous la douche, Maggie se sentit plus malheureuse qu'elle ne l'avait jamais été de sa vie.

25

C'est peut-être comme ça quand on devient folle, pensa Rose. Elle se tourna dans son lit et plongea de nouveau dans le sommeil.

Dans son rêve, elle était perdue dans une grotte, et la grotte rétrécissait ; le plafond rocheux s'abaissait au-dessus d'elle, s'abaissait, jusqu'à ce que les stalactites humides touchent son visage.

Elle se réveilla. Le chien que Maggie avait laissé chez elle lui léchait les joues.

« Beuh ! » Rose enfonça sa tête dans l'oreiller pour lui échapper. Un instant, elle resta inerte sans se souvenir de rien. Puis les événements lui revinrent d'un coup – Jim et Maggie. Au lit. Ensemble. « Non, quelle horreur ! » s'écria-t-elle. Le chien posa la patte sur son front comme s'il voulait vérifier sa température et poussa un gémissement interrogateur.

« Va-t'en », dit Rose. Au lieu de lui obéir, le chien fit trois tours sur l'autre oreiller, retomba en boule et se mit à ronfler. Rose ferma les yeux et se rendormit à son tour.

Quand elle émergea, il était plus de 11 heures du matin. Elle se leva en titubant et faillit glisser dans une mare tiède qui s'étalait devant la salle de bains. Elle regarda son pied mouillé sans comprendre, puis se tourna vers le chien, qui était toujours sur le lit.

« C'est toi qui as fait ça ? » demanda-t-elle. Le chien se contenta de la regarder. Rose soupira, puis sortit le détergent au pin et l'essuie-tout. Ce n'était pas vraiment la faute du chien… la pauvre bête n'avait pas été promenée depuis la veille.

Elle alla au radar dans la cuisine, mit du café en route, puis se versa un bol d'All-Bran dans lequel elle tourna longuement sa cuillère. Rose n'avait aucune envie de céréales. Elle n'avait envie de rien. Elle avait l'impression qu'elle n'aurait plus jamais faim de sa vie.

Elle posa les yeux sur le téléphone ; quel jour était-ce ? Samedi. Ce qui lui laissait le week-end pour se remettre. Ou alors peut-être avait-elle intérêt à appeler le bureau tout de suite, en laissant un message à quelqu'un pour prévenir qu'elle serait absente toute la semaine. Oui, mais à qui ? Si Maggie avait été là, elle aurait su comment s'y prendre. Maggie était la reine des bonnes excuses, des demi-vérités, des jours de retape qu'elle prenait sans scrupule. Maggie…

« Non », gémit Rose. Maggie devait être chez leur père, ou dehors à rôder dans la rue, ou assise sur un banc, certaine qu'au matin sa sœur changerait d'avis. *Alors là, pas de risque !* songea-t-elle avec fureur. Elle renonça au petit déjeuner et posa son bol près de l'évier.

Le chien ne partageait ni son humeur noire ni son manque d'appétit. Il se mettait dans ses pieds et levait vers le bol des yeux gourmands. Elle réalisa qu'elle n'avait pas la moindre idée de ce que Maggie lui avait donné à manger. Elle n'avait vu aucun aliment pour chien dans la maison. Mais elle ne remarquait pas grand-chose, ces temps-ci. À part Jim. Ou plutôt l'absence de Jim. Hésitante, elle descendit le bol de céréales par terre. Le chien le renifla, baissa le museau et donna un petit

coup de langue, suivi d'un grommellement réprobateur. Il releva les yeux vers Rose.

« C'est pas bon ? » demanda Rose. Elle fouilla dans les placards. De la soupe de pois cassés. Sans doute pas. Des haricots rouges… sûrement pas non plus. Du thon ! C'était plutôt pour les chats, ça, non ? Elle décida de faire l'essai, le mélangea à de la mayonnaise et le lui présenta avec un bol d'eau. Il engloutit tout avec des petits grognements de plaisir et lécha son assiette avec une telle avidité qu'il la poussa jusqu'à l'autre bout de la cuisine.

« Bon », dit Rose. Incroyable ! Il était déjà 13 heures. Son appartement était d'une propreté immaculée grâce à son grand nettoyage nocturne. Elle se rendit dans la salle de bains et se regarda un long moment dans la glace. Son visage était ordinaire, avec des cheveux ordinaires, des yeux bruns ordinaires. Sa bouche, ses joues et ses sourcils n'avaient rien de particulier non plus.

« Mais qu'est-ce que j'ai ? » demanda-t-elle à son reflet dans le miroir. Le chien l'observait, à la porte de la salle de bains. Rose se brossa les dents, se lava la figure, puis fit son lit, les jambes lourdes comme du plomb. Fallait-il sortir ? Rester chez elle ? Se recoucher ?

Le chien gratta à la porte d'entrée.

« Arrête ! » Peut-être Maggie avait-elle acheté une laisse. En désespoir de cause, elle se rabattit sur le foulard qu'elle avait acheté le jour où elle avait décidé de devenir une femme à accessoires, en vain.

Elle s'agenouilla et fit passer le tissu dans le collier du chien. Il n'eut pas l'air d'apprécier du tout, comme s'il – à moins qu'il ne s'agisse d'une femelle ? – se rendait compte que c'était du synthétique et pas de la vraie soie. « Mille excuses », ironisa Rose. Elle prit ses clés, ses lunettes de soleil, ses gants et un billet de vingt dollars avec l'idée d'acheter de la nourriture pour animaux. Puis, dans l'ascenseur, elle ramassa le chien pour le cacher sous son manteau, passa ni vu ni connu devant le portier et sortit de l'immeuble. Si sa mémoire était bonne, il y avait un peu de gazon au carrefour. Le chien pourrait se soulager, et elle n'aurait plus qu'à traverser pour aller au supermarché. Elle attacherait le chien à un parcmètre comme elle avait souvent vu des gens le faire et elle achèterait des croquettes pour chien et un beignet. Un beignet à la confiture. Ou même deux, et un café avec de la crème et trois sachets de sucre. Ça la ferait grossir… mais quelle importance ? Qui la verrait nue, à présent ? Qui s'en inquiéterait ? Elle pouvait prendre du poids ; elle pouvait se laisser pousser les poils sur les jambes et s'en faire des nattes ; elle pouvait porter toutes ses culottes trouées, miteuses, sans élastique. Tout le monde s'en fichait.

Dehors, le chien trotta jusqu'au caniveau, s'accroupit et se soulagea pendant un très long moment.

« Excuse-moi de t'avoir fait attendre », dit Rose. L'animal répondit par un grommellement dont Rose n'élucida pas bien la signification. Ce n'était pas la première fois qu'il faisait ce petit bruit. C'était peut-être lié à sa race. Elle n'y connaissait rien. Depuis Caramel, le chien qu'elles avaient gardé une journée, Maggie et elle n'avaient plus eu d'animaux, même pas de poisson rouge. Trop de responsabilités, disait leur père, qui considérait la charge de ses filles bien suffisante. Et puis, une fois Maggie et elle parties de la maison, Sydelle avait acheté un chien de marque, un chien à pedigree, avec des papiers pour le prouver. « Je suis allergique, avait protesté leur père.

— Ne dis pas de bêtises », avait rétorqué Sydelle. Et la question avait été tranchée. Chanel, le golden retriever abruti, était resté, et leur père avait souffert en silence.

« Quel adorable petit carlin ! » s'exclama une femme brune. *Ah bon*, se dit Rose, *c'est un carlin*. Il y avait un début à tout.

« Viens », commanda-t-elle, le foulard entortillé autour de sa main. Le chien marcha sagement jusqu'au libre-service. « Assis », ordonna Rose en attachant le foulard au parcmètre. Le carlin leva les yeux vers elle comme un invité qui attend sa soupe. « Je reviens. » Elle entra dans le magasin, passa dix bonnes minutes à hésiter devant un choix stupéfiant de nourriture pour animaux, puis se décida pour un sac de croquettes destiné aux petits chiens adultes. Elle prit aussi une écuelle en plastique, deux beignets à la confiture, du café, un litre de glace et attrapa sur une tête de gondole un sac de croustilles au fromage qui promettait une « explosion de goût ». Le caissier eut l'air surpris devant ses achats. Rose venait souvent, mais ne prenait que le journal, du café noir et une boîte de Slim Fast à l'occasion.

« Je suis en vacances », expliqua-t-elle. Pourquoi se sentait-elle obligée de se justifier auprès du caissier du supermarché ? Il lui adressa un gentil sourire et glissa un paquet de chewing-gums dans son sac avec le ticket de caisse.

« Bon appétit », dit-il. Rose lui rendit un sourire coupable, puis ressortit et retrouva le chien, toujours assis, toujours attaché à son parcmètre.

« C'est quoi, ton nom ? » demanda Rose.

Le chien se contenta de la regarder.

« Je m'appelle Rose. Je suis avocate. » Le carlin marchait à côté d'elle, et quelque chose dans la position de sa tête, de ses oreilles dressées, pouvait laisser imaginer qu'il écoutait. « J'ai trente ans. J'ai fini mon premier cycle avec mention très bien à Princeton, et ensuite je suis allée à la fac de droit de l'université de Pennsylvanie, où j'ai été rédactrice en chef du *Journal juridique*, et… »

Pourquoi donnait-elle son CV à ce chien ? C'était ridicule. Il n'allait pas l'embaucher. Probablement personne d'autre non plus, d'ailleurs. Des bruits allaient courir sur elle et Jim. La rumeur avait sans doute déjà commencé, pensa-t-elle, abattue. Tout le monde devait être au courant depuis longtemps, même si elle avait été trop bête ou trop amoureuse pour s'en apercevoir.

« J'ai eu une histoire d'amour », expliqua Rose, alors que le chien et elle s'arrêtaient à un feu. À côté d'elle, une adolescente avec un anneau en or dans la lèvre lui jeta un regard curieux puis hâta le pas. « C'est à cause d'un homme… » Rose s'interrompit. « Bon, ça n'a rien d'étonnant, mais c'était presque mon patron, et je me suis rendu compte que c'était… » Ça avait du mal à passer. «… que ce n'était pas quelqu'un de bien. Pas du tout. »

Le chien jappa – parce qu'il était consterné ? Pour l'encourager ? Rose n'en fut pas certaine. Elle avait envie d'appeler Amy, mais elle ne se sentait pas la force de s'infliger encore une humiliation : elle devrait reconnaître que sa meilleure amie avait raison, que Jim était bien un salaud… et que sa sœur, à qui elle avait ouvert sa porte, qu'elle avait essayé d'aider, était encore pire que lui. Le feu passa au rouge. Le chien aboya encore une fois et tira doucement sur le foulard. « C'est fini », reprit Rose pour dire quelque chose, pour conclure son histoire, même si elle parlait à un chien, un chien qui n'écoutait même pas. « Fini », répéta-t-elle. Le chien leva les yeux vers elle.

« Donc la fille qui s'occupait de toi, c'était Maggie, ma sœur, continua-t-elle. Je vais te donner à manger, t'acheter une laisse, et tâcher de découvrir d'où tu sors. Il faut que je te ramène chez toi. » Elle s'arrêta au coin de la rue et examina de nouveau le chien – petit, couleur café, pas méchant de toute évidence. Le chien la regarda, puis fit entendre un grommellement que Rose trouva peu aimable. « Très bien, dit-elle. Ne me remercie pas. » Vexée, elle traversa et rentra chez elle.

26

On ne savait jamais rien de la vie de couple des autres. C'était du moins l'impression d'Ella. Ses amies et elle parlaient de leur mari comme on parle des enfants ou des animaux de compagnie – comme d'une espèce aux habitudes bizarres, source d'odeurs et de bruits désagréables, derrière laquelle il fallait nettoyer sans arrêt. Leurs maris devenaient des sujets de plaisanterie. Elles faisaient référence à eux par allusions et les yeux levés au ciel. Il. Lui. *Il refuse de manger des légumes, alors comment voulez-vous que j'oblige les enfants ? Moi, j'aimerais bien participer à la croisière, mais il va falloir que je lui demande.*

Ella avait tout un petit stock d'anecdotes, des histoires qui faisaient d'Ira un personnage de bande dessinée, ébauché à traits grossiers. Elle faisait hurler de rire ses amies autour de la table de bridge en racontant ses manies : son refus de partir à plus de trente kilomètres de chez lui sans un bocal pour faire pipi ; les quatre-vingts dollars dépensés pour un kit de fabrication de yaourts. Attention, insistait-elle tandis que des larmes de rire coulaient sur les joues de ses amies, il n'aurait pas songé à faire de la glace, ou de la bière, quelque chose qui ferait envie ; il tenait au yaourt. Ira, le roi du yaourt.

Ella racontait ces histoires, mais ne révélait jamais la réalité de leur vie commune. Jamais elle ne racontait aux autres ce que c'était de vivre avec un mari qui était devenu une sorte de colocataire. Elle ne se plaignait jamais de la politesse humiliante dont il faisait preuve à son égard, de la façon dont il la remerciait quand elle lui versait son café, de sa manie de lui prendre le bras en public, aux mariages ou aux réceptions. Elle ne parlait pas de sa prévenance pour l'aider à sortir de la voiture comme si elle était en porcelaine, comme s'ils ne se connaissaient pas. Et, bien entendu, elle n'avait jamais avoué à personne qu'il avait voulu dormir dans un autre lit dès que Caroline était entrée à l'école et faire chambre à part la semaine du départ de leur fille pour l'université. On ne parlait pas de ces choses-là, et Ella n'aurait même pas su comment aborder le sujet.

Des coups à la porte la tirèrent brutalement de sa songerie. Sans doute Mme Lefkowitz. « Vous êtes là ? » Ella se dépêcha de lui ouvrir. Son invitée alla dans la cuisine de son pas traînant, tout en fouillant dans son énorme sac en crochet rose.

Elle posa un bocal sur le plan de travail. « Des cornichons », annonça-t-elle.

Étouffant un sourire, Ella le vida dans un plat creux tandis que sa visiteuse inspectait le séjour. « Il n'est pas encore arrivé ?

— Non ! » cria Ella depuis la cuisine tout en vérifiant la cuisson dans le four. Elle ne s'était jamais vraiment mise à la cuisine de Floride, si tant est qu'il y ait des spécialités locales. Les rares fois où elle recevait, elle ressortait les quelques recettes qu'elle avait réservées aux relations de travail de son mari. Ce soir, elle avait préparé du rosbif, des galettes de pommes de terre, une mousse de carottes et de pruneaux, le tout accompagné des cornichons de Mme Lefkowitz, avec du pain torsadé acheté à la boulangerie, et pour finir deux sortes de gâteaux et une tarte. Trop copieux, songea-t-elle, beaucoup trop copieux pour eux trois, trop lourd pour cette chaude soirée de Floride. Tant pis, pendant qu'elle courait à l'épicerie et s'affairait dans sa cuisine trop petite, l'activité avait contenu son appréhension.

« J'aimerais rencontrer tes amis », avait dit Lewis. Ella ne pouvait guère lui avouer qu'elle ne s'était pas fait de vrais amis ici. Il penserait qu'elle était folle, ou asociale. Et, de son côté, Mme Lefkowitz s'était montrée encore plus insistante. « Un soupirant ! » avait-elle gloussé un jour où Ella avait commis l'imprudence de laisser Lewis la déposer pour livrer son repas. « Est-il bel homme ? Riche ? Veuf ou divorcé ? Moumoute ? Pacemaker ? Il conduit ? Même la nuit ?

— Stop ! s'était écriée Ella en riant.

— Bon, alors c'est entendu, avait déclaré Mme Lefkowitz avec son sourire de travers.

— Qu'est-ce qui est entendu ?

— Vous allez m'inviter à dîner. Ça me fera le plus grand bien de sortir. C'est le docteur qui l'a dit. » Elle avait pris son agenda électronique sur la table basse. « On dit 17 heures ? »

Il y avait trois jours de cela. Ella jeta un coup d'œil sur sa montre : 17 h 05. « Il est en retard ! » observa Mme Lefkowitz depuis le canapé du salon. À cet instant, Lewis frappa à la porte.

« Bonjour, mesdames. » Il apportait un gros bouquet de tulipes, une bouteille de vin et un carton. « Ça sent délicieusement bon !

— J'en ai fait beaucoup trop.

— Ce n'est pas grave, tu auras des restes. » Il tendit la main à Mme Lefkowitz, qui venait de s'appliquer une épaisse couche de rose géranium sur les lèvres.

« Bonjour, bonjour », roucoula cette dernière. Elle le dévisagea pendant qu'il l'aidait à se lever du canapé.

« Vous devez être Mme Lefkowitz. » Dans la cuisine, Ella retint son souffle, peut-être allait-elle enfin apprendre le prénom de Mme Lefkowitz... Mais celle-ci se contenta de pousser un rire de coquette et de présenter son bras à Lewis pour qu'il la conduise à table.

Après le dîner, le dessert et le café, qu'ils prirent dans le séjour, Mme Lefkowitz eut un soupir satisfait accompagné d'un petit rot. « Mon tram arrive », annonça-t-elle, et elle partit dans la nuit en traînant la patte. Lewis et Ella échangèrent un sourire.

« Je t'ai apporté quelque chose, annonça lewis.

— Tu n'aurais pas dû. »

Lewis alla chercher son carton. Le cœur d'Ella se glaça quand elle vit ce qu'il contenait : un album photo.

« Je t'ai parlé de ma famille, l'autre soir, alors j'ai pensé que ça t'intéresserait peut-être de voir des photos. » Il s'assit sur le canapé comme s'il allait accomplir un acte ordinaire, comme si la situation n'avait rien de terrifiant. Comme si n'importe qui pouvait ouvrir un album et regarder le passé en face. Paralysée par l'angoisse, Ella s'obligea à sourire et à s'asseoir à côté de lui.

Lewis ouvrit l'album. Il y avait des photos de ses parents, d'abord, debout l'un à côté de l'autre, rigides dans leurs vêtements démodés. Puis Lewis et ses frères. Elle vit Sharla, qui portait de l'orange, du rose vif ou du turquoise (et parfois les trois à la fois), et leur fils, ainsi que des vues de la maison de Lewis et de Sharla, à Utica, un ranch avec des rosiers en pot à côté de la porte d'entrée. « Là, c'est la remise des diplômes de John la dernière année de lycée... ou, non, c'est peut-être déjà à l'université... Là, c'est nous au Grand

Canyon, que tu reconnais évidemment… Là, c'est la fête qu'on a donnée pour mon départ à la retraite. » Des photos de mariage, de bar-mitsva, des séjours à la plage, à la montagne ; des bébés. Ella tenait bon, souriait, hochait la tête, faisait les commentaires qu'on attendait d'elle. Enfin, à son immense soulagement, Lewis referma l'album.

« Et toi ? demanda-t-il

— Moi quoi ?

— Tu me montres des photos de toi ?

— Tu sais, je n'en ai pas beaucoup. » Et c'était vrai. Quand Ira et elle avaient vendu leur maison du Michigan et emménagé ici, ils avaient mis beaucoup d'affaires au garde-meuble : du mobilier, des manteaux d'hiver, des quantités de cartons de livres. Et toutes leurs photos. Cela faisait trop mal de les regarder. Mais peut-être…

« Attends », dit-elle. Dans le placard de la chambre du fond, elle fouilla derrière les cartons de vêtements, à la recherche d'un vieux sac à main où se trouvaient quelques photos dans une enveloppe blanche. Elle revint au canapé et tendit à Lewis la première, qui la montrait avec Ira dans la brume des chutes du Niagara pendant leur lune de miel.

Lewis étudia la photo très sérieusement.

« Tu as l'air tendue, jugea-t-il.

— C'est possible », reconnut Ella en triant les photos restantes. Il y en avait une d'Ira, devant un panneau « vendu » planté sur la pelouse de leur maison dans le Michigan, une autre où il était au volant de leur première voiture achetée neuve. Elle s'arrêta sur une photo où elle figurait avec Caroline.

« Tiens », dit-elle en la passant à Lewis. C'était leur voisine qui l'avait prise le jour où elle était rentrée de l'hôpital après la naissance de Caroline. Ella était au fond, avec sa petite valise, et Ira se tenait près de la porte, avec Caroline dans les bras, enveloppée dans une couverture rose, l'air circonspect. « Ma fille, expliqua-t-elle. Caroline.

— C'était un très beau bébé.

— Elle avait les cheveux noirs. Une épaisse chevelure très noire. Et elle a pleuré sans arrêt pendant quasiment un an. »

Elle passa aux deux dernières photos : Caroline et son père dans une barque, avec des chapeaux et des vestes de pêcheur identiques. Et Caroline le jour de son mariage, avec Ella derrière elle qui arrangeait son voile.

« Quelle belle fille ! » commenta Lewis. Ella ne dit rien. Il y eut un silence. « Je n'ai pas pu parler de Sharla pendant des mois, remarqua-t-il. Donc je comprends très bien. Mais, parfois, c'est agréable de mentionner le passé, de se rappeler les bons souvenirs. »

Avait-elle de bons souvenirs de Caroline ? Elle avait l'impression de ne se rappeler que la tristesse, les nuits d'insomnie, les attentes angoissées dans le noir à guetter le grincement de la porte (ou de la fenêtre si Caroline était interdite de sortie). Elle se souvenait d'être restée des heures assise sur la petite méridienne de velours du salon, cercueil trop étroit pour s'y allonger, à attendre le retour de sa fille.

« Elle était très belle. Grande, les cheveux châtains, une peau magnifique. Elle était… vive. Très drôle. » *Folle*, souffla une voix dans sa tête. « Déséquilibrée, dit-elle. Elle était maniaco-dépressive. Elle avait des troubles bipolaires, comme on dit à présent. Sa maladie a été dépistée quand elle était au collège. Elle avait eu des… périodes difficiles. » Ella ferma les yeux à l'évocation des crises de Caroline, de la fois où elle s'était enfermée dans sa chambre pendant trois jours, avait refusé de manger, hurlé qu'il y avait des fourmis qui couraient dans ses cheveux quand elle s'endormait.

Lewis l'encouragea à continuer, et Ella poursuivit, les mots se bousculaient comme si elle les avait retenus trop longtemps.

« Nous sommes allés consulter des médecins, toutes sortes de spécialistes. On lui a donné des médicaments qui lui ont fait du bien d'un certain point de vue, mais qui l'abrutissaient. Elle n'arrivait plus à penser, c'est ce qu'elle disait. » Ella se rappelait Caroline sous lithium, son visage bouffi et pâle, ses mains enflées comme des pattes. Elle bâillait à longueur de journée. « Elle arrêtait de prendre ses médicaments sans nous le dire. Elle est allée à l'université et a bien réussi pendant un certain temps, et puis… et puis elle s'est mariée, et ça n'avait pas l'air de trop mal se passer. Elle a eu deux filles. Elle est morte à vingt-neuf ans. »

Lewis demanda d'une voix douce : « Comment est-ce arrivé ?

— Accident de voiture. » Ce n'était pas entièrement faux, Caroline était dans une voiture, la voiture était allée dans le fossé, et elle était morte. Mais tout ce qui s'était passé auparavant était vrai aussi ; Ella n'était pas intervenue quand elle l'aurait dû. Elle avait cédé à sa fille, qui demandait sans cesse qu'on la laisse tranquille, qui disait qu'elle voulait vivre sa vie. Ella s'était résignée avec tristesse, et aussi un immense, terrible soulagement. Jamais elle n'avait pu parler de cela à personne, même pas à Ira. Elle téléphonait à Caroline une fois par semaine, mais elle n'allait la voir que deux week-ends par an. Elle maquillait la réalité en forgeant une belle histoire : la fille idéale, le gendre idéal. Elle exhibait ses photos comme on retourne une combinaison gagnante au poker : Caroline et son mari, Caroline et Rose, Caroline et Maggie. Ses amies poussaient des cris d'admiration, mais Ella ne pouvait oublier ce que cela cachait. Les photos étaient belles, certes, mais la vie de Caroline était tout autre. Il y avait des récifs meurtriers sous les jolies vagues, du verglas sur le trottoir.

« Accident de voiture », répéta-t-elle, comme si Lewis avait exprimé un doute, parce que « accident de voiture » révélait assez bien la vérité. Et tant pis si on ne parlait pas de la lettre qu'ils avaient reçue le lendemain de l'enterrement, la lettre envoyée de Hartford le jour de la mort de Caroline, la lettre de deux lignes, sur une page arrachée à un cahier d'écolière, tracées d'une main tremblante. « Je n'en peux plus. Occupez-vous de mes filles. »

« Et tes petites-filles ? »

Elle pressa les mains sur ses yeux. « Je n'ai plus de contact avec elles. »

Lewis lui caressa le dos doucement. « N'en parle pas si tu n'en as pas envie. » Mais il était loin de deviner à quel point cela la minait, et elle ne pouvait le lui expliquer. Comment lui avouer le dernier souhait de Caroline, et la lâcheté qui était tellement plus facile ? Caroline avait dit : « Laissez-moi tranquille », et Ella n'était pas intervenue. Puis Michael Feller avait dit : « On préfère se passer de vous. » Elle l'avait laissé la rejeter, avec une tristesse mêlée d'un soulagement coupable. Maintenant, elle ne connaîtrait jamais ses petites-filles, et elle l'avait bien mérité.

27

Le lundi, tout comme le mardi, le mercredi et le jeudi d'ailleurs, Rose se réveilla en pensant que ce matin-là elle y arriverait. Qu'elle arriverait à prendre une douche, à se brosser les dents, à sortir le chien clandestinement, à rentrer, à mettre son tailleur et ses collants, à exhumer son porte-document du placard de l'entrée et à partir travailler comme tout le monde.

Tous les matins, elle se réveillait animée d'excellentes intentions, pleine d'énergie. Elle se donnait du courage sous la douche, se rappelait que le symbole chinois des situations de crise était le même que celui des bonnes occasions. Et puis elle promenait le chien jusqu'à Rittenhouse Square, et là, elle se tournait vers le sud pour voir la tour de cinquante-deux étages qui abritait les bureaux de Dommel, Lewis et Fenick. La façade de verre se dressait au loin, rappel cuisant de ses imprudences, et son cœur se serrait. Tout se serrait, d'ailleurs, pas seulement son cœur, mais aussi ses autres organes, les reins, le foie et le reste, tous solidaires, et qui pensaient comme elle avec horreur « Non ! », « Je ne peux pas ! » et « Pas aujourd'hui ! ».

Alors, elle rentrait chez elle, appelait Lisa, sa secrétaire, et expliquait qu'elle était encore malade. « Je crois que c'est la grippe, avait-elle déclaré d'une voix enrouée le lundi.

— Pas de problème », avait répondu Lisa. Mais, à la fin de la semaine, Lisa ne s'était plus montrée aussi indulgente. « Vous serez là lundi, j'espère ?

— Bien entendu, avait répondu Rose sur le ton d'une femme compétente et sûre d'elle. Absolument. Ça va de soi. » Puis elle s'était effondrée sur le canapé et avait regardé *Histoires de mariage*. Pendant sa semaine de tire-au-flanc, elle était devenue complètement accro à l'émission. *Histoires de mariage* durait une demi-heure et avait la structure d'un sonnet ou d'un problème de géométrie. Première partie : présentation des fiancés (la veille, il y avait eu Fern, vendeuse, et Dave, routier barbu de vingt ans son aîné). Deuxième partie : la rencontre (« Je suis entré pour acheter de l'Alka-Selzer, et je l'ai vue derrière le comptoir, je n'avais jamais vu de fille aussi jolie de ma vie »). Troisième partie : la préparation du mariage (Fern et Dave avaient loué le Radisson. Dîner, bal, avec les deux fils de Dave, nés d'un premier mariage, comme garçons d'honneur). Dernière partie : le Grand Jour. (Fern marche vers l'autel, silhouette féerique dans sa robe de satin crème. Dave pleure. Rose aussi.)

Elle avait récidivé quatre jours de suite. Elle mangeait des beignets en pleurant à chaque nouvelle mariée, chaque futur mari, chaque robe, chaque mère et belle-mère, chaque premier baiser et chaque première danse ; une assistante sociale de l'Alabama un peu boulotte, une institutrice du New Jersey, une technicienne de San Jose moustachue. Des filles avec des problèmes de peau, des permanentes ratées, qui parlaient mal… Tout le monde se marie, pensait-elle pendant que le chien léchait ses larmes. Tout le monde, sauf moi.

Le samedi matin, le téléphone sonna. Rose ne répondit pas, attacha la laisse du chien – elle avait fini par en acheter une – et se dépêcha tant de sortir que, une fois dans la rue, elle s'aperçut qu'elle était encore en pantoufles. Des pantoufles-lapins en fourrure. Bon, tant pis. Sa dégaine plut beaucoup à un SDF, qui lui cria : « T'es belle, poupée ! » C'était plutôt gentil, songea Rose. Elle passa vingt minutes à attendre que le chien renifle toutes les haies, les bouches d'incendie, les pieds de parcmètres, les arrière-trains des autres chiens, et quand elle rentra, le téléphone sonnait toujours, comme s'il ne s'était pas arrêté dans l'intervalle. Il sonnait encore quand elle entra sous la douche. Elle laissa l'eau lui dégringoler sur la tête, inerte comme une tonne de plomb, avant d'essayer de rassembler assez d'énergie pour se laver les cheveux. À 17 heures, elle finit par arracher le combiné de son support pour se le mettre à l'oreille.

« Quoi ?

— Ben où t'étais passée ? s'indigna Amy. J'ai laissé quatorze messages sur ta messagerie à ton travail, j'ai expédié six e-mails, je suis passée sonner chez toi l'autre soir… »

Rose se souvenait vaguement d'avoir entendu la sonnette et de s'être caché la tête sous l'oreiller en attendant que ça passe.

« Ta secrétaire dit que tu es malade, et ma copine Karen t'a vue errer dans Rittenhouse Square en pyjama et en pantoufles.

— Je n'errais pas et je n'étais pas en pyjama, rétorqua Rose, éludant provisoirement la question des pantoufles. J'étais en jogging.

— Bon, si tu veux. Qu'est-ce qui se passe ? T'es malade ? »

Rose regarda avec regret la télévision, puis se força à en détacher les yeux. « Il faut que je te voie.

— On se retrouve à la Cigale dans un quart d'heure. Non, une demi-heure. Ça te laissera le temps de t'habiller correctement. Je ne crois pas qu'on te laisserait entrer en pyjama.

— Je n'étais pas en pyjama ! » se récria Rose, mais Amy avait raccroché. Elle reposa le téléphone et partit choisir des chaussures.

« Bon, dit Amy, qui avait commandé du café et deux scones de la taille de gants de base-ball. Qu'est-ce qu'il t'a fait ?

— Hein ?

— Jim, précisa Amy avec impatience. Je sais que tout ça, c'est la faute de ce gros nul. Dis-moi ce qu'il t'a fait, et on va trouver une manière de se venger. »

Rose eut un petit sourire. Amy, forte d'années d'expérience, était passée maîtresse dans l'art de clore une liaison ratée. Phase un : se donner un mois pour faire son deuil (deux semaines si on n'avait pas couché). Phase deux : si on s'était fait larguer, ou tromper, on pouvait se permettre une seule mais très belle vengeance infâme (son dernier ex, un végétalien pur et dur, avait dû avoir le choc de sa vie en se retrouvant inscrit au Club des dégustateurs d'abats de boucherie). Phase trois : s'en remettre. Pas de regrets, pas de petits tours en voiture devant chez lui tard le soir ou de coups de fil avec un verre dans le nez. Passer à autre chose.

« Alors, il a fait quoi ?

— Il m'a trompée.

— J'en étais sûre. Bon, comment on va lui faire payer ça ? Humiliation professionnelle ? Lettre anonyme au cabinet ? Un truc dégueu dans sa voiture pour lui pourrir la vie ?

— Comme quoi ?

— De la pâte d'anchois. Quelques giclées dans la boîte à gants, et sa Lexus sera irrécupérable.

— Bon, mais il n'y a pas que ça.

— C'est-à-dire ?

— C'était avec Maggie. »

Amy recracha un bout de scone. « Quoi ?

— Il m'a trompée avec Maggie. Je les ai surpris. » Elle se l'était répété tellement souvent dans sa tête, l'avait dit tant de fois au petit chien que, racontant enfin son histoire, elle avait l'impression de réciter un poème appris par cœur depuis des années. « Je les ai surpris au lit, et en plus elle portait mes bottes neuves.

— Les Via Spiga ? » Amy était de plus en plus indignée. « Rose, je suis désolée. »

Mais pas surprise, songea Rose.

« Alors là, reprit Amy, quelle petite garce ! »

Rose hocha la tête.

« Comment elle a pu te faire ça ? »

Rose haussa les épaules.

« Après tout ce que tu as fait pour elle ! Tu l'as hébergée, tu lui as sans doute donné de l'argent... Qu'est-ce qu'on va faire ?

— Ne plus jamais la voir.

— Oui, t'as raison. Ça va être joyeux à Thanksgiving... Et où elle est passée, cette nympho ?

— Je ne sais pas... Probablement chez mon père et Sydelle.

— Ah ! Alors elle est déjà assez punie comme ça. Et toi ?

— C'est pas la joie, soupira Rose en tripotant son scone.

— Qu'est-ce que je peux faire ?

— Je ne sais pas. Je vais attendre que ça passe.

— Si on s'offrait une virée dans les magasins ? Allez, viens, ça te remontera le moral. »

Elles y passèrent l'après-midi, et Rose se débrouilla pour remplir trois sacs d'objets dont elle n'avait aucun besoin. Elle acheta tout ce qui arrêtait son regard et lui donnait, ne serait-ce qu'une seconde, l'espoir que sa vie pourrait s'arranger – ou qu'elle pourrait se sentir un peu mieux un jour. Elle acheta des crèmes exfoliantes, des lotions hydratantes. Elle acheta des bougies parfumées à la lavande, un os de cuir aromatisé au bœuf, un sac de soirée brodé de perles à deux cents dollars. Elle acheta des tubes de rouge, du gloss, des crayons contour des lèvres, trois paires de chaussures, une jupe longue en cachemire rouge qu'elle était sûre de ne jamais mettre. Et, enfin, elle entra dans une librairie.

« Tu cherches quoi ? demanda Amy. *La Plénitude sexuelle par le yoga* ? *Dix Astuces pour se choper le prince Charmant* ? » Rose rit un peu, secoua la tête et se dirigea vers la table des nouveautés. En dix minutes, elle avait empilé dans ses bras dix romans racontant l'histoire de femmes qui tombaient amoureuses, subissaient une grande déception et retombaient amoureuses.

« Je tiens toujours ma pâte d'anchois à ta disposition, au cas où tu changerais d'avis, rappela Amy pendant qu'elles traversaient le parking. Et si tu cherches une observatrice impartiale pour dire ses quatre vérités à Mlle Maggie May, tu sais où me trouver.

— Tu n'es pas impartiale.

— C'est vrai, mais c'est pas la peine de le dire. » Elle regarda sa montre. « Tu veux que je rentre avec toi ? Ou tu préfères m'accompagner ? Je dois dîner chez ma mère…

— Non, ça ira. » Rose préférait se passer d'une soirée chez la mère d'Amy, où, après l'inévitable plat de spaghettis, il faudrait passer des heures à admirer ses poupées de collection et ses bijoux de télé-achat.

« Appelle-moi, ordonna Amy. Ne me fais plus le coup de disparaître comme ça. »

Rose promit. Pour fêter son retour à la vie normale, elle offrit au carlin son os en cuir et s'obligea à écouter les quarante-trois messages de sa boîte vocale. Seize d'entre eux étaient d'Amy, une dizaine de son travail, trois de son père, un certain nombre de démarcheurs. Il y avait encore quelques demandes de règlement de factures, ainsi qu'un appel incompréhensible du gérant de l'*International House of Pancakes* lui proposant de venir passer un entretien quand elle voudrait. Elle laissa un message à son père pour le rassurer, effaça tout le reste et dormit dix-huit heures d'affilée. Le dimanche matin – son dernier jour à pleurnicher, sans faute, avait-elle décidé –, elle appela Amy pour lui donner de ses nouvelles. Elle mit du rouge à lèvres, sa jupe de cachemire neuve, glissa un de ses livres neufs dans sa poche, attacha la laisse du petit chien et partit prendre sa place habituelle sur un banc du parc. C'était l'heure des décisions.

« Avantages, murmura-t-elle : je suis avocate, et c'est un bon boulot. Inconvénients : ça me rend malade rien que de penser que je vais devoir retourner là-bas. »

Elle ouvrit son livre, tira un stylo de sa poche et en posa la pointe à côté des incontournables louanges de la page de garde. (« Une comédie enlevée et insolente ! ») « Avantages, écrivit-elle, travail = argent. Inconvénients… » À ses pieds, le petit chien fit entendre un bref jappement. Rose suivit son regard et vit qu'un autre chien, un drôle d'animal tremblotant, taché de noir, de la taille d'un chat, avait sauté sur le banc, s'était assis à côté d'elle et la considérait avec un regard noir intrépide.

« Bonjour », dit-elle. Elle le laissa flairer ses gants. « Comment tu t'appelles ? » Elle déchiffra la médaille qu'il portait autour du cou et se demanda d'où venait son nom. Troufi. Un nom étranger, sans doute. « Rentre chez toi, va retrouver tes maîtres. » Le chien se contenta de fixer Rose sans faire mine de bouger. Elle décida de ne pas lui prêter attention.

« Inconvénients », reprit-elle. Elle ferma les yeux et sentit monter une forte nausée à l'idée qu'elle entrait dans la tour où elle travaillait, qu'elle prenait l'ascenseur, arrivait à l'étage du cabinet et traversait les couloirs où elle était tombée amoureuse de Jim et avait cru qu'il l'aimait.

Elle rouvrit les yeux. « Inconvénients... » Troufi était toujours assis à côté d'elle sur le banc, et il y avait maintenant une petite fille en manteau rouge devant elle. Elle portait des moufles rouges et des bottes en caoutchouc rouges, et ses cheveux couleur de sirop d'érable étaient retenus en une queue-de-cheval maigrelette. *C'est pas vrai*, se dit Rose, *j'ai l'impression d'être Blanche-Neige !*

« Chien ! annonça la petite fille, son poing rouge tendu vers le sol.

— Oui, c'est ça », approuva Rose tandis que le chien émettait un grommellement ravi.

La gamine se baissa pour lui caresser la tête. Le carlin se trémoussa de plaisir. Pendant ce temps, le petit Troufi tremblotant sauta du banc et s'assit aux pieds de la petite fille. Les deux chiens levèrent les yeux vers elle. « Je m'appelle Joy, annonça l'enfant.

— Bonjour, Joy ! claironna Rose avec un enthousiasme forcé. Je te présente... » Flûte, elle ne savait pas comment s'appelait le chien. «... le chien que je promène ! »

La petite fille hocha la tête, apparemment satisfaite, ramassa la laisse de Troufi et repartit avec lui. Pendant ce temps, une dame aux cheveux blancs et à lunettes de soleil les avait remarqués. « Pétunia ? appela-t-elle. C'est Pétunia ? »

Pétunia, pensa Rose. Le carlin tourna la tête vers la dame. Rose trouva qu'il avait l'air un peu gêné.

« Bonjour, Pétunia ! » dit la dame, qui n'eut droit pour toute réponse qu'à un grommellement dédaigneux. « Alors, Shirley est rentrée d'Europe ?

— Euh… » Rose était bien embarrassée. Elle n'avait pas prévu de tomber sur des intimes du chien.

« Je croyais qu'elle l'avait mise en pension à La Patte élégante jusqu'au mois prochain. »

Rose se saisit de cette information et s'y accrocha de toutes ses forces comme à une planche de salut.

« C'est ça. En fait, il s'agit d'un service tout nouveau que nous offrons… une promenade quotidienne. Pour que les chiens, euh… puissent prendre l'air, faire un tour dans leur quartier, voir leurs amis…

— Quelle excellente idée ! » s'exclama la dame alors que deux autres toutous venaient les voir – un grand chien chocolat avec une grosse queue serpentine, et un petit caniche noir sautillant qui laissait pendre une langue toute rouge. « Alors, comme ça, vous travaillez à La Patte élégante ?

— Non, pas vraiment. Je suis à mon compte. » Cela lui rappela l'histoire de la princesse qui, victime d'un mauvais sort, avait des grenouilles et des crapauds qui lui sautaient de la bouche dès qu'elle disait un mot. Il lui arrivait la même chose : il n'y avait plus que des mensonges qui franchissaient ses lèvres. « Je promène les chiens du chenil, mais je, euh…, je me charge aussi d'animaux à domicile…

— Vous avez une carte ? » demanda le vieux monsieur accroché au bout de la laisse du caniche.

Rose fit semblant de fouiller dans ses poches. « Désolée. J'ai dû les oublier chez moi… »

Le vieux monsieur tira un stylo et un papier de sa poche ; Rose y inscrivit son numéro de téléphone, puis ajouta en dessous : *Rose Feller, promenades de chiens, gardes d'animaux à domicile*. Très vite, elle se retrouva au centre d'un moulin de laisses, de poils et de maîtres insistants qui cherchaient une personne de confiance pour promener leurs animaux.

Oui, affirma Rose, elle s'occupait aussi des chats. Non, elle ne faisait pas de dressage, mais elle conduirait avec plaisir les chiens aux cours.

« Eh, la promeneuse ! » appela une dame qui portait un pull vert trop large. Son chien était aussi court sur pattes que Pétunia, mais mesurait environ deux fois sa taille, avec la peau de la tête toute plissée, et de la bave qui dégoulinait de sa lippe pendante. « Et pour Memorial Day ?

— Je serai là », assura Rose. Pétunia et le chien plissé se firent une reniflette solennelle, comme s'ils étaient membres du même club et se donnaient la poignée de main secrète des initiés.

« Vous êtes agréée ? s'enquit la dame. Vous avez les papiers ? L'adhésion ? L'assurance ?

— Euh… » L'assistance retenait son souffle. « C'est en cours. Je serai en règle dès la semaine prochaine », ajouta-t-elle en se promettant de découvrir comment on obtenait l'agrément et l'assurance de promeneur pour chiens.

« Et vos tarifs ? »

Les tarifs, pensa Rose. « C'est… euh… dix dollars par promenade, vingt-cinq pour une journée de garde complète. » D'après les expressions, elle comprit qu'elle proposait des prix très compétitifs. « Vous bénéficiez d'un tarif de lancement exceptionnel, précisa-t-elle. Et, bien sûr, si vous préférez laisser votre chien au chenil, je peux passer le chercher pour le promener au parc tous les jours. C'est de loin la meilleure solution. Vous n'avez qu'à me passer un coup de fil ! » Elle leur lança un signe d'adieu enjoué et se dépêcha de filer.

« Qui est Shirley ? demanda-t-elle à la chienne, qui ne répondit pas. Tu t'appelles vraiment Pétunia ? » La chienne continua de faire la sourde oreille tandis que

Rose se dirigeait vers La Patte élégante. Les clochettes tintèrent quand elle poussa la porte. La femme du comptoir se leva d'un bond.

« Pétunia ! » s'écria-t-elle en écrasant sa cigarette. Pétunia poussa un jappement et agita non seulement la queue, mais son arrière-train tout entier. « Ouf ! Quel soulagement ! On se faisait un sang d'encre !

— Bonjour », dit Rose.

La gérante s'agenouilla devant Pétunia et la caressa fébrilement. « Où l'avez-vous trouvée ? Ce qu'on a pu avoir peur ! Sa maîtresse ne rentre pas avant trois semaines, mais on ne voulait pas la prévenir… Vous imaginez ? Laisser son chien au chenil pour aller en Europe, et apprendre par un coup de fil qu'il a disparu… » Elle se releva, épousseta sa salopette de jean, puis dévisagea Rose à travers une broussaille de cheveux frisés grisonnants. « Alors, vous l'avez trouvée où ?

— Dans le parc, dit Rose, décidée à épuiser d'un coup son capital mensonges du mois, ou même de l'année. Elle n'avait pas l'air perdue, mais je la connais… Enfin, je veux dire, je ne la connais pas, mais je l'ai déjà vue dans le parc et je me suis dit que peut-être vous la connaîtriez…

— Ouf ! Quel soulagement », répéta la gérante. Elle examina Pétunia. « Nous étions affolés. Les carlins sont des chiens très fragiles, vous savez… Ils s'enrhument vite, attrapent des infections respiratoires, tout ce qui traîne… Je ne sais pas qui s'est occupé d'elle ces derniers jours, mais elle a été bien soignée. » Elle se tourna vers Rose. « Il y a une récompense, bien sûr…

— Non, non, ça me suffit de savoir qu'elle est en de bonnes mains…

— J'insiste. » La gérante retourna derrière son comptoir et ouvrit sa caisse. « Comment vous appelez-vous ? Vous vivez dans le quartier ?

— Euh… Oui, en fait. Je vis dans l'immeuble Dorchester et je suis avocate au cabinet Lewis, Dommel et Fenick. Mais je voulais vous dire : je mets sur pied une petite boîte de services… de promenades pour chiens.

— Vous savez, il y en a déjà pas mal. » La gérante lança un biscuit à Pétunia, qui l'attrapa au vol et le mâcha à grand bruit.

« Je sais, répondit Rose, mais moi, j'ai eu l'idée de promener les chiens qui sont en pension. Pour leur faire prendre l'air, qu'ils se dégourdissent les pattes. »

Cette fois, l'intérêt de la gérante s'éveilla. « Vous prenez combien ?

— Dix dollars la promenade… » Et juste au moment où le visage de la gérante s'assombrissait, Rose précisa : « … à partager entre vous et moi. Vous me feriez de la pub.

— Donc on vous paierait dix dollars la promenade, et vous m'en donneriez cinq ?

— C'est ça. En tout cas le premier mois. Ensuite, il faudra que je fasse le point. » Elle commençait déjà à calculer dans sa tête. Cinq dollars par promenade, multipliés par, mettons, dix chiens du chenil par jour, plus peut-être encore trois ou quatre à dix dollars la sortie…

« Je rendrai aussi des services aux propriétaires », improvisa-t-elle. Elle pensa à tout ce qu'elle n'avait jamais le temps de faire quand elle travaillait. « J'irai au pressing, faire des courses, je prendrai des rendez-vous chez le médecin, chez le dentiste, j'achèterai des cadeaux… Si vous voulez, je vous promènerai Pétunia gratuitement.

— Bon, d'accord. Je vous prends à l'essai, si vous ne parlez à personne de la petite escapade de Pétunia.

— Marché conclu ! »

La gérante lui serra la main. « Je m'appelle Béa Maddox.

— Et moi, Rose Feller. »

Béa la regarda d'un drôle d'air. « Vous êtes de la famille de Maggie ? »

Le sourire de Rose se figea sur son visage. « C'est ma sœur. Mais je ne lui ressemble pas. » Le regard de Béa pesait sur elle. Elle redressa les épaules, afin de paraître responsable, indépendante et adulte – bref, aussi différente de Maggie que possible.

« Elle a encore les clés de la boutique, accusa Béa.

— Je ne sais pas où elle est, pour l'instant. Je vous les rembourserai. »

La gérante haussa les épaules. « Ça ne coûte rien d'essayer. Et puis vous avez retrouvé la petite. » Elle donna sa carte à Rose et lui conseilla d'aller à la boutique de photocopies du coin pour se faire tirer quelques affichettes avec son nom, ses tarifs et les services proposés.

Rose s'y rendit aussitôt, puis revint déposer un flyer encore chaud à La Patte élégante avant de courir chez elle pour changer l'annonce de son répondeur. « Vous êtes bien chez Rose Feller, services de garde animalière. Merci de laisser votre message, sans oublier votre nom, votre numéro de téléphone, le nom de votre animal et les dates concernées, je vous rappellerai dès que possible. » *Je m'accorde une pause*, se dit-elle en réécoutant l'annonce. Elle avait l'impression que sa vie était un film et qu'une actrice jouait son rôle. *Il faut que je fasse une coupure*, se répéta-t-elle sévèrement. Jamais elle n'avait cessé de travailler plus d'une semaine à la suite. Elle était passée directement du lycée à la fac de droit, avec à peine le temps de laver son linge entre les deux. Il était grand temps de souffler.

Étape suivante, appeler le cabinet. À la première heure, le lundi matin, Rose s'assit sur le canapé, respira un grand coup et composa le numéro, non pas de

Lisa, mais de Don Dommel en personne. La secrétaire lui passa aussitôt le patron. Rose se demanda si c'était de bon ou de mauvais augure. Elle fit appel à tout son courage, tant elle redoutait sa jovialité et les bons conseils qu'il ne manquerait pas de lui prodiguer : *Mangez des germes de blé ! Mettez-vous au BMX !*

« Rose ! s'écria Don d'un ton ravi. Comment vous sentez-vous ?

— Beaucoup mieux, en fait. » Elle se fit de la place en poussant une pile de *Chien Magazine* et de *Guide du chien pour les nuls*, réalisant à quel point l'appartement lui semblait vide sans Pétunia. « Dites, je me demandais… Je traverse une période un peu difficile pour des raisons personnelles et…

— Vous voudriez prendre un congé ? » Don avait proposé cela si vite que Rose eut la certitude qu'il y songeait depuis le premier jour où Jim était venu au travail et pas elle. « Le cabinet a une politique très souple en la matière… Un congé sans solde, cela va sans dire, mais vous garderez tous vos avantages acquis et vous serez libre de reprendre votre travail quand vous voudrez. Seulement quand vous serez prête, bien entendu. Ou alors… » Il ne termina pas sa phrase, et Rose entendit bien des sous-entendus dans le court silence qui suivit. Don Dommel projetait ses pensées si fort qu'elle les captait presque. *Vous nous posez un gros problème, vous avez causé un scandale, vous faites l'objet d'un tas de ragots salaces, vous nous polluez l'air, tirez-vous et qu'on ne vous voie plus.*

« Six mois, ça irait ? demanda-t-elle, calculant qu'en six mois elle se serait remis la tête à l'endroit et serait prête à reprendre le travail.

— Parfait ! Mais, au cas où vous auriez besoin de références, surtout n'hésitez pas à nous contacter…

— Bien sûr. » Elle n'en revenait pas que ce soit si facile, si facile de lâcher maintenant qu'elle s'était décidée. Le travail qui l'avait tant obsédée serait sans doute attribué à un autre jeune collaborateur aux dents longues. C'était injuste. Jim était tout aussi coupable qu'elle, et Jim, lui, allait rester ; il recevrait ses parts, ses augmentations, ses primes de vacances, obtiendrait son bureau d'angle avec vue sur City Hall. Pendant ce temps, elle ne récoltait qu'un congé sans solde et des lettres de recommandation pro forma. Tant pis, pensa-t-elle. Tant mieux. Elle s'en sortirait sûrement.

«... arrivent, disait Don, qui de toute évidence n'entendait pas la lâcher si vite.

— Pardon ?

— Ce sont des choses qui arrivent », répéta Don. Sa truculence des séances de motivation avait disparu et il prenait même un ton assez gentil. « Tous les cabinets ne conviennent pas à tout le monde.

— C'est vrai, répondit Rose gravement.

— Donnez-nous de vos nouvelles. » Rose promit qu'elle n'y manquerait pas et raccrocha. Ensuite, elle se laissa retomber contre son dossier et réfléchit. Adieu le droit, pensa-t-elle. « En tout cas, pour l'instant », corrigea-t-elle tout haut, et elle découvrit que ces mots ne lui causaient pas la plus petite tristesse. « Bonjour les quadrupèdes. » Elle rit un peu, parce qu'elle trouvait bizarre de se voir sous ce nouveau jour – Rose Feller l'ambitieuse, Rose Feller la bosseuse, qui finissait en ramasseuse de crottes de chien. « Je marque juste une pause », se répéta-t-elle. Elle alla mettre la bouilloire à chauffer pour se faire du thé, se réinstalla sur le canapé, ferma les yeux et se maudit : qu'est-ce qui avait bien pu lui passer par la tête ?

28

Maggie se souvenait d'avoir un jour entendu une conversation téléphonique de sa sœur, qui était rentrée de l'université pour les vacances de Thanksgiving. « Je dors pratiquement à la bibliothèque », avait-elle dit d'un ton important. Eh bien, elle allait se faire battre par sa petite sœur.

Pendant sa première semaine à Princeton, Maggie avait dormi à droite et à gauche – quelques heures de sommeil volées sur un canapé du foyer de la résidence, un banc de laverie au sous-sol. Pendant ce temps, elle avait visité les étages inférieurs de la bibliothèque, à la recherche d'un logis plus permanent. Elle avait trouvé son bonheur au niveau C, c'est-à-dire au troisième sous-sol, dans l'angle sud-est, tout au fond, dans un endroit qu'elle avait baptisé la « Pièce des livres malades ». Il y en avait de toutes sortes, avec des pages déchirées, des couvertures décollées, des reliures arrachées. Une pile de vieux *National Geographic* gisait dans un coin, une autre de livres écrits dans un alphabet tarabiscoté qu'elle n'avait jamais vu et des manuels de chimie hors d'usage. Maggie avait passé un après-midi entier à surveiller la porte. D'après ses observations, aucun livre ne sortait jamais de la Pièce des livres malades… et aucun livre neuf n'y entrait. Encore mieux, il y avait des toilettes pour femmes que personne n'utilisait jamais et qui comprenaient également une douche. Les carrelages étaient poussiéreux, mais quand Maggie avait ouvert les robinets, une eau limpide en avait coulé.

Ainsi donc, le septième jour de son séjour sur le campus, Maggie établit son camp de base dans la pièce sans fenêtre des livres oubliés. Elle se cacha dans les toilettes pour handicapés jusqu'à ce que les derniers étudiants se fassent chasser de la bibliothèque et que les portes se referment derrière eux. Ensuite, elle était entrée sans bruit dans la pièce, avait étendu son sac de couchage entre deux étagères de vieux livres poussiéreux, allumé la lampe de poche volée et s'était allongée sur son sac. Voilà. Elle était installée. Et elle ne risquait rien, avec la porte fermée à clé et toutes ses affaires rangées sous une des étagères. Personne ne pouvait la détecter, à moins de savoir exactement où la chercher. C'était ce qu'elle voulait : être là sans y être, présente tout en restant invisible.

Elle glissa la main dans la poche du jean qu'elle portait depuis son arrivée. Elle y trouva la liasse de billets, ainsi que les trois cartes d'étudiant qu'elle avait réussi à s'approprier pendant ses journées dans la bibliothèque. Elle avait aussi les cartes de crédit de Josh, une carte de crédit de Rose, une clé qu'elle avait trouvée et gardée, même s'il était peu probable qu'elle découvre un jour quelle porte elle ouvrait. Et une vieille carte de vœux. *Très joyeux jour de fête*. Elle posa la carte sur une étagère de façon à la voir de là où elle était couchée.

Elle croisa les bras sur la poitrine et respira tranquillement dans la pénombre. Il régnait un profond silence au troisième sous-sol, sous le poids de milliers de livres ; c'était calme comme une tombe. Elle entendait même le frottement de sa langue contre ses dents, le froissement du sac de couchage au moindre de ses gestes.

En tout cas, songea-t-elle, *ici, je pourrais dormir*. Mais Maggie n'était pas encore fatiguée. Elle fouilla dans son sac à dos pour prendre le livre de poche qu'elle avait trouvé sur un fauteuil. *Une femme noire*. La couverture représentait en effet une femme noire (qui en fait était plutôt violette), allongée sous un arbre vert, qui contemplait le ciel avec une expression satisfaite et rêveuse. Ça ne valait pas un magazine, mais en tout cas c'était mieux que les revues juridiques qui traînaient chez Rose ou que les vieux manuels de médecine qui garnissaient l'étagère la plus proche de son sac de couchage. Elle ouvrit son livre et commença à lire.

29

« Ella ? demanda Lewis, ça va ?

— Mais oui, très bien.

— Tu es silencieuse.

— Ça va, je t'assure », dit-elle avec un sourire. Ils étaient assis sur la terrasse ombragée d'Ella, avec en bruit de fond le chant des grillons et des grenouilles, et la voix de Mavis Gold qui racontait à quelqu'un l'épisode de la veille de *Tout le monde aime Raymond.*

« Y a-t-il des choses que tu regrettes de ne pas avoir faites dans ta vie ? interrogea-t-il.

— C'est une drôle de question.

— Essaie quand même de répondre. »

Elle réfléchit. Par où commencer ? Pas par ses vrais regrets, en tout cas. « Tu sais ce que je regrette ? Je ne suis jamais allée à la plage.

— Ah bon ? Jamais ?

— Pas depuis que j'ai emménagé ici. Pas depuis que je suis petite. J'ai bien essayé un jour, j'avais ma serviette et mon bonnet de bain, mais ça m'a semblé tellement… » Il lui avait fallu une demi-heure rien que pour trouver une place de stationnement, et la plage était noire de monde, avec des filles en bikinis scandaleusement minuscules et des garçons en caleçons de bain aux couleurs criardes. La cacophonie de radios et de cris d'adolescents donnait mal à la tête. Le soleil lui avait paru trop vif, la mer trop grande, et elle avait fait demi-tour pour remonter en voiture avant même de poser le pied sur le sable. « Je dois être trop vieille. »

Il se dressa sur ses jambes. « Sûrement pas ! On y va.

— Lewis ! Maintenant ? Mais il est trop tard !

— Il n'y a pas d'heure pour aller à la plage. »

Elle le regarda fixement, mille objections en tête : il était tard, elle avait un rendez-vous tôt le lendemain matin, la nuit était tombée, et Dieu sait ce qu'ils allaient trouver là-bas. Ce genre d'expédition convenait mieux à des adolescents ou à des jeunes mariés qu'à des retraités arthritiques munis de Sonotones.

« Allez, viens, dit-il en lui prenant les mains. Ça va te plaire.

— Je ne crois pas. Une autre fois, peut-être. » Mais il la tira sur ses pieds, et elle se laissa entraîner dehors. Une minute plus tard, ils passaient à pas feutrés devant l'appartement de Mavis Gold comme des conspirateurs ou des gamins préparant une farce.

La plage n'était qu'à dix minutes. Lewis se gara au bord du sable, ouvrit la portière à Ella et l'aida à sortir de voiture. « Laisse tes chaussures », suggéra-t-il.

Et elle se retrouva devant la mer, la mer qu'elle avait vue des centaines de fois depuis sa voiture, par les hautes fenêtres de chez Lewis, sur les cartes postales et les brochures publicitaires qui l'avaient attirée à Golden Acres. La mer était là, en perpétuel mouvement, avec ses vagues qui montaient, se brisaient dans un bouillon d'écume, puis couraient sur le sable, venant chatouiller ses pieds nus.

« Oh ! s'exclama-t-elle avec un petit sursaut. C'est froid ! »

Lewis se pencha pour rouler le bas de son pantalon, puis remonta celui d'Ella. Il lui prit la main, ils entrèrent dans l'eau et s'enfoncèrent jusqu'aux chevilles, presque jusqu'aux genoux. Ella sentait le reflux l'aspirer et le sable filer avec l'eau sous ses pieds. Il y avait le bruit des vagues, l'odeur d'un feu de pêcheur, plus loin sur la plage. Elle lâcha la main de Lewis.

« Qu'est-ce que tu fais ? » demanda-t-il.

Elle avança encore un peu, de deux pas, puis de trois ; l'eau lui dépassa les genoux, les cuisses. Sa large chemise de coton flottait autour d'elle, se gonflait à chaque vague. L'eau était d'une froideur saisissante, plus froide que les lacs de son enfance ; ses dents claquaient tandis que son corps s'habituait à la température.

« Fais attention ! cria Lewis.

— Bien sûr ! » Soudain, elle fut prise de peur. Savait-elle encore nager ? Était-il possible d'oublier ? Flûte, elle aurait dû attendre qu'il fasse jour, ou au moins apporter une serviette…

Arrête, pensa-t-elle. *Ça suffit d'avoir peur !* Elle avait peur de tout depuis vingt ans – non, depuis bien plus longtemps, si on comptait les nuits d'enfer passées à attendre Caroline –, mais elle ne voulait pas avoir peur ici. Pas maintenant. Dans sa jeunesse, la natation était son sport favori. Elle se sentait invincible dans l'eau, libre, comme si elle était capable de tout, même de nager jusqu'en Chine. *Ça suffit !* pensa-t-elle encore, et elle se lança en avant. Elle prit une vague en pleine figure. Toussant, crachant de l'eau salée, elle la traversa, ses mains se tendirent dans les eaux noires, ses pieds battirent n'importe comment jusqu'à ce qu'ils retrouvent le bon rythme. Elle sentit que l'eau la portait : elle nageait.

« Ohé ! » appela Lewis. Ella crut presque qu'en regardant en arrière elle verrait sa petite sœur Emily sur le bord, pâle, la peau hérissée de chair de poule, et criant : « Ella, tu vas trop loin ! Reviens ! »

Elle se tourna et faillit rire à la vue de Lewis qui nageait vers elle, dents serrées, tête haute (sans doute pour protéger son Sonotone). Elle se tourna pour faire la planche. Ses cheveux se déployaient dans l'eau à chaque vague. Elle attendit qu'il la rattrape. Quand il fut près d'elle, elle lui frôla la main du bout des doigts.

« Si tu m'avais dit qu'on allait se baigner, haleta-t-il, j'aurais emporté mon caleçon.

— Ça m'a prise comme ça !

— Bon, et là, ça te suffit ? »

Elle leva les pieds et plia les genoux contre sa poitrine ; elle se laissait porter, comme un œuf dans une casserole d'eau tiède.

« Oui », répondit-elle. Elle fit demi-tour, puis regagna le sable au côté de Lewis.

Plus tard, assise sur une table de pique-nique, enveloppée dans une vieille couverture que Lewis avait dans son coffre, elle dit : « Tout à l'heure, tu m'as demandé ce que je regrettais.

— Avant qu'on se baigne ? fit-il comme si l'eau de mer lui avait perturbé la mémoire.

— Oui. Avant. Maintenant, je vais te dire la vérité. »

Elle respira à fond, se remémora la sensation de l'eau de mer qui la portait, lui donnait du courage. Quand elle était petite, elle nageait toujours plus loin que tout le monde, même que les adultes, si loin qu'Emily jurait qu'on ne voyait plus qu'un petit point dans l'eau. « Je regrette d'avoir perdu mes petites-filles.

— Tu les as perdues ? Mais pourquoi ?

— Quand Caroline est morte, leur père les a emmenées. Il a quitté le New Jersey en disant qu'il ne voulait plus entendre parler de moi. Il était très en colère… contre moi, contre Ira, contre la terre entière. Contre Caroline, aussi, mais elle, elle n'était plus là. Et nous… enfin, moi, si. » Elle serra plus fort la couverture autour d'elle. « Je ne le lui reproche pas… D'une certaine façon, j'étais même un peu… » Elle inspira pour se donner du courage. « … un peu soulagée. Caroline avait été si difficile, et Michael était tellement impitoyable que j'en avais un peu peur. Alors j'ai choisi la solution de facilité. J'ai arrêté de faire des efforts. Et maintenant, je ne les reverrai plus jamais.

— Tu devrais peut-être faire une dernière tentative. Elles seraient peut-être contentes d'avoir de tes nouvelles. Quel âge ont-elles ? »

Ella ne répondit pas. Elle connaissait très bien la réponse : Maggie avait vingt-huit ans, et Rose, trente. Elles pouvaient être mariées, avoir des enfants, avoir changé de nom. Sans doute n'avaient-elles aucune envie de voir débarquer une vieille dame qu'elles ne se rappelaient pas, le cœur plein de souvenirs tristes de leur mère disparue.

« Oui, je devrais peut-être essayer de les contacter », dit-elle parce que Lewis la regardait, assis jambes croisées à côté d'elle sur la table de pique-nique, les cheveux encore humides après son bain. À le voir hocher la tête et lui sourire, elle comprit qu'il ne lui poserait plus d'autres questions ce soir-là.

30

Princeton n'était pas un endroit difficile où vivre, mais il lui fallait de l'argent. Sans être très douée en maths, Maggie savait que deux cents dollars, moins la vingtaine qu'elle avait dépensée en nourriture à l'épicerie les premiers jours, quand elle n'avait pas pu se glisser dans les restaurants universitaires, plus les cartes de crédit volées qu'elle avait peur d'utiliser, cela ne suffisait pas pour un billet d'avion pour la Californie, sans parler de payer une caution pour louer un appartement ni des photos pour son book.

Elle était installée à la cafétéria, faisait durer une tasse de thé à quatre-vingt-dix cents et réfléchissait à ce qu'elle allait faire. Il lui fallait un petit boulot au noir, et la seule possibilité, elle l'avait trouvée sur une affichette collée au mur de la bibliothèque. Elle poussa sa tasse et déplia le papier jauni. « Femme de ménage, lut-elle. Travail léger, quelques courses, une fois par semaine. » Suivait un numéro de téléphone.

Maggie sortit son portable – que son père lui avait acheté, et dont il faisait envoyer les factures directement à son bureau – et composa le numéro. Oui, lui répondit une voix de femme âgée, la place était libre. Une fois par semaine, travail facile, mais Maggie devrait venir par ses propres moyens. « Vous pouvez prendre le bus qui passe par Nassau Street, indiqua la dame.

— Ça vous ennuierait de me payer en liquide ? demanda Maggie. Je n'ai pas encore transféré mon compte en banque. J'ai bien un compte chez mes parents, mais… » Elle n'acheva pas.

« Aucun problème, assura la dame. Si vous faites l'affaire. »

Donc, le jeudi matin, Maggie se leva plus tôt que d'habitude, aussi discrète qu'une souris dans la bibliothèque calme et sombre. Elle s'assura que ses affaires étaient bien dissimulées sous leur étagère, puis elle se cacha dans les toilettes du premier étage, jusqu'à l'ouverture des portes. Dix minutes plus tard, elle sortait et partait pour Nassau Street.

Une dame l'accueillit sur le perron. Petite, fluette, les cheveux très longs et blancs, elle était vêtue d'une chemise d'homme et d'un caleçon long. Malgré le ciel couvert, elle portait des lunettes de soleil. « Vous devez être Maggie », dit-elle. Elle posa une main sur la rambarde pour garder l'équilibre et lui tendit l'autre. Réalisant qu'elle était aveugle, Maggie la lui serra avec précaution. « Je m'appelle Corinne. Entrez. » Corinne la précéda dans une grande maison victorienne qui semblait déjà d'une propreté immaculée et devait obéir à des règles de rangement très strictes. Dans l'entrée, à droite, un banc de bois était surmonté d'une série de casiers contenant chacun une paire de chaussures. Un imperméable et un manteau d'hiver étaient accrochés côte à côte ; un parapluie et un chapeau, ainsi qu'une paire de gants de laine étaient posés sur une planche au-dessus. Et à côté des patères était appuyée une canne blanche.

« Je ne pense pas que vous trouverez le travail trop difficile », déclara Corinne. Elle buvait son café à petites gorgées délicates dans une tasse jaune citron. « Je demande de balayer les sols et de les laver, indiqua-t-elle en énumérant les tâches sur ses doigts. Je voudrais que vous vous chargiez d'organiser le recyclage des ordures, surtout du verre et du papier. Il faut s'occuper de la lessive, vider le lave-vaisselle, et... »

Maggie attendit. « Et quoi ? » finit-elle par demander.

« Acheter des fleurs, lança Corinne la tête dressée d'un air de défi.

— D'accord.

— J'imagine que vous vous demandez pourquoi je veux avoir des fleurs. »

Maggie, qui ne s'était pas posé de question, ne dit rien.

« Je sais que je ne peux pas les voir, expliqua Corinne, mais je sais ce que c'est qu'une fleur, et je peux les toucher.

— Ah, oui. » commenta Maggie. Puis, comme cela ne semblait pas suffisant, elle ajouta : « Super.

— La dernière fille qui m'aidait avait acheté des fleurs en plastique ! Elle croyait que ça n'avait pas d'importance.

— Je vous achèterai de vraies fleurs.

— Oui, merci, ça me ferait plaisir. »

Il fallut moins de quatre heures à Maggie pour s'acquitter des tâches que Corinne lui avait assignées. Elle n'avait pas beaucoup d'expérience en la matière : Sydelle ne leur avait jamais fait suffisamment confiance pour les laisser toucher à sa maison et employait une armada de femmes de ménage pour la nettoyer. Cela ne l'empêcha pas de se débrouiller très bien. Elle pourchassa les moutons jusqu'au dernier, plia le linge, puis rangea la vaisselle dans les placards et l'argenterie dans les tiroirs.

« J'ai hérité de cette maison à la mort de mes parents, expliqua Corinne pendant que Maggie s'affairait. J'ai grandi ici.

— Elle est très belle. » Belle, oui, mais triste, aussi. La demeure comportait six chambres, trois salles de bains, sans oublier un grand escalier au milieu du hall, mais elle n'était occupée que par une seule personne, aveugle, qui dormait dans un lit étroit avec un unique oreiller plat. Corinne n'occupait pas tout l'espace et ne pouvait apprécier le soleil qui se déversait par les larges fenêtres sur le beau parquet.

« Vous êtes prête à aller au marché ? » demanda Corinne.

Maggie commença par hocher la tête, puis se souvint que cela ne servait à rien. « Oui. »

Corinne extirpa un billet de son portefeuille du bout des doigts. « C'est bien vingt dollars ? »

Maggie le regarda et confirma que, oui, c'était bien vingt dollars.

« Le distributeur ne donne que ça », commenta Corinne. *Alors pourquoi me poser la question ?* se demanda Maggie. Puis elle se dit qu'il s'agissait peut-être d'une mise à l'épreuve. « Vous pouvez aller au marché Davidson. C'est au bout de la rue.

— Vous préférez des fleurs qui sentent bon ? demanda Maggie. Du lilas, par exemple ?

— Non, ce n'est pas utile. Prenez ce qui vous tentera.

— Vous avez besoin d'autre chose, pendant que j'y suis ? »

Corinne réfléchit. « Oui, rapportez-moi une surprise. »

Au marché, Maggie pensa à ce qu'elle allait acheter. Elle voulait absolument trouver des marguerites, et elle eut la chance d'en trouver dans un seau en plastique dès l'entrée. Elle se promena ensuite dans les allées, examina, sans les acheter, des prunes, des fraises, des épinards, du lait dans de grosses bouteilles en verre. Comment faire plaisir à Corinne ? Pas en lui achetant quelque chose qui aurait une odeur, c'était trop facile, surtout quand on pensait qu'elle n'avait pas particulièrement voulu de fleurs parfumées. Non, il fallait quelque chose de… elle chercha le mot et eut un sourire : sensuel. Une chose agréable au toucher, qui pesait dans la main, la lestait, comme les bouteilles de lait en verre, ou douce comme les pétales satinés des marguerites. Et soudain, devant elle, elle vit l'objet parfait. Des bocaux en verre, d'une magnifique couleur chaude, ambrée. Du miel. « Miel de fleurs d'oranger. Production locale », lisait-on sur l'étiquette. Sans s'arrêter au prix, qui était quand même de 6,99 dollars pour le plus petit pot, Maggie en mit un dans son panier et acheta un pain aux douze céréales pour l'accompagner. Plus tard, de retour dans la grande maison toute propre, elle prit place avec Corinne à la table de la cuisine. Elle attendit tandis que son employeuse goûtait religieusement une tranche de pain grillé couverte d'une épaisse couche de miel. Quand Corinne se déclara comblée, Maggie vit qu'il ne s'agissait pas de politesse. Elle avait réussi sa seconde épreuve de la journée.

31

« Je suis inquiet pour ta sœur », annonça Michael Feller. Rose poussa un soupir en regardant le fond de sa tasse à café. Bon, voilà qui ne changeait guère.

« Ça fait huit semaines », continua son père comme si Rose n'était pas au courant. Son visage était très pâle. Il avait le front haut, large, le regard triste, et portait un costume gris de banquier avec une discrète cravate bordeaux. « Elle n'a pas donné signe de vie. Tu n'as pas eu de nouvelles non plus, ajouta-t-il avec une légère interrogation dans la voix.

— Non, papa, je ne sais pas où elle est. »

Son père soupira – un soupir très caractéristique – et remua la glace qui fondait dans son assiette. « Bon, que crois-tu que nous devrions faire ? »

Nous, ou moi toute seule, comme d'habitude ? pensa Rose. « Tu as essayé d'appeler ses ex-petits amis ? Ç'a bien dû te prendre une semaine ou deux. » Son père ne commenta pas, mais Rose entendit des reproches dans son silence.

« Tu lui as téléphoné sur son portable ? demanda-t-elle.

— Bien sûr. Je ne tombe que sur le répondeur. Je laisse des messages, mais elle ne rappelle pas. »

Rose leva au ciel des yeux exaspérés mais son père fit semblant de ne rien voir.

« Je suis vraiment inquiet, insista-t-il. C'est un peu long pour nous laisser sans nouvelles. Je me demande… » Il n'acheva pas.

« Quoi ? Si elle est morte ? Je ne pense pas qu'on aurait cette chance.

— Rose !

— Pardon », dit-elle, pas très sincèrement. Maggie pouvait bien être morte, ça lui était égal. Enfin… Elle tira une serviette en papier du distributeur. Non, ce n'était pas vrai. Elle ne voulait pas la mort de son poison de petite sœur, mais elle se serait très bien résignée à ne plus jamais entendre parler d'elle.

« Rose, je suis inquiet pour toi aussi.

— Pas la peine, répondit-elle, occupée à plier la serviette en éventail. Tout va bien pour moi. »

Son père n'eut pas l'air d'y croire. « Tu es sûre ? Tu n'as pas…

— Je n'ai pas quoi ? »

Il hésita, et Rose attendit. « Je n'ai pas quoi ? répéta-t-elle.

— Tu n'as pas de soucis ? Tu ne voudrais pas te faire aider par quelqu'un ?

— Je ne suis pas cinglée, rétorqua Rose brutalement. Ne t'inquiète pas pour moi. »

Son père, pris de court, eut l'air peiné. « Rose, ce n'est pas ce que je voulais dire… »

Bien sûr que si. Leur père ne formulait jamais ses craintes à voix haute, mais elle savait qu'il y avait pensé sans cesse en les regardant grandir – surtout Maggie. *Vas-tu devenir folle, toi aussi ? Les gènes dont tu as hérités vont-ils se révéler ? Songes-tu à te jeter dans le décor en prenant un tournant trop vite ?* « Je vais très bien, assura Rose. Je ne me sentais pas à ma place dans ce cabinet, c'est tout. Je m'accorde un petit répit pour trouver ce que je veux faire. Plein de gens font ça. C'est très courant.

— Bon, si tu sais ce que tu fais… » dit-il, à nouveau intéressé par sa glace – une occasion rare, car Sydelle ne lui autorisait rien de plus calorique que le yaourt et le lait de soja glacé depuis le début des années 90.

« Oui, ne t'inquiète pas pour moi. Ce n'est pas moi qui ai fait une fugue.

— Tu ne pourrais pas l'appeler ?

— Pour lui dire quoi ?

— Elle ne veut pas communiquer avec moi… Peut-être qu'elle te parlerait, à toi.

— Je n'ai rien à lui dire.

— Rose, je t'en prie…

— Bon, bon », grommela-t-elle.

Ce soir-là, elle régla son réveil sur 1 heure du matin. Quand il sonna, elle chercha son téléphone à tâtons dans le noir et composa le numéro du portable de Maggie.

Une sonnerie. Deux. Puis elle entendit la voix de sa sœur, vibrante et joyeuse. « Allô ? »

C'est pas vrai ! se dit Rose avec indignation. Elle entendait des bruits de fête – de la musique, des voix. « A-llô ! chantonna Maggie. C'est qui ? »

Rose raccrocha. Sa sœur était incroyable. Elle faisait n'importe quoi, elle allait d'échec en échec, elle vous volait vos chaussures, votre fric, votre mec, et elle retombait toujours sur ses pattes.

Le lendemain matin, après sa première tournée de chiens, elle appela son père au bureau. « Elle n'est pas morte, rapporta-t-elle.

— Ah ! Ouf ! Où est-elle ? Qu'a-t-elle dit ?

— Je ne lui ai pas parlé. J'ai juste entendu sa voix. La fille prodigue est vivante et se porte bien, et elle fait toujours la fête. »

Il y eut un silence. « Nous devrions essayer de la retrouver.

— Je t'en prie, vas-y, je ne t'en empêche pas. Et transmets-lui mon meilleur souvenir quand tu la verras. » Elle raccrocha. Qu'il se charge de courir après sa fille rebelle, si cela lui chantait. Que lui et Sydelle tentent de la persuader de rentrer. Que, pour une fois, ce ne soit pas elle la nounou de Maggie Feller.

Elle sortit se promener dans les rues qu'elle avait appris à connaître depuis qu'elle ne travaillait plus à plein temps. Rose passait ses journées à arpenter le quartier, le plus souvent avec un bouquet de laisses dans chaque main. La ville, pendant les heures de bureau, n'avait rien du monde fantôme qu'elle avait imaginé. Dans la journée, Philadelphie était habitée par une population différente : des mères avec leurs bébés, des travailleurs de nuit, des étudiants et des livreurs, des retraités et des chômeurs. Elle avait découvert des coins dont elle ne soupçonnait pas l'existence auparavant. Comment une avocate célibataire et sans enfants aurait-elle pu entendre parler de Three Bears Park, un square de poche entre Spruce Street et Pine Street ? Comment une femme qui prenait le même trajet tous les jours pour aller au bureau aurait-elle pu savoir que, dans une certaine portion de Delancey Street, toutes les maisons arboraient un drapeau différent au-dessus de leur porte ? Comment se serait-elle doutée qu'à 13 heures les magasins étaient pleins à craquer de gens en jean et en pull ? Comment aurait-elle pu deviner qu'on pouvait remplir ses journées avec des activités auxquelles elle n'avait consacré que quelques minutes quand elle travaillait au cabinet ?

Sa matinée commençait par les chiens. Elle avait une clé de La Patte élégante, et tous les jours, à l'heure où elle aurait acheté le grand café qu'elle emportait au bureau, elle ouvrait la porte du chenil, mettait leur laisse à deux ou trois, voire quatre toutous, remplissait ses poches de biscuits et de sacs à crottes et partait pour Rittenhouse Square. Elle passait devant les boutiques de vêtements, les librairies, les restaurants chics et les grands immeubles qui entouraient le parc où elle restait environ trois quarts d'heure. Elle laissait les chiens renifler les buissons, les haies, ainsi que leurs congénères. Puis, le reste de la matinée, elle rendait des services payants : elle déposait des ordonnances à la pharmacie, allait chercher des vêtements au pressing, filait sur les trottoirs et dans les petites rues, les poches pleines de clés, pour aller ouvrir aux décorateurs, aux paysagistes, aux dératiseurs, aux traiteurs et même aux ramoneurs.

L'après-midi, elle partait faire sa deuxième tournée de promenades et retournait à Rittenhouse Square pour son rendez-vous quotidien avec la petite fille, le chien tacheté et la femme qui les accompagnait.

Au cours de ses huit semaines de promeneuse pour chiens, elle avait observé avec une fascination croissante la petite fille, Joy, son chien Troufi, et la femme, probablement la mère de l'enfant. Avant qu'ils arrivent, entre 16 heures et 16 h 30, elle envoyait une balle de tennis à ses chiens en imaginant leur vie. En pensée, elle voyait un mari, beau, aux traits réguliers. Elle leur donnait une grande maison avec des cheminées et des tapis aux couleurs vives, une commode de bois remplie de jouets et d'animaux en peluche pour la petite fille. Elle les envoyait en vacances au bord de la mer ou en randonnée dans les Poconos. Ils descendaient d'avion – le père tirant une grosse valise à roulettes, la mère une valise moyenne, et leur fille une petite valise, comme il se doit, et le chien suivait en trottinant. Ils avaient de bons boulots, de l'argent, dînaient ensemble pendant la semaine, les parents obligeaient l'enfant à boire du lait, et celle-ci se débarrassait discrètement de ses légumes en les refilant à Troufi.

Rose était passée du signe de tête à de vrais bonjours. Avec le temps, elle arriverait sûrement à nouer connaissance. De son banc, elle regarda la petite poursuivre son chien noir et blanc jusqu'à la fontaine, pendant que la mère, une femme de grande taille, aux épaules et aux hanches larges, téléphonait sur son portable.

« Non, je n'aime pas le pâté de foie, l'entendit-elle dire. C'est Lucy qui aime ça. Ton autre fille. Tu te rappelles qui je suis ? » Elle leva les yeux au ciel en prenant Rose à témoin et articula *Ma mère*. Rose fit un petit mouvement de tête, assez expressif, espéra-t-elle, pour indiquer qu'elle compatissait. « Non, Peter non plus n'aime pas ça, maman. En fait, je crois que personne n'aime ça dans la famille, sauf Troufi, on n'a qu'à le lui donner ! » Une pause. « Autrement, non, je ne vois pas ce que tu peux en faire. Étales-en sur des crackers et dis à tes invités que c'est du foie gras. Bon, d'accord. À plus tard, alors. D'accord. Au revoir. »

Elle coupa la communication et remit le portable dans sa poche. « Ma mère se conduit comme si j'étais au chômage, se plaignit-elle.

— Ah..., commenta Rose, qui était un peu rouillée dans l'art de la conversation.

— Je travaille chez moi, ce qui, pour ma mère, équivaut à ne rien faire, et elle s'estime autorisée à m'appeler à tout bout de champ. »

Cela fit rire Rose. « Je m'appelle Rose Feller. »

Sa voisine de banc lui tendit la main. « Candace Shapiro. Cannie.

— Maman ! » La petite fille revenait, à la remorque de Troufi.

Cannie eut un petit rire. « Enfin, Candace Shapiro plus pour très longtemps, bientôt ce sera Krushelevansky. »

Elle grimaça légèrement. « C'est pratique, ça, à épeler quand on donne son adresse… !

— Vous n'êtes pas déjà mariée ? » demanda Rose, qui regretta aussitôt sa maladresse.

Candice ne sembla rien remarquer. « Je suis fiancée. On saute le pas en juin. »

Si les stars de Hollywood pouvaient avoir des enfants avant de se marier, Rose ne voyait pas pourquoi cela ne pourrait pas arriver aux Philadelphiens moyens. « Vous organisez un grand mariage ?

— Non, un petit. Ça va se passer dans notre salle de séjour. Le rabbin, la famille, quelques amis, ma mère, la personne avec qui elle partage sa vie et leur équipe de softball. Troufi sera le chien témoin, et Joy l'enfant d'honneur.

— Ah… euh… » Ça ne ressemblait pas aux mariages que Rose avait vus à la télé. « Comment… » reprit-elle. Elle s'arrêta, hésitante, puis continua avec une question des plus banales : « Comment avez-vous rencontré votre futur mari ? »

Cannie rit en rejetant les cheveux en arrière. « C'est une longue histoire ! Tout a commencé par un régime. »

Rose la regarda du coin de l'œil et se dit qu'il n'avait pas très bien marché.

« J'ai rencontré Peter quand j'étais enceinte de Joy, mais je ne savais pas encore que j'étais enceinte. Il dirigeait une étude sur la perte de poids, et moi je pensais que si je perdais quelques kilos, le mec qui venait de me plaquer allait revenir. » Elle sourit à Rose. « Mais vous savez comment c'est. On se fait tout un film sur un type qui n'est pas fait pour nous, et là on découvre que le prince Charmant était sous notre nez depuis le début. Les voies de l'amour sont impénétrables. Ou est-ce les voies du Seigneur ? Je ne sais jamais.

— Du Seigneur, je crois.

— Possible. Et vous ? Vous êtes mariée ?

— Non ! répondit Rose avec force. Enfin, non, se reprit-elle d'un ton plus modéré. Mais j'ai… enfin, je viens de rompre avec quelqu'un. Enfin, ce n'est pas vraiment moi qui ai rompu. Ma sœur… enfin bref. C'est une longue histoire. » Elle examina ses ongles, puis regarda Pétunia, couchée en rond à ses pieds, et plus loin Joy et Troufi qui jouaient à rapporter une moufle rouge, ainsi que la demi-douzaine de chiens qui furetaient sur la pelouse. « Je traverse une période transitoire.

— Mais ce que vous faites maintenant, ça vous plaît ? »

Rose considéra Pétunia, puis les autres chiens, la balle de tennis grisâtre dans sa main, le tas de sacs à crottes posés à côté d'elle. « Oui », répondit-elle. Oui, elle les aimait, ses chiens – cette ronchonne de Pétunia, le golden retriever qui lui faisait toujours la fête, les bouledogues sérieux comme des papes, les schnauzers remuants, le cocker narcoleptique qui s'appelait Coquin et s'endormait parfois aux feux.

« Et vous aimez quoi d'autre ? » demanda Cannie.

Rose indiqua son ignorance avec un sourire piteux. Elle savait ce qui rendait sa sœur heureuse : les pantalons en cuir taille 36, les crèmes pour la peau à soixante dollars, les compliments des hommes. Elle savait ce qui rendait son père heureux : jouer le marché boursier à la baisse, les chèques de dividendes, le dernier numéro du *Wall Street Journal*, les rares occasions où Maggie avait réussi à garder un emploi quelque temps. Elle savait aussi ce qui faisait plaisir à Amy : les disques de Jill Scott, les pantalons Sean Jean et la comédie rap déjantée *Fear of a Black Hat*. Elle savait ce que Sydelle aimait : Ma Marcia, les céréales bio, les injections de Botox, et donner à Rose, âgée de quatorze ans, de la gelée diététique pour le dessert alors que tout le monde mangeait de la glace. À une époque, elle avait même su ce qui rendait sa mère heureuse, comme les draps propres et le rouge à lèvres vermillon, et les broches fantaisie que Maggie et elle lui offraient pour son anniversaire. Mais Rose, elle, qu'aimait-elle, au juste, à part les chaussures, Jim et tout ce qui faisait grossir ?

Cannie sourit à Rose, se leva du banc. « Vous finirez par trouver », dit-elle d'un ton enjoué. Elle siffla Troufi, et le chien arriva au galop, avec à sa suite une Joy aux joues roses et dont les cheveux s'échappaient de sa queue-de-cheval. « On se voit demain ? Vous serez là ?

— Oui, à demain. » Rose rangea la balle de tennis dans sa poche et récupéra ses chiens, cinq laisses dans la main gauche, et celle d'un lévrier caractériel dans la main droite. Elle déposa les chiens chez eux les uns après les autres ; il ne restait plus que Pétunia. La chienne trottinait à quelques pas devant elle, elle ressemblait à un croissant sur pattes. Pétunia la rendait heureuse, même si elle avait retrouvé sa propriétaire, Shirley, une dame de soixante-douze ans au caractère bien trempé, qui vivait non loin de chez elle et qui, par chance, avait accepté de lui laisser promener sa chienne tous les jours. Qu'aimait-elle d'autre ? Pas les vêtements, pas vraiment. Pas non plus l'argent, puisque, malgré son salaire royal, elle s'était toujours contentée de payer son loyer et de rembourser ses prêts étudiant, et avait mis quasiment tout le reste de côté pour sa retraite, ainsi que dans un plan d'épargne en actions où s'entassaient les intérêts, comme le lui avait conseillé son père.

Quoi d'autre ?

« Attention ! » cria un coursier. Rose ramassa Pétunia, sauta sur le côté et évita de justesse le cycliste qui passait à toute allure, sac en bandoulière et talkie-walkie grésillant à la ceinture. Rose le regarda s'éloigner à grands coups de pédales. Elle avait eu un vélo quand elle était petite. Un Schwinn bleu avec une selle bleu et blanc, un panier d'osier, et des manchons de guidon rose et blanc en plastique. Il y avait une piste cyclable derrière la maison de ses parents dans le Connecticut, un sentier qui allait jusqu'au golf et aux terrains de foot. Le chemin passait aussi par un verger de pommiers sauvages. En automne, elle allait y faire du vélo rien que pour entendre les pommes craquer sous ses roues et le murmure de son passage sur le tapis de feuilles doré. Parfois, sa mère l'accompagnait sur son vélo, le même que le sien en plus grand, un Schwinn trois vitesses avec un siège d'enfant à l'arrière qui avait servi à transporter Rose et Maggie.

Où était passé son vélo ? Rose essaya de s'en souvenir. Quand ils avaient emménagé dans le New Jersey, ils avaient d'abord vécu dans un immeuble près de l'autoroute, entouré de parkings et de routes sans trottoirs. Elle était sans doute déjà trop grande pour son vélo et, quand ils s'étaient installés chez Sydelle, elle n'en avait pas eu d'autre. Alors, elle avait passé son permis de conduire trois jours après son seizième anniversaire. Sa nouvelle liberté l'avait grisée, jusqu'à ce qu'elle se rende compte qu'elle s'en servait surtout pour déposer sa sœur à des fêtes, la chercher après ses cours de danse et faire des courses pour la maison.

Elle déposa Pétunia chez Shirley et décida de s'acheter un vélo pendant le week-end – d'occasion, pour commencer, pour voir si cela lui plaisait. Elle fixerait un panier sur le guidon pour Pétunia et irait… se balader. Il existait des pistes cyclables dans Fairmount Park, et un chemin de halage qui menait du musée à Valley Forge. Oui, elle allait acheter un vélo, songea-t-elle avec un sourire. Elle se sentait plus légère. Elle allait acheter un vélo et une carte des environs ; elle prendrait du pain et du fromage, du raisin et des brownies, et une boîte de croquettes de luxe pour Pétunia, et puis elle partirait à l'aventure.

32

Mme Lefkowitz avait cherché tous les prétextes pour éviter sa promenade hebdomadaire. « Je peux très bien prendre de l'exercice chez moi », avait-elle dit à Ella en agitant sa canne dans son salon encombré. Dans la pièce de quinze mètres carrés s'entassaient un canapé, deux causeuses, un fauteuil avec des napperons en dentelle sur les bras et une énorme télévision.

« Non, il faut marcher un peu, vous en avez besoin », avait répondu Ella patiemment.

Mme Lefkowitz avait joué son dernier atout et contre-attaqué. « J'ai une proposition à vous faire. J'ai pensé à vous. À votre problème.

— Nous en reparlerons plus tard.

— Flûte… J'abandonne. » Elle s'était étalé de la crème sur le nez, avait mis une énorme paire de lunettes de soleil à verres carrés et attaché les lacets de ses Nike. « Allez, en route, tortionnaire. »

Elles descendirent l'allée vers les tennis où, le mois précédent, un conducteur était parti en marche avant au lieu de mettre la marche arrière. Il était passé à travers la clôture, avait emporté le filet et fauché une pauvre femme du nom de Frieda Mandell, qui, au milieu d'un double un peu mou, s'était retrouvée aplatie sur le capot d'une Cadillac, la raquette à la main. Ce fait divers, clamait Mme Lefkowitz, prouvait clairement que le sport – surtout le tennis – pouvait être fatal si on ne faisait pas très attention.

Mais comme son médecin tenait à ce qu'elle marche un peu, tous les mardis, à 10 heures, Ella l'accompagnait à pas lents jusqu'au restaurant du club pour déjeuner, et elles prenaient le tram pour rentrer. Ella finissait même par apprécier sincèrement ces sorties.

La démarche de Mme Lefkowitz avait sa musique particulière : elle plantait sa canne par terre, soupirait, avançait le pied droit, puis traînait la jambe gauche pour rejoindre l'autre. Ploc, soupir, pas en avant, traîne la patte. Ce rythme avait un effet calmant sur Ella.

« Alors, quoi de neuf ? demanda Mme Lefkowitz. Vous voyez toujours le même homme ?

— Lewis.

— C'est ça. C'est quelqu'un de bien. Il me rappelle mon premier mari. »

Ella ne comprenait pas. « Comment ça, votre premier mari ? Vous en avez eu plusieurs ? »

Ploc, soupir, pas en avant, traîne la patte. « Oh, non ! Mais ça me plaît de dire que Léonard était mon premier mari. Ça me donne l'air d'avoir vécu. »

Ella se mordit les lèvres et, la main sous le bras de Mme Lefkowitz, elle l'aida à négocier une fente dans le trottoir.

« Lewis a-t-il une bonne retraite ?

— Je pense que oui.

— Comment ça, vous pensez ? Il ne s'agit pas de penser ! Il faut savoir ! Renseignez-vous ! Vous pourriez vous retrouver sans rien !

— Allez, avancez…

— Et ses enfants, il leur a parlé de vous ?

— Je crois.

— Vérifiez. Vous connaissez l'histoire de Florence Goldstein, j'espère ?

— Non.

— Eh bien, elle s'était mise avec Abe Melzer. Ils allaient au cinéma, au restaurant, et Flo accompagnait Abe à ses rendez-vous chez le médecin. Un jour, les enfants d'Abe ont téléphoné à Flo pour demander comment allait leur père, et Flo a juste mentionné en passant qu'elle était fatiguée. Dès qu'ils ont entendu ça, ils ont cru qu'elle ne voulait plus s'occuper de lui. Et, pas plus tard que le lendemain… pas plus tard que le lendemain, ils ont pris l'avion, débarqué ici, mis toutes les affaires d'Abe dans des cartons, et ils l'ont expédié dans un appartement médicalisé à New York.

— Quelle histoire !

— Flo était dans tous ses états. Il paraît que c'était comme le raid sur Entebbe.

— C'est triste. Continuez d'avancer. »

Mme Lefkowitz souleva ses lunettes de soleil et jeta un regard pénétrant sur Ella.

« Alors, je vous la fais, ma proposition ?

— Bien sûr. De quoi s'agit-il ?

— De vos petites-filles », répondit Mme Lefkowitz en reprenant sa marche laborieuse.

Ella poussa un gémissement intérieur. Mais qu'est-ce qui lui avait pris de parler à Mme Lefkowitz de ses petites-filles disparues ? Un an plus tôt, elle aurait été incapable d'en parler à qui que ce soit, et maintenant elle se confiait à tout le monde.

« Elles ont l'Émile ? demanda Mme Lefkowitz.

— L'Émile ?

— Oui, l'Émile ! L'Émile ! Vous savez bien, sur l'ordinateur !

— Ah ! L'e-mail !

— C'est ce que j'ai dit…

— Comment voulez-vous que je le sache ?

— On pourrait chercher. Sur Internet. On pourrait trouver des tas de choses sur elles. »

Ella la regarda avec surprise. « Vous avez un ordinateur ? demanda-t-elle.

— Mais bien sûr, qui n'en a pas ? Mon fils m'a payé un iMac pour mon anniversaire. Mandarine. Pour soulager sa conscience. Il me rend très peu visite, alors il m'offre un ordinateur pour m'envoyer des photos de mes petits-enfants par e-mail. Vous voulez qu'on rentre et qu'on cherche vos petites-filles ? » acheva-t-elle, dans l'espoir d'abréger la promenade.

Ella hésita. Sa conscience lui soufflait : *Cherche-les !* mais un réflexe beaucoup plus familier et insistant lui criait en même temps : *Abandonne !* C'était un espoir fragile battu en brèche par une folle terreur. « Je vais réfléchir, finit-elle par dire.

— Mais non, il ne faut pas réfléchir ! » s'écria Mme Lefkowitz. Elle se dressa de toute sa taille – elle atteignait bien le mètre quarante-huit –, frappa un grand coup par terre avec sa canne et manqua de peu d'embrocher le pied gauche d'Ella. « Il ne faut pas réfléchir, il faut agir. » Elle entreprit un laborieux demi-tour. « C'est parti, mon kiki ! »

33

« Elle sortit de chez elle, tel un fantôme dans la brume », dit un garçon avec une chemise en lin froissée. Maggie venait de franchir les portes de la bibliothèque Firestone, à 10 heures du matin, par un jour pas du tout brumeux.

Maggie l'examina alors qu'il lui emboîtait le pas. Il portait son sac à dos sur l'épaule avec désinvolture – élégance, même. Il avait un visage long, la peau claire, des cheveux bruns qui bouclaient jusque sous les oreilles, et ses vêtements – chemise de lin et pantalon en lin écru – se démarquaient de l'habituel uniforme estudiantin du jean et du tee-shirt.

« Il n'y a pas de brouillard, remarqua-t-elle. C'est pas une chanson, au fait ?

— Je ne me laisse pas arrêter par ce genre de détail. » Il désigna le livre, *Mon Antonia,* que Maggie portait serré sous le bras. « C'est au programme du cours "Femmes dans la littérature", non ?... »

Maggie eut un petit haussement d'épaules, interprétable comme un oui aussi bien qu'un non. Elle préférait s'avancer le moins possible. Depuis ces quelques semaines où elle vivait sur le campus, à l'exception de la première soirée à la fête, elle n'avait pas dit grand-chose d'autre que « Merci », ou « Pardon » aux autres étudiants. Cela ne lui manquait pas. Elle parlait à Corinne, elle avait des livres, une place agréable dans la salle de lecture ensoleillée de la bibliothèque et une bonne table à la cafétéria quand elle avait envie de changer d'air. Elle avait terminé le Zora Neale Hurston, ainsi que *Les Grandes Espérances*, et lisait maintenant de front *Un conte de deux villes*, *Mon Antonia* pour la deuxième fois, et *Romeo et Juliette,* qui lui donnait plus de fil à retordre qu'elle n'aurait pu le croire après avoir vu le film de Baz Luhrmann. Les conversations ne pouvaient mener qu'à des questions, et les questions ne pouvaient que lui causer des ennuis.

« Je t'accompagne, dit le garçon.

— Ce n'est pas la peine, répondit Maggie.

— J'ai le temps ! C'est dans la salle McCosh, non ? »

Maggie n'avait pas la moindre idée de l'endroit où se tenait le cours sur les femmes dans la littérature, ni de l'emplacement de la salle McCosh, mais elle hocha la tête et accéléra le pas. Le garçon la suivit sans difficulté. *Il a les jambes longues*, nota-t-elle avec consternation.

« Je m'appelle Charles.

— Écoute, désolée, mais tu ne m'intéresses pas. »

Charles s'arrêta et lui sourit. Il ressemblait un peu au portrait de Lord Byron – Maggie l'avait vu dans un des livres qu'elle avait récupérés : nez en lame de couteau, pli ironique des lèvres. Pas le style de garçon à descendre des bières et à gonfler les biceps. Pas du tout son genre.

« Tu ne m'as même pas laissé dire ce que j'avais à te demander.

— Ah, tu veux quoi ? répondit Maggie, très contrariée.

— Je… euh… C'est gênant, mais il se trouve que j'ai besoin d'une femme.

— Vous êtes tous pareils. » Elle traînait des pieds. Si elle ne parvenait pas à aller plus vite que lui, peut-être en ralentissant, l'obligerait-elle à partir pour ne pas rater son cours.

« Non, ce n'est pas ça, répliqua-t-il avec un sourire en réglant son pas sur celui de Maggie. Dans mon cours d'écriture dramatique, nous devons monter une scène. J'ai besoin d'une femme – une ingénue – pour jouer la scène que j'ai écrite. »

Maggie s'arrêta net et le dévisagea. « Ah ? C'est pour jouer un rôle ? » Il était grand. Avec de beaux yeux gris.

Charles hocha la tête. « Voilà. J'espère aussi mettre en scène une pièce en un acte au Théâtre intime, au printemps, poursuivit-il alors qu'ils se remettaient en route. Alors, si la scène fonctionne bien, ça me donnerait un coup de pouce. Tu ne voudrais pas me dépanner ?

— Qu'est-ce qui te dit que je saurais jouer ?

— Je suis sûr que tu joues bien. Ça se voit à ta tête.

— Comment ça ?

— Tu as l'air théâtral. Mais je vais un peu vite. Je ne sais même pas comment tu t'appelles.

— Maggie. » Elle avait oublié qu'elle voulait se faire appeler M.

« Moi, je m'appelle Charles Vilinch. Et j'ai raison, non ? Tu sais jouer ? »

Elle se contenta de hocher la tête : pourvu qu'il ne lui demande pas de précisions sur son expérience ! Elle imaginait bien que son unique passage avec les Biscuits à moustache et l'apparition de sa hanche dans la vidéo de Will Smith ne l'impressionneraient pas outre mesure. « Je voudrais pouvoir te dépanner, mais… enfin, je ne pense pas que ce soit possible », dit-elle avec un réel regret. C'était très tentant de jouer dans une pièce – même si ce n'était qu'un navet d'étudiant. Et puis Princeton n'était pas très loin de New York.

Peut-être qu'on parlerait de la pièce et de sa comédienne jusque là-bas. Peut-être qu'un directeur de casting ou qu'un metteur en scène prendrait le train pour venir y jeter un coup d'œil. Peut-être…

« Prends la journée pour réfléchir, proposa Charles. Je t'appelle ce soir.

— Non. Non, euh… mon téléphone ne marche pas.

— Alors, on n'a qu'à aller boire un café.

— Je ne peux pas…

— Un thé sans théine, alors. À 21 heures à la cafétéria. À plus tard. »

Il s'éloigna à grands pas et laissa Maggie devant une salle de cours où entraient des étudiants – surtout des filles – qui tenaient le même livre qu'elle. Elle hésita un instant. *Pourquoi pas ?* C'était plus compliqué de faire demi-tour que de suivre le mouvement. Elle n'aurait qu'à s'asseoir au fond. Personne ne la remarquerait. Et puis cela l'intéressait d'écouter ce que le prof avait à dire sur le livre. Il y avait sans doute des choses à apprendre.

34

« Alors, tu tiens le coup ? » demanda Amy à Rose un matin, alors qu'elles mangeaient des pancakes à la myrtille à une table du Morning Glory. Amy, en pantalon noir étroit et chemisier bleu nuit, se rendait à l'aéroport pour un voyage professionnel. Elle devait aller dans le Kentucky et la Géorgie profonde pour donner des conférences sur le retraitement des eaux usées en zone rurale. (« Ça ne sent pas la violette, tu t'en doutes », avait-elle commenté.) Rose, vêtue de son treillis trop large qu'elle ne quittait plus, devait échanger dix romans d'amour avant de promener un schipperke nommé Skip.

Rose médita la question de son amie. « Oui, je vais bien », répondit-elle lentement tandis qu'Amy chipait un bout de bacon dans son assiette entre deux longs doigts osseux.

« Ton travail ne te manque pas ?

— Non, mais Maggie, si », marmonna Rose, la bouche pleine. Le Morning Glory se trouvait dans l'ancien quartier de Maggie, en bas du dernier appartement dont elle s'était fait expulser. Pendant que Rose poursuivait ses études, Maggie était venue passer un ou deux week-ends par semestre avec elle, et ensuite, quand

Rose avait commencé à travailler, c'était elle qui était allée dans les quartiers sud de Philadelphie pour retrouver Maggie à l'heure du brunch, boire un verre ou l'emmener faire un tour au centre commercial du Roi de Prusse. Rose gardait de bons souvenirs des divers appartements où avait vécu Maggie. Où qu'elle habite, les murs finissaient peints en rose. Maggie posait son antique séchoir à cheveux dans un coin et bricolait un bar dans un autre, avec un shaker à cocktail, acheté aux puces, toujours prêt à l'usage.

« Tu sais où elle est ? » demanda Amy. Elle essuya son couteau à beurre et s'en servit comme d'un miroir pour vérifier si son rouge à lèvres avait tenu.

Rose sentit monter, comme toujours quand elle pensait à Maggie, une bouffée de rage mêlée de compassion. « Non, je ne sais pas, et je ne veux même pas le savoir.

— Telle que je la connais, elle ne va pas tarder à pointer son nez. Elle va avoir besoin de fric ou d'une voiture, ou d'une voiture bourrée de fric. Ton téléphone va sonner, et ce sera elle.

— Oui, sûrement », soupira Rose. Sa sœur lui manquait tellement… enfin, « manquer » n'était pas vraiment le mot. C'était pourtant bien agréable d'avoir quelqu'un avec qui prendre le petit déjeuner, aller chez le pédicure et courir les magasins. Même le vacarme de Maggie lui manquait, et son désordre, et sa manie de mettre le chauffage à fond, pour donner l'impression de vivre sous les tropiques. Et puis, racontée par Maggie, l'histoire la plus banale devenait une aventure épique. Rose pensait avec nostalgie à ses colères, ses claquements de doigts impérieux quand elle voulait qu'on lui fasse de la place sur le canapé, aux chansons qu'elle chantait sous la douche.

Amy tapota impatiemment son couteau contre son assiette. « Oh ! Redescends sur terre !

— Oui, oui… »

Plus tard dans la matinée, elle arrêta son vélo près d'une cabine téléphonique, tira une poignée de pièces de sa poche et fit le numéro du portable de sa sœur. Une sonnerie, puis deux. « Allô ? » C'était la voix de Maggie, impérieuse et vibrante. « Allô, qui est à l'appareil ? »

Rose raccrocha ; elle aurait bien voulu savoir si Maggie remarquerait que le numéro commençait par l'indicatif 215, si elle se demanderait si c'était elle et si cela lui causerait la moindre émotion.

35

Si Maggie avait tiré une leçon de ses quatorze années de proximité avec le sexe opposé, c'était bien ceci : on était toujours poursuivie par ses erreurs. Si on voulait être sûre de tomber sur un mec partout où on allait, tout ce qu'on avait à faire, c'était de passer quelques minutes seule avec lui dans une voiture, une chambre ou des toilettes. Après, il resurgissait à la cafétéria, dans les couloirs, dans le café où on venait d'entrer comme serveuse ou main dans la main avec une autre fille à la fête du vendredi soir. C'était le théorème des flirts mal barrés, une sorte de loi de la tartine beurrée des imprudences amoureuses : le mec qu'on ne voulait plus jamais revoir de sa vie était justement celui qu'on ne pouvait plus jamais éviter. Josh, celui de sa première nuit sur le campus, ne faisait malheureusement pas exception à la règle.

Son seul espoir était qu'il ne la reconnaisse pas – il était très soûl, l'heure très tardive, et elle n'avait pas encore adopté son camouflage d'étudiante. Mais Josh la poursuivait et semblait constamment sur le point de l'identifier et de réclamer son argent, son sac de couchage, sa lampe de camping, ses vêtements.

Maggie relevait la tête de son livre à la bibliothèque et elle l'apercevait de profil. Elle allait se resservir du café au restau U et elle le voyait au comptoir des salades en train de la dévisager. Il entama même la conversation un samedi soir où elle apportait du linge à la laverie, car elle imaginait – manifestement à tort – que personne ne faisait sa lessive le samedi soir.

« Salut, dit-il alors qu'elle entassait ses soutiens-gorge et ses culottes dans la machine.

— Salut, répondit-elle, la tête basse.

— Ça va ? »

Maggie haussa les épaules et versa sur son linge le petit carton de lessive acheté au distributeur.

« Tu veux de l'adoucissant ? » Il lui tendit son gobelet avec un sourire. Mais son regard ne souriait pas. Il détaillait son visage, ses cheveux, son corps, la comparait de toute évidence à un souvenir brumeux.

« Non, merci, ce n'est pas la peine », répondit-elle. Elle enfonça ses pièces dans la machine. À cet instant, son portable sonna. Son père, sans doute ; il avait déjà appelé, mais elle n'avait pas répondu. Cette fois, au contraire, elle se jeta sur son téléphone. « Allô ? » dit-elle d'une voix enjouée afin de se soustraire à l'inspection de Josh.

Elle n'entendit qu'une respiration. « Allô ! » répéta-t-elle. Elle se dépêcha de remonter l'escalier, évita un groupe d'étudiants qui se passaient une bouteille de champagne en chantant. « Qui est à l'appareil ? » Pas de réponse. Un clic, puis plus rien. Elle remit son téléphone dans sa poche et sortit dans l'air frais du printemps. Quelques lampadaires éclairaient le chemin jalonné de bancs de bois jusque devant les bâtiments. Maggie en choisit un dans un coin sombre. *Il est temps de partir*, se dit-elle. *Le campus n'est pas grand, et tu rencontres ce mec partout. Il ne va pas tarder à être sûr de te reconnaître. C'est le moment de raccrocher les gants, de jouer la fille de l'air.*

Sauf qu'elle n'avait aucune envie de partir. Parce que… Maggie remonta les genoux sous son menton et regarda les branches, constellées de petits bourgeons verts sous le ciel étoilé. Parce qu'elle s'amusait. Enfin, ce n'était pas tout à fait cela ; elle ne s'amusait pas à proprement parler, pas comme à une fête, pas comme quand elle séduisait un garçon. Là, elle s'était lancé un défi, elle bravait des difficultés autrement plus intéressantes que celles qu'elle rencontrait dans ses petits boulots de merde. Un détective privé devait ressentir la même sensation.

Mais le plaisir ne venait pas seulement de la clandestinité. Elle était dans une université qui accueillait l'élite de la nation, les plus doués, les meilleurs. Si elle passait inaperçue, cela ne prouvait-il pas que Mme Fried avait eu raison ? Si elle se débrouillait à Princeton, si elle arrivait à assister à des dizaines de cours et à comprendre ce qu'on y enseignait, cela ne voulait-il pas dire que, elle aussi, elle était intelligente ?

Maggie se leva, le pantalon humide de rosée. Et puis il y avait les débuts de Charles, qui mettait en scène une pièce en un acte de Beckett au Théâtre intime. C'était elle la vedette. Elle le voyait plusieurs fois par semaine pour les répétitions, apprenait son texte dans un foyer ou dans une salle vide du bâtiment des Arts plastiques, dans Nassau Street.

« Tu peux passer me voir quand tu voudras, je suis à la résidence Lockhart, lui avait-il dit à leur dernière rencontre, alors qu'ils revenaient ensemble du 185, Nassau Street. Je me couche tard. Nous avons un appartement pour trois, avait-il ajouté pour lever toute ambiguïté. Je t'assure que tu n'as rien à craindre de moi. »

Il était tard… mais peut-être était-il encore debout. Elle se demanda en se frottant les bras s'il ne lui prêterait pas un sweat-shirt. La résidence Lockhart, si sa mémoire était bonne, se situait tout à côté de l'épicerie du campus. La chambre de Charles se trouvait au rez-de-chaussée, et, quand Maggie tapa à la fenêtre, il tira le store et lui ouvrit très vite.

La pièce commune de l'appartement de Charles l'étonna beaucoup. C'était comme un autre pays. Les murs, ainsi que le plafond, étaient entièrement couverts de tissus indiens et de miroirs à cadre en argent. Par terre, il y avait un tapis oriental, rouge, or et bleu, et une vieille malle tenait lieu de table basse – une malle au trésor, songea Maggie. Ils avaient poussé les bureaux contre les murs et entouré la malle de piles de coussins – rouges avec des franges dorées, violets avec des franges rouges, et un vert pâle brodé de fil d'argent et de perles.

« Assieds-toi, dit Charles en désignant les coussins. Tu veux boire quelque chose ? » Elle avisa un petit réfrigérateur dans un coin, avec une machine à cappuccino sur le dessus.

« C'est beau, commenta Maggie. On dirait un harem. »

Cela fit rire Charles. « Non, mais nous aimons bien jouer avec la déco. Au semestre dernier, Jasper est allé en Afrique et nous avons décliné le thème safari, seulement les trophées d'animaux sur les murs me faisaient flipper. Là, je me sens mieux.

— J'aime beaucoup », commenta Maggie en faisant le tour de la pièce. Il y avait une petite chaîne plutôt cool dans un coin, avec une collection de compacts classés par genre – jazz, rock, world music, classique – et aussi par ordre alphabétique. Dans un autre coin, il y avait une table où s'empilaient les guides de voyage : Tibet, Sénégal, Machu Picchu. On sentait de vagues odeurs d'encens, d'eau de toilette et de cigarette. Le petit frigo contenait une bouteille d'eau, des citrons, des pommes et de la confiture d'abricots. Pas une seule bouteille de bière ou de ketchup en vue.

Il est gay, en déduisit Maggie avec un certain soulagement. Gay, sans le moindre doute. Elle saisit une photo encadrée sur le bureau de Charles. C'était lui, le bras passé autour des épaules d'une fille qui riait.

« Ta sœur ? demanda-t-elle.

— Non, mon ex. » *Tu parles*, pensa Maggie. « Je ne suis pas gay », ajouta-t-il. Il eut un petit rire d'excuse. « Je dis ça parce que tous les gens qui viennent ici sont persuadés que je suis gay. Après, je suis obligé de passer trois mois à prendre l'air hyper-hétéro.

— C'est-à-dire à te gratter toutes les cinq minutes au lieu de seulement toutes les dix minutes ? Mon pauvre ! » Elle se laissa tomber sur les coussins et feuilleta un livre sur le Mexique. Elle était déçue. Dans sa vie, elle n'avait rencontré que trois catégories d'hommes : les gays, les vieux et les autres, ce dernier groupe étant cent fois plus important que les deux autres et constitué de mecs qui la désiraient. Si Charles n'était pas gay, et comme il n'était évidemment pas vieux, il y avait fort à parier qu'il la désirait. Ce n'était vraiment pas de chance. Elle n'avait jamais eu de véritable ami, et elle avait passé assez de temps avec Charles pour qu'il puisse l'apprécier pour son intelligence, sa personnalité, son ingéniosité, sans se laisser aveugler par ce qui attirait tous les autres.

« Bon, je suis content d'avoir éclairci ce point, et que tu sois venue. Je voulais te lire un poème.

— Ah, bon ? C'est toi qui l'as écrit ?

— Non, nous l'avons lu la semaine dernière à mon cours d'histoire de la poésie. » Il feuilleta son anthologie et lut :

« Margaret, es-tu en deuil
Pour Goldengrove qui se défeuille ?

Des feuilles, comme des choses humaines, tu
Avec ta jeunesse, te soucies, je l'ai vu.
Ah ! quand le cœur mûrit
À de tels spectacles s'endurcit
Et plus jamais ne se lamente
Même si les feuilles mortes se sédimentent ;
Pourtant tu sanglotes et veux savoir ce qui te [tourmente.
Mais peu importe, mon enfant, la nature du chagrin :
Il suit toujours le même chemin.
Ni la bouche ni la pensée n'expriment
Ce que le cœur entend, l'esprit devine :
L'homme est né pour cette plaie,
C'est pour Margaret que tu as du regret. »

Il referma le livre. Maggie en avait la chair de poule. « Eh ben, commenta-t-elle. C'est fort. Mais je ne suis pas Margaret.

— Non ?

— Non. D'abord, je m'appelle Maggie. Maggie May, en fait, avoua-t-elle avec un rire gêné. Inspiré par le poète de génie Rod Stewart. Ma mère aimait la chanson.

— Elle est comment, ta mère ? »

Maggie le regarda puis détourna la tête. En général, à ce stade, elle sortait l'histoire tragique de la mort de sa mère, revue et corrigée à sa sauce, et la livrait enrobée dans un beau papier à son soupirant. Cadeau. Parfois, elle faisait mourir sa mère d'un cancer du sein, mais souvent elle s'en tenait à l'accident de voiture et n'épargnait pas le pathos. La chimio ! Le flic à la porte ! L'enterrement avec les deux petites filles en larmes devant le cercueil ! Pourtant, elle n'avait pas envie de raconter son histoire de cette façon à Charles. Elle voulait lui donner une version plus proche de la réalité. Mais cela l'angoissait, parce que, si elle commençait à dire la vérité, Dieu sait ce qu'elle laisserait échapper d'autre.

« Il n'y a pas grand-chose à raconter, répondit-elle d'un ton léger.

— Ce n'est pas vrai, je le sais très bien. » Il la regardait avec insistance, et elle devinait ce qui allait suivre. *Tu ne veux pas te rapprocher un peu ?* Ou : *Tu veux boire quelque chose ?* Et très vite il poserait les lèvres dans son cou ou lui passerait un bras sur l'épaule, avec descente de la main jusqu'à son sein. Une chorégraphie qu'elle ne connaissait que trop bien.

Mais il ne bougea pas. « Bon, très bien, fais-moi des cachotteries si tu préfères ! » Il lui sourit – un sourire que, soulagée, elle trouva gentil.

Elle jeta un coup d'œil sur l'horloge ancienne, sur le bureau de Charles. Il était plus de 1 heure du matin. « Je devrais partir. Il faut que j'aille récupérer mon linge.

— Je te raccompagne.

— Non, ce n'est pas la peine. »

Mais il prenait déjà son sac à dos. « Ce n'est pas prudent de se promener seule ici. »

Maggie faillit se moquer de lui. Princeton était moins dangereux que la pataugeoire des petits. Le pire désordre dont elle ait été témoin, c'était la chute d'un plateau au restau U.

« Non, ça me ferait plaisir, je t'assure, insista-t-il. J'ai faim, en fait. Tu es déjà allée chez P.J. ? »

Maggie fit non de la tête. Charles prit l'air choqué. « Mais c'est une tradition de Princeton ! Les pancakes aux pépites de chocolat sont excellents. Allez, viens, ajouta-t-il en lui ouvrant la porte. C'est moi qui t'invite. »

36

Cela devait arriver un jour.

Après trois mois à promener des chiens, à chercher des vêtements au pressing pour ses clients, à faire des courses à la pharmacie, à l'épicerie et au vidéo-club, Rose se doutait bien qu'elle finirait par tomber sur un visage connu de l'époque pas-du-tout-bénie de Lewis, Dommel et Fenick. Elle avait donc été à peine surprise quand, par une douce journée d'avril, Shirley, la propriétaire de Pétunia, lui avait tendu une enveloppe avec l'adresse familière en lui demandant, l'air de rien : « Pouvez-vous déposer ça au cabinet de mon conseiller juridique ? » Rose avait encaissé le coup, mis l'enveloppe dans sa besace et enfourché son vélo pour aller à Arch Street, où se dressait la grande tour étincelante de son ancien lieu de travail.

Peut-être qu'on ne la reconnaîtrait pas, songea-t-elle. Elle n'était allée là-bas qu'en tailleur-pantalon et en talons hauts (*et avec la gueule d'une fille amoureuse*, souffla sa moucharde de mémoire). Aujourd'hui, elle portait un short, des socquettes décorées d'œufs sur le plat et de tasses à café (un oubli de Maggie), et des chaussures de cycliste à semelle dure. Ses cheveux, qui lui arrivaient maintenant dans le dos, étaient séparés en deux nattes ; elle avait compris à la longue que les tresses étaient la seule coiffure adaptée aux casques de cycliste. Et, même si elle n'avait pas perdu de poids depuis son départ du monde des litiges, elle avait changé de silhouette. Des heures de vélo et de marche à pied avaient musclé ses bras et ses jambes, et sa pâleur de zombi avait laissé place à un beau hâle. Elle avait les joues roses et les nattes brillantes. C'était déjà ça. *Allez, du nerf !* s'encouragea-t-elle. Elle sortit de l'ascenseur et s'approcha du bureau de la réception, trop consciente de ses mollets nus et du claquement de ses pas sur le carrelage. *Allez !* Ce n'était pas si difficile. Il ne restait plus qu'à tendre l'enveloppe, faire signer le reçu et…

« Rose ? »

Elle retint son souffle, espérant entendre des voix. Quelqu'un était à la porte du bureau, de l'autre côté de la réception. C'était Simon Stein, l'entraîneur de l'équipe de softball interne, les cheveux presque orange sous les plafonniers ; sa discrète cravate reposait sur le renflement d'une petite brioche.

« Rose Feller ? »

Bon, ç'aurait pu être pire, se dit-elle. *Ç'aurait pu être Jim.* Elle n'avait qu'à se débarrasser de son enveloppe et se sauver…

« Comment ça va ? » demanda Simon, qui s'était dépêché de la rejoindre et l'inspectait comme s'il avait devant lui une mutante. Ce qui n'était pas loin d'être le cas, songea-t-elle sombrement. Une avocate repentie. Il n'avait pas dû en voir souvent.

« Je vais bien », dit-elle à voix basse. Elle tendit l'enveloppe à la réceptionniste, qui la dévisageait avec une curiosité non dissimulée.

« On nous a dit que tu t'étais mise en congé, continua Simon.

— C'est vrai. » Sans épiloguer, elle prit le reçu et tourna les talons.

Simon la suivit. « Tu as déjeuné ? demanda-t-il.

— Je n'ai pas vraiment le temps. » Les portes de l'ascenseur s'ouvrirent, un groupe d'associés en sortit. Rose leva vers eux un œil furtif, chercha Jim, et ne respira qu'une fois certaine qu'il ne faisait pas partie du groupe.

« Je t'invite, insista Simon avec un sourire charmant. Allez, viens. Il faut bien que tu déjeunes. On va aller dans un restau chic et on va se la péter. »

Cela fit rire Rose. « Vu mon allure, ça m'étonnerait qu'on nous laisse entrer.

— On ne nous dira rien, prédit Simon en suivant Rose dans l'ascenseur comme s'il était au bout d'une laisse. Ça va très bien se passer, tu vas voir. »

Dix minutes plus tard, ils étaient assis à une table pour deux à l'Oyster House de Sansom Street, où, comme Rose l'avait craint, elle était la seule cliente à ne pas être en tenue de ville. « Deux thés glacés », commanda Simon. Il desserra sa cravate et roula ses manches de chemise sur des bras criblés de taches de rousseur. « Tu aimes le chowder à la palourde ? Et la friture ?

— Oui, enfin ça dépend, répondit Rose, qui avait dénoué ses nattes et essayait de démêler ses cheveux.

— Deux bols de chowder à la palourde de Nouvelle-Angleterre, et le plat de fritures variées, commanda-t-il à la serveuse, qui hocha la tête d'un air approbateur.

— Tu choisis toujours pour les autres ? Même pour les gens que tu ne connais pas ? » Elle abandonna ses cheveux et tira sur son bermuda pour dissimuler la croûte qui couronnait son genou droit.

Simon Stein hocha la tête, très content de lui.

« Certainement, dès que l'occasion se présente. Tu connais le syndrome de l'assiette du voisin ?

— Qu'est-ce que c'est ?

— Au restaurant, on trouve toujours que les plats des autres ont l'air meilleurs que ce qu'on a commandé soi-même.

— Ah, oui ! Ça m'arrive tout le temps. »

Simon eut l'air satisfait. « Eh bien, à moi, ça ne m'arrive jamais.

— Jamais ?

— Presque jamais. Je suis expert en cartes. Je sais que ça peut sembler bizarre, mais c'est vrai. Tu n'as qu'à demander aux gens qui vont au restaurant avec moi. Je ne me trompe jamais.

— Bon, attends, je te teste », dit Rose, prête à entrer dans le jeu. Elle pensa au meilleur restaurant dans lequel elle était allée dernièrement, c'est-à-dire six mois plus tôt, avec Jim, un soir tard après le bureau, pour être sûrs de ne rencontrer personne. « Le London. C'est dans le quartier du musée.

— Je connais. Il faut prendre le calamar au sel et au poivre, le canard rôti au gingembre, et le cheesecake au chocolat blanc en dessert.

— Incroyable ! » commenta Rose, moqueuse et néanmoins impressionnée.

Simon haussa les épaules et leva les mains. « Écoutez, ma bonne dame, ce n'est pas ma faute si vous ne vous nourrissez que de pommes de terre vapeur et de poisson poché.

— Comment le sais-tu ? s'étonna Rose, qui, si ses souvenirs étaient exacts, avait en effet commandé du saumon poché au London.

— J'ai dit ça au hasard, mais c'est ce que prennent toutes les filles. Quel gâchis ! Allez, vas-y, essaie un autre restaurant.

— Le brunch au Striped Bass. » C'était un des meilleurs restaurants de poissons de la ville. Son père l'y avait invitée un jour avec Maggie. Rose avait pris le turbot ; Maggie, trois rhums Coca et le numéro de téléphone du sommelier.

Simon ferma les yeux. « Est-ce qu'ils ont encore les œufs Bénédict et la langouste ?

— Je ne sais pas. Ce n'est pas pour le brunch que j'y suis allée.

— Tiens, on devrait essayer. »

Comment ça, « on » ? s'étonna Rose.

« C'est ça le meilleur sur la carte, enchaîna-t-il. On commence par les huîtres, si on aime les huîtres... Tu aimes les huîtres ?

— Bien sûr, s'indigna Rose, qui n'en avait jamais mangé.

— Ensuite, on prend les œufs Bénédict avec la langouste. C'est très bon. » Il sourit. « Une autre question ?

— Le Penang. » Le Penang était le dernier restaurant malaisien branché qui venait d'ouvrir à Chinatown. Elle avait seulement lu des critiques, mais il était inutile de l'avouer.

« Le riz gluant à la noix de coco, les ailes de poulet rôties, le bœuf rendang et les rouleaux de printemps aux crevettes.

— Alors là, chapeau ! » s'exclama Rose pendant que la serveuse apportait leur soupe. Elle ferma les yeux : sa bouche s'emplissait de la délicieuse crème parfumée par le goût iodé des coquillages, sucrée par les pommes de terre fondantes. « J'épuise tout mon capital matières grasses de la semaine, remarqua-t-elle quand elle sortit de sa transe.

— Ça ne compte pas si quelqu'un d'autre paie l'addition, décréta-t-il en lui tendant les biscuits salés. Essaie ça. »

Rose dégusta la moitié de son bol avant de se rappeler qu'il était plus poli de parler. « C'est délicieux. »

Simon hocha la tête d'un air entendu. « Alors, pourquoi as-tu pris un congé sans solde ? »

Rose avala une palourde de travers. « Euh…

— Tu es malade ? C'est ce qu'on dit dans les couloirs. Il y a plusieurs rumeurs, en fait.

— Ah ? Lesquelles ?

— Tu aurais une maladie mystérieuse. Ou alors, tu aurais été repérée par un chasseur de têtes et embauchée chez Pepper, Hamilton. En trois, on dit aussi… »

À cet instant, la serveuse leur apporta un plat où s'amoncelaient des beignets dorés, des frites et des filets de poisson. Simon pressa un citron et sala très consciencieusement le tout.

« Alors, la troisième rumeur ? » demanda Rose.

Il se fourra deux beignets de coquille Saint-Jacques dans la bouche et posa sur Rose de grands yeux bleus innocents, frangés de cils blond vénitien. « Queutchiafè eunliachon.

— Pardon ? »

Simon avala. « Que tu avais une liaison… avec un des associés. »

Rose en resta bouche bée. « Je… »

Il leva la main pour l'interrompre. « Laisse, je n'aurais pas dû t'en parler.

— C'est ce que tout le monde croit ? »

Simon se servit de la sauce tartare. « Non. Les gens penchent plutôt pour un lupus érythémateux ou une hernie discale. »

Rose mordit dans un beignet, l'air faussement indifférent. N'empêche, quelle humiliation ! Elle s'était sauvée de son travail comme une voleuse, son mec l'avait plaquée, elle s'habillait comme une écolière attardée, et maintenant un garçon qu'elle connaissait à peine lui salait ses frites. Et, comble du ridicule, tout le monde était au courant pour Jim. Elle qui avait cru le secret bien gardé… Quelle idiote ! « La rumeur précisait-elle aussi le nom de l'associé concerné ? » s'enquit-elle comme si cela l'amusait. Elle plongea une crevette dans la sauce tartare. Peut-être le secret n'était-il pas complètement éventé ?

Il haussa les épaules. « Je n'ai pas fait attention. Je n'aime pas les commérages. Tu connais les avocats : il faut toujours qu'ils trouvent des raisons à tout. Alors, quand quelqu'un disparaît, ils cherchent des explications tous azimuts.

— Je n'ai pas disparu. Je suis en congé. » Elle goûta un filet de poisson que, malgré les circonstances, elle trouva excellent. Elle finit d'avaler et s'éclaircit la voix. « Alors… euh… quoi de neuf au cabinet, à part ça ? Comment vas-tu ?

— Rien de bien passionnant. Sauf qu'on m'a enfin confié un dossier en pleine responsabilité. Malheureusement, c'est l'Affaire de la Bentley. »

Rose lui adressa un signe de commisération. L'Affaire de la Bentley concernait un client qui avait hérité la fortune de son père, mais, à l'évidence, pas ses capacités intellectuelles. Le client avait acheté une Bentley d'occasion, puis avait passé deux ans à essayer de récupérer son argent. Il prétendait que la voiture recrachait de la fumée noire depuis sa première sortie sur autoroute. Le concessionnaire – soutenu par la récente ex-épouse du client – prétendait que s'il y avait de la fumée, c'était parce que le client avait oublié de retirer le frein à main. Simon lui rapporta certains détails, l'air blasé, mais ce n'était qu'une façade qui cachait mal sa passion pour son métier. Bien sûr, ce n'était qu'un petit dossier, bien sûr, son client était un imbécile ; bien sûr, l'affaire n'allait pas créer de révolution judiciaire, mais n'empêche, il s'amusait, c'était visible. Rose étouffa un soupir. Elle regrettait de ne plus ressentir le même enthousiasme. En fin de compte, avait-elle jamais été vraiment passionnée ?

« Bon, j'arrête », conclut Simon. Il prit l'avant-dernière crevette et poussa la dernière vers Rose. « En tout cas, tu as l'air très en forme. Très reposée. »

Elle jeta un coup d'œil critique sur son tee-shirt un peu moite et sur ses mollets couverts de graisse de chaîne de vélo. « C'est gentil.

— Tu voudrais dîner avec moi vendredi ? » Rose le regarda avec surprise. « Désolé, c'est un peu brutal. Déformation professionnelle. Avec la facturation horaire, on ne prend pas de gants parce que le compteur tourne.

— Tu n'avais pas une copine ? Celle qui est allée à Harvard…

— Fini. Ça ne collait pas.

— Pourquoi ? »

Simon réfléchit. « Elle n'avait pas beaucoup d'humour, et puis le coup de Harvard… Je ne sais pas… En plus, je ne me voyais pas passer le reste de mes jours avec une femme qui appelait ses règles “la marée rouge”. »

Rose éclata de rire. La serveuse enleva leurs assiettes et leur donna la carte des desserts. Simon y jeta à peine un coup d'œil. « Tourte aux pommes chaude. On partage ? »

Elle hocha la tête. Même s'il n'était pas très grand, qu'il avait un peu une forme d'œuf, et qu'il était aussi différent de Jim qu'on pouvait l'être, il fallait admettre qu'il était drôle. Et gentil, aussi. Assez séduisant, en fait. Pas son genre, bien sûr, mais quand même…

En attendant sa réponse, Simon chantonnait le refrain d'une chanson que Rose reconnut comme étant *Un avocat amoureux*. « Alors, on dîne ensemble ? répéta-t-il.

— Pourquoi pas ?

— J'espérais un peu plus d'enthousiasme… »

Rose lui sourit. « Bon, alors oui, dans ce cas.

— Elle sait même sourire ! » s'exclama Simon. Et quand la serveuse apporta le dessert, il lança : « Allez, on prend de la glace dessus. Il faut fêter ça. »

37

Installée devant le clavier de l'ordinateur de Mme Lefkowitz, Ella fixait l'écran vide. « Je n'y arrive pas, gémit-elle.

— Quoi ? cria Mme Lefkowitz depuis la cuisine. Il a encore planté ? Redémarrez, ça va aller. »

Ella était sûre que cela n'irait pas. Elle était dans la chambre d'amis de Mme Lefkowitz, qui servait à la fois de bureau et de débarras. L'iMac Mandarine était posé sur un lourd bureau en noyer ; à côté, il y avait un canapé en velours rouge très usé, surmonté d'une tête d'élan accrochée au mur. « Je n'y arriverai jamais… » répéta-t-elle, mais personne ne l'entendit. Lewis et Mme Lefkowitz tranchaient des fruits et des muffins dans la cuisine, et dans le salon la télévision marchait à plein volume.

Ella tapa « ROSE FELLER », puis appuya sur la touche « entrée » en fermant les yeux, avant de perdre courage.

Quand elle rouvrit les yeux, Mme Lefkowitz et Lewis se tenaient derrière elle et l'écran était plein de lignes.

« Eh bien ! commenta Lewis.

— C'est un nom assez courant, observa Mme Lefkowitz.

— Comment faire pour trouver la bonne ? demanda Ella.

— Essaies-en un au hasard », suggéra Lewis.

Rose cliqua sur une adresse et découvrit que les mots clés « Rose » et « Feller » l'avaient conduite sur le site de Feller, fleuriste à Tucson, dans l'Arizona. Avec un soupir, elle cliqua sur un autre lien. Cette fois, c'était un extrait du registre des mariages de Wellville, État de New York, pour une Rose Feller née en 1957. Ce n'était pas la bonne. Elle continua... Enfin, le visage de sa petite-fille, plus vieux de vingt-deux ans, apparut à l'écran.

Elle poussa un cri et lut avec avidité tout ce que contenait la page. « Elle est avocate, annonça-t-elle, très émue.

— Bon, ç'aurait pu être pire, commenta Mme Lefkowitz avec un gloussement. Au moins, elle n'est pas en prison ! »

Ella ne parvenait pas à détacher les yeux de la photo. C'était bien Rose. Aucun doute là-dessus. Elle retrouvait ses yeux, son expression sérieuse, ses sourcils droits dont elle se souvenait si bien. Elle se leva et se rassit aussitôt sur le canapé. Lewis prit sa place et fit défiler le texte. « Université de Princeton... Faculté de droit de l'université de Pennsylvanie... spécialiste en litiges commerciaux... vit à Philadelphie...

— Comme elle est intelligente..., murmura Ella.

— Tu peux lui envoyer un e-mail », indiqua Lewis.

Ella plongea la tête dans ses mains. « Non, je ne peux pas. Je ne suis pas prête. Je ne sais pas quoi dire.

— Commencez par "bonjour", suggéra Mme Lefkowitz, qui rit beaucoup de sa petite plaisanterie.

— Et sa sœur ? interrogea Ella. On ne peut pas trouver Maggie ? »

Lewis lui lança un coup d'œil rassurant et posa une main chaleureuse sur son épaule. « Je vais chercher. »

Et il allait trouver, pensa Ella. Les filles étaient accessibles, elles vivaient leur vie. C'était inimaginable. Elles étaient adultes, maintenant. Elles pouvaient décider de la voir si elles en avaient envie. Ella pouvait leur écrire, leur téléphoner. Mais pour leur dire quoi ?

Mme Lefkowitz s'assit à côté d'elle. « Courage, vous y arriverez ! Allez, Ella. Vous n'avez rien à perdre ! »

Rien à perdre..., pensa Ella. *Si, au contraire.* Elle secoua la tête. « Pas aujourd'hui. Ça va trop vite. »

38

À sa grande surprise, Maggie accumulait toutes sortes de connaissances à Princeton.

Ce n'était pas prévu, songea-t-elle en traversant le campus, les bras chargés de livres. Son tout premier cours l'avait fascinée. Charles lui aussi l'avait subjuguée, avec ses recueils de monologues, leurs conversations qui ne ressemblaient en rien à celles qu'elle avait avec les autres garçons : il lui parlait de l'évolution des personnages, de leurs caractéristiques, de leurs motivations, des similitudes et des différences entre les livres et la vraie vie. Même cet embrouilleur de Josh, sa boulette du premier soir finissait par l'amuser. La vie d'étudiante lui plaisait... Dommage qu'elle n'en ait pas profité dix ans plus tôt.

Elle aimait surtout la poésie. Pour Maggie, la lecture, qu'il s'agisse d'une simple phrase comme d'un texte plus long, demandait un travail de détective. D'abord, il lui fallait déchiffrer les mots lettre à lettre, puis elle reliait noms et verbes, enfilait la verroterie des adjectifs et relisait le tout plusieurs fois avant d'en extraire le sens, comme une noix de sa coque.

En général, les gens ne lisaient pas ainsi. Il suffisait à Rose de jeter un coup d'œil sur une page pour savoir ce qui était écrit, et elle absorbait les informations comme une éponge. Voilà comment elle parvenait à dévorer de gros romans sentimentaux alors que Maggie se cantonnait aux magazines. Mais, pour Maggie, la poésie mettait tout le monde au même niveau, parce que la poésie demandait de la réflexion, aussi bien aux petits génies de Princeton qu'aux laissées-pour-compte des universités de seconde zone. Avec la poésie, on déchiffrait les mots, les phrases, puis les strophes ; il fallait disséquer le poème puis le reconstruire avant de le comprendre.

Trois mois et demi après avoir élu domicile dans le campus, Maggie entra dans « son » cours de poésie moderne et s'installa au fond de la salle. La plupart des étudiants se regroupaient à l'avant, buvaient les paroles de la prof, se démettaient quasiment le bras tant ils levaient haut la main pour répondre. Maggie, elle, restait sagement au fond sans se faire remarquer. Elle s'assit, ouvrit son cahier et copia le poème du jour écrit au tableau, murmurant chaque mot avant de l'écrire.

« Tout un art

L'art de la perte n'est pas dur à maîtriser,
tant de choses sont d'un naturel si fuyant,
que leur perte n'est pas une calamité.

Perdez quelque chose chaque jour. Acceptez la [contrariété
de la disparition de vos clés, d'un moment absent.
L'art de la perte n'est pas dur à maîtriser.

Puis habituez-vous à perdre, perdez, perdez :
les endroits, les noms, et même la clé des champs.
Rien de cela ne sera une calamité.

J'ai perdu la montre de ma mère. Eh, tiens ! pas la
[dernière mais
l'avant-dernière de trois maisons que j'aimais
[pourtant.
L'art de la perte n'est pas dur à maîtriser.

J'ai perdu deux villes, très jolies. Sans compter
des royaumes qu je possédais, deux fleuves, un
[continent.
Ils me manquent, mais ce ne fut pas une calamité.

— Même ta perte (la voix moqueuse, un geste aimé)
ne saurait me faire mentir. C'est évident
l'art de la perte n'est pas trop dur à maîtriser
même s'il apparaît comme (écris-le !) comme une
[calamité. »

« J'ai perdu la montre de ma mère », murmura Maggie. L'art de la perte. Elle aurait pu écrire un traité sur le sujet. La somme de tout ce qu'elle avait récupéré jusqu'ici continuait de la surprendre – et de l'habiller. Avec ses livres et ses sweat-shirts, ses bonnets et ses gants en laine de chez Gap, elle ressemblait à une vraie petite étudiante de Princeton. Et elle commençait à se prendre au jeu. La fin du semestre approchait, et Maggie avait presque l'impression de devenir une étudiante. Sauf que l'été serait bientôt là. Et que faisaient les étudiants en été ? Ils rentraient chez eux. Ce qui lui était impossible. Pour l'instant.

« L'art de la perte n'est pas trop dur à maîtriser », écrivit-elle alors que le professeur Clapham, une femme blonde proche de la quarantaine, et très enceinte, arrivait à pas lourds.

« Ceci est une villanelle, déclara-t-elle en même temps qu'elle posait ses livres sur le bureau et s'asseyait avec précaution. Il s'agit d'une des structures rythmiques les plus astreignantes de la poésie. Pourquoi pensez-vous qu'Elizabeth Bishop ait choisi cette forme pour traiter un tel sujet ? »

Silence. La prof poussa un soupir. « Bon, dit-elle assez gentiment, commençons par le commencement. Qui peut me dire de quoi parle ce poème ? »

Des bras se levèrent. « D'apprendre à perdre des choses ? » lança une jolie blonde au premier rang.

Pfff, pensa Maggie.

« Oui, bien sûr, répondit la prof, à peine plus aimablement que Maggie ne l'aurait fait. Mais perdre quoi, au juste ?

— Perdre l'amour, hasarda un garçon en short.

— L'amour de qui ? »

La prof se cambra, les mains posées sur les reins, comme si elle avait mal au dos ou comme si la lenteur de ses étudiants était trop lourde à porter. « Et cet amour est-il déjà perdu, ou le poète parle-t-il de cette perte de façon théorique ? Elizabeth Bishop parle-t-elle de cette perte comme d'une possibilité ? D'une probabilité ? »

Cette question fut accueillie par des regards vides et des têtes basses.

« Une probabilité », lâcha Maggie, qui se figea, rouge comme une pivoine.

Mais la prof lui lança un regard d'encouragement. « Pourquoi ? »

Maggie avait les jambes flageolantes. « Euh… » bégaya-t-elle. Puis elle se souvint de Mme Fried penchée sur elle, avec ses lunettes au bout de leur chaînette en perles : *Vas-y, Maggie. Ça ne fait rien si tu te trompes. Il faut toujours essayer.*

Maggie se lança. « Eh bien, au début du poème, elle parle d'objets, de choses que tout le monde perd, comme des clés, ou des noms qu'on oublie.

— Et ensuite ? » encouragea la prof.

Maggie trouva la réponse comme si elle attrapait un cerf-volant qui passait dans le ciel. « Il y a un changement du tangible vers l'intangible, lâcha-t-elle – les mots compliqués s'échappaient de ses lèvres presque naturellement. Et puis le poète devient… » Merde. Il y avait un mot pour ça. Comment disait-on ? « Grandiose, hasarda-t-elle. Par exemple, elle a perdu une maison… Bon, beaucoup de gens déménagent ; mais après elle dit avoir perdu un continent… Et elle s'exprime comme si, même ça, ça ne comptait pas vraiment…

— Là, vous passez au ton du poème. Vous diriez quoi ? Qu'elle s'exprime de façon ironique ? Désinvolte ? »

Maggie réfléchit, et deux filles au premier rang levèrent la main. La prof ne leur donna pas la parole. « Je pense, dit Maggie lentement, les yeux fixés sur les mots dans son cahier, je pense qu'elle veut paraître désinvolte. Comme si ça ne comptait pas. Par exemple les mots qu'elle utilise. *Contrariété*. Une contrariété, ce n'est pas trop grave. Et aussi le vers où elle répète que l'art de la perte n'est pas dur à maîtriser. C'est comme si elle se moquait d'elle-même en appelant ça un art. » En fait, le ton du poème rappelait à Maggie l'humour de sa sœur. Elle se souvint d'un jour où elles regardaient l'élection de Miss Amérique à la télévision : quand elle avait demandé à Rose quel talent elle mettrait en avant si elle était sélectionnée, Rose avait réfléchi, puis répondu très sérieusement : « Je fais bien les créneaux. »

« Donc elle essaie de… de tourner ses inquiétudes en dérision. Mais quand on arrive à la fin…

— Regardez bien la structure, qu'arrive-t-il dans le quatrain final ?

— Il y a quatre vers, et pas trois, donc le rythme change. Et il y a l'interruption, "*écris-le !*", comme si elle voulait garder ses distances, mais ça ne l'empêche pas de penser à ce qui va se passer quand elle va perdre…

— Perdre quoi ? Ou perdre qui ? Est-ce un poème adressé à un amoureux, à votre avis ? Qui est la deuxième personne, dans ce poème ?

— Un amoureux, je ne crois pas… Mais je ne sais pas pourquoi. Je pense que c'est plutôt un poème sur la perte de… » *D'une sœur, d'une mère.* « Une amie, plutôt, dit-elle.

— Très bien », approuva la prof. Maggie rougit à nouveau, mais de plaisir, cette fois. « Très bien. »

Le professeur Clapham se tourna vers le tableau, dos à la classe, et analysa le rythme et les contraintes de la villanelle. Maggie n'écoutait plus un mot. Elle était écarlate, elle qui n'avait jamais rougi de sa vie, même pendant les trois jours où elle avait travaillé pour les télégrammes chantés et où elle avait dû se déguiser en gorille.

Cette nuit-là, couchée dans son sac de couchage, elle pensa à sa sœur. Rose avait-elle suivi ce cours de poésie ? Croirait-elle que c'était elle, Maggie, qui avait le mieux compris le poème ? Quand aurait-elle l'occasion de lui raconter son exploit ? Maggie se tourna et se retourna dans le noir. Elle devait trouver une idée pour se faire pardonner.

Le lendemain matin, dans le bus qui l'emmenait chez Corinne par une belle matinée de printemps ensoleillée, elle commença à regretter son imprudence. Son but à Princeton était de… comment dire ?… de s'intercaler dans les interstices. Ce n'était pas un mot qu'elle avait appris ici, c'était un mot emprunté à Rose. Elle se rappela l'explication de Rose. *Les interstices*, c'étaient les espaces entre les choses – ce qui restait sans qu'on y prête attention.

Qu'est-ce qui lui avait pris de répondre en cours ? On allait la remarquer. On allait se souvenir d'elle. On allait se demander dans quelle résidence elle vivait, quelle licence elle préparait, en quelle année elle était, ce qu'elle fabriquait là.

En lavant les sols encore propres de la maison de Corinne, elle se dit que c'était peut-être justement ce qu'elle cherchait ; elle voulait peut-être qu'on la perce à jour, elle en avait peut-être assez d'être invisible. Ce qu'elle faisait, c'était... non, pas vraiment important, mais ça demandait un certain courage, de l'astuce, de l'habileté, et elle avait envie qu'on lui reconnaisse ce talent. Elle aurait voulu raconter à Charles ou à Rose tout ce qu'elle avait appris dans sa nouvelle vie. Par exemple, qu'il ne fallait pas tomber dans des schémas réguliers, repérables. Elle avait trouvé six endroits différents où prendre des douches (la salle de musculation, la douche du sous-sol de la bibliothèque, et quatre résidences avec des salles d'eau dont les serrures étaient cassées) ; elle connaissait la seule machine à laver qui fonctionnait sans pièces, et un distributeur de boissons qui recrachait des cannettes de Coca si on la frappait au bon endroit.

Elle aurait voulu se vanter de ses astuces de restau U – on pouvait se glisser dans la cuisine très tôt le matin, habillée comme si on travaillait là à temps partiel, en vieilles baskets, jean et sweat-shirt ; tout le monde pensait qu'on était une étudiante qui mangeait un morceau vite fait avant de prendre son service. Elle aurait voulu raconter avec quelle facilité on glissait de la nourriture dans un sac à dos : sandwiches au beurre de cacahuète ou fruits entourés de serviettes en papier.

Elle aurait parlé des déjeuners du jeudi au Centre international, où, pour deux dollars, on vous servait une énorme assiette de riz aux légumes sautés avec du poulet au curry à la sauce noix de coco – elle ne connaissait rien de meilleur au monde – et du thé qui avait un goût de cannelle. Elle en buvait des tasses et des tasses sucrées au miel pour chasser la brûlure du piment, et personne ne l'embêtait, parce qu'il n'y avait que des étudiants étrangers qui ne connaissaient pas bien l'anglais et ne lui adressaient que des sourires timides.

Elle prit le produit à vitres pour nettoyer les portes de placard et s'imagina qu'elle présentait Charles à Rose et que sa sœur le trouvait sympathique. « Je vais très bien, dirait-elle à sa sœur, tu n'aurais pas dû t'inquiéter pour moi, tout baigne. » Et puis elle lui demanderait pardon… et, après, qui sait ? Rose trouverait peut-être le moyen de faire valider les unités de valeur qu'elle avait suivies. Elle pourrait peut-être même obtenir un jour sa licence si elle continuait, parce qu'elle avait découvert qu'en prenant son temps elle venait à bout des plus gros livres. Et elle jouerait dans toutes les pièces de Charles, et elle enverrait à sa sœur des invitations pour les premières, et elle lui dirait comment s'habiller, parce que, si on la laissait faire, Rose arriverait fagotée n'importe comment…

« Vous êtes là ? » demanda Corinne. Maggie sursauta et faillit tomber.

« Oui, je suis sur l'escabeau. Je ne vous avais pas entendue.

— J'avance à petits pas de chat. Comme le brouillard.

— Carl Sandburg ! s'écria Maggie.

— Bravo ! » Corinne glissa un doigt sur le comptoir et s'assit à la table que Maggie venait d'essuyer. « Ça va, l'université ?

— Oui, très bien. » Elle sauta de l'escabeau. Oui, elle se sentait très bien à Princeton. Sauf qu'elle y était clandestine. Sauf qu'elle pensait beaucoup à Rose et à l'horrible chose qu'elle avait faite ; et ce n'était pas ce qu'elle apprenait ici qui l'aiderait à trouver comment arranger les choses.

39

Pendant la semaine qui avait suivi sa promenade avec Mme Lefkowitz, Ella avait réussi à récolter beaucoup d'informations sur sa petite-fille Rose, mais elle n'avait rien trouvé sur Maggie.

« Cette Rose, elle est partout ! » avait remarqué Mme Lefkowitz. Le cyberespace était plein de références à Rose, depuis l'annuaire des élèves inscrits à l'association du tableau d'honneur, jusqu'à un article dans le *Daily Princetonian* qui la mentionnait en illustration du recrutement direct en université. Ella avait appris où Rose avait suivi ses études, dans quel domaine du droit elle se spécialisait, et avait même réussi à trouver son numéro de téléphone à l'aide d'un moteur de recherche spécialisé.

« Elle a bien réussi, constata Mme Lefkowitz alors qu'elles passaient lentement devant les courts de tennis.

— J'ai vu qu'elle avait pris un congé indéterminé. Ça m'inquiète.

— Bah, elle s'offre des vacances, c'est tout. »

Maggie, quant à elle, restait introuvable. Mme Lefkowitz, Ella et Lewis essayèrent toutes les combinaisons possibles : MAGGIE FELLER, MAGGIE MAY

FELLER et même MARGARET FELLER, même si ce n'était pas son nom. Mais ils ne virent pas une seule référence à la cadette. « C'est comme si elle n'existait pas, remarqua Ella, les sourcils froncés. Peut-être... » Elle n'acheva pas : pas question de formuler l'horrible pensée qui la saisissait.

« Mais non, intervint Mme Lefkowitz. Si elle était morte, il y aurait une rubrique nécrologique.

— Vous êtes sûre ? demanda Ella.

— Comment croyez-vous que je me tienne au courant de l'état de santé de mes amis ? » Elle plongea la main dans l'étui qu'elle portait à la taille et en sortit son portable. « Tenez, appelez Rose. Vite, avant de perdre courage. »

Ella songea au visage sérieux de sa petite-fille. « Je ne sais pas... Je voudrais bien mais... Il faut que je réfléchisse. Je ne peux pas me permettre de mal m'y prendre.

— Réfléchir, réfléchir... Ça vous prend trop longtemps. Allez, appelez ! Personne n'est éternel ! »

Ella n'en dormit pas de la nuit, couchée sur sa couette, écoutant les coassements des grenouilles et les coups d'avertisseur. Quand elle se leva, elle se fit une promesse solennelle. « Aujourd'hui ! annonça-t-elle à l'appartement vide. Je l'appelle aujourd'hui. »

Ce matin-là, à l'hôpital, Ella reposa un bébé endormi dans la couveuse et se dirigea vers les cabines téléphoniques en face de la salle d'attente de chirurgie. Elle choisit la plus éloignée des portes et composa le numéro du cabinet de Rose. Pourvu, pourvu que ce soit un répondeur... Elle qui n'avait pas prié depuis la nuit de la disparition de sa fille devint soudain très dévote. S'il vous plaît, mon Dieu, faites que je tombe sur un répondeur...

Et, en effet, ce fut bien un répondeur... mais qui délivrait un message étonnant : « Le numéro que vous avez composé n'est plus attribué chez Lewis, Dommel et Fenick, dit la voix de synthèse. Si vous voulez être mis en relation avec le standard, tapez zéro. » Ella appuya sur le zéro, et en un instant la standardiste fut en ligne. « Ça décoiffe, chez Lewis, Dommel et Fenick.

— Pardon ?

— C'est ce qu'on nous demande de dire au lieu de bonjour, chuchota la réceptionniste. Vous désirez ?

— Je voudrais parler à Rose Feller.

— Je vous mets en ligne », annonça son interlocutrice d'une voix automatique. Le cœur d'Ella fit un bond… Mais ce ne fut pas Rose qui répondit. Une voix morne lui annonça qu'elle parlait à Lisa, l'ancienne assistante de Rose à l'appareil.

« Elle est en congé, expliqua Lisa.

— Je sais, mais je me demandais si je pouvais laisser un message. Je suis sa grand-mère, ajouta-t-elle avec une soudaine fierté qui lui fit presque peur.

— Désolée. Elle n'appelle plus pour prendre ses messages. Elle est partie depuis plusieurs mois.

— Ah, très bien. J'ai son numéro, je vais téléphoner chez elle.

— D'accord.

— Merci. » Après avoir raccroché, elle s'effondra dans un fauteuil de la salle d'attente, à la fois folle de joie et de terreur. Ira avait une sorte de dicton pour ce genre de circonstances… Ah oui ! *Les plus grands voyages commencent par un simple pas*. Il disait cela en général quand il se mettait à une nouvelle fournée de yaourts, mais n'empêche, c'était vrai. Elle avait eu le courage de se lancer, pensa-t-elle. Elle repartit téléphoner, à Lewis cette fois, pour lui apprendre l'incroyable nouvelle. Elle s'était jetée à l'eau. Le processus était enclenché.

40

Si Rose devait reconnaître une qualité à Simon Stein, c'était bien la persévérance.

Le lendemain de leur déjeuner, elle avait reçu chez elle une douzaine de roses, avec une carte : « Je me réjouis de te revoir. PS : mange léger à midi. » Elle espéra qu'il ne se faisait pas d'idées. Son unique vase était trop petit ; elle y serra les roses et les laissa sur le comptoir de la cuisine, où elles donnèrent aussitôt l'air minable à tout ce qui les entourait. Simon était gentil, mais elle ne se sentait pas attirée par lui. Et puis, pensa-t-elle plus tard, pendant les promenades du matin, elle en avait assez de l'amour, et il lui faudrait quelqu'un d'un peu plus charismatique qu'un guide gastronomique ambulant pour changer d'avis.

« Je suis en hiatus amoureux », annonça-t-elle à Pétunia. Même si elle aimait tous les chiens dont elle s'occupait, il fallait admettre qu'elle avait un faible pour la petite chienne grognon.

Pétunia s'accroupit, fit un petit pipi dans le caniveau, grommela deux ou trois fois, puis partit glaner des amuse-gueule sauvages – croûtes de pizza, flaques de bière et os de poulet. « Je trouve que c'est mieux de s'autoriser une coupure de temps en temps », expliqua Rose.

Ce soir-là, elle se rasa les jambes avec soin et inspecta les vêtements qu'elle avait étalés sur le lit. Bien entendu, rien ne convenait. La jupe rouge qui lui avait semblé si mignonne dans la boutique faisait un pli bizarre sur ses hanches ; la robe d'été verte était affreusement froissée ; il manquait un bouton à la jupe en jean, et la jupe longue noire lui donnait l'air de sortir du bureau ou d'être en deuil, ou d'être en deuil au bureau. Maggie n'était jamais là quand on avait besoin d'elle !

« Merde ! » pesta-t-elle. Elle transpirait malgré le déodorant et elle avait déjà cinq minutes de retard. « Merde, merde, merde ! » Elle enfila la jupe rouge, passa un tee-shirt blanc à la hâte et plongea dans sa penderie pour prendre ses escarpins en peau de serpent. Même si elle était habillée n'importe comment, ses chaussures seraient, comme toujours, irréprochables.

Elle chercha de la main sur l'étagère. Bottes, bottes, mocassins, talons, escarpins roses… où étaient ces fichues chaussures ?

« Maggie, gémit-elle, plongée dans un méli-mélo de lanières et de boucles, Maggie, si tu as pris mes chaussures, je te jure sur la tête de… » Mais, avant qu'elle décide ce qu'elle allait faire à sa sœur si jamais elle la revoyait un jour, ses doigts tombèrent sur ce qu'elle cherchait. Elle enfila les escarpins, se saisit de son sac et fonça vers la porte. Elle appuya sur le bouton de l'ascenseur, s'assura que ses clés se trouvaient bien dans son sac et évita soigneusement son reflet dans la porte de l'ascenseur. L'ex-avocate, pensa-t-elle, à la vue de ses jambes, débarrassées de tout poil mais égratignées.

Simon l'attendait en bas de chez elle, vêtu d'une chemise bleue, d'un pantalon de toile et de mocassins marron, l'uniforme de Lewis, Dommel et Fenick les jours où on n'exigeait pas le port du polo d'équipe. Il n'avait malheureusement pas grandi de vingt centimètres depuis la dernière fois et n'était pas devenu un Adonis carré des épaules. Cela ne l'empêcha pas de lui ouvrir la portière du taxi très courtoisement. « Bonjour, dit-il avec un regard approbateur. J'aime beaucoup ta robe.

— C'est une jupe. Où on va ?

— Surprise ! » Il ponctua par un petit hochement de tête confiant, comme un avocat qui rassure son client. Rose elle-même avait usé et abusé de ce geste. « Ne t'en fais pas, je ne vais pas te kidnapper.

— Je m'en doute », dit Rose, encore traumatisée d'avoir reconnu son tic professionnel.

Le taxi s'arrêta dans une portion glauque de South Street. D'un côté de la rue s'étendait un terrain vague entouré d'un grillage qui contenait une jungle de mauvaises herbes, et de l'autre se dressait une maison à moitié calcinée, aux fenêtres condamnées par des planches. Au coin, un petit bistro peint en vert avait pour enseigne un néon annonçant *Chez Bosalo*.

« Tiens, c'est donc ici que tous mes ex se réunissent… » commenta Rose. Simon émit un grommellement qui lui rappela Pétunia. Il lui tint la portière ; ses yeux bleus brillaient comme s'il se moquait d'elle… à moins qu'il ne se réjouisse tout simplement du dîner qui les attendait. Elle remarqua qu'il tenait un sac en papier marron sous le bras. Elle regarda autour d'elle, mal à l'aise, et repéra un groupe de grands gaillards qui se passaient une bouteille ; le trottoir était jonché de morceaux de verre.

« N'aie pas peur », dit Simon. Il lui prit le bras pour la conduire vers le bar… Juste à côté, une porte en bois se découpait dans une palissade, au milieu d'herbes poussiéreuses. Il regarda Rose. « Tu aimes la cuisine jamaïquaine ?

— Est-ce que j'ai le choix ? »

S'il n'y avait pas eu de sentier, Rose aurait pu penser qu'ils s'enfonçaient dans un terrain vague. Ils évitèrent les bouteilles vides, les journaux déchirés, les débris de plastique qui ressemblaient à des préservatifs usagés. De part et d'autre du chemin, l'herbe arrivait au genou, et on entendait au loin des percussions métalliques.

Ils firent le tour du bâtiment, et Rose découvrit avec stupeur que l'arrière du petit bar donnait sur une grande terrasse abritée par une toile orange, et éclairée par une multitude d'ampoules blanches scintillantes. La terrasse était également bordée de torches qui illuminaient un orchestre de trois musiciens sur une estrade. Une odeur de clou de girofle, de piment et de fumée de gril flottait dans l'air, et au-dessus de leur tête, même dans ce quartier sinistre, le ciel était rempli d'étoiles.

Simon la conduisit à une table en bois et lui avança sa chaise. « C'est super, non ? demanda-t-il, enchanté. Qui pourrait se douter qu'il y a un restaurant ici ?

— Comment l'as-tu découvert ? demanda Rose, toujours émerveillée par le ciel.

— Grâce à mon sixième sens. Et aussi, il y a eu une critique dans le journal. » Il tira un pack de bière du sac en papier et mitrailla Rose de questions. Aimait-elle les plats épicés ? Était-elle allergique à la noix de coco ou aux fruits de mer ? Avait-elle une objection morale ou gustative contre la viande de chèvre ? Elle avait l'impression de subir un questionnaire chez un nutritionniste. Elle sourit : oui, elle aimait la nourriture épicée, non, elle n'avait pas d'allergies, et, pourquoi pas, elle voulait bien essayer la chèvre.

« Parfait », conclut Simon. Rose fut soulagée, comme si elle venait de réussir un test. *Ce qui était ridicule*, songea-t-elle. À quel titre Simon Stein lui ferait-il passer des tests, et quelle importance si elle les réussissait ?

Après le curry de chèvre et les crevettes aux épices, après les chaussons au bœuf, le jerk d'ailes de poulet et le riz à la noix de coco, Rose entama sa quatrième bière.

« Parle-moi de quelque chose que tu aimes, demanda Simon.

— Une chose ou une personne ? » Il allait dire « une personne » et elle répondrait « toi », ce qui signifierait à Simon qu'il pouvait l'embrasser. Elle s'était joué le scénario du baiser vers sa troisième bière, et si la soirée se terminait de cette façon, elle ne s'en plaindrait pas. On pouvait trouver plus désagréable que d'embrasser un homme sous les étoiles par une douce soirée de printemps, même si l'homme en question avait bien dix centimètres de moins qu'elle et était obsédé par la nourriture ainsi que par son équipe de softball. Elle l'aimait bien. Vraiment. Donc elle voulait bien l'embrasser.

Mais Simon la surprit. « Une chose. Une chose que tu aimes bien. »

Son sourire ? Cet endroit ? La bière ? Mais Rose eut une autre idée et pêcha son porte-clés dans son sac, le porte-clés tout neuf qu'elle s'était acheté à Tout-à-un dollar, dans Chestnut Street, quand elle commençait à accumuler les clés de sa clientèle. « Ça, j'aime bien. » Elle lui montra la minuscule lampe de poche qui y était accrochée, pas plus grande qu'un bouchon. Ralentie par la bière, elle mit un moment à l'allumer, mais elle finit par lui diriger la lumière en pleine figure. « Ça m'a coûté un dollar.

— Une affaire. »

Rose fronça les sourcils. Se moquait-il d'elle ? Elle prit une nouvelle gorgée de bière. « Parfois, j'ai envie de prendre mon vélo et de traverser le pays.

— Toute seule ? »

Elle s'y voyait déjà : une petite remorque pour transporter Pétunia, une tente à une personne et un sac de couchage. Elle partirait à l'aventure, s'arrêterait pour les repas dans des cafés, pédalerait jusqu'au soir. Elle monterait sa tente près d'une rivière, écrirait son journal (dans ses fantasmes, elle tenait un journal), lirait un roman sentimental et s'endormirait sous les étoiles.

C'était le genre de rêve qu'elle avait après la mort de sa mère. À l'époque, elle voulait un camping-car, très gros, avec tout le confort moderne. Elle adorait ces univers bien agencés avec le lit qui se repliait contre le mur, la petite cuisinière à deux plaques, la douche où on pouvait à peine tenir, la télévision accrochée au plafond. Elle aurait voulu partir avec son père et Maggie, quitter le New Jersey et aller dans une région chaude où les routes n'étaient jamais glissantes, où il n'y avait pas de pierre tombale grise, ni de gendarme à la porte. Phoenix, Arizona ; San Diego, Californie ; Albuquerque, Nouveau-Mexique. Ils s'installeraient dans un endroit ensoleillé où ce serait toujours l'été, avec une odeur d'oranger dans l'air.

Avant de s'endormir, elle roulait ces noms dans sa tête, imaginait le camping-car, imaginait Maggie douillettement installée dans la couchette du bas, et elle, courageuse, qui dormirait en haut ; leur père serait au volant, éclairé par le tableau de bord, beau et heureux. Ils auraient repris leur chien, Caramel, car leur père ne serait plus allergique. Caramel dormirait devant sur un coussin et leur père ne pleurerait plus. Ils rouleraient très loin, loin du souvenir de leur mère, des enfants qui se moquaient d'elle dans la cour d'école, et des enseignants qui désespéraient de Maggie. Ils arriveraient au bord de la mer ; elle et Maggie seraient aussi proches que de grandes amies. Ils nageraient tous les jours, cuisineraient sur un feu de camp et feraient leur nid la nuit dans le camping-car.

« Merci, dirait son père. Quelle bonne idée tu as eue là, Rose ! Tu nous as sauvé la vie ! » Et ce serait une évidence, comme la chaleur du soleil, la sensation de sa propre peau, le poids de ses os.

Elle leur sauvait la vie à tous les trois, et puis elle s'endormait, rêvait de lits superposés, rêvait de faire la roue sur le sable devant un océan qu'elle n'avait jamais vu.

« Tu ne te sentirais pas trop seule ? demanda Simon.

— Seule ? » répéta Rose. Elle ne savait plus trop de quoi il parlait, encore perdue dans sa rêverie. Un jour, elle avait trouvé une annonce pour un camping-car d'occasion dans un journal de quartier et l'avait montrée à son père. Il l'avait regardée avec perplexité : « Tiens, quelle drôle d'idée ! »

« Tes amis ne te manqueraient pas ? demanda Simon.

— Je n'ai pas besoin… » Elle s'interrompit juste à temps, soudain mal à l'aise. La musique était trop forte, elle se sentait devenir toute rouge. Elle avala une gorgée d'eau, tenta de se rattraper. « Je suis très indépendante. J'aime bien être seule.

— Ça ne va pas ? Tu ne te sens pas bien ? Tu voudrais une boisson au gingembre ? Ils en font. C'est excellent pour les brûlures d'estomac. »

Rose fit signe qu'elle ne voulait rien, puis se cacha le visage dans les mains. Elle se voyait avec son père et sa sœur sous l'auvent, grillant des saucisses sur la plage, dans leur sac de couchage, installés dans leur petite maison comme des chenilles dans leur cocon. Elle avait tellement voulu que le rêve se réalise… mais, finalement, Sydelle lui avait volé son père, et lui ne s'était plus intéressé qu'à la Bourse et au foot. Quant à Maggie…

Elle gémit ; elle devait flanquer une trouille bleue à Simon, mais elle était incapable de se retenir. *Maggie…*, songea-t-elle. Elle avait cru pouvoir la sauver. Et, pour finir, elle ne savait même pas où était sa propre sœur.

Elle poussa encore un petit gémissement et sentit le bras de Simon se poser sur ses épaules.

« Que se passe-t-il ? Tu crois que c'est un empoisonnement alimentaire ? » Il lui parlait avec une telle sollicitude… « Tu veux un peu d'eau ? J'ai de l'Alka-Seltzer… »

Rose releva la tête. « Ça t'arrive souvent quand tu sors avec une fille ?

— Non, pas très… Mais une ou deux fois, peut-être. » Il la dévisagea anxieusement. « Ça va ?

— Oui, ça n'a rien à voir avec ce qu'on a mangé. Je vais bien.

— Alors qu'est-ce qui t'arrive ?

— Je… je pensais à quelqu'un.

— À qui ? »

Rose dit la première chose qui lui venait à l'esprit. « À Pétunia. C'est un chien dont je m'occupe. » Simon ne se moqua pas d'elle, n'eut même pas un sourire, ne la regarda pas comme si elle était folle et elle lui en fut infiniment reconnaissante. Il se leva, plia sa serviette, laissa un pourboire de dix dollars sur la table et dit : « Viens, on n'a qu'à aller la chercher. »

« Mais c'est n'importe quoi, murmura Rose.

— Chut !

— On pourrait avoir des ennuis.

— Pourquoi ? Tu vas la promener le samedi. On est samedi, non ?

— On est encore vendredi soir.

— Il est… (Il regarda sa montre.)… minuit cinq. »

Rose fit une grimace. Ils étaient dans l'ascenseur de l'immeuble de Pétunia, seuls dans la cabine. « Tu veux toujours avoir raison, hein ?

— Je préfère. »

Cette réponse sembla tellement hilarante à Rose qu'elle fut prise d'un fou rire. Simon lui posa la main sur la bouche. « Chut… » souffla-t-il.

Rose chercha dans le trousseau accroché à son porte-clés-lampe de poche et trouva la clé avec l'étiquette « Pétunia ». Elle la tendit à Simon.

« Bon, dit Simon, voilà ce qu'on va faire : j'ouvre la porte. Toi, tu éteins l'alarme. J'attrape la chienne. Où tu crois qu'elle va être ? »

Rose réfléchit. Elle avait l'esprit très embrumé. Après toutes les bières au restaurant, ils étaient allés dans un bar pour mettre au point l'opération Pétunia et avaient carburé à la vodka. « Je ne sais pas, finit-elle par répondre. Quand je vais la chercher, en général elle est sur le divan, mais je ne sais pas où elle dort quand ses maîtres sont là.

— Bon, je m'en occupe. »

Rose était prête à lui laisser l'initiative. Elle n'avait pas tout suivi, mais elle était sûre qu'il n'avait pas bu autant qu'elle.

« Laisse ? » demanda Simon. Rose sortit de sa poche les deux lacets noués qu'ils avaient ôtés des chaussures de Simon dans le bar. « Friandise ? » Rose prit dans son sac la farce au bœuf enveloppée dans une serviette de papier graisseuse. « Petit mot ? » Rose lui tendit une autre serviette sur laquelle, après trois brouillons, ils avaient écrit une explication qu'ils trouvaient à peu près plausible : « Chère Shirley, j'étais dans le quartier et je me suis dit que je promènerais Pétunia un peu plus tôt que prévu. »

Simon prit Rose par les épaules et la regarda droit dans les yeux avec un sourire. « Prête ? » Rose hocha la tête. Simon se pencha et l'embrassa sur la bouche. « Allez, on y va », dit-il. Mais Rose était tellement suffoquée par l'intensité du baiser qu'elle resta pétrifiée. Simon ouvrit la porte et l'alarme hurla.

« Rose ! » souffla-t-il. Elle se précipita dans l'appartement et tapa le code à toute vitesse. Pétunia déboula du salon en aboyant frénétiquement avant de s'arrêter en dérapage contrôlé sur le parquet.

Shirley arriva derrière son chien, son portable dans la main.

« Ah, Simon, c'est toi ! Tu ne frappes plus ? »

Rose ouvrit des yeux ronds, regarda d'abord Simon, puis Shirley, et enfin Pétunia, qui essayait de sauter dans les bras de Simon. Ce dernier l'observait, amusé. « Rose, je te présente ma grand-mère. Nanna, tu connais Rose, non ?

— Bien sûr que je connais Rose, s'impatienta Shirley. Pétunia, arrête ce cirque ! » Pétunia s'assit, langue pendante. Interdite, Rose les regardait toujours sans comprendre.

« Alors tu… tu connais Pétunia ? finit-elle par demander.

— Oui, depuis qu'elle est grande comme ça », confirma-t-il. Il montra entre ses mains la taille d'une tasse à thé.

« Et vous, vous connaissez Simon, ajouta Shirley en s'adressant à Rose.

— Oui, on travaillait ensemble.

— Parfait. Donc, puisque tout le monde se connaît, est-ce que je peux retourner me coucher ? »

Simon l'embrassa sur le front.

« Merci, Nanna, dit-il avec affection. Désolé de t'avoir réveillée. »

Shirley marmonna quelque chose que Rose ne saisit pas, puis les laissa seuls dans l'entrée. Pétunia, toujours assise, agitait joyeusement la queue.

« Qu'est-ce qu'elle a dit ? » murmura Rose.

Simon lui fit un grand sourire. « Je crois qu'elle a dit : "Tu y as mis le temps."

— Mais comment ?… Mais quand ?… »

Simon sortit la laisse de Pétunia du tiroir où Shirley la rangeait, toujours souriant. « Allons faire un tour », proposa-t-il. Il prit la laisse dans une main, la main de Rose dans l'autre, et les fit monter dans son appartement. Là, Pétunia couchée au pied du lit, Rose et Simon restèrent sur la couette bleue à s'embrasser en chuchotant jusqu'au lever du jour.

41

Maggie sortit de la douche, se sécha et s'habilla, se fit une queue-de-cheval, jeta un dernier coup d'œil pour s'assurer qu'elle laissait tout en ordre, puis referma doucement la porte. Elle avait décidé de tout raconter à Charles. Le mieux serait de présenter son histoire comme une pièce de théâtre qu'elle voulait écrire. *Il était une fois une fille qui avait fugué à l'université.* Selon la réaction de Charles, elle verrait si elle avait envie de lui dire que c'était la vérité. Elle ouvrit la porte de la Pièce des livres malades et se cogna à quelqu'un. Josh. Le Josh de sa première nuit à Princeton. Il l'attendait dans le noir, furieux, son sac à dos à la main.

Muette de terreur, elle recula contre le mur. Josh n'était plus ni soûl ni fasciné par ses charmes. Il avait plutôt l'air d'avoir envie de l'étrangler, ou au moins de lui faire très mal. *Le théorème des flirts mal barrés*, pensa Maggie. Comment s'était-il introduit dans la bibliothèque fermée ? Il avait dû se cacher. Ils étaient seuls dans ce sous-sol désert…

La situation se présentait mal, très mal.

« Bonjour, bonjour », dit-il doucement. Il passa le pouce sur le tatouage de Maggie, celui qui disait

« Maman ». C'était sans doute celui qui l'avait le plus marqué cette nuit-là dans son lit. « Petite M, tu as pris des choses qui m'appartiennent, je crois.

— Je vais te rendre ton argent, souffla Maggie alors qu'il se collait à elle, si près que leurs nez se touchaient. C'est dans mon sac. Je ne l'ai même pas dépensé. Je vais te le rendre tout de suite... » Elle eut un frisson de dégoût quand les mains de Josh se posèrent sur elle pour l'empêcher de bouger, et elle étouffa un cri. Elle se débattit mais il la tenait trop fort et lui murmurait des choses horribles.

« Qu'est-ce que tu fous ici ? Tu n'as rien à faire dans cette université. Tu n'as pas le droit de vivre ici. Allez, j'attends une explication.

— Je vais te rendre ton argent. Lâche-moi ! »

Elle essaya encore de le repousser, mais peine perdue. Il la coinçait, la serrait contre le mur glacé et rugueux de la bibliothèque. Il lui parlait sous le nez pendant qu'elle se contorsionnait pour lui échapper. Son ton autoritaire se fit doucereux.

« Peut-être que je devrais te laisser te racheter d'une autre façon, dit-il en la déshabillant du regard. Je ne me souviens pas très bien de ce qui s'est passé l'autre nuit, mais j'ai l'impression que tu m'as laissé en plan. Ici, on est tout seuls. On pourrait s'éclater. »

Avec un gémissement, Maggie redoubla ses efforts pour lui échapper. « Laisse-moi..., supplia-t-elle.

— Et pourquoi ? » Il était très rouge, ses cheveux blonds tombaient sur son front, et il l'arrosait de postillons. « Tu es dans la merde, et pas qu'un peu. J'ai fouillé ton sac. Trois cartes d'étudiant. Chapeau ! Mes cartes de crédit, bien sûr, et beaucoup d'argent. Où as-tu trouvé tout ça ? Tu as arnaqué combien d'autres mecs ? Tu dors dans la bibliothèque ? Tu sais ce qui t'arriverait si j'appelais la sécurité ? Ou la police ? »

Maggie baissa la tête et se mit à pleurer. Ses menaces, sa façon de lui immobiliser les mains, tout cela lui faisait autant violence que l'agression des deux hommes à la fourrière. Elle avait très peur. Rien n'était plus humiliant, ni plus injuste. Quel était son crime, après tout ? Qu'avait-elle pris ? De la nourriture dont elle n'avait privé personne ; des livres qui traînaient n'importe où ; des vêtements récupérés aux objets trouvés ; des sièges vides dans des salles de cours où les professeurs enseignaient quel que soit le nombre d'étudiants.

Maggie releva la tête. « Bon, ça va. Ça suffit. » Elle s'obligea à sourire. « C'est bon, d'accord », murmura-t-elle. Elle mobilisa tout son charme, tout le sex-appeal qu'elle avait étouffé sous des sweat-shirts pendant le semestre. Son sourire se fit aussi sucré qu'un nappage au caramel sur de la glace à la vanille. « Je ferai tout ce que tu voudras. » Malgré toute sa volonté, sa voix avait tremblé, et Maggie pria le ciel qu'il ne s'en rende pas compte. Pourvu que ses appas suffisent à distraire son attention…

Josh la lâcha et s'essuya les mains sur son jean. Elle saisit sa chance : elle attrapa son sac à dos et le frappa au visage. Il recula, et elle en profita pour lui donner un grand coup de pied dans le tibia. Il se plia en deux avec un cri, et elle prit la fuite.

Elle grimpa à toutes jambes les trois étages qui la séparaient du rez-de-chaussée et poussa la lourde porte de verre, ce qui déclencha l'alarme. Elle traversa la cour au pas de course pendant que la sirène hurlait. La tête vide, elle volait comme le vent. Il faisait très doux et le campus était plein d'étudiants en short et tee-shirt qui se promenaient sur les sentiers, paressaient sous les saules pleureurs, s'interpellaient par les fenêtres ouvertes. Maggie se sentait toute nue, comme si elle portait une pancarte qui disait : « JE N'AI PAS LE

DROIT D'ÊTRE LÀ ». Elle maintint l'allure malgré un horrible point de côté, sortit du campus et continua sa course vers la station de bus de Nassau Street. *Pitié, pitié, faites que je l'attrape*, pria-t-elle en voyant arriver un bus. Elle sauta à bord et s'assit enfin, son sac sur les genoux. Son cœur martelant ses côtes à un rythme infernal.

Il faut que j'aille chez Corinne, pensa-t-elle. Je vais chez Corinne et je trouve un moyen de la convaincre de me laisser entrer, même si on est en pleine nuit. Maggie s'appuya au dossier et ferma les yeux très fort. Elle était revenue à son point de départ : de nouveau, elle devait trouver un endroit où se réfugier. Elle sortit son portable et trouva le courage de composer le numéro de sa sœur. Il était tard. On était en semaine. Rose serait chez elle. Elle saurait quoi lui conseiller.

Sauf que Rose ne répondit pas. « Bonjour, vous êtes bien chez Rose Feller, services de garde animalière. Merci de laisser vos coordonnées, le nom de votre animal, et les dates concernées, je vous rappellerai dès que possible. » Quoi ? Faux numéro, pensa Maggie. Elle recommença mais tomba sur le même message. Cette fois, après le signal sonore, elle ouvrit la bouche. « Rose… Je suis… » Je suis quoi ? Je suis encore dans la merde ? J'ai encore besoin de toi… ? Elle rangea son téléphone. Elle se débrouillerait toute seule.

« Maggie ? demanda Corinne, mal assurée, sur le pas de sa porte. Quelle heure est-il ? Que se passe-t-il ?

— Il est tard… Il y a eu… J'ai… » Elle respira un bon coup. « Est-ce que je pourrais rester chez vous quelques jours ? Je vous paierai un loyer. Je ferai le ménage pour rien…

— Il est arrivé quelque chose ? »

Que pouvait-elle lui raconter ? Qu'elle s'était disputée avec sa camarade de chambre ? Lui avait-elle dit qu'elle partageait une chambre ou qu'elle était seule ? Elle ne s'en souvenait pas. Et si ce salaud de Josh la suivait jusqu'ici ? Après tout, il avait découvert qu'elle dormait dans la bibliothèque. Peut-être savait-il aussi où elle travaillait.

« Maggie ? » Corinne fronçait les sourcils. Elle n'avait pas ses lunettes noires, et ses yeux bleus roulaient comme ceux d'un poisson.

« Ça ne va pas…

— Oui, j'avais compris », rétorqua Corinne. Elle l'emmena à la cuisine, se guidant du bout des doigts le long du mur. Maggie s'assit à table pendant que Corinne remplissait la bouilloire, allumait le gaz et prenait deux mugs et deux sachets de thé sur une étagère.

« Alors, que se passe-t-il ?

— C'est difficile à dire…, murmura Maggie.

— Ce n'est pas une histoire de drogue, au moins ? »

Maggie fut si surprise par sa véhémence qu'elle se mit à rire. « Non, j'ai juste besoin d'un endroit tranquille… Je… je suis complètement stressée, et c'est tellement calme, chez vous.

Elle avait bien trouvé. Corinne comprit tout de suite. Rassurée, elle sucra le thé et apporta les tasses sur la table. « La période des examens est dure, hein ? Je me souviens d'avoir eu beaucoup de mal, à mon époque. Les résidences étaient horriblement bruyantes, et la bibliothèque était pleine à craquer. Ne vous en faites pas. Vous pouvez choisir la chambre que vous voudrez au deuxième étage. Tout est propre, non ?

— Oui, tout est propre. » Elle avait fait le ménage elle-même. Elle but son thé, essaya de calmer les battements de son cœur. Un plan. Il lui fallait un nouveau plan d'action. Elle allait rester quelques jours. Il lui faudrait des affaires neuves ; elle avait quelques vêtements de rechange et des sous-vêtements dans son sac à dos, mais tout le reste était au troisième sous-sol de la bibliothèque. Et ensuite, où irait-elle ? Pouvait-elle retourner demander de l'aide à son père ou à Rose ? Accepteraient-ils de lui pardonner ? Et, surtout, avait-elle envie de les voir ?

Elle se revit assise au fond du cours de poésie, le jour où elle avait expliqué le poème. Elle pensa à Charles, à son visage, à la mèche qui lui tombait sur le front quand il parlait de Shakespeare, de Strindberg. Elle se souvint de la fois où elle avait vu John Malkovich sur scène. Personne à Princeton n'avait deviné qu'elle était une ratée, une fille en situation d'échec, la honte de la famille. À Princeton, on l'avait prise pour une étudiante normale. Et maintenant, c'était fini.

Elle ravala ses larmes. Surtout, ne pas pleurer. Elle arriverait à s'en sortir. D'abord, il fallait rester un peu en planque. Ensuite elle partirait. Elle ne pouvait pas retourner sur le campus tant que ce mec s'y trouvait, et une fois les étudiants rentrés chez eux, de toute façon elle serait obligée de partir parce qu'il n'y aurait plus de population dans laquelle se fondre. Alors, que faire ?

« Maggie ? » Elle releva la tête sans répondre. « Vous avez de la famille ? Vous voulez téléphoner à quelqu'un ? »

Maggie eut plus que jamais envie de pleurer, mais à quoi bon ? « Non, dit-elle d'une toute petite voix. Je n'ai personne.

— Vraiment personne ? »

Maggie pensa à son sac à dos, aux billets entourés par un élastique tout au fond d'une poche zippée. Elle entendit Josh lui dire : « J'ai fouillé dans ton sac à dos. » Elle attrapa son sac et ouvrit la poche fébrilement. Il n'y avait plus d'argent. Il n'y avait plus non plus ni cartes d'étudiant ni cartes de crédit. Il n'y avait plus que les vêtements, les livres, et… Ses doigts rencontrèrent le carton ramolli de la carte de vœux. Elle l'ouvrit et la relut pour la centième fois : la petite phrase, la signature et le numéro de téléphone.

« J'ai une grand-mère », dit-elle d'une voix tremblante.

Corinne eut l'air rassurée. « Allez vous coucher. Prenez la chambre que vous voudrez. Vous l'appellerez demain matin. »

Et donc, le lendemain matin, au milieu de la cuisine ensoleillée de Corinne, Maggie fit le numéro de téléphone que sa grand-mère avait envoyé presque vingt ans plus tôt. Le téléphone sonna longtemps. Maggie pria de toutes ses forces que quelqu'un réponde.

Et elle fut exaucée.

Rose se réveilla à 5 heures du matin dans un lit inconnu, le cœur battant. *Maggie*, pensa-t-elle. Elle avait rêvé de Maggie.

« Maggie », dit-elle tout haut. Mais, au moment où elle prononça son nom, tandis qu'elle se réveillait peu à peu, elle ne fut plus sûre qu'il s'agissait bien de Maggie. Elle avait vu une femme qui courait dans la forêt. C'était tout. Une femme au regard terrorisé, qui hurlait, fuyant à travers un sous-bois dont les branchages avançaient comme des bras pour l'attraper.

« Maggie », répéta-t-elle. Pétunia la regarda, puis, comme il n'y avait pas de danger immédiat ni de repas en perspective, elle referma les yeux. Rose s'assit au bord du lit, mais Simon posa la main sur sa hanche.

« Chut… » dit-il. Il s'enroula contre son dos et l'embrassa sur l'épaule. « Qu'est-ce qui ne va pas ? » Il frotta le visage contre elle et elle sentit ses cheveux frisés dans son cou. « Tu as fait un mauvais rêve ?

— Oui, j'ai rêvé de ma mère », dit Rose d'une voix très rauque, une voix encore endormie, comme si elle était sous l'eau. Mais était-ce bien cela ? Sa mère, Maggie… Ou alors c'était elle qui courait entre les arbres, trébuchait sur les racines, tombait à quatre pattes puis se relevait pour reprendre la fuite. Mais qui fuyait-elle ? Où allait-elle ? « Ma mère est morte, tu sais. Je te l'ai dit ? Je ne sais plus. Elle est morte quand j'étais petite.

— Attends, je reviens », murmura Simon. Il se leva et elle l'entendit aller dans la cuisine. Il revint une minute plus tard, dans son ridicule pyjama à rayures, avec un verre d'eau. Elle le but avec reconnaissance pendant qu'il se recouchait et éteignait la lumière. Puis il la serra, délicatement, comme si elle était un objet rare et précieux.

« C'est triste, pour ta mère. Tu me racontes ?

— Pas maintenant.

— Tu peux tout me dire, tu sais. Je vais te protéger, je te le promets. » Mais Rose ne lui parla pas de sa mère cette nuit-là. Elle se contenta de fermer les yeux et de laisser le sommeil revenir.

Ella était assise à sa table, occupée à établir une liste des centres de santé gratuits pour la *Gazette de Golden Acres* quand le téléphone sonna.

« Allô ? » dit-elle.

Pas de réponse… mais un souffle à l'autre bout du fil.

« Allô ? répéta-t-elle. C'est vous, madame Lefkowitz ? Vous n'êtes pas malade ? »

Une voix de femme, jeune, lui répondit. « Je suis bien chez Ella Hirsch ? »

Encore du démarchage, pensa Ella. « Oui, c'est moi-même. »

Un silence. « Vous avez bien eu une fille qui s'appelait Caroline ? »

Ella éprouva un choc. « Oui, ma fille s'appelle Caroline, répondit-elle. Enfin… s'appelait…

— Bon, dit la voix. Vous ne me connaissez pas, mais je m'appelle Maggie Feller.

— Maggie ! » La réaction d'Ella fut immédiate, un mélange de soulagement, de joie et de terreur comme toujours quand elle prononçait le nom de ses petites-filles. « Maggie, je t'ai téléphoné. Enfin, j'ai appelé ta sœur… Est-ce qu'elle a eu mon message ? Elle t'en a parlé ?

— Non… Écoutez, on ne se connaît pas, et il n'y a aucune raison pour que vous acceptiez de m'aider, mais j'ai des ennuis, de gros ennuis…

— Bien sûr que je vais t'aider », répondit aussitôt Ella. Elle ferma les yeux très fort, des espoirs fous en tête, pendant que Maggie lui expliquait ce qu'elle attendait d'elle.

Troisième partie

« JE PORTE TON CŒUR EN MOI… »

42

Rose ne souffrit jamais plus cruellement de l'absence de sa mère que pendant ses fiançailles avec Simon. Leur premier dîner avait eu lieu en avril. En mai, ils se voyaient quatre ou cinq fois par semaine. Dès juillet, Simon avait pratiquement emménagé chez Rose. En septembre, il l'avait ramenée Chez Bosalo, avait plongé sous la table en faisant semblant de ramasser sa serviette, et reparu, un écrin de velours à la main. « Tu vas trop vite », avait protesté Rose, incrédule. Mais Simon l'avait regardée très sérieusement et répondu : « C'est toi la femme de ma vie. »

Le mariage était programmé pour le mois de mai suivant, et on était déjà en octobre, ce qui voulait dire, comme les vendeuses le faisaient aimablement remarquer, que Rose était en retard pour le choix de sa robe : « Vous ne vous rendez pas compte du temps qu'il faut pour commander une robe. » À quoi Rose se retenait de rétorquer : « Et vous, vous savez le temps qu'il m'a fallu pour trouver un mari ? »

« C'est l'horreur, grogna-t-elle en s'obstinant à enfiler des collants qu'elle venait tout juste de filer.

— Tu veux que j'appelle Amnesty International ? » suggéra Amy.

Rose envoya valser ses mocassins dans un coin de la cabine capitonnée de rose et fermée par un rideau de dentelle. Elles étaient dans une « Boutique de la mariée », qui sentait le pot-pourri à la lavande, avec, en fond sonore, d'insupportables chansons d'amour. Rose étouffait dans un bustier qui lui remontait les seins jusque sous le menton et lui rentrait dans les côtes. La vendeuse l'avait obligée de surcroît à mettre une gaine qu'elle avait diplomatiquement présentée comme une culotte de maintien. Mais une gaine était une gaine, surtout quand elle vous empêchait de respirer. « La silhouette de base est fondamentale », avait soutenu la vendeuse, l'air de dire : *Toutes mes autres futures mariées ont compris ça tout de suite, elles.*

« Tu ne sais pas le calvaire que j'endure », gémit Rose.

La vendeuse prit une robe à bras-le-corps et la lui présenta. « Allez-y, plongez. »

Rose replia les bras le long du corps, se plia en deux, le souffle coupé par l'élastique renforcé de sa gaine, et passa la tête par l'ouverture. La jupe bouffante lui tomba jusqu'aux chevilles et Rose enfila péniblement les bras dans les manches. La vendeuse entama la remontée de la fermeture dans le dos.

« Un calvaire à quel point de vue ? » demanda Amy.

Rose lâcha le nom de la personne qui lui avait empoisonné ses deux premiers mois de fiançailles, et qui était bien partie pour continuer jusqu'au mariage. « Sydelle.

— Aïe !

— C'est peu de le dire. Ma marâtre a décidé de devenir ma meilleure amie. »

Quand Rose et Simon étaient allés dans le New Jersey pour annoncer la bonne nouvelle à Michael Feller et à sa femme, Michael avait serré sa fille dans ses bras et donné une accolade à Simon ; Sydelle, elle, était restée pétrifiée. « Mais c'est merveilleux », était-elle finalement parvenue à articuler tandis que ses énormes narines se dilataient comme si elle allait inhaler la table basse. « C'est merveilleux ! » Dès le lendemain, elle avait invité Rose à prendre le thé et s'était proposée pour organiser le mariage. « Sans vouloir me vanter, chérie, tout le monde parle encore du mariage de Ma Marcia. » Étonnée que, pour une fois, Sydelle ne la critique pas sur ses vêtements, sa coiffure ou son régime alimentaire, elle avait accepté. Donc, la main encore mal habituée à sa toute nouvelle bague de fiançailles, elle était allée au Ritz-Carlton pour prendre le thé avec sa belle-mère.

« Ç'a été horrible », confia-t-elle à Amy. Elle avait repéré Sydelle, assise à une table, une théière et deux tasses à bord doré devant elle. Elle était effrayante, comme d'habitude. Ses cheveux étaient cartonnés de laque, sa peau brillante et tirée comme du film alimentaire. Son maquillage était irréprochable, ses accessoires tous énormes et en or, et elle portait la veste en cuir marron que Rose avait admirée dans la vitrine de Joan Shepp quelques instants plus tôt.

« Rose, roucoula-t-elle, tu es magnifique. » Bien sûr, le regard qu'elle posait sur la jupe kaki et la queue-de-cheval de sa belle-fille démentait ses paroles. « Maintenant, attaqua-t-elle après quelques banalités, passons aux choses sérieuses. As-tu pensé à ta palette de couleurs ?

— Euh… » répondit Rose.

Sydelle n'avait pas besoin de plus d'encouragements. « Bleu marine, décréta-t-elle. Le bleu marine, c'est le dernier cri. C'est très, très chic. Très tendance. Je verrais bien… » Elle ferma les yeux, offrant à Rose une vue imprenable sur le dégradé brun, taupe et mastic de son ombre à paupières. «… Je verrais bien les demoiselles d'honneur en robe fourreau bleu marine toutes simples…

— Je n'aurai pas de demoiselles d'honneur. Il n'y aura qu'Amy. »

Sydelle leva un sourcil artistiquement épilé. « Et Maggie ? »

Rose baissa les yeux sur la nappe de lin rose. Elle avait reçu un message très bizarre de Maggie quelques mois plus tôt. Un seul mot, enfin plutôt trois : son nom, Rose, suivi de *Je suis*. Depuis, aucunes nouvelles. Toutes les deux ou trois semaines, Rose appelait le portable de sa sœur et raccrochait dès qu'elle entendait « Allô ». « Je ne sais pas », dit-elle.

Sydelle soupira. « Parlons des tables. Je verrais bien des nappes bleu marine avec des serviettes blanches, ça ferait maritime, très frais, et des delphiniums… ou ces magnifiques marguerites géantes, des gerberas… ou, non… Non. » Elle secoua la tête, comme si Rose l'avait contredite. « Non, des roses roses. Tu imagines ? Des masses de roses roses dans de grands bols en argent. » Elle sourit, enchantée de son idée. « Des roses pour Rose ! Ça tombe sous le sens !

— Quelle bonne idée ! » approuva Rose. En effet, cela pouvait être pas mal. « Mais, euh… pour les demoiselles d'honneur…

— Bien sûr, continua Sydelle, tu vas demander à Ma Marcia d'en être, je suppose. »

Rose était très ennuyée. Surtout pas Ma Marcia.

« Elle serait très honorée, j'en suis sûre, reprit Sydelle d'un ton mielleux.

— C'est-à-dire que… je… je… » *Allez, courage !* « Je préfère qu'il n'y ait qu'Amy. Je voudrais une cérémonie vraiment simple. »

Sydelle pinça les lèvres et enfla les narines.

« Marcia pourrait peut-être lire quelque chose, proposa Rose pour donner un os à ronger à sa belle-mère.

— Comme tu voudras, chérie, répliqua Sydelle, glaciale. Après tout, c'est ton mariage. »

Cette phrase, Rose l'avait répétée cent fois à Simon la veille au soir pour se rassurer.

« Après tout, c'est notre mariage, avait-elle marmonné pour la cent unième fois, la tête dans les mains. Mais j'ai vraiment peur d'avancer vers le dais nuptial avec un peloton composé de Ma Marcia et de ses cinq meilleures amies en uniforme bleu marine derrière moi.

— Comment ? Tu ne veux pas de Ma Marcia ? demanda Simon d'un air candide. Elle a tellement de classe ! Il paraît qu'à son mariage elle a acheté une robe Vera Wang en 36 et qu'elle a dû la faire rétrécir.

— Oui, moi aussi, j'ai entendu dire ça… » murmura Rose.

Simon lui prit les mains. « Mon amour, c'est notre mariage. Nous ferons ce que nous voudrons. Tu peux avoir autant, ou aussi peu, de demoiselles d'honneur que tu voudras, c'est toi qui décides. »

Ce soir-là, Rose et Simon avaient dressé la brève liste de ce qu'ils voulaient (des plats délicieux, un orchestre d'enfer), et de ce qu'ils ne voulaient pas (une cérémonie guindée, un lancer de jarretière, Ma Marcia).

« Et pas de danse des canards ! avait ajouté Simon le lendemain matin dans la rue en partant travailler.

— Il y aura des roses ! lui avait crié Rose alors qu'il s'éloignait, dans son costume-cravate bleu. Des bols en argent qui déborderont de roses roses ! Ce sera joli, non ? »

Rose avait vaguement saisi au vol le mot « allergique » tandis qu'il courait pour attraper son bus. Elle avait poussé un soupir et était remontée chez elle pour téléphoner à Sydelle. À la fin de la conversation, elle avait accepté que tous les proches soient en bleu marine, que les nappes soient blanches, que Ma Marcia lise un poème de son choix, et aussi de se rendre chez le fleuriste de Sydelle la semaine suivante.

« Quel genre de femme peut bien parler de “mon” fleuriste ? » demanda Rose à Amy.

Après avoir fait le tour des vitrines où étaient exposés les chapeaux, Amy venait de sélectionner une toque brodée de perles et de se la poser sur la tête. « Celles qui se la jouent », répondit-elle. Elle fixa un long voile scintillant sur la tête de Rose. « Oh ! Que c'est joli ! » Elle trouva le même voile et l'essaya sur sa toque. « Allez, viens », dit-elle en entraînant Rose vers le miroir.

Rose s'examina dans la septième et dernière robe de sa sélection. Des tourbillons de dentelles bouillonnaient autour de ses jambes. Un bustier miroitant lui enserrait les deux tiers de la poitrine tout en bâillant à l'arrière. Des manches brodées rigides comme des plâtres lui tenaient les bras. Rose était au désespoir. « Regarde ça ! Je ressemble à un char du carnaval ! »

Amy éclata de rire. La vendeuse les fusilla du regard. « Vous vous rendriez peut-être mieux compte avec des chaussures.

— Apportez plutôt un feu d'artifice, marmonna Amy.

— Je pense… » commença Rose. Sa mère lui manquait terriblement. Une mère prendrait la situation en main. Elle éliminerait cette horreur d'un simple mouvement de tête. Elle dirait : « Ma fille veut une cérémonie très simple », ou « il lui faut une robe bustier », ou une robe princesse, ou une guêpière. Elle connaîtrait tous ces termes à coucher dehors alors que, même après des semaines d'efforts, Rose n'arrivait toujours pas à les retenir. Une mère la libérerait de cette meringue monstrueuse, la sauverait de toutes les fêtes prénuptiales, thés, cocktails et dîners que Rose exécrait. Une mère aurait poliment fait ravaler toutes ses suggestions à Sydelle Feller.

« Je la trouve horrible, lâcha finalement Rose.

— Dommage, fit la vendeuse, vexée.

— Peut-être un modèle un peu moins chichiteux ? » suggéra Amy. La vendeuse pinça les lèvres et disparut dans la réserve.

Rose s'effondra sur une chaise dans un grand bruissement de toile qui se dégonfle. « On devrait partir se marier en douce.

— Je t'aime beaucoup, mais pas à ce point..., protesta Amy. Et il n'est pas question que tu me prives du plaisir de me mettre un nœud bouffant sur les fesses. » Dès que Rose lui avait annoncé son mariage – juste avant le décret de Sydelle sur le bleu marine –, Amy était partie en expédition dans la meilleure friperie de Philadelphie et avait déniché une robe saumon froufroutante, ornée d'énormes boucles en écaille sur les épaules et d'un nœud en tournure gros comme un arrière de bus. Elle avait aussi rapporté à Rose, comme cadeau de fiançailles, une grosse bougie ivoire incrustée de fausses perles, portant la phrase « J'épouse mon meilleur ami » en lettres dorées. « Tu ne vas pas mettre ça ! » avait protesté Rose. Amy avait haussé les épaules et prétendu que, en tant que demoiselle d'honneur, elle se devait de laisser le privilège de la beauté à la mariée.

Amy s'approcha d'elle et lui passa un bras autour des épaules. « Ne t'affole pas. On va en trouver une belle. On ne fait que commencer ! Si c'était si facile, pourquoi crois-tu qu'il y aurait toute cette flopée de magazines entièrement consacrés aux robes de mariée ? »

Rose quitta sa chaise. Du coin de l'œil, elle avait vu revenir la vendeuse, les bras débordant de soie et de satin. « Elle n'est peut-être pas si mal que ça, cette robe, murmura-t-elle.

— Non, trancha Amy. Non, elle est monstrueuse.

— Par ici, s'il vous plaît », appela la vendeuse d'une voix sèche.

Rose souleva sa jupe et réintégra la cabine, tirant sur sa traîne pour la faire entrer derrière elle.

43

Ella endura sans rien dire presque tout un été de mutisme de la part de sa petite-fille, mais un jour elle craqua.

Maggie était arrivée en mai, le lendemain de leur conversation téléphonique. Oui, c'était bien sa petite-fille au bout du fil. Non, elle n'était ni blessée ni malade, elle avait juste besoin d'un refuge pour quelque temps. Elle trouverait sûrement un petit boulot très vite ; Ella ne devait pas avoir peur qu'elle vive à ses crochets. Malgré les centaines de questions qu'elle aurait voulu lui poser, Ella s'en était tenue à l'essentiel, à savoir comment faire venir Maggie du New Jersey en Floride. « Tu as un moyen d'aller à Newark ? » avait-elle demandé quand d'un coin de sa mémoire avait jailli le nom du plus grand aéroport du New Jersey. « Rappelle-moi dès que tu seras là-bas. Je vais téléphoner aux compagnies aériennes pour voir lesquelles ont des vols directs. Il y aura un billet pour toi au guichet. »

Huit heures plus tard, Ella et Lewis étaient allés la chercher à l'aéroport de Fort Lauderdale. Là, accrochée à son sac à dos, chiffonnée, épuisée et inquiète, les attendait Caroline.

Après un terrible moment de flottement, Ella avait bien vu que ce n'était pas Caroline, évidemment, mais la ressemblance était frappante. Maggie avait les mêmes yeux foncés ; ses cheveux retombaient de la même manière sur son front ; ses joues, ses mains, son cou étaient les mêmes. Mais son expression déterminée, son menton décidé, sa façon de les jauger d'un coup d'œil traduisaient une tout autre personnalité, et cette différence laissait présager pour elle un destin à l'opposé de celui de sa mère. Elle n'avait pas une personnalité à succomber au désespoir. Elle, elle garderait les mains sur le volant.

Il y eut un instant de gêne ; Ella ne savait pas si elle pouvait oser la prendre dans ses bras. Maggie régla cette incertitude en gardant son sac à dos serré dans ses bras comme un bébé. Ella fit les présentations avec un certain embarras, et, sur le chemin du parking, Maggie ne dit pas grand-chose. Elle refusa de prendre place à l'avant, comme le lui proposait Ella, et s'assit toute droite à l'arrière, pendant que Lewis conduisait et qu'Ella faisait de son mieux pour ne pas la bombarder de questions. Un point pourtant la tracassait vraiment. « Dis-moi quel genre d'ennuis tu as, nous trouverons peut-être comment t'aider. »

Maggie soupira. « J'ai… » Elle s'interrompit. Ella la regarda dans le rétroviseur pendant qu'elle cherchait ses mots. « Je vivais chez Rose, mais ça n'a pas marché, et après je me suis installée dans une université pendant quelques mois…

— Tu logeais chez des amis ? demanda Lewis.

— Je dormais dans la bibliothèque. Je vivais là comme… comme une passagère clandestine. » Cette image lui plut. Cela lui donnait l'impression d'avoir vécu une grande aventure en mer. « Mais quelqu'un a compris ce que je faisais et, comme je risquais d'avoir de gros ennuis, il a fallu que je parte.

— Tu veux rentrer à Philadelphie ? demanda Ella. Tu veux retrouver Rose ?

— Non ! » Maggie protesta avec tant de véhémence qu'Ella sursauta et que Lewis appuya accidentellement sur l'avertisseur. « Non, répéta-t-elle. Je ne sais pas où aller à Philadelphie. J'avais un appartement, mais on m'a expulsée, et je ne peux pas aller chez mon père parce que sa femme me déteste, et je ne peux plus aller chez Rose... » Elle poussa un soupir à fendre l'âme. « Je pourrais sans doute aller à New York. Je trouverais quelqu'un avec qui partager un appartement... ou je me débrouillerais.

— Tu peux rester chez moi tout le temps que tu voudras », assura Ella. Mais elle avait parlé sans réfléchir. À en juger par l'expression de Lewis, elle avait peut-être manqué une bonne occasion de se taire. Maggie s'était fait expulser ; elle ne pouvait plus aller ni chez son père ni chez sa sœur ; elle avait dormi dans la bibliothèque d'une université. Tout cela pouvait laisser redouter le pire.

Pendant que Lewis reprenait la route de Golden Acres, Maggie, le menton appuyé dans sa main, regardait les palmiers et les voitures défiler par la vitre.

« Comment va..., commença Ella avec une hésitation. Est-ce que tu veux bien me dire comment va ta sœur ? »

Maggie ne répondit pas. Ella insista. « J'ai trouvé des informations sur elle sur Internet, il y avait le numéro de téléphone du cabinet où elle travaille... »

Maggie regardait toujours obstinément par la fenêtre, mais elle daigna prendre la parole. « Oui, j'ai vu la photo qu'ils ont mise, elle est horrible. Je n'arrêtais pas de lui dire de la faire changer, et elle, elle trouvait que ce n'était pas grave, que c'était une préoccupation superficielle. Pourtant, cette photo, le monde entier peut la voir, ça n'a rien de superficiel de vouloir être jolie. Mais, bien sûr, elle n'a rien voulu entendre. Elle ne m'écoute jamais. » Maggie s'arrêta comme si elle avait peur d'en avoir trop dit. « Où on va ? Vous habitez où ?

— Nous vivons dans un endroit qui s'appelle Golden Acres, et c'est…

— … un centre communautaire pour seniors actifs », acheva Lewis en chœur avec elle.

Dans le rétroviseur, Ella vit que Maggie ouvrait des yeux effarés. « C'est une maison de retraite ?

— Non, non, ne t'en fais pas, dit Lewis. Seulement un groupe d'immeubles où vivent des personnes âgées.

— Dans des appartements indépendants, précisa Ella. Il y a des magasins, des installations sportives, et un tram pour les gens qui ne conduisent plus…

— Ça a l'air bien, commenta Maggie sans avoir l'air d'en penser un mot. Et vous faites quoi, toute la journée ?

— Je suis bénévole dans des associations, répondit Ella.

— Pour faire quoi ?

— Un peu de tout. Je travaille à l'hôpital, au refuge pour animaux, à la boutique de charité, aux repas à domicile, et puis j'aide une dame qui a eu une attaque l'année dernière… Je m'occupe.

— On trouve facilement du travail, ici ?

— Quel genre de travail ?

— J'ai fait un peu de tout. Serveuse, toiletteuse pour chiens, barmaid, baby-sitter, vendeuse dans un magasin de glaces, vendeuse de beignets…

— Quelle carrière mouvementée ! » s'exclama Ella. Mais Maggie n'avait pas terminé.

« J'ai aussi chanté dans un groupe à un moment. » Maggie préféra taire le nom du groupe, au cas où sa grand-mère aurait su ce qu'était un biscuit à moustache. « J'ai fait de la vente par téléphone, j'ai aspergé les gens avec du parfum, j'ai travaillé chez T. J. Maxx, Gap, Limited… – Maggie s'interrompit avec un énorme bâillement – et, à Princeton, j'ai aidé une aveugle. Je faisais le ménage pour elle et je lui achetais des choses qui lui plaisaient…

— Eh bien… » Ella en resta coite.

« Alors je pense que j'ai assez d'expérience », conclut Maggie. Elle bâilla de nouveau, rattacha sa queue-de-cheval, puis se pelotonna sur la banquette et s'endormit. Au feu suivant, Lewis se tourna vers Ella.

« Ça va ? » demanda-t-il.

Elle eut un petit haussement d'épaules puis sourit. Maggie était là, c'était tout ce qui comptait.

Quand Lewis se gara, Maggie dormait encore à l'arrière, une boucle brune collée à la joue par la transpiration. Ses mains aux ongles rongés ressemblaient tant à celles de Caroline qu'Ella en eut un coup au cœur. Maggie ouvrit les yeux, s'étira, attrapa son sac à dos et descendit. Au premier pas, elle se figea. Ella suivit son regard et vit Irene Siegel qui traversait le parking en poussant son déambulateur, et Albert Gantz qui déchargeait péniblement un cylindre d'oxygène de son coffre.

« *L'homme est né pour cette plaie*, cita Maggie d'une voix basse et résignée.

— Pardon ? demanda Lewis.

— Rien… » Elle passa son sac à dos sur son épaule et suivit Ella dans l'immeuble.

Fidèle à sa promesse, Maggie trouva du travail chez un marchand de bagels à huit cents mètres de Golden Acres. Elle travaillait dans l'équipe du matin à 5 heures et servait le petit déjeuner et le déjeuner. Ensuite, que faisait-elle ? Ella le lui avait demandé car Maggie revenait rarement avant 20 ou 21 heures. Sa petite-fille avait haussé les épaules. « Je vais à la plage, au cinéma ou à la bibliothèque. » Pendant des semaines, Ella lui avait proposé de dîner avec elle. Et, chaque fois, Maggie avait refusé. « J'ai déjà mangé », disait-elle – mais, vu sa maigreur, Ella se demandait si Maggie se nourrissait vraiment. Elle refusait de regarder la télévision quand Ella le lui proposait, d'aller avec elle au cinéma ou de la rejoindre à la salle commune pour jouer au bingo. Ella n'avait éveillé son intérêt qu'en lui proposant de lui faire partager sa carte de bibliothèque. Maggie l'avait accompagnée, avait rempli les formulaires puis disparu dans la section fiction et littérature, et n'en était ressortie qu'au bout d'une heure, les bras chargés de livres de poésie.

Il n'y avait pas eu d'autres échanges entre elles. Rien en mai, rien en juin, rien en juillet et rien en août. Le soir, Maggie rentrait, la saluait d'un petit signe et disparaissait dans la salle de bains. Après la douche, elle se glissait dans la chambre du fond et fermait la porte sur elle, avec sa serviette, son shampooing, sa brosse à dents et son dentifrice, comme si elle n'était de passage que pour la nuit. Ella lui avait pourtant bien dit qu'elle pouvait laisser ses affaires où elle voulait. Il y avait une petite télévision dans la chambre de Maggie, mais Ella ne l'entendait jamais. Il y avait aussi un téléphone, mais Maggie n'appelait personne. Elle lisait, Ella le savait car elle remarquait des livres de bibliothèque dans son sac, de gros romans, des biographies, de la poésie – des poèmes au rythme bizarre, sans rimes, qu'Ella ne comprenait pas. Maggie vaquait à ses occupations, donc, mais elle ne semblait jamais parler à personne, et Ella commençait à s'inquiéter.

« Je ne sais plus quoi faire », avoua-t-elle. Il était 8 heures du matin, il faisait déjà trente degrés, et elle avait couru chez Lewis après le départ de Maggie, qui était de nouveau sortie sans lui adresser la parole.

« C'est la chaleur ? Ça va passer.

— Non, c'est Maggie. Elle ne me parle pas ! Elle ne me regarde même pas. Elle se promène tout le temps pieds nus… Je ne l'entends jamais venir… Elle rentre tard, elle part avant que je me lève…

— En temps normal, je te dirais de lui laisser le temps…

— Mais, Lewis, ça fait des mois que ça dure, et je ne sais même pas ce qui s'est passé avec sa sœur et son père. Je ne sais même pas ce qu'elle aime manger ! Tu as des petits-enfants…

— Seulement des garçons. Mais tu as raison. Il faut prendre des mesures. »

Ils téléphonèrent à Mme Lefkowitz pour lui demander conseil et furent invités à aller chez elle pour connaître le résultat de ses réflexions. « Commençons par quelques questions, dit-elle. Vous avez des pruneaux dans votre frigo ? »

Ella la dévisagea sans comprendre.

« Des pruneaux, répéta Mme Lefkowitz.

— Oui.

— C'est bien ce que je pensais. Et vous avez du Métamucil sur votre plan de travail ? »

Ella en avait, comme tout le monde.

« À quels magazines êtes-vous abonnée ? »

Ella réfléchit. « *Prévention*, le journal de la mutuelle…

— Mais vous recevez les programmes du câble ?

— Je n'ai pas le câble. »

Mme Lefkowitz leva les yeux au ciel et s'assit dans un gros fauteuil, sur un coussin brodé où était écrit : « Vive moi ». « Les jeunes ont leurs distractions. Ils ont leur musique, leurs émissions, leur…

— Leur culture, compléta Lewis.

— Exactement. Ici, il n'y a personne de son âge. Ça vous plairait, à vous, d'avoir vingt-huit ans et d'être coincée ici ?

— Elle ne savait pas où aller, se justifia Ella.
— Quand on est en prison, on est obligé de rester où on est, mais ça ne veut pas dire qu'on aime ça.
— Que faut-il faire, alors ? »
Mme Lefkowitz se leva avec difficulté. « Vous avez de l'argent ?
— Oui.
— Alors allons-y. Vous, ajouta-t-elle avec un signe de tête à Lewis, vous nous emmenez en voiture. Nous nous occupons des courses. »

Pour faire sortir Maggie de sa chambre, Ella dut y mettre le prix. D'abord, il fallut acheter pour presque cinquante dollars de magazines de mode, bourrés d'échantillons de parfums et de cartes publicitaires. « Comment connaissez-vous tout ça ? » demanda Ella alors que Mme Lefkowitz posait *Vanity Fair* sur la pile.
Son amie écarta la question d'un geste de son bon bras. « Mais c'est tout simple ! »
Le prochain arrêt fut dans un immense magasin de télévisions et d'appareils hi-fi. « Un écran plat, un écran plat ! » insista Mme Lefkowitz en filant à travers les allées dans le fauteuil électrique qu'elle utilisait maintenant pour ce genre d'expédition. Deux heures et plusieurs milliers de dollars plus tard, la voiture de Lewis contenait une télévision à écran plat, un lecteur de DVD, une dizaine de films et la première saison de *Sex and the City*, dont, Mme Lefkowitz l'avait garanti, toutes les jeunes femmes raffolaient. « J'ai lu ça dans *Time Magazine* », expliqua-t-elle.
« Tournez à gauche ici, ordonna-t-elle à Lewis un peu plus tard. Nous allons au supermarché et à la boutique de spiritueux. Nous organisons une fête. »

Devant les alcools forts, elle aborda un vendeur boutonneux engoncé dans une blouse. « Vous savez faire les cosmopolitans ?

— Il faut du cointreau... » commença le vendeur, hésitant.

Mme Lefkowitz brandit le doigt vers Lewis. « Vous avez entendu ? »

Finalement, les bras chargés de cointreau, de vodka, de chipsters au fromage, de nachos et de minipâtés impériaux surgelés, sans oublier deux flacons de vernis à ongles (un rouge et un rose), et des cartons d'appareils divers, Ella, Lewis et Mme Lefkowitz s'entassèrent dans l'ascenseur pour monter chez Ella.

« Vous croyez vraiment que ça va marcher ? » demanda Ella tandis que Lewis mettait les surgelés au congélateur.

Mme Lefkowitz s'assit à la table de la cuisine. « Je ne garantis rien. » Elle tira un carton d'invitation rose vif de son sac, avec écrit en haut, en lettres d'argent : « Venez faire la fête ! »

« Où avez-vous trouvé ça ? demanda Ella.

— Je l'ai fait sur mon ordinateur. » Mme Lefkowitz lui montra l'invitation. Mlle Maggie Feller était conviée à une projection de *Sex and the City* le vendredi suivant chez Ella. « Je peux faire tout ce que je veux : des cartes d'invitation, des calendriers, des permis de stationnement...

— Pardon ? » s'exclama Lewis en sortant la tête d'un placard.

Mme Lefkowitz se passionna soudain pour le contenu de son sac à main. « Rien, je dis n'importe quoi. »

Lewis la regarda sévèrement. « Un de mes reporters m'a appris qu'il existait des faux permis de stationnement dans le quartier. Il veut mener une enquête... »

Mme Lefkowitz releva la tête d'un air bravache. « Vous n'allez pas me dénoncer, quand même.

— Pas si notre plan fonctionne. »

Soulagée, Mme Lefkowitz tendit l'invitation à Ella. « Glissez ça sous sa porte pendant qu'elle n'est pas là.

— Mais si c'est une fête… il faut d'autres invités.

— Vous n'avez qu'à demander à vos amis de venir. »

Désemparée, Ella regarda Lewis. Mme Lefkowitz la scruta d'un œil perçant. « Vous avez des amis, au moins ?

— Je… j'ai des connaissances de travail.

— Des connaissances de travail…, soupira Mme Lefkowitz, les yeux au ciel. Bon, tant pis. Nous ne serons que tous les trois, alors. » Elle s'arracha à sa chaise et prit appui sur la table. « À vendredi ! »

« J'ai l'impression d'être la sorcière dans *Hansel et Gretel*, remarqua Ella en glissant une plaque de mini-pâtés impériaux dans le four. C'était le vendredi soir, 21 heures avaient sonné, et ils attendaient Maggie, qui rentrait en général vers cette heure-là. « Tu as reçu mon invitation ? » avait demandé Ella ce matin-là. Sa petite-fille avait émis un grognement évasif, et la porte s'était refermée sur elle.

« Pourquoi ? » demanda Lewis. Ella montra leurs appâts : les magazines, les bols de chips et de sauces, le plat d'œufs mimosa et d'ailes de poulet et toutes les autres gâteries qui démoliraient son estomac de vieille dame si elle en prenait plus d'une bouchée.

Mme Lefkowitz tira sur sa manche. « Une dernière recommandation : utilisez votre arme secrète.

— Quelle arme secrète ? demanda Ella, l'œil sur sa montre.

— Votre fille.

— Pardon ?

— Votre fille, Caroline. Tout ceci… (elle désignait le salon où Lewis tripotait le lecteur de DVD en vidant une assiette de croustilles aux épinards)… tout ceci va sans doute marcher. Mais si nous échouons, il faudra jouer votre dernière carte. Vous savez bien ce que Maggie convoite par-dessus tout, que vous avez et qu'elle n'a pas…

— L'argent ?

— Peut-être, mais elle peut obtenir de l'argent par d'autres moyens. En revanche, où peut-elle se faire raconter l'histoire de sa mère ? »

L'histoire de sa mère, se répéta Ella tout bas. Le récit ne serait pas très long et pas très heureux.

« Les jeunes de nos jours sont avides d'informations, affirma Mme Lefkowitz. Ils veulent aussi des actions Microsoft, dans le cas de mon fils, mais pour Maggie, raconter ce que vous savez devrait suffire. » Quand elle entendit la clé de Maggie dans la serrure, elle chuchota : « Tous en place ! » Ella retint son souffle. Maggie entra dans l'appartement comme si elle avait des œillères, ne regarda ni à gauche la cuisine pleine de tentations, ni à droite la nouvelle télévision où une femme disait… Ella n'en crut pas ses oreilles, mais l'actrice continuait : « Faut pas me prendre pour la pute de service. » Mme Lefkowitz pouffa dans son cosmopolitan et Maggie s'arrêta au milieu du couloir.

« Maggie ? » appela Ella. Elle sentait sa petite-fille écartelée entre son envie de rester et son envie de partir. *Pourvu que je ne fiche pas tout par terre*, se dit-elle. Maggie se tourna vers elle. « Tu veux… » Quoi ? Que pouvait-elle offrir à cette fille qui restait tellement sur la défensive, à cette fille au regard sombre si semblable à celui de son enfant disparue, et pourtant si différente ? Elle lui tendit un verre. « C'est un cosmopolitan. Il y a de la vodka, du jus d'airelles…

— Je sais ce qu'il y a dans un cosmopolitan », jeta Maggie avec dédain. C'était une des phrases les plus longues qu'Ella lui ait soutirées depuis des mois. Maggie prit le verre et avala la moitié d'un trait. « Pas mauvais », jugea-t-elle. Elle entra dans le salon. Mme Lefkowitz lui tendit le bol de gâteaux apéritifs. Maggie s'assit sur le divan, finit son verre et prit un magazine de cinéma. « J'ai déjà vu cet épisode.

— Ah ? » fit Ella. C'était dommage, mais sa petite-fille venait de dire sa deuxième phrase spontanée depuis son arrivée en Floride. Et puis Maggie était dans le salon, avec eux, est-ce que ça ne suffisait pas ?

« Mais il m'a beaucoup plu », ajouta Maggie. Elle reposa le magazine sur la table basse et regarda autour d'elle. Ella jeta un regard affolé sur Lewis, qui sortit en hâte de la cuisine avec une cruche de cocktail. Il remplit le verre de Maggie, qui prit délicatement une aile de poulet dans le plat, puis se radossa au canapé, les yeux sur l'écran. Ella se détendit peu à peu et subit quatre épisodes à la suite de *Sex and the City*, tous émaillés de grossièretés abominables. Ce n'était pas la victoire, se dit-elle, mais c'était un bon début. Elle examina sa petite-fille. Les yeux de Maggie s'étaient fermés. Ses longs cils reposaient sur ses joues. De la poussière de chitos saupoudrait le pourtour de ses lèvres, et elle faisait une petite moue, comme si elle allait embrasser quelqu'un dans son rêve.

Après quatre cosmopolitans, trois ailes de poulet et une poignée de gâteaux apéritifs, Maggie avait dit bonsoir à la compagnie. Elle était maintenant couchée sur le mince matelas du convertible, les yeux clos. Elle allait sans doute devoir changer de stratégie.

Au départ, elle avait décidé d'observer ce qui l'entourait, de se laisser le temps de comprendre où elle était. Elle ne connaissait rien aux personnes âgées, à part ce qu'elle en voyait à la télévision, surtout dans les publicités. Le troisième âge avait trop de sucre dans le sang, la vessie fragile, et des boutons d'alarme pour appeler à l'aide en cas de chute. Elle avait voulu utiliser cette grand-mère, qui, à l'évidence, avait de l'argent et se sentait coupable. Que ses fautes soient réelles ou imaginaires, Ella Hirsch avait quelque chose à se faire pardonner. Avec un peu de patience, Maggie se faisait fort de transformer cette culpabilité en argent – de l'argent qu'elle ajouterait à la pile de billets qui grossissait lentement dans la boîte cachée sous son lit. Elle gagnait le salaire minimum à Bagel Bay, mais avec quelques scènes attendrissantes, un peu de pleurnicheries sur sa mère qui lui avait tant manqué, quand elle dirait qu'elle aurait eu tellement besoin de sa grand-mère pour l'aider, elle repartirait les poches pleines de ce purgatoire – c'est-à-dire de Golden Acres.

Mais il n'était que trop facile de soutirer des cadeaux à Ella. Après toutes les épreuves que Maggie avait traversées, elle avait pris goût à la difficulté. Cela l'aurait presque... presque déçue d'abuser de quelqu'un de si faible. Comme de prendre son élan pour casser un parpaing avec le poing, et de se retrouver à écraser de la guimauve. Sa grand-mère était si pitoyable que Maggie, pourtant assez imperméable au sentiment de culpabilité, avait quelques scrupules à lui prendre son argent. Ella dévorait les miettes que Maggie lui consentait, absorbait chacun de ses gestes, de ses mots, comme une affamée dans le désert à qui on apporterait un gros bol de glace. Maintenant, il y avait une télévision neuve, un lecteur de DVD, des gâteries ; elle était constamment invitée à dîner, à aller au cinéma, à partir en excursion à Miami ou à la plage. La vieille dame faisait tant d'efforts que Maggie en était malade pour elle. Et la seule chose qu'elle lui avait demandée jusqu'à présent, c'était d'appeler son père pour le rassurer. Personne n'avait parlé de loyer, ni de participation aux frais de nourriture, de carburant ou d'assurance de voiture, alors pourquoi partir ?

Il n'y avait qu'à attendre pour voir ce qui allait se passer, songea-t-elle en ramenant son oreiller sous sa joue. Elle avait envie de demander à Ella de l'emmener à Disney World. Elle irait dans les tasses tournantes et enverrait une carte postale à son père. *Bon souvenir de Floride*.

44

« Tu peux me rappeler pourquoi on fait ça ? chuchota Rose.

— Parce que, quand deux personnes décident de se marier, c'est la coutume de faire se rencontrer les parents, répondit Simon à voix basse. Tout va bien se passer, tu vas voir. Mes parents t'adorent, et je suis sûr qu'ils vont beaucoup apprécier ton père. Quant à Sydelle… que veux-tu qu'il arrive, ici ? »

Dans la cuisine, la mère de Simon, Elizabeth, était plongée dans un livre de cuisine, le front soucieux. C'était une femme petite et ronde aux cheveux blond argenté, qui avait la même peau laiteuse que son fils. Elle portait une longue jupe à fleurs, un chemisier blanc garni de dentelle et un tablier jaune à grandes poches décorées de roses. Elle avait l'air de la parfaite femme au foyer juive, mais les apparences étaient trompeuses. Elle était professeur de philosophie à Bryn Maur, où elle portait les mêmes jupes à fleurs et les mêmes cardigans en cachemire que chez elle. Elle était gentille, drôle, le genre bon vivant… mais ce n'était pas elle qui avait transmis à Simon ses talents culinaires. « Échalote…, murmura-t-elle. Je crois que je n'en ai pas. D'ailleurs, ajouta-t-elle avec un sourire à son fils, qui venait l'embrasser, je ne suis même pas sûre de savoir ce que c'est.

— Une sorte d'oignon, en plus doux. Pourquoi ? C'est pour tes mots croisés ?

— Simon, voyons, je fais la cuisine ! Je me débrouille, tu sais. Je me débrouille même très bien quand je m'y mets. Le problème, c'est de s'y mettre.

— Et tu as décidé de te lancer ce soir ?

— C'est bien le moins pour recevoir la *mishpochah.* La famille, c'est important », expliqua-t-elle avec un grand sourire à Rose. Rose lui rendit son sourire, plus détendue. Pendant ce temps, Simon flairait l'air d'un nez soupçonneux.

« Tu prépares quoi ? »

Elle poussa le livre de cuisine vers lui.

« Poulet rôti au riz sauvage, farci à l'abricot, lut Simon, impressionné. Tu n'as pas oublié de vider les poulets, au moins ?

— Je les ai achetés au magasin bio, ils seront bons.

— Sûrement, mais tu as enlevé ce qu'il y avait dedans ? Le cou, le foie et le reste ? Tout ce qu'ils remettent à l'intérieur dans un sachet plastique... »

Rose renifla elle aussi... et remarqua une nette odeur de plastique brûlé. Mme Stein eut soudain l'air inquiète. « C'est vrai que j'ai dû pas mal forcer pour faire entrer la farce. » Elle ouvrit le four.

« Ne t'en fais pas, dit Simon en sortant le poulet encore cru.

— Le torchon brûle, remarqua le père de Simon à la porte de la cuisine.

— Quoi ? » demanda Simon, qui inspectait le poulet.

Grand, mince, avec des touffes de cheveux roux identiques à ceux de Simon, M. Stein avala calmement sa bouchée de fromage et de crackers et désigna le torchon qui flambait sur la cuisinière.

« Le… torchon… a… pris… feu… », articula-t-il. Il fit adroitement tomber le torchon dans l'évier, où il s'éteignit avec un sifflement. M. Stein serra affectueusement les épaules de sa femme. Elle se dégagea tranquillement, toujours plongée dans son livre de cuisine.

« J'espère que tu ne te bourres pas de fromage et de crackers.

— Non, je suis passé aux noix de cajou. » Il se tourna vers Rose, lui tendit l'assiette de fromage et de crackers et lui murmura d'un ton de conspirateur : « Je te conseille de te caler avec ça.

— Merci », dit Rose avec un sourire.

La mère de Simon leva les yeux au ciel en s'essuyant les mains. « Alors, Rose, est-ce que ta… euh… Sydelle est bonne cuisinière ?

— En général, elle oblige mon père à suivre des régimes aussi étranges que variés : riches en féculents, pauvres en calories, riches en protéines, végétariens…

— Flûte, dit Elizabeth en fronçant les sourcils, tu crois que ça va aller ? J'aurais dû penser à te demander ce qu'ils mangeaient…

— Ça ira très bien », assura Rose, et pour cause : quand elle verrait où elle mettait les pieds, Sydelle ne penserait plus à la nourriture. Les Stein vivaient dans une énorme bâtisse assez désordonnée, construite sur environ un hectare de terrain dans une rue bordée de maisons tout aussi impressionnantes. M. Stein, ingénieur dans l'aéronautique, inventait des pièces pour les avions. D'après Simon, il avait déposé deux brevets des années auparavant, qui lui avaient rapporté beaucoup d'argent. Maintenant, à presque soixante-dix ans, il était en semi-retraite et passait le plus clair de son temps chez lui à chercher ses lunettes, son téléphone sans fil, la télécommande de la télévision et ses clés de voiture. Sans doute était-ce parce que Mme Stein s'occupait, elle, à déplacer les objets d'une pile à une autre. À part ça, Elizabeth jardinait dans un potager toujours en retard d'un mois et lisait les romans sentimentaux que Rose aimait en secret depuis toujours. *Désir interdit* trônait actuellement sur le micro-ondes, et Rose avait aperçu *La Flamme de la passion* ouvert sur le divan du salon.

Simon renifla une nouvelle fois. « Maman, ça sent le brûlé.

— Ne t'en fais pas », répondit Elizabeth sereinement. Elle renversa un sac de petits pains au-dessus d'un panier d'osier qui avait l'air bancal. « Flûte, marmonna-t-elle, il ne tient pas debout. »

Les parents de Simon n'étant pas ce qu'on pourrait appeler maniaques, Rose ne fut pas surprise de voir que, si la table était couverte d'une jolie nappe en lin brodée main, les assiettes étaient dépareillées. Trois appartenaient à un service en porcelaine à bord doré, trois venaient de chez Ikea. Pour l'eau, il y avait quatre verres à eau et deux tasses à café ; pour le vin, trois verres à vin, deux verres à cognac et une flûte à champagne. Une serviette en papier différente était pliée à chaque place, dont une portait les mots « Joyeux anniversaire ». *Sydelle allait en être malade*, songea Rose avec ravissement.

Simon arriva derrière elle, muni d'une carafe d'eau et de deux bouteilles de vin. Il lui tendit un verre : « Si j'étais toi, je me mettrais à boire tout de suite. »

Une voiture arriva dans l'allée. Rose reconnut le front haut et la calvitie de son père au volant, et Sydelle, resplendissante avec son rouge à lèvres et ses perles à côté de lui. Elle attrapa la main de son fiancé. « Je t'aime », murmura-t-elle.

Simon la regarda avec surprise. « Je sais. »

Les portières claquèrent. Rose entendit un échange de salutations polies, puis les talons de Sydelle qui claquaient sur le parquet. *Ah, la famille !* pensa-t-elle.

Elle respira un bon coup, pressa la main de Simon et regretta de ne pas être plus à l'aise en société. Pourquoi ne pouvait-elle pas alléger l'atmosphère avec une bonne blague ou un soupçon d'insolence ? Pourquoi ne savait-elle jamais quelle robe porter ? Pour tout dire, elle aurait aimé être Maggie. Rien que pour un soir. Ou au moins pouvoir bénéficier de ses conseils, de sa présence. C'était une réunion de famille, l'ancienne et la nouvelle, et Maggie aurait dû être présente.

Simon l'observait. « Ça va ? »

Rose se versa un demi-verre de vin rouge et le vida d'un coup. « Oui, très bien. » Elle le suivit dans la cuisine. « Oui, ça va très bien. »

45

« Rosenfarb ! » cria Maggie en s'arrêtant devant le garde. Il hocha lentement la tête (Maggie avait remarqué qu'à Golden Acres tout le monde faisait toujours tout lentement) et elle appuya sur l'accélérateur alors que la barrière se relevait. Au cours des derniers mois, elle s'était amusée à mener une petite expérience : donner au garde n'importe quel nom de famille à consonance juive pour voir si cela suffisait à se faire ouvrir les portes de la résidence. Jusqu'à présent, elle avait réussi avec Rosen, Rosenstein, Rosenblum, Rosenfeld, Rosenbluth. Les gardes (si on pouvait octroyer ce titre à des ancêtres en uniforme défraîchi), les gardes, donc, n'avaient pas bronché une seule fois.

Maggie fit avancer la Lincoln de Lewis, grosse comme un bus de ramassage scolaire, jusqu'au bâtiment de sa grand-mère, se gara à son emplacement privé et monta par l'escalier, pressée de retrouver sa chambre, une chambre aux murs nus avec un convertible beige qui aurait pu être le frère de celui de Rose. À son arrivée en Floride, la pièce était si vide et si propre qu'elle s'était demandé si Ella s'en était jamais servie.

Il était 15 heures. Elle venait chercher le maillot qu'elle avait déniché dans un placard et projetait d'aller se baigner jusqu'au dîner, qu'elle prendrait peut-être avec Ella. Peut-être mettraient-elles ensuite l'un des DVD qu'Ella avait rapportés la semaine précédente. Mais quand elle ouvrit la porte, elle eut la surprise de trouver sa grand-mère qui l'attendait, assise à la table de la cuisine, les mains croisées devant elle.

« Bonjour, dit Maggie. Tu ne devrais pas être à l'hôpital ? Ou à l'hospice ? Ou à une de tes associations ? »

Ella fit non de la tête avec un sourire crispé. Habillée comme elle l'était en pantalon noir et chemisier blanc, les cheveux relevés comme d'habitude, sa grand-mère avait l'air d'une souris recroquevillée dans son coin.

« Il faut que je te parle. »

Flûte, pensa Maggie, *ça y est, c'est reparti.* Ella allait lui faire la morale comme tant de colocataires et de petits copains, sans parler de Sydelle. *Maggie, tu abuses. Maggie, il faut que tu participes plus au ménage. Maggie, ton père ne va pas pouvoir t'entretenir toute sa vie.*

Mais Ella avait tout autre chose en tête. « Je te dois une explication. J'avais l'intention d'aborder le sujet depuis longtemps, mais... » Elle laissa sa phrase en suspens. « Tu dois te demander où j'étais passée pendant toutes ces années... »

Ah..., pensa Maggie. Voilà où elle voulait en venir. Il ne s'agissait pas des torts de Maggie, mais de la culpabilité d'Ella. « Tu nous as envoyé des cartes, intervint-elle.

— C'est vrai, et je vous ai téléphoné, aussi. On ne te l'a pas dit ? (Elle savait parfaitement que non.) Ton père nous en voulait beaucoup, à mon mari et à moi. Et la mort d'Ira n'y a rien changé. »

Maggie tira une chaise pour s'asseoir à la table. « Pourquoi ?

— Il trouvait qu'on lui avait fait quelque chose de terrible. Il pensait que je… enfin, que mon mari et moi… nous aurions dû lui parler de la maladie de Caroline. Ta mère.

— Je sais comment s'appelle ma mère ! » s'emporta Maggie. Entendre ce nom prononcé par cette vieille bouche réveillait sa douleur. Ce n'était pas le moment. Elle ne voulait pas entendre parler de sa mère ; elle ne voulait pas penser à sa mère ; elle ne voulait pas savoir la vérité, pas la vérité de sa grand-mère en tout cas. Sa mère était morte, c'était la première personne qu'elle avait perdue de sa vie, et cette vérité-là lui suffisait, merci.

Ella continua cependant. « J'aurais sûrement dû dire à ton père qu'elle avait… » Ella buta sur le mot. « … une maladie mentale…

— Ce n'est pas vrai ! coupa Maggie. Elle n'était pas folle. Elle était normale, je m'en souviens très bien.

— Mais pas toujours… si ? »

Maggie ferma les yeux. Elle n'entendait plus que des fragments de phrases : *phases maniaques, phases dépressives, traitement médicamenteux, électrochocs*.

« Alors, si elle était folle comme tu dis, pourquoi l'avez-vous laissée se marier ? cria Maggie. Pourquoi l'avez-vous laissée avoir des enfants ?

— On n'a pas pu l'en empêcher. Même si elle avait de graves problèmes, Caroline était majeure, elle ne nous demandait pas notre avis.

— Vous avez dû être soulagés de vous débarrasser d'elle », marmonna Maggie. Elle exprimait là sa pire crainte : il n'était que trop facile d'imaginer que Sydelle et Rose, et même son père, n'attendaient que l'occasion de la jeter dans les bras d'un pauvre type amoureux qui la prendrait en charge.

Ella eut l'air horrifiée. « Mais bien sûr que non ! Je n'avais aucune envie de me débarrasser d'elle ! Et quand je l'ai perdue… (sa voix s'étrangla) rien de plus terrible n'aurait pu m'arriver. Parce que, en la perdant, je vous ai perdues aussi, toi et Rose. » Elle baissa la tête. « J'ai tout perdu. » Les yeux remplis de larmes, elle implora Maggie du regard. « Mais maintenant tu es là. Et j'espère… »

Elle prit un carton à ses pieds. « Tiens, dit-elle en le poussant devant Maggie sur la table. C'était resté dans le Michigan, au garde-meuble. Je les ai fait venir. J'ai pensé que tu serais contente. »

Maggie trouva de vieux albums photo. Elle ouvrit le premier et vit Caroline… une Caroline adolescente, pull noir moulant et yeux charbonneux. Caroline le jour de son mariage, dans une robe en dentelle à long voile. Caroline à la plage, en maillot de bain bleu, aveuglée par le soleil, avec Rose accrochée à sa jambe et Maggie dans ses bras.

Maggie tournait les pages de plus en plus vite : sa mère vieillissait, et elle grandissait. Elle savait que les photos allaient s'arrêter bientôt et que sa mère ne dépasserait jamais les trente ans. Dans le monde de l'album, Rose et elle resteraient figées à tout jamais à l'âge d'enfant. *L'art de la perte n'est pas dur à maîtriser.* Sa grand-mère la dévisageait, ses yeux vieillis pleins d'espoir. *Non*, pensa Maggie. *Non, je ne veux pas*. C'était trop lourd. Elle ne voulait pas prendre une telle importance dans la vie de quelqu'un d'autre. Elle ne pouvait pas remplacer une fille morte. Elle ne voulait rien, rien du tout, sauf de l'argent et un billet d'avion pour se sauver de là au plus vite. Sa grand-mère ne serait qu'un moyen d'arriver à ses fins, un portefeuille assorti d'une histoire triste. Sa compassion ne l'intéressait pas, et elle ne voulait pas avoir pitié d'elle.

Elle referma l'album brutalement, puis se frotta les mains sur son short comme si elles étaient sales. « Je vais faire un tour », annonça-t-elle en forçant le passage derrière la chaise d'Ella. Elle courut dans sa chambre, attrapa le maillot de bain, sa serviette, sa crème solaire et un carnet, puis fonça vers la porte.

« Maggie, attends ! appela Ella. Maggie, attends, je t'en prie ! » Mais Maggie était déjà partie.

Maggie traversa Golden Acres. « Je vais la faire payer », murmura-t-elle. Elle avait beaucoup de choses à faire payer, à beaucoup de monde – à tous ceux qui s'étaient moqués d'elle au collège, à tous ceux qui l'avaient rabaissée, l'avaient rendue invisible, l'avaient empêchée d'entrer dans le show-business. Elle avait presque trente ans, et elle n'avait toujours pas eu de vrai rôle, elle ne vivait toujours pas à Beverly Hills !

Je vais la faire payer. Elle arriva à la piscine quasiment déserte. Il n'y avait qu'un petit groupe de vieux qui lisaient ou qui jouaient tranquillement aux cartes au soleil. Maggie passa son maillot de vieille dame dans les toilettes, tira une chaise longue en plein soleil, étala sa serviette sur la toile, puis s'allongea et prit son carnet. Combien d'argent lui faudrait-il pour partir de Floride ? Cinq cents dollars pour le billet d'avion, écrivit-elle. Encore deux mille pour la caution d'un appartement, et pour le premier et le dernier mois de loyer. C'était plus que ses économies. Désespérée, elle arracha la page, la froissa et la posa à côté de sa chaise longue.

« Eh ! cria un vieil homme dont la chemise ouverte exposait une poitrine blanche velue comme un tapis de bain. On ne jette pas ses ordures par terre ! »

Maggie le fusilla du regard, fit disparaître le papier sous ses fesses et se remit à écrire.

« Photos pour book », écrivit-elle. Combien cela pouvait-il coûter ?

« Mademoiselle ! Dites, mademoiselle ! »

Maggie releva les yeux. Cette fois, c'était une vieille dame avec un bonnet de bain rose à franges.

« Pardon de vous déranger. » Elle s'approcha timidement. La peau flasque de ses cuisses et du haut de ses bras tremblotait à chaque pas. « Vous savez, vous allez attraper un mauvais coup de soleil si vous ne mettez pas de protection solaire. »

Maggie brandit son tube d'ambre solaire, ce qui ne découragea pas la bonne dame. Il lui sembla aussi que les autres se rapprochaient subrepticement chaque fois qu'elle clignait des yeux, comme dans un remake de *Zombie* pour troisième âge. « Ah, très bien, très bien, fit la dame. Indice quinze, c'est bien, mais trente c'est mieux, ou même quarante-cinq, et c'est encore préférable s'il resiste à l'eau… » Elle s'interrompit. Comme Maggie ne réagissait pas, elle continua : « Et je vois que vous ne vous en êtes pas mis dans le dos. Vous voulez que je vous aide ? »

L'idée de se laisser toucher par cette vieille dame toute flétrie fit reculer Maggie. « Non, merci, ce n'est pas la peine.

— Si vous changez d'avis, je suis là, déclara gaiement la vieille dame en retournant vers sa chaise longue. Je m'appelle Dora. Et vous ? »

Maggie soupira. « Maggie », dit-elle, trop fatiguée pour trouver un énième nom d'emprunt. *Maggie, le retour*, songea-t-elle sombrement. Elle reprit son carnet et souligna le mot « photos ». Elle expliquerait à sa grand-mère à quoi cela servait et pourquoi elle en avait besoin, lui dirait que devenir actrice était son souhait le plus cher depuis toujours, et que sans sa mère pour l'aider à réaliser son rêve, elle avait été obligée de se débrouiller par ses propres moyens…

« Pardon ! »

Mais foutez-moi la paix, pensa Maggie les yeux plissés. Elle vit deux papys en caleçon de bain. Avec des sandales. Et des chaussettes.

« Nous sommes en désaccord, et nous espérions que vous pourriez nous dire qui a raison », dit l'un d'entre eux. Il était grand, maigre et chauve, et avait un magnifique coup de soleil rose saumon sur le crâne.

« Je suis occupée, rétorqua Maggie en montrant son carnet.

— Ne dérange pas cette pauvre petite, Jack, dit l'autre homme (petit, rond comme une barrique, avec une frange blanche et un short écossais hideux).

— Juste une petite question », insista celui qui s'appelait Jack. Je me demandais… enfin, nous nous demandions… » Maggie le toisa avec impatience. « J'ai l'impression de connaître votre visage. Vous ne seriez pas actrice, par hasard ? »

Maggie leur offrit son plus beau sourire. « J'ai joué dans un clip de Will Smith. »

Le plus grand eut l'air émerveillé. « C'est vrai ? Vous l'avez rencontré ?

— Pas vraiment, mais je l'ai vu au déjeuner. À la cantine du studio », ajouta-t-elle avec un superbe effet de chevelure. Et soudain, elle se retrouva entourée de quatre retraités, Jack et son ami, Dora la mêle-tout, et le type qui avait crié parce qu'elle avait jeté son papier par terre. Il n'y avait plus autour d'elle que des taches de vieillesse, de l'écran total, des shorts fleurant la naphtaline, des rides, des poils et des cheveux blancs.

« Une actrice, c'est pas croyable ! s'enthousiasma Jack.

— C'est fou, renchérit son copain la barrique.

— Vos grands-parents doivent être tellement fiers de vous ! s'exclama Dora.

— Vous vivez à Hollywood ?

— Vous avez un agent ?

— Votre tatouage vous a fait mal ? » (C'était le gros copain de Jack.)

Dora lui lança un regard furieux. « Herman, quelle question sans intérêt !

— Moi, ça m'intéresse. »

Jack tapota le bord de la chaise longue de Maggie avec impatience et prononça le sésame qui ouvrait son cœur : « Parlez-nous de vous. Nous voulons tout savoir ! »

46

Simon posa son porte-documents par terre dans l'appartement de Rose et ouvrit les bras. « Ma promise ! » appela-t-il. Il avait trouvé l'expression dans un petit journal local au fin fond de la Pennsylvanie à l'occasion d'une déposition, et en abusait depuis.

« Une minute ! » cria Rose de la cuisine. Elle était assise à la table, occupée à feuilleter les catalogues de trois traiteurs qui venaient d'arriver par la poste. Simon se pencha pour la prendre dans ses bras. « Tu es sûr de vouloir des côtelettes d'agneau ? murmura-t-elle dans son cou. C'est hors de prix.

— Peu importe. Notre amour doit être célébré avec tout le faste qu'il mérite. Et des côtelettes d'agneau. »

Rose poussa vers lui un paquet-cadeau. « C'est arrivé ce matin, je ne sais pas ce que c'est.

— Un cadeau de fiançailles ! Ça vient de tante Mélissa et oncle Steve ! » Il ouvrit la boîte et ils en contemplèrent le contenu, interdits. Au bout d'une bonne minute, Simon jeta un coup d'œil sur Rose et se racla la gorge. « Je crois que c'est un bougeoir. »

Rose tira le bloc de verre de son nid de papier de soie et le leva vers la lumière. « Il n'y a pas de bougie.

— Non, mais il y a un emplacement pour en mettre une, indiqua Simon en désignant une sorte de creux sur une des faces.

— Je ne pense pas que ce soit assez profond pour contenir une bougie. Et puis, si c'était un bougeoir, tu ne crois pas qu'ils auraient mis une bougie avec, pour qu'on sache ce que c'est ?

— Je ne vois pas ce que ça peut être d'autre ! »

Rose contempla la chose. « Peut-être que c'est un plat à hors-d'œuvre ?

— Pour de tout petits hors-d'œuvre, alors.

— Pour des noisettes, ou des bonbons.

— Le trou n'est pas assez grand.

— Ah ? Mais pour une bougie, ça irait ? »

Ils se regardèrent un moment, puis Simon prit une carte de remerciement et commença à écrire. « Chère tante Mélissa et cher oncle Steve, Merci beaucoup pour votre très joli cadeau. Il sera très… » Il s'interrompit, les yeux au plafond. « Joli ? proposa-t-il.

— Tu viens de mettre joli.

— Bon, alors superbe. Il sera vraiment superbe chez nous et nous permettra d'occuper de nombreux moments de bonheur à essayer de deviner à quoi diable il peut bien servir. Merci d'avoir pensé à nous, nous espérons vous voir bientôt. » Simon signa leurs noms, reboucha son stylo et se tourna vers Rose en riant. « C'est fait !

— Tu n'as pas écrit ça !

— Non, bien sûr. Combien reste-t-il de cartes à écrire ? »

Rose consulta la liste. « Cinquante et une.

— Tu plaisantes ?

— C'est ta faute. Tu ne peux t'en prendre qu'à toi-même.

— Ce n'est pas parce que ma famille nous achète des cadeaux…

— Ce n'est pas parce que ma famille n'est pas d'une taille aussi délirante que la tienne… »

Simon se leva, attrapa Rose par-derrière et lui claqua un baiser sur l'oreille. « Répète, si tu oses !

— Elle est énorme !

— Retire ça tout de suite, lui murmura-t-il, ou je t'y oblige. »

Rose se débattit pour se tourner dans ses bras et émergea face à lui. « Je refuse d'écrire ces lettres de remerciement toute seule ! »

Simon l'étreignit et l'embrassa, la main plongée dans ses cheveux. « De toute façon, ça attendra… »

Plus tard, dans son lit, toute nue et bien au chaud sous la couette, Rose aborda le sujet qu'elle essayait d'éviter depuis qu'il était rentré.

« Tu sais, mon père m'a téléphoné aujourd'hui. Il voulait me parler de Maggie. »

Simon garda un visage neutre. « Ah bon ?

— Elle lui a donné de ses nouvelles. Mon père n'a rien voulu me dire par téléphone, mais il paraît qu'elle va bien. Il veut me voir pour me raconter le reste.

— D'accord.

— Je ne suis pas sûre de vouloir entendre le reste, en fait. Je ne… L'ennui avec Maggie, c'est qu'elle est très difficile, comme fille.

— C'est-à-dire ?

— Elle est… enfin, elle… » Rose fit la grimace. Comment décrire sa sœur à l'homme qu'elle aimait ? Cette sœur qui lui volait son argent, ses chaussures, ses amants, et puis disparaissait pendant des mois. « Je t'assure, tu peux me croire. Elle n'est pas du tout facile. Elle a des problèmes d'apprentissage… » Elle s'arrêta. Et encore, ce n'était que la partie émergée de l'iceberg. C'était bien le genre de Maggie de revenir dès que Rose se fiançait, dès qu'il y avait besoin de reprendre le devant de la scène. « Elle va foutre notre mariage en l'air.

— Je croyais que c'était Sydelle qui allait s'en charger. »

Rose sourit malgré elle. « Eh bien, avec Maggie, ça va être pire. » *Au secours*, pensa-t-elle. La vie avait été si calme sans Maggie ! Il n'y avait plus d'appels de sociétés de recouvrement à l'aube, plus d'ex ou de futur petit ami pour perturber son sommeil. Rose retrouvait ses affaires là où elle les laissait. Plus aucunes chaussures, aucun vêtement, aucun billet de banque ne disparaissait subitement. La voiture restait là où elle la garait. « En tout cas, je ne veux pas d'elle comme demoiselle d'honneur. Elle pourra s'estimer heureuse d'être invitée.

— D'accord », dit Simon.

Rose réfléchit encore un peu. « Je pense quand même que ce truc en verre était un plat à hors-d'œuvre.

— J'ai déjà collé l'enveloppe. Tant pis.

— Ah… » Elle ferma les yeux et regretta de ne pas avoir une famille normale comme celle de Simon. Elle aurait voulu n'avoir ni mère morte, ni petite sœur fugueuse, ni père qui ne se passionnait que pour les premiers cours du marché, et sûrement pas de Sydelle. Elle se leva, alla dans le séjour, prit une carte de remerciement, en papier épais couleur crème, imprimé de leurs deux noms, de part et d'autre d'un grand S pour *Stein*, même si Rose comptait garder son propre nom de famille. Mais elle avait eu beau le clamer, Sydelle n'en avait fait qu'à sa tête et avait commandé des cartes avec ce monogramme qui laissait supposer qu'elle allait s'appeler Rose Stein, qu'elle le veuille ou non.

Chère Maggie, pensa Rose. *Comment as-tu pu me faire ça ? Et quand vas-tu rentrer ?*

47

Ella approcha du grillage qui entourait la piscine et y colla le nez. « Elle est là », annonça-t-elle, et dans ces simples mots vibraient toute sa tristesse et sa déception.

Lewis la rejoignit, et Mme Lefkowitz arriva comme une fusée sur son fauteuil électrique. Ensemble, ils contemplèrent Maggie, médusés.

Elle était allongée sur une chaise longue du côté du grand bain, vêtue d'un bikini rose tout neuf, avec une chaîne en or fine comme un cheveu autour de la taille. Sa peau luisait d'ambre solaire. Ses boucles étaient empilées en désordre sur le haut de sa tête, ses yeux étaient cachés derrière des petites lunettes de soleil rondes. Autour d'elle s'empressaient quatre personnes : une vieille dame avec un bonnet de bain en caoutchouc rose et trois vieux messieurs en short. Ella vit l'un d'eux se pencher vers Maggie, comme s'il lui posait une question. Sa petite-fille se souleva sur un coude, l'air pensif. Quand elle répondit, ses admirateurs éclatèrent de rire.

« Tiens, remarqua Lewis, on dirait qu'elle s'est trouvé des amis. »

Le cœur d'Ella se serra pendant que Maggie continuait à amuser la galerie. Elle ne lui avait jamais vu l'air aussi heureux. Maggie avait fréquenté cet endroit tous les jours de la semaine qui venait de s'écouler – c'est-à-dire tous les jours depuis qu'Ella avait essayé de lui parler de sa mère. Maggie rentrait du travail, allait directement dans la chambre du fond, se changeait pour se mettre en maillot et en short et repartait. « Je vais à la piscine », annonçait-elle sans jamais proposer à Ella de l'accompagner. Et Ella ne voyait que trop bien où cela pouvait mener. Maggie allait partir – elle trouverait un appartement, ou bien elle emménagerait chez une de ses nouvelles amies, une gentille vieille dame qui lui offrirait tous les avantages d'une grand-mère sans les inconvénients d'un passé chargé. Quelle injustice ! Elle avait attendu tellement longtemps et nourri tant d'espoirs !

« Que faire ? » murmura-t-elle.

Mme Lefkowitz recula avec son fauteuil pour manœuvrer puis se dirigea à toute vitesse vers l'entrée de la piscine.

« Attendez ! s'écria Ella. Où allez-vous ? »

Mme Lefkowitz continua tout droit, sans tourner la tête ni répondre. Ella jeta un regard impuissant sur Lewis.

« Je vais…, commença-t-il.

— On ferait bien de… » dit-elle en même temps.

Le cœur battant, Ella partit à la poursuite de Mme Lefkowitz, qui passait déjà la barrière et fonçait vers Maggie.

« Eh ! s'exclama l'un des vieux messieurs quand Mme Lefkowitz cogna la table où il avait étalé ses cartes. Sans lui prêter attention, elle continua et arrêta son fauteuil près de la chaise longue de Maggie. Cette dernière baissa ses lunettes de soleil pour voir ce qui se passait. Essoufflés, Ella et Lewis couraient pour les rejoindre. Ella se crut dans un western spaghetti où les protagonistes se font face dans une rue déserte.

Maggie examina Mme Lefkowitz en silence, et ses nouveaux amis lancèrent des regards noirs à Ella et Lewis. Ella baissa le nez. Quel personnage jouait-elle ? Le bon ou le truand ? Le héros venu sauver la jeune fille en détresse, ou la brute qui s'apprêtait à la ficeler sur la voie ferrée ?

Non, c'est nous les héros, décida-t-elle au moment où Mme Lefkowitz collait son fauteuil à la chaise longue de Maggie.

« Maggie, je voulais te demander un service », attaqua Mme Lefkowitz.

Maggie eut l'air si peu enthousiaste que l'un des vieux messieurs posa un regard plein de reproche sur Mme Lefkowitz. « Elle est fatiguée, protesta-t-il avec force, en agrippant sa canne à deux mains. Elle a travaillé toute la journée et elle allait nous raconter le casting pour MTV où elle a failli être prise.

— Eh bien, vas-y, raconte », encouragea Mme Lefkowitz sans bouger d'un pouce.

Maggie regarda par-dessus la tête de Mme Lefkowitz et s'adressa à Ella. « Qu'est-ce que tu veux ? »

Ella eut du mal à retenir un gémissement : *Je veux que tu m'aimes. Je veux que tu me parles.* « Je..., commença-t-elle.

— Vous êtes la grand-mère de Maggie ? demanda la dame au bonnet de bain rose. Ce que vous devez être fière d'elle ! Quelle jolie fille ! Elle a tellement de talent... »

Maggie eut l'air ennuyée quand Lewis prit deux chaises, les introduisit dans le cercle et fit signe à Ella de s'asseoir.

« Tu as failli passer à MTV ? demanda Mme Lefkowitz comme si la chaîne lui appartenait. C'était pour participer à un jeu ?

— Non, pour présenter une émission, murmura Maggie.

— C'est intéressant, ça », approuva Mme Lefkowitz, les mains croisées sur son ventre.

Ils entouraient la chaise longue de Maggie, Ella, Lewis et Mme Lefkowitz d'un côté, les nouveaux amis de Maggie de l'autre, et se lançaient des regards gênés. Maggie les observa, eut un haussement d'épaules presque imperceptible et prit son carnet dans son sac à dos. Ella se détendit un peu. Ce n'était pas un progrès énorme, mais au moins sa petite-fille ne s'était pas sauvée et elle ne leur avait pas demandé de partir.

« Vous vous appelez Jack, c'est ça ? » demanda Lewis au vieil homme qui s'agrippait à sa canne. Ce dernier répondit par un grognement affirmatif. Lewis lui tendit la main. La bavarde se mit à poser des questions à Mme Lefkowitz, toujours assise dans son fauteuil électrique. Les deux autres messieurs retournèrent à leur jeu de cartes. Ella ferma les yeux, osant à peine respirer, et espéra de toutes ses forces que cette fois ils parviendraient à l'apprivoiser.

Dans sa chaise longue, Maggie elle aussi avait fermé les yeux. Que faire ? Comment arranger les choses ? Elle pensait souvent que ce n'était pas à elle de faire des efforts, mais, en Floride, personne ne s'en rendait compte. Personne ne savait qu'elle était une nulle. Personne ne connaissait Rose, personne ne savait que c'était elle qui prenait tout en charge et que c'était Maggie l'assistée. Ici, elle avait un travail, elle n'était pas à la rue, les gens l'appréciaient. C'était à son tour de réparer, et d'abord avec celle à qui elle avait fait le plus de mal… Rose.

Elle eut un coup de panique : elle aurait voulu prendre ses jambes à son cou, sauter dans la voiture de Lewis et disparaître dans un endroit où on ne savait rien d'elle, ni son nom ni d'où elle venait. Mais elle avait déjà tenté de se sauver à Princeton, puis en Floride. Elle en avait assez de démissionner.

À côté d'elle, sa grand-mère toussota. « Tu dois avoir envie de voir des gens de ton âge, remarqua-t-elle. Ce doit être dur pour toi d'être la seule personne jeune.

— Non, ça va, répondit Maggie.

— Ça ne la gêne pas du tout », grogna Jack.

Maggie rouvrit les yeux et reprit son carnet. « Chère Rose », écrivit-elle. Ella jeta un coup d'œil sur la page et détourna vite la tête. Dora, la pipelette au bonnet de bain rose, n'avait pas ce genre de scrupule.

« Qui est Rose ? demanda-t-elle.

— Ma sœur.

— Vous avez une sœur ? Elle fait quoi dans la vie ? » Jack posa ses cartes et Herman replia son numéro de *Mother Jones*. « Elle a une sœur !

— Elle est avocate à Philadelphie », expliqua Ella. Ne sachant qu'ajouter, elle se tut et lança un regard implorant à Maggie.

Celle-ci ne lui fut d'aucun secours. Elle ferma son carnet, se leva, traversa son cercle d'admirateurs, puis alla s'asseoir au bord de la piscine pour tremper les jambes dans l'eau.

« Elle est mariée ? demanda Dora.

— Elle est spécialisée dans quelle branche du droit ? s'enquit Jack. Elle ne s'occupe pas de testaments, par hasard ?

— Elle va venir vous voir ? interrogea Herman. Est-ce qu'elle vous ressemble ? Elle a des tatouages, elle aussi ?

— Elle n'est pas mariée, leur apprit Maggie. Elle a un petit ami… » *Du moins, elle en avait un avant que je fiche tout par terre.* Maggie fixait toujours l'eau javellisée du grand bain, l'air malheureux.

« Parlez-nous encore d'elle ! supplia Dora.

— Elle a des piercings ? » s'enquit Herman.

Maggie eut un sourire. « Non, elle ne me ressemble pas du tout. Enfin si, un peu, peut-être. On a les yeux de la même couleur mais elle est plus forte que moi. Elle n'aime pas les tatouages. Elle a des goûts assez classiques. Elle se fait des queues-de-cheval tout le temps.

— Comme toi ! » remarqua Ella.

Maggie voulut protester, mais, en effet, elle portait aussi une queue-de-cheval. Elle sauta dans l'eau et se tourna sur le dos pour faire la planche.

« Rose a beaucoup d'humour », reprit-elle. Ella avança au bord pour mieux entendre. Les amis de Maggie suivirent le mouvement. « Mais ce n'est pas quelqu'un de facile. Quand nous étions petites, nous partagions la même chambre. Nous avions des lits jumeaux avec un espace entre les deux. Parfois, quand elle était couchée sur le sien pour lire, je sautais par-dessus elle. » Maggie sourit à ce souvenir. « Elle, elle ne bougeait pas, et moi je n'arrêtais pas de sauter d'un lit à l'autre en chantant "Le petit renard brun saute sur le gros chien qui dort !" Au bout d'un moment, elle me tapait dessus.

— Elle te tapait ? s'étonna Ella.

— En fait, je sautais pour l'énerver et je ne m'arrêtais que si elle levait le bras pour me faire tomber. » Maggie se hissa hors de l'eau, visiblement ravie de ce souvenir.

« Parlez-nous encore de Rose, pria Dora tandis que Jack lui tendait sa serviette et son tube d'ambre solaire.

— Elle ne s'intéresse pas tellement à son apparence, à ses vêtements. » Maggie se rallongea. Elle se rappelait Rose devant le miroir en train de se maquiller. La pauvre ne se rendait même pas compte que son mascara débordait et elle sortait avec du noir partout.

« J'aimerais bien la rencontrer, déclara Dora.

— Invitez-la, proposa Jack avec un regard à Ella. Votre grand-mère aimerait sûrement vous avoir toutes les deux en même temps. »

Il avait raison, Maggie le savait. Ella mourait d'envie de voir Rose. C'était normal pour une grand-mère. Qui n'aurait voulu voir une petite-fille qui réussissait si bien, une avocate ? Mais même si Rose acceptait de lui pardonner, Maggie n'était pas encore tout à fait prête. Elle se sentait de mieux en mieux depuis le soir terrible où elle était partie de Philadelphie. Pour une fois, elle ne vivait plus dans l'ombre de Rose. Elle n'était plus la petite sœur, celle qui était moins intelligente, qui réussissait moins bien, qui n'avait pour elle que sa beauté, à une époque où ce genre d'atout comptait de moins en moins. Corinne et Charles avaient tout ignoré de son histoire, de ses difficultés, des classes d'adaptation, de sa longue série de petits boulots, de ses anciennes amies qui l'avaient lâchée. Dora, Jack et Herman ne la trouvaient ni bête ni vulgaire. Ils l'aimaient, l'admiraient ; ils s'intéressaient à ce qu'elle disait. Si Rose arrivait, elle gâcherait tout. « Ah ? Tu vends des bagels ? » dirait-elle avec un ton suggérant qu'on ne pouvait guère attendre mieux de sa part : elle était vendeuse dans une petite boutique, squattait une chambre, empruntait une voiture… Une assistée.

Maggie ouvrit de nouveau son carnet. « Chère Rose », écrivit-elle une nouvelle fois, puis elle s'arrêta. Elle ne savait pas quoi mettre.

« C'est Maggie, au cas où tu ne reconnaîtrais pas mon écriture, continua-t-elle. Je suis en Floride avec notre grand-mère. Elle s'appelle Ella Hirsch, et il y a eu… » Zut. C'était trop dur. Il y avait un mot pour exprimer ce qui était arrivé. Maggie l'avait sur le bout de la langue, comme certaines fois pendant les cours à Princeton. « Comment dit-on quand quelqu'un a envie de voir quelqu'un d'autre mais qu'il y a eu une dispute ? demanda-t-elle tout haut.

— Un mot yiddish ? interrogea Jack.

— À qui veux-tu qu'elle écrive en yiddish ? protesta Herman.

— Non, pas un mot yiddish, répondit Maggie. Une expression qu'on utilise quand des personnes de la même famille sont en colère les unes contre les autres, et qu'à cause de ça tout le reste de la famille est brouillé.

— Une dissension familiale », suggéra Lewis. Jack lui jeta un regard noir.

« C'est ça ! Merci ! s'exclama Maggie.

— Heureux de pouvoir mettre à contribution ma tête blanche », commenta Lewis.

« Elle s'appelle Ella Hirsch et nous ne l'avons plus vue à la suite d'une dissension familiale », écrivit Maggie. Elle fixa la page : la suite était encore plus difficile… Mais elle s'était entraînée à Princeton, elle avait appris à travailler avec les mots, à choisir ceux qui convenaient le mieux comme un bon cuisinier sélectionne les plus belles pommes ou le plus beau poulet.

« Je regrette ce qui est arrivé cet hiver, écrivit-elle. Je te demande pardon de t'avoir fait de la peine. Je voudrais… » Elle s'arrêta de nouveau. Tout le monde l'observait comme une bête curieuse.

« Comment dit-on quand on veut faire la paix avec quelqu'un ?

— Se réconcilier ? » proposa Ella pensivement. Elle épela le mot, et Maggie l'écrivit deux fois pour s'assurer qu'elle ne s'était pas trompée.

48

« Bon, dit Rose en entrant dans sa voiture à la place du passager. Tu me jures, sous peine de poursuites judiciaires pour faux témoignage, qu'il n'y aura personne de chez Lewis, Dommel et Fenick à ce mariage ? » Elle touchait là un chapitre sensible. Malgré tout ce que Simon savait d'elle – la disparition de sa mère, la fugue de sa sœur, son infâme belle-mère –, elle n'était pas encore parvenue à lui parler de Jim Danvers. Or, Rose n'avait aucune envie d'aborder le sujet quelques mois à peine avant les noces, alors qu'ils se rendaient au mariage d'amis de Simon.

« Pas que je sache, répondit-il en démarrant.

— Ça laisse une sacrée marge d'incertitude », commenta-t-elle. Elle descendit le pare-soleil et vérifia son maquillage dans le miroir. Elle estompa le correcteur qu'elle avait oublié d'étaler sous l'œil droit. « Si je veux les éviter, il ne me reste plus qu'à guetter les skates.

— Tiens, je ne t'ai pas dit ? Don Dommel est tombé du sien. Il s'est cogné la tête à une rampe et il a eu une révélation. Plus de sports violents : il s'est mis à la méditation. On va avoir du yoga tous les jours à la pause déjeuner. Le cabinet sent l'encens et les secrétaires doivent dire *namasté* quand elles répondent au téléphone.

— Au secours !

— Rose, c'est un mariage, pas un règlement de comptes de la mafia. Calme-toi. »

Elle fouilla dans son sac pour trouver son rouge à lèvres. C'était facile à dire. Ce n'était pas lui qui allait devoir se présenter. Elle commençait à comprendre pourquoi Maggie était si souvent sur la défensive. Qu'on soit médecin, avocat ou étudiant, la fonction vous donnait une armure. Comment expliquer qui on était – c'est-à-dire ce qu'on faisait – quand on n'entrait pas dans les bonnes cases ? *Je voudrais être actrice, mais je suis serveuse en attendant*, ou *j'étais avocate, mais je promène des chiens depuis dix mois.*

« Je t'assure que ça va aller, affirma Simon. Réjouis-toi pour mes amis, bois du champagne, danse avec moi…

— Tu n'avais pas dit qu'on allait danser ! » protesta-t-elle. Elle regarda avec appréhension ses pieds, serrés dans leur première paire de talons hauts depuis qu'elle avait déserté. *Courage*. « On va bien s'amuser ! » assura-t-elle avec détermination. Tu parles ! La journée allait être atroce. Les grandes réceptions ne lui réussissaient pas, au point qu'elle redoutait son propre mariage. Elle avait trop de mauvais souvenirs de bar-mitsva et de bat-mitsva, d'après-midi à la synagogue ou au country-club, où elle s'était toujours sentie la plus grosse, la plus laide. Elle se réfugiait dans un coin près du foie haché et des feuilletés à la saucisse. Si on ne la voyait pas, elle souffrirait moins de ne pas se faire inviter à danser. C'était ainsi qu'elle avait passé des heures solitaires, à se bourrer de petits fours et à regarder Maggie gagner les concours de limbo.

Dix-huit ans plus tard et un fiancé en plus, rien n'avait changé. Elle suivit Simon dans l'église, dont le portail était décoré d'énormes gerbes de lis et de rubans de satin blanc. Si, pourtant, il y avait un peu de changement : au lieu du foie haché et de la saucisse, elle choisirait les crudités et le champagne, et sa petite sœur ne serait pas là pour la distraire. Rose prit le programme des festivités. « La mariée s'appelle Pénélope ?

— Oui, mais on l'appelle Lolope.

— Lolope… c'est cela, oui…

— Je vais te présenter à mes amis. »

Rose fit la connaissance de James, Aidan, Leslie et Heather. James et Aidan étaient d'anciens camarades de fac de Simon, comme les futurs époux. Leslie travaillait dans la pub, Heather était acheteuse chez Macy's. Elles étaient toutes les deux très menues et portaient des robes fourreaux en lin (crème pour Heather, jaune pour Leslie) avec un châle en cachemire porté en étole. Désespérée, Rose regarda autour d'elle et réalisa que toutes les femmes – toutes sans exception ! – portaient des robes fourreaux avec des châles et des sandalettes. Encore une fois, elle avait loupé son coup : elle n'avait ni la bonne robe, ni les bonnes chaussures, ni même le bon collier ; le sien était en grosses perles fantaisie alors que les autres portaient de vraies perles. Sans parler de ses cheveux qui commençaient sans doute à s'échapper des peignes en écaille qu'elle avait eu tant de mal à fixer. Merde. Maggie aurait su, elle, ce qu'il fallait porter à ce mariage, songea-t-elle, écœurée.

« Tu fais quoi ? » demanda Heather. Ou peut-être était-ce Leslie ? Elles étaient blondes toutes les deux, l'une avec une coupe au carré, l'autre avec un ravissant chignon et une peau diaphane.

Rose tripota ses perles en plastique. Peut-être pourrait-elle les enlever discrètement et les glisser dans son sac pendant le service ? « Je suis avocate.

— Ah ! fit Leslie (ou Heather). Tu travailles avec Simon ?

— Euh… c'est-à-dire que… » Rose jeta un regard affolé sur Simon, mais il discutait avec les deux garçons. Elle s'épongea le front, sans pitié pour son maquillage. « Je travaillais dans le même cabinet que lui, mais je fais une pause, en ce moment.

— Ah ! fit Leslie.

— Tu as bien raison, commenta Heather. Et vous allez vous marier, c'est ça ?

— Oui, c'est ça ! » répondit Rose avec un entrain forcé. Elle se dépêcha de prendre le bras de Simon, mit sa bague de fiançailles bien sur le dessus, au cas où on l'aurait soupçonnée de mentir.

« Moi, j'ai pris trois mois de congé pour organiser mon mariage, continua Heather. Quel cirque ! Les rendez-vous incessants… le menu, les fleurs…

— Moi, j'avais pris un mi-temps, intervint Leslie. Je continuais mes activités bénévoles, bien sûr, mais le mariage me prenait tout mon temps.

— Vous voulez bien m'excuser un instant ? » murmura Rose. Elle voulait éviter coûte que coûte le sujet de la robe de mariée qui n'allait vraisemblablement pas tarder à surgir. Comment avouer qu'elle avait arrêté ses recherches depuis l'après-midi désastreux avec Amy ? *Quoi ?* penseraient ses interlocutrices, *elle n'a pas de robe, pas de travail, et elle ne s'occupe d'aucune association ? Mais qu'est-ce que c'est que cette nana ?*

Elle remonta l'allée centrale jusqu'à la porte de l'église et sortit sur le chemin pavé. Un homme de haute taille en costume semblait l'y attendre. Incrédule, Rose reconnut la chemise blanche, la cravate rouge et or, le menton décidé, la peau bronzée, les yeux bleus étincelants. C'était Jim Danvers.

« Bonjour, Rose. »

Il n'avait absolument pas changé. Pourquoi s'en étonner ? Avait-elle cru que leur séparation allait faire de lui une épave désespérée ? Il n'y avait aucune raison qu'il ait perdu tous ses cheveux, développé une soudaine acné juvénile ou pris du poil dans les oreilles.

Rose lui adressa un petit signe de tête. Pourvu qu'il ne remarque pas ses jambes tremblantes, ses mains tremblantes, même son cou. Tiens, à propos de poil dans les oreilles, il en avait un peu. Pas des grosses touffes dégoûtantes comme certains hommes, mais tout de même, des poils… La preuve incontournable qu'il n'était pas parfait. Il ne l'était pas, bien entendu, puisqu'il avait couché avec sa sœur, mais cela lui fit quand même du bien de pouvoir se raccrocher à ces frêles brindilles.

« Qu'est-ce que tu fais là ? » demanda-t-il. Elle lui trouva une drôle de voix. Se pouvait-il qu'il soit mal à l'aise ?

« Oh, tu sais, Lolope et moi on se connaît depuis une éternité. On faisait du cheval ensemble, on chantait dans la chorale de la fac et on se faisait les mêmes mecs.

— C'est ça. Lolope est végétarienne radicale : elle trouve inhumain de monter à cheval, et en plus elle était lesbienne militante à la fac…

— Bon, en fait, je parlais du marié. »

Il eut un rire gêné. « Rose… je voulais t'appeler…

— Chic, alors.

— Tu me manques.

— Je te comprends. Attends, je vais te présenter mon fiancé. »

Il eut l'air décontenancé. « Viens faire un tour avec moi d'abord.

— Non merci.

— Allez, il fait beau. »

Elle secoua la tête.

« Tu es très belle, murmura-t-il.

— Écoute, Jim ! s'exclama-t-elle, furieuse. Tu m'as eue, alors maintenant fiche-moi la paix. Je suis sûre qu'il y a plein d'autres femmes qui sont prêtes à tomber à tes pieds. »

Jim eut l'air malheureux. « Rose, je te demande pardon. Je ne voulais pas te fâcher.

— Tu as couché avec ma sœur. Tu ne trouves pas que "fâcher", c'est un peu faible, comme mot ? »

Il lui attrapa le bras et l'attira vers un banc. Il la força à s'asseoir, prit place à côté d'elle et la regarda droit dans les yeux. « Ça fait longtemps que j'avais envie de te revoir. La façon dont on s'est séparés… Ce que j'ai fait… » Il serra ses mains dans les siennes. « J'aurais voulu mieux me conduire, lâcha-t-il d'une voix étranglée. J'ai été faible. Je me suis comporté comme un idiot. J'ai tout fichu par terre, je me déteste depuis des mois…

— Je t'en prie ! Moi, je me déteste pratiquement depuis que je suis née. Tu crois que je vais te plaindre ?

— Je voudrais pouvoir tout effacer.

— Laisse tomber. C'est fini. Je suis passée à autre chose. Je suis fiancée…

— Toutes mes félicitations, dit-il tristement.

— Ne me dis pas que tu as pensé un seul instant que toi et moi on pourrait… que… »

Il avait les yeux brillants. Des larmes ? *C'est fou*, pensa Rose, qui avait l'impression de l'observer au microscope. *Il arrive à se faire pleurer à volonté…*

Il lui reprit les mains ; elle savait déjà ce qu'il allait dire, il était tellement prévisible.

« Rose, je te demande pardon. Ce que j'ai fait est inqualifiable. S'il y avait la moindre possibilité de réparer…

— C'est impossible, dit-elle en se levant. Tu regrettes ce qui est arrivé ? Eh bien, moi aussi. Non seulement parce que tu m'as déçue, mais… » Soudain, elle eut la sensation d'étouffer, comme si elle avait avalé un gant de toilette. «… mais surtout parce que tu as gâché… » Gâché quoi ? Sa vie ? Non, certainement pas. Sa vie allait très bien, ou irait très bien dès qu'elle aurait réussi à remettre sa carrière sur les rails. Maintenant, elle était avec Simon, Simon qui était si gentil, si drôle, qui faisait ressortir ce qu'il y avait de meilleur en elle. Son bref fiasco avec Jim lui semblait aussi lointain qu'un mauvais rêve. Il n'avait pas gâché sa vie, il avait gâché autre chose, peut-être pour toujours. « Maggie », acheva-t-elle.

Il la fit rasseoir sur le banc et continua : il s'était senti très mal quand elle avait quitté Dommel et Fenick. Elle n'aurait pas dû partir ; il s'était comporté comme un salaud, il l'admettait, mais au moins il était discret, et il n'y aurait eu aucune conséquence au cabinet. Où travaillait-elle maintenant ? Avait-elle besoin d'un coup de pouce ? Parce qu'il ne demandait qu'à l'aider, c'était bien le moins après ce qui s'était passé, et…

« Arrête, je t'en prie ! » s'exclama Rose. Les premières mesures d'un quatuor à cordes traversèrent le jardin et les portes de l'église se fermèrent en grinçant. « Il faut qu'on y retourne.

— Je te demande pardon.

— J'accepte tes excuses », dit Rose d'un ton contraint. Puis, parce qu'il avait l'air très triste – et aussi parce que, même si elle avait perdu sa sœur, son travail, et que sa belle-mère la harcelait, elle était folle de bonheur –, elle se pencha pour lui donner un petit baiser sur la joue. « Ce n'est pas grave, dit-elle. J'espère que tu seras heureux.

— Oh, Rose ! » Il se jeta dans ses bras.

À cet instant, Simon surgit devant eux, très pâle. « Ça commence, dit-il. On devrait y aller.

— Simon… » dit Rose. Et merde !

« Viens », dit-il d'une voix monocorde. Il la ramena à l'église et ils arrivèrent alors que les enfants d'honneur jetaient à terre des pétales de rose dans l'allée centrale.

Simon assista au service en silence. Il ne dit rien non plus pendant le dîner. Quand l'orchestre se mit à jouer, il fonça vers le bar et but de la bière jusqu'à ce que Rose finisse par le convaincre qu'ils avaient besoin de parler en privé. Il lui ouvrit la portière – geste qui avait toujours paru courtois à Rose, mais qui aujourd'hui semblait ironique, même cruel. « Eh bien, lança-t-il, intéressante journée. » Il regardait droit devant lui et ses joues étaient toutes rouges.

« Simon, je regrette que tu nous aies vus.

— Tu regrettes que ce soit arrivé, ou que je le sache ?

— Je voulais t'en parler, mais…

— Tu l'as embrassé.

— C'était un baiser d'adieu.

— D'adieu de quoi ? Vous êtes quoi l'un pour l'autre ?

— On est sortis ensemble, avoua Rose.

— Un associé et une collaboratrice ? Quelle témérité !

— Je sais… Je sais, c'était vraiment bête. Une grossière erreur, pour tous les deux.

— Quand votre… rapprochement a-t-il commencé ?

— Notre rapprochement ? Simon, il ne s'agissait pas de tractations entre groupes financiers.

— De toute évidence. Qu'est-ce qui n'a pas marché ?

— Infidélité…

— De ta part ou de la sienne ?

— Mais de la sienne, bien sûr ! Enfin, Simon, tu me connais ! » Rose le regardait, mais il refusait de tourner la tête vers elle. « Tu me connais, non ? » insista-t-elle.

Simon ne dit rien. Rose regarda par la vitre : les arbres, les immeubles, les autres voitures. Combien de couples se disputaient dans les voitures qui passaient ?

Et au cours de ces disputes, combien de femmes s'expliquaient mieux qu'elle ?

« Écoute, l'important, c'est que ce soit fini », dit-elle alors qu'il se garait devant leur immeuble. « C'est vraiment fini, complètement fini, et je suis désolée que tu nous aies vus, mais ça ne veut rien dire. Crois-moi, je ne voudrais de Jim Danvers pour rien au monde. C'est ce que je lui disais quand tu es arrivé. »

Simon eut l'air un peu soulagé. « Je te crois, mais je veux savoir ce qui s'est passé entre vous. Je veux comprendre.

— Pour quoi faire ? Je ne te demande pas de me raconter toutes tes anciennes liaisons, ça ne m'intéresse pas.

— Ce n'est pas pareil.

— Pourquoi ? » Rose le suivit dans la chambre, où elle put enfin enlever son collier.

« Parce que, même si je ne sais pas ce qui s'est passé au juste, je sais que l'histoire était suffisamment grave pour te dégoûter du droit pour toujours.

— Pas pour toujours ! Je travaillerais sans problème dans n'importe quel autre cabinet.

— Ce n'est pas la question. Tu as vécu... quelque chose de fort, et je ne suis même pas au courant.

— Mais tout le monde a un passé ! Toi, tu as bien des amies qui s'appellent Lolope ! J'aurais d'ailleurs apprécié qu'on m'annonce ça avec plus de ménagement avant de...

— Je ne sais rien de toi !

— Tu veux que je te raconte quoi ? Pourquoi y attaches-tu autant d'importance ?

— Parce que je veux comprendre qui tu es !

— Enfin, Simon, il n'y a pas de mystère. J'ai eu une... (elle chercha un mot neutre) relation avec un homme. Ça s'est mal terminé. Maintenant c'est fini. C'est tout !

— Ça s'est terminé comment ?

— Il a fait quelque chose... quelque chose avec quelqu'un... »

Elle ne put achever.

« Quand tu seras capable d'en parler, fais-moi signe », commenta Simon froidement.

Il se rendit dans la salle de bains. Rose l'entendit claquer la porte et ouvrir l'eau dans la douche. Elle retourna dans le salon et se pencha pour ramasser la pile de courrier qu'ils avaient enjambée en rentrant. Facture, facture, publicité pour une carte de crédit, vraie lettre, adressée à elle, d'une écriture familière, grande et irrégulière.

Rose se laissa tomber sur le divan. Elle ouvrit l'enveloppe, les mains tremblantes, et en sortit une page de carnet.

Chère Rose, lut-elle. Des mot lui sautèrent aux yeux. *Grand-mère. Pardon. Floride. Ella. Réconciliation.*

« C'est dingue ! » souffla Rose. Elle s'obligea à la relire, puis courut dans la chambre. Simon était devant le lit, une serviette nouée autour de la taille, l'air grave. Rose lui tendit la lettre.

« Ma... grand-mère », dit-elle. Un mot étrange dont elle n'avait pas l'habitude. « C'est une lettre de Maggie. Elle est chez ma grand-mère. »

Simon sembla encore plus contrarié. « Tu as une grand-mère ? Tu vois, c'est exactement ce que je te disais ! Je ne savais même pas que tu avais une grand-mère !

— Moi non plus, je ne le savais pas. Enfin, je suppose que je m'en doutais, quelque part, mais je ne savais rien d'elle. » C'était comme si elle avait la tête sous l'eau, tout était ralenti, bizarre. « Il faut que... Je dois les appeler. » Elle s'assit sur le lit, la tête lui tournait. Une grand-mère. La mère de sa mère. Qui, manifestement, ne vivait pas dans une maison de retraite, comme Rose l'avait toujours cru, à moins qu'on ne laisse une fugueuse de l'âge de Maggie s'inviter dans ce genre d'endroit. « Il vaut mieux que je leur téléphone, il faut… »

Simon la contemplait d'un drôle d'air. « Tu ne savais vraiment pas que tu avais une grand-mère ?

— Oui, enfin non. Je savais bien que ma mère venait de quelque part. Mais je croyais qu'elle était… Je ne sais pas. Vieille ou malade. Dans une maison spécialisée. C'était ce que disait mon père. » Rose regardait fixement la lettre, le ventre noué. Son père lui avait menti. Pourquoi son père lui avait-il menti sur un sujet aussi important ?

« Je vais l'appeler ! cria-t-elle en se levant brusquement.

— Eh ! Attends ! Qui vas-tu appeler ? Que vas-tu dire ? »

Au lieu de prendre le téléphone, Rose attrapa ses clés de voiture. « Il faut que j'y aille.

— Où ça ? »

Sans répondre, Rose se rua au-dehors et se jeta dans l'ascenseur. Le cœur battant, elle courut dans la rue et monta dans sa voiture.

Vingt minutes plus tard, Rose avait l'impression d'être retournée un an en arrière : elle se retrouvait sur le paillasson de Sydelle, à attendre qu'on lui ouvre. Elle appuya de toutes ses forces sur la sonnette. Le chien se mit à hurler. Finalement, les lumières s'allumèrent.

« Rose ? » Sydelle apparut sur le seuil, très étonnée. « Qu'est-ce que tu fais là ? » Dans la lumière crue de l'entrée, le visage de sa belle-mère lui sembla encore plus étrange. En fait, ce n'était rien de bien extraordinaire : une énième opération des paupières. Elle lui fourra la lettre de Maggie dans les mains. « Explique-moi ce que ça veut dire.

— Je n'ai pas mes lunettes, protesta Sydelle, qui resserra les pans de son peignoir à dentelles.

— Je vais te dire ce que c'est, moi. C'est une lettre de Maggie. Elle est partie chez ma grand-mère. Ma grand-mère qui est toujours en vie, apparemment.

— Ah… euh… euh… »

Rose n'en revenait pas. Jamais elle n'avait vu sa belle-mère prise de court. Tout à coup, elle avait l'air fort mal à l'aise sous sa couche de crème de nuit et ses points de suture.

« Je veux entrer ! clama Rose.

— Mais bien sûr ! » dit Sydelle d'une voix artificielle. Elle la laissa passer.

Rose alla directement au pied de l'escalier. « Papa ! » cria-t-elle.

Sydelle posa la main sur son épaule. Rose se dégagea d'un mouvement brusque. « C'est toi qui as fait ça, hein ? jeta-t-elle avec un regard accusateur. "Mais, Michael, elles n'ont pas besoin de grand-mère, puisque je suis là !" »

Sydelle recula comme si Rose l'avait giflée. « Ce n'est pas vrai, se défendit-elle, tremblante. Je n'ai jamais pensé pouvoir remplacer… tout ce que vous aviez perdu.

— Ah non ? Pourquoi, alors ? » Sa colère enflait, si énorme que Rose se sentit au bord de l'explosion. « J'exige de savoir ce qui s'est passé ! »

Michael arriva en toute hâte, vêtu d'un jogging et d'un tee-shirt blanc. Il essuyait ses lunettes avec son mouchoir, ses cheveux fins auréolaient sa tête chauve d'un duvet brumeux. « Rose ? Que se passe-t-il ?

— Il se passe que j'ai une grand-mère, qu'elle n'est pas en maison de retraite, que Maggie vit chez elle et que personne n'a jugé bon de m'avertir.

— Rose ! intervint Sydelle, la main tendue vers elle.

— Ne me touche pas ! » fulmina Rose en faisant volte-face comme une furie. Sydelle eut un mouvement d'effroi.

« Ça suffit ! gronda Michael.

— Non ! » cria Rose. Elle tremblait comme une feuille, le visage brûlant. « Non, ça ne suffit pas. Ça n'a même pas encore commencé ! Comment avez-vous pu me faire ça ? » Elle hurlait tellement que Sydelle se figea contre le mur fraîchement retapissé de l'entrée. « Je sais que tu ne nous as jamais aimées, Sydelle, mais nous cacher l'existence de notre grand-mère, c'est trop, même pour toi !

— Ce n'est pas sa faute, dit Michael en prenant Rose par les épaules. Elle n'a rien fait, c'est moi. »

Rose ouvrit de grands yeux. « Tu parles ! Tu ne ferais jamais… » Elle n'acheva pas. Incrédule, elle fixait les yeux gris clair, le front haut et blanc, ce père triste, perdu et si gentil. « Tu n'aurais pas fait ça.

— Viens t'asseoir. »

Sydelle jeta un regard éploré sur Rose. « Ce n'est pas ma faute, bégaya-t-elle d'une voix blanche. Et je suis désolée de… » Rose ne l'avait jamais vue aussi peu monstrueuse, aussi pitoyable. Son visage était petit, vulnérable. Rose eut un temps d'arrêt. L'avait-elle déjà entendue s'excuser ?

« Tu ne sais pas ce que j'ai enduré…, souffla Sydelle. Tu ne sais pas ce que c'était que de vivre ici, de passer des années à ne jamais être à la hauteur, à être un pis-aller. Ce n'était pas moi qu'on voulait. Je ne faisais jamais rien de bien.

— Oh, ma pauvre, comme c'est horrible ! » persifla Rose avec une insolence digne de sa petite sœur.

Sydelle lui lança un regard furieux. « Vous n'étiez jamais contentes ! Maggie et toi, vous n'avez jamais voulu de moi… et il n'y avait pas que vous, d'ailleurs.

— Sydelle, protesta doucement Michael.

— Allez, dis-lui. Dis-lui tout, il est temps qu'elle sache. »

Rose n'en revenait pas. Pour la première fois, elle percevait une fragilité sous le maquillage, le Botox, les grands principes et la condescendance. Elle voyait une femme de près de soixante-dix ans, maigre et sèche, dont le visage n'était plus qu'une grossière imitation, une cruelle caricature. Elle entrevoyait la triste vie qu'elle avait menée : un ex-mari qui l'avait quittée, un mari veuf, encore amoureux de sa première femme, une fille adulte partie depuis longtemps.

« Rose », dit son père. Elle le suivit dans le salon récemment redécoré par Sydelle. Les divans de cuir avaient été remplacés par d'autres en daim, mais ils étaient toujours d'un blanc éclatant. Elle s'assit à un bout. Son père prit place de l'autre côté.

« Je suis désolé si Sydelle est un peu dure », commença-t-il avec un coup d'œil vers l'entrée. *Il espère qu'elle va venir*, pensa Rose. Il attendait que sa femme vienne faire le sale boulot à sa place. « Elle traverse une passe difficile. Marcia lui donne beaucoup de soucis. »

Rose haussa les épaules. Elle n'éprouvait de compassion ni pour l'une ni pour l'autre. Ma Marcia ne s'était jamais intéressée à Maggie ni à Rose, sauf pour s'assurer qu'elles ne touchaient pas à ses affaires pendant qu'elle était à l'université.

« Elle est devenue membre des Juifs pour Jésus, expliqua-t-il, très gêné.

— Non, tu plaisantes !

— Nous non plus, nous n'y avons pas cru au début.

— Non… » Dire que Sydelle avait des mezuzahs accrochées à toutes les portes, y compris celle des toilettes, et qu'elle jetait des regards noirs sur tous les pères Noël qu'elle croisait dans les centres commerciaux… Elle devait souffrir le martyre. « Elle est devenue chrétienne ? »

Son père secoua la tête d'un air triste. « Nous sommes allés la voir le week-end dernier, et elle avait une grosse couronne de Noël à sa porte d'entrée.

— Ha, ha ! fit Rose sans grande joie.

— Rose ! » protesta son père.

Elle le fusilla du regard. « D'accord, passons à un sujet plus intéressant. Ma grand-mère. »

Son père encaissa avec difficulté. « Ella t'a téléphoné ? demanda-t-il.

— Maggie m'a écrit. Elle dit qu'elle habite chez… chez Ella. Je veux savoir pourquoi tu ne nous as jamais parlé d'elle. »

Il ne répondit pas.

« Papa !

— J'ai honte, avoua-t-il finalement. J'aurais dû vous expliquer depuis longtemps. » Il croisa les mains autour de ses genoux et se balança d'avant en arrière, regrettant visiblement de ne pas pouvoir se cacher derrière son *Wall Street Journal*. « La mère de ta mère… Ella Hirsch… est partie vivre en Floride il y a très longtemps. Après… après la mort de ta mère.

— Tu nous as dit qu'elle était en maison de retraite. »

Michael eut l'air encore plus gêné. « J'ai dit : dans une maison, c'est toi qui as interprété.

— Comment ça ?

— Elle était dans une maison… enfin, sa maison. Elle est allée vivre dans une nouvelle maison… avec Ira, j'imagine.

— Tu nous as menti !

— Par omission. » C'était l'argument qu'il devait tenir au chaud depuis des années pour assurer sa défense. Il s'efforça de continuer. « Quand ta mère est… » Il s'arrêta.

«… morte, compléta Rose.

— Oui, morte. Quand elle est morte, j'ai ressenti beaucoup de colère. J'avais l'impression… » Il s'arrêta, le regard fixe.

« Tu en as voulu aux parents de maman ? Tu étais en colère contre Ella ?

— En fait, ils avaient essayé de me prévenir de l'état de Caroline, mais je n'avais pas voulu les écouter. J'étais amoureux d'elle… » Rose fut touchée par sa douleur. « Je l'aimais et je leur en ai beaucoup voulu. Votre mère était sous lithium quand je l'ai rencontrée. Elle était stabilisée. Mais elle détestait les effets secondaires du médicament. J'essayais de le lui faire prendre, et sa mère également. Son état est resté stationnaire pendant un moment mais… » Respirant fort, il ôta ses lunettes comme s'il ne supportait plus leur poids sur son visage. « Elle vous aimait beaucoup. Elle nous aimait tous. Mais elle n'arrivait pas à… » La voix de Michael s'étrangla. « Ça ne comptait pas. Ça ne changeait pas mes sentiments pour elle.

— Comment était-elle ? »

Michael eut l'air surpris. « Tu ne te souviens pas de ta mère ?

— On ne peut pas dire qu'on ait beaucoup honoré sa mémoire à la maison. » Elle désigna le salon immaculé de Sydelle : les murs blancs, le tapis blanc, les bibliothèques qui ne contenaient pas un seul livre mais des bibelots de verre et une grande photo de Ma Marcia le jour de son mariage. « Il n'y a des photos d'elle nulle part. Tu ne nous parlais jamais d'elle.

— C'était trop dur. Je souffrais quand je pensais à elle, dès que je voyais des photos. Je pensais que ça vous ferait du mal à vous aussi, à toi et à Maggie.

— Je ne sais pas. J'aurais préféré… » Elle baissa les yeux sur le tapis blanc. « J'aurais préféré que ce ne soit pas un sujet tabou. »

Michael se tut un moment. « Je me souviens de la première fois où je l'ai vue. C'était sur le campus de l'université du Michigan, elle poussait son vélo. Elle riait, et c'est comme si un carillon s'était mis à tinter dans ma tête. Je n'avais jamais vu de fille aussi belle. Elle avait un foulard rose dans les cheveux… » Sa voix s'étouffa dans sa gorge.

Rose se souvenait d'images, d'impressions, de bribes d'histoires, d'un bonbon, d'une voix claire, d'une joue douce appuyée à la sienne. *Bonne nuit, mon bébé. Dors bien, ma chérie.* Et tout le monde avait menti, aussi bien dans ce qui avait été dit que dans ce qui avait été tu. Ella avait menti à son père sur Caroline… ou plutôt, elle lui avait dit la vérité mais il n'avait pas voulu l'écouter. Et son père avait menti à ses filles sur Ella… ou plutôt il ne leur avait dit qu'une toute petite partie de ce qui la concernait et il avait caché tout le reste.

Rose serra les poings. Parmi tous ces mensonges, où se trouvait la vérité ? Sa mère avait été folle, puis elle était morte. Son père s'était fait capturer par une méchante sorcière et lui avait abandonné ses filles. Sa grand-mère avait disparu dans un trou noir et Maggie était partie à sa recherche. Pendant ce temps, Rose n'avait été mise au courant de rien.

« Tu l'as fait disparaître. Pendant toute mon enfance, je ne me souviens pas d'une seule photo d'elle, d'un objet qui lui appartienne…

— C'était trop dur. C'était déjà assez difficile de vous voir, toutes les deux.

— Merci !

— Non, ce n'est pas ce que je voulais dire… » Il lui prit la main. C'était un geste si inhabituel qu'elle en perdit la voix. Son père ne l'avait plus touchée, sauf pour un rapide baiser sur la joue, depuis le jour fatal où, à douze ans, elle était sortie des toilettes en murmurant qu'elle avait ses règles. « Tu comprends, vous me faisiez tellement penser à elle. Tout ce que vous faisiez… c'était comme d'avoir Caroline devant moi.

— Et après, tu l'as épousée », poursuivit Rose avec un mouvement de tête vers l'entrée, où, supposait-elle, Sydelle rôdait encore.

Son père soupira. « Sydelle était animée des meilleures intentions du monde.

— Mais bien sûr, ricana Rose. Elle est adorable. Le problème, c'est qu'elle nous détestait, Maggie et moi.

— Elle était jalouse.

— Quoi ? Jalouse de quoi ? De moi ? Tu plaisantes ? Nous avons assez entendu dire que Marcia était meilleure en tout. Et même si elle était jalouse, ce n'était pas une excuse pour être méchante. Et toi, tu l'as laissée faire !

— Rose…

— Quoi ?

— Je voudrais te donner quelque chose. C'est beaucoup trop tard, mais enfin… »

Il monta vite à l'étage et redescendit avec un carton à chaussures. « Ce sont des lettres d'elle. De ta grand-mère. Elle vit en Floride. Elle a essayé de me contacter – de vous contacter, toi et Maggie – depuis des années. Mais je ne voulais pas renouer. » Il fouilla dans la boîte et en sortit une enveloppe froissée et jaunie adressée à Mlle Rose Feller. « C'est la dernière carte qu'elle t'a envoyée. »

Rose la décacheta facilement avec le pouce, car la colle, vieille de quinze ans, ne tenait plus. À l'intérieur, elle trouva une carte illustrée d'un bouquet. Les fleurs étaient roses et violettes, pailletées d'or, et brillaient doucement sous les doigts de Rose. « JOYEUX ANNIVERSAIRE POUR TES SEIZE ANS », était écrit en lettres argentées au-dessus du bouquet. Rose ouvrit la carte. Il y avait un billet de vingt dollars et une photo qui lui tomba sur les genoux. « À MA PETITE-FILLE, avait écrit sa grand-mère d'une écriture penchée. JE TE SOUHAITE BEAUCOUP D'AMOUR ET DE BONHEUR EN CE BEAU JOUR. » La phrase était suivie d'une signature, d'une adresse et d'un numéro de téléphone. Il y avait aussi un P. S. : « Rose, j'aimerais beaucoup avoir de tes nouvelles. Tu peux m'appeler quand tu veux !!! » Ces trois points d'exclamation brisèrent le cœur de Rose. Elle étudia la photo. C'était celle d'une petite fille : visage rond, yeux bruns, avec une frange et deux nattes sagement attachées par un ruban rouge. Elle était sérieuse, assise sur les genoux d'une femme d'un certain âge. La dame souriait, mais pas la petite fille. Rose tourna la photo et vit au dos : *Rose et mamie, 1975*, de la même encre bleue, de la même écriture penchée. 1975. Elle avait six ans.

Elle se leva. « Il faut que je parte.

— Rose », dit son père d'un ton découragé.

Mais elle lui tourna le dos et sortit de la maison. Dehors, elle s'assit au volant de sa voiture, la carte encore dans la main. Elle ferma les yeux. La voix de sa mère, le sourire vermillon de sa mère, son bras bronzé tendu derrière l'appareil photo. *Souris, chérie ! Pourquoi tu fais cette tête ? Souris pour moi, Rosie jolie. Fais-moi un beau sourire, ma biche.*

49

« Vas-y ! supplia Maggie.

— Je ne peux pas, protesta Lewis, assis en face d'elle à la table de la salle à manger d'Ella. Ce serait manquer gravement à l'éthique journalistique.

— Allez, insista Ella. Rien que les premières phrases. S'il te plaît !

— Ce serait mal, très mal, s'entêta-t-il en secouant la tête. Ella, tu me déçois beaucoup.

— C'est ma mauvaise influence, intervint Maggie fièrement. Dis-nous au moins ce qu'Irving a commandé. »

Lewis capitula avec une feinte résignation. « Très bien, vous l'aurez voulu, mais jurez de ne le répéter à personne. "Irving et moi, nous n'aimons pas beaucoup la cuisine française." » Ainsi commençait la dernière critique gastronomique de Mme Sobel. « "Les plats sont beaucoup trop gras pour nous. Nous trouvons aussi que les restaurants français sont bruyants et mal éclairés ; on dit que c'est romantique, mais cela m'empêche de lire le menu, et en plus on ne voit rien de ce qu'on a dans son assiette."

— Pauvre Mme Sobel », murmura Ella.

Lewis continua sa lecture. « "Les cuisiniers savent rarement préparer les omelettes. Une omelette se doit d'être légère, bien gonflée, avec le fromage juste fondant. J'ai le regret de devoir vous avertir que le Bistro Bleu ne fait pas exception à la règle. Mon omelette était trop cuite et dure comme de la semelle. Les pommes de terre n'étaient pas assez chaudes, et il y avait du romarin, ce qu'Irving déteste."

— Encore Irving, commenta Ella.

— Irving est difficile ? demanda Maggie.

— Non, il est allergique à tout, expliqua Lewis. Il est allergique à des choses étonnantes. Il ne supporte pas la farine blanche, les fruits de mer, toutes les graines et les noix… La moitié des papiers de cette pauvre femme concernent le régime d'Irving et le temps qu'il lui a fallu pour lui trouver quelque chose à manger. Le dernier quart est consacré aux effets indésirables causés par les plats qu'il a fini par avaler…

— Vous parlez d'Irving Sobel ? demanda Mme Lefkowitz, qui entrait dans la pièce en traînant la patte. Pff ! Il est venu à une réception que j'organisais et n'a pas daigné avaler une bouchée ! »

Mme Lefkowitz, qu'ils avaient invitée à dîner, était d'une humeur de chien. Elle s'assit avec un petit gémissement, prit un cornichon casher à la russe et se mit à vitupérer le centre commercial voisin. « C'est un scandale ! » vociféra-t-elle, la bouche pleine. Maggie rangea ses cours pour mettre la table. Elle avait commencé une formation de maquilleuse de théâtre, le soir.

« On ne trouve rien à se mettre, se lamenta Mme Lefkowitz, les vêtements sont minuscules avec des manches à froufrous. Des jupes ras les fesses ! Des chemisiers transparents ! Et des pantalons en cuir, ajouta-t-elle avec fureur. Ça vous plairait, à vous ? lança-t-elle à Maggie.

— Euh… » fit celle-ci.

Ella se retint de sourire. Maggie avait non seulement un pantalon en cuir, mais aussi une minijupe en cuir.

« Et pourquoi êtes-vous allée faire des courses ? demanda Ella.

— Mon fils, jeta Mme Lefkowitz par-dessus les bols de bortsch. Vous vous souvenez de lui ? Le financier. Le grand comique. Il m'appelle, et il me dit : "Maman, je me marie." Moi : "À ton âge ? Tu as besoin d'une femme comme moi d'une paire de claquettes." Il me répond qu'il est décidé et que c'est une jeune femme formidable. Je lui dis qu'à cinquante-trois ans il n'a pas à galoper après les jeunesses, et il me dit de ne pas m'inquiéter, qu'elle a trente-six ans, mais qu'elle est très mûre pour son âge. » Elle jeta un regard courroucé sur Ella et sur Maggie, comme si elle les tenait pour responsables du mariage de son fils avec une jeunette de trente-six ans très mûre pour son âge. « En tout cas, je ne voudrais pas louper ça, conclut-elle en prenant une tranche de pain de seigle. Donc, maintenant, il faut que je m'achète une petite tenue et, bien sûr, je ne trouve rien.

— Vous cherchez quoi ? s'enquit Maggie.

— Tiens, elle me parle, la princesse ! ironisa Mme Lefkowitz.

— Je ne me prends pas pour une princesse, se défendit Maggie, et il se trouve que je suis très douée pour conseiller les gens quand ils ne savent pas comment s'habiller.

— Parfait, alors d'après vous, je devrais mettre quoi pour le troisième mariage de mon fils ? »

Maggie contempla Mme Lefkowitz avec une profonde attention – la mise en plis grise, les yeux bleus incisifs, le rouge à lèvres rose qu'elle appliquait même sur le coin paralysé de sa bouche. Elle n'était pas grosse à proprement parler, mais elle n'avait aucune forme. Sa taille était épaisse, ses seins lui tombaient au nombril.

— Hum, fit Maggie.

— Elle me regarde comme si j'étais une expérience de laboratoire !

— Chut », commanda Ella. Elle avait déjà vu Maggie se concentrer de cette manière, blottie sur le canapé, le soir, quand elle lisait des livres de poésie à la lumière de la lampe, presque comme si elle entrait dans une transe hypnotique.

« C'est quoi, ce que vous préférez ? demanda soudain Maggie.

— Les sundaes à la sauce au chocolat, répondit Mme Lefkowitz du tac au tac. Mais je n'y ai plus droit. Je ne peux manger que de la glace au yaourt, avec du faux chocolat », ajouta-t-elle sur un ton de dégoût. Maggie l'arrêta.

« Je veux dire vos vêtements préférés.

— Ah ? Mes vêtements préférés... » Elle baissa la tête pour se regarder, stupéfaite, comme si elle ne s'attendait pas à se voir habillée. « Oh... n'importe quoi de confortable, je dirais.

— Le vêtement que vous avez le plus aimé de votre vie », insista Maggie en refaisant sa queue-de-cheval.

Ella suivait la conversation avec un vif intérêt : qu'allait-il en sortir ?

Mme Lefkowitz ouvrit la bouche, mais Maggie leva la main pour l'arrêter. « Réfléchissez bien. Pensez à tous les vêtements que vous avez eus, et dites-moi celui que vous avez préféré porter de toute votre vie.

— Ma tenue de voyage de noces.

— C'est un costume spécial ?

— C'est ce qu'on se met juste après le mariage pour aller à l'aéroport quand on part en lune de miel, expliqua Ella.

— C'est ça, c'est ça, confirma Mme Lefkowitz. C'était un tailleur imprimé à carreaux noir et blanc, avec une jupe ajustée là, indiqua-t-elle en montrant ses hanches. J'avais des escarpins noirs..., acheva-t-elle, les yeux fermés, toute à son souvenir.

— Et la veste ? demanda Maggie.

— Courte, je crois... Avec des boutons noirs brillants sur le devant. C'était très joli. Je me demande ce que j'en ai fait.

— Vous voudriez... vous voudriez que je vous accompagne pour trouver quelque chose ? »

Mme Lefkowitz fit la grimace. « Il faudrait que je retourne au centre commercial ? Je ne pourrai jamais. »

Maggie n'avait pas envie non plus de courir les magasins avec Mme Lefkowitz. « Ou alors, vous pourriez me dire votre taille...

— C'est un peu personnel, comme question !

— Et vous me donneriez votre carte de crédit... »

Elle vit que Mme Lefkowitz était sur le point de refuser, mais elle poursuivit. «... et moi, je vous trouverai des vêtements. Je vous en prendrai même plusieurs pour vous laisser le choix. On fera un défilé de mode ici. Vous essaierez ce que je trouverai devant nous. Vous garderez ce que vous préférerez et je rapporterai le reste. »

Cette fois, Mme Lefkowitz sembla intéressée. « Ça ne vous ennuierait pas de me rendre ce service ?

— Pas du tout. Vous avez un ordre de prix en tête ? »

Mme Lefkowitz soupira. « Deux cents dollars, ça irait ? »

Maggie fit la grimace. « On peut toujours essayer ! »

50

Maggie passa deux jours à chercher des vêtements pour le mariage du fils de Mme Lefkowitz. Cette occupation tombait à point pour la distraire, et l'empêcher de se demander sans cesse si Rose avait reçu sa lettre et si elle allait appeler.

Il fallait des trésors d'ingéniosité pour habiller Mme Lefkowitz ; Maggie se prit au jeu. Elle n'aurait jamais pu la faire entrer dans le tailleur cintré de ses rêves, mais elle pouvait trouver quelque chose qui lui donnerait l'illusion de le porter. Cela pouvait aussi être un tailleur, avec une jupe pas trop longue – d'après ce qu'elle avait vu, les jambes de Mme Lefkowitz étaient à peu près présentables –, mais il était hors de question de l'affubler d'une veste courte. À son âge, elle porterait mieux une veste plus longue qui lui arriverait sous les hanches, mais avec une fanfreluche pour lui donner un air habillé, quelque chose qui rappellerait à Mme Lefkowitz ses boutons noirs brillants. Maggie avait vu une veste de ce genre... Chez Macy's ? Chez Saks ? Finalement, elle se souvint que c'était dans l'armoire de Rose.

Elle réprima son chagrin et continua ses recherches dans les grands magasins, les petites boutiques de fripier, les marchés aux puces ; elle eut même le droit de piocher dans la réserve de costumes de l'école où elle prenait ses cours du soir, après avoir promis de participer au maquillage de la prochaine production de *Hedda Gabler*. Enfin, elle sélectionna trois ensembles différents. Le premier, trouvé en solde chez Nordstrom, se composait d'une jupe au genou, à pinces mais pas trop serrée, en lin rose pâle avec de grosses broderies rose vif et rouge, complétée par un haut assorti pas trop décolleté et un cardigan brodé. Mme Lefkowitz tâta le tissu sans conviction. « Ça ne ressemble pas au tailleur de mon mariage... Et puis une jupe et un pull... Je ne sais pas. J'aurais plutôt vu une robe.

— Je ne cherche pas à retrouver le même aspect, mais à vous donner la même sensation.

— Comment ça ?

— Je voudrais que vous retrouviez le même plaisir que le jour de votre mariage, mais ce tailleur, vous ne pourriez plus le mettre. »

Mme Lefkowitz secoua la tête.

« Donc je cherche un ensemble qui vous donne la même... » Elle ne trouvait pas le mot. «... la même personnalité. » Elle tendit à Mme Lefkowitz l'ensemble rose, encore accroché à ses cintres, avec en prime un chapeau à large bord rose. « Passez-le. » Elle entraîna Mme Lefkowitz dans la chambre du fond, où elle avait installé un grand miroir.

« Je me sens ridicule ! » protesta Mme Lefkowitz au bout d'un moment pendant qu'Ella et Lewis prenaient place sur le canapé pour assister à l'essayage.

« Venez nous montrer ! appela Maggie.

— Il faut vraiment que je porte le chapeau ?

— Allez, venez ! » cria Ella.

Lentement, Mme Lefkowitz sortit de la chambre. La jupe était trop longue, Maggie s'en rendit compte tout de suite. Les manches du cardigan lui tombaient sur les mains, et le petit haut bâillait en faisant de gros plis.

« Ça pend de partout, se plaignit Mme Lefkowitz. Regardez-moi ça. »

Maggie l'observa puis intervint : elle roula la jupe à la taille pour la relever juste sous les genoux, plia les manches du cardigan, tira et rentra le haut pour le placer correctement et termina en lui posant le chapeau sur la tête. « Voilà, annonça-t-elle. Regardez-vous, maintenant. »

Mme Lefkowitz amorçait de nouvelles objections quand elle se vit. « Oh ! fit-elle.

— Alors ? demanda Maggie.

— Oui… La couleur…, approuva Mme Lefkowitz lentement.

— C'est ça ! C'est ça ! » s'enthousiasma Maggie. Ella ne l'avait jamais vue aussi animée, aussi heureuse. « La taille n'est pas idéale pour vous, mais la couleur va très bien avec vos yeux, et je sais que vous aimez le rose.

— Ce n'est pas mal du tout… » Le ton de Mme Lefkowitz avait perdu toute animosité. Elle semblait fascinée par son reflet, par ses yeux bleus qui étincelaient sur ce fond rose pâle. Que voyait-elle ? se demanda Maggie. Peut-être la jeune femme d'alors, la mariée sur les marches de la synagogue, la main de son époux dans la sienne.

« Ce n'est que la première possibilité, rappela Maggie.

— Je prends ! s'écria la vieille dame.

— Non, non, protesta Maggie en riant. Il faut que vous regardiez tout ce que je vous ai trouvé.

— Mais c'est ça que je veux ! insista Mme Lefkowitz, accrochée à son chapeau. Je ne veux rien d'autre ! » Elle avisa ses pieds nus. « Et comme chaussures ? Il faudrait quoi ? Pouvez-vous aussi m'aider à trouver des chaussures ? Et peut-être un collier. » Elle passa la main sur son cou. « Mon premier mari m'avait offert un rang de perles…

— On passe à la tenue suivante », coupa Maggie en la poussant vers la chambre d'essayage.

L'ensemble numéro deux comprenait une robe tube sans manches taillée dans un tissu synthétique noir et soyeux, mais avec assez d'épaisseur pour bien tomber. Maggie l'avait trouvée en solde chez Marshall et y avait ajouté un châle noir et argent bordé de franges noires.

« Hou ! Mais c'est coquin ! s'exclama Mme Lefkowitz, qui revint dans le salon en prenant une pause suggestive avec son châle.

— Très sexy ! approuva Ella.

— Pas mal », jugea Maggie. La robe suggérait la taille et les hanches sans trop les souligner, ce qui lui redonnait des formes. Il lui faudrait des talons pour que ce soit parfait, ce qui n'était peut-être pas très indiqué pour une vieille dame de quatre-vingt-sept ans. Des ballerines, peut-être ? « La suite ! » cria Ella en battant des mains.

L'ensemble numéro trois était le préféré de Maggie, sans doute parce qu'il avait été le plus difficile à trouver. Elle avait déniché la veste tout au fond d'un dépôt-vente dans un quartier ultra-branché de South Beach. « Brodé main », avait assuré la vendeuse, sans doute pour justifier son prix de cent soixante dollars. À première vue, la veste noire trois quarts semblait assez ordinaire. Mais les manches étaient décorées par des volutes de broderies noires, et les poches, brodées elles aussi, étaient plaquées selon un angle original qui donnait l'illusion d'une taille cintrée alors qu'elle était droite. Le plus beau était la magnifique doublure bleu-violet que Maggie avait mise en valeur en l'assortissant à une jupe longue de même ton complétée par un haut noir.

« Tenez. » Elle présenta les trois vêtements sur le même portemanteau pour donner à Mme Lefkowitz une idée de l'allure générale. Mais cette dernière lui arracha le tout et retourna dans la chambre sans lui laisser le temps de finir. Ella crut bien l'entendre chantonner.

Quand elle ressortit, la vieille dame sautait presque de joie – du moins autant qu'on peut le faire quand on vient d'avoir une attaque. « Vous avez trouvé ! » s'exclama-t-elle en embrassant Maggie sur les deux joues. Ella la jugea magnifique. Maggie inspecta son œuvre. La jupe n'était pas extraordinaire ; elle ne tombait pas très bien et n'était pas exactement du même bleu que la doublure... Le chemisier convenait, sans plus, mais le chef-d'œuvre, c'était la veste. Elle donnait l'impression que Mme Lefkowitz était plus grande et sa silhouette plus galbée...

« Là, je suis belle », s'enthousiasma Mme Lefkowitz. Elle ne semblait plus remarquer le coin de sa bouche qui tombait, ni la main droite qu'elle tenait toujours recroquevillée contre son corps. Elle resta fascinée un moment, puis elle attrapa le chapeau rose de l'ensemble numéro un et se le planta sur le crâne.

« Non, non ! s'exclama Maggie en riant.

— Mais il me va tellement bien ! Je le veux. Je ne peux pas le garder ?

— Je l'ai emprunté, avoua Maggie.

— Ah bon... » se désola Mme Lefkowitz, d'un air si déçu qu'Ella ne put se retenir de rire.

« Alors, quel ensemble préférez-vous ? » demanda Maggie.

Mme Lefkowitz la regarda comme si elle était devenue folle. « Mais je les veux tous ! Je porterai la tenue rose pour la cérémonie, la robe longue pour la réception, et ce que j'ai là, je le mettrai à mon prochain rendez-vous avec le Dr Parese. »

Ce cri du cœur amusa beaucoup Ella. « Quoi ? Mais pourquoi ?

— Parce qu'il est tout à fait charmant.

— Il est célibataire ? demanda Maggie.

— Oh, vous savez, c'est un gamin ! » fit Mme Lefkowitz. Elle s'interrompit pour admirer sa manche brodée. « Merci, Maggie. Quelle réussite ! » Elle retourna dans la chambre pour se changer, tandis que Maggie raccrochait les autres vêtements sur les cintres.

Ella la regardait travailler, pensive. « J'ai une idée. Je me demande si tu ne pourrais pas faire ça plus souvent. »

Maggie s'arrêta, le cardigan rose dans les mains. « Comment ça ?

— Il y a beaucoup de vieilles dames qui ont du mal à se déplacer pour s'acheter des vêtements, et encore plus de difficultés à savoir quoi choisir. Mais on ne peut pas faire autrement, il y a toujours des occasions pour lesquelles il faut s'habiller : les mariages, les remises de diplôme, les anniversaires…

— Je voulais seulement faire plaisir à Mme Lefkowitz. Je n'ai pas beaucoup de temps, avec ma formation et mon travail au magasin de bagels…

— Je suis sûre que les gens te paieraient pour tes services.

— Tu crois ?

— Bien sûr. Tu ne voudrais pas travailler gratuitement, quand même ?

— Mais combien je pourrais demander ? »

Ella se tapota les lèvres, les yeux au plafond. « Un pourcentage du prix d'achat, peut-être ? »

Maggie n'eut pas l'air franchement convaincue. « Je ne suis pas très douée en pourcentages.

— Alors un forfait. Ce serait mieux, d'ailleurs, parce que, si tu demandais un pourcentage, cette bande de chipies penseraient que tu essaies de leur fourguer ce qu'il y a de plus cher pour te faire de l'argent. Combien de temps as-tu mis pour trouver tout ça ? »

Maggie réfléchit. « Une dizaine d'heures, environ.

— Bien, alors tu pourrais prendre, disons, quinze dollars de l'heure.

— Tu crois vraiment ? C'est beaucoup plus que ce que je gagne au magasin !

— C'est un peu plus difficile que de faire des sandwichs, il me semble.

— Et, croyez-moi, les clientes ne rechigneront pas à vous payer, intervint Mme Lefkowitz de retour en sweat-shirt, les joues roses de plaisir. Elles ont beau se plaindre tout le temps du faible montant de leur retraite, pour se faire habiller comme ça, elles ne se feront pas prier. »

De toute évidence, l'idée plaisait à Maggie. « Vous croyez vraiment que je pourrais ? Vous pensez que ça marcherait ? Il faudrait que je fasse de la publicité… et il me faudrait une voiture…

— Si j'étais toi, je commencerais prudemment, conseilla Ella. Vas-y tout doux au début pour voir si ça te convient.

— Je sens que je vais aimer ça ! J'adore le shopping, j'adore choisir des vêtements pour les autres… Je n'arrive pas à y croire… Vous êtes vraiment sûres que les gens me paieraient pour faire ça ? »

Tout sourires, Mme Lefkowitz ouvrit son volumineux sac à main, en tira son carnet de chèques et, de son écriture laborieuse et tremblante, fit un chèque de cent cinquante dollars à l'ordre de Maggie Feller. « Bien sûr qu'ils paieront ! » assura-t-elle.

51

Rose avait bu trop de margaritas.

Elle essaya d'avertir Amy, mais, l'alcool aidant, elle ne parvint qu'à marmonner « On aurait chamais dû boire touches marguerites. »

Amy la reçut cinq sur cinq et fit signe au barman. « Deux margaritas s'il vous plaît.

— Bien, mesdames. »

Rose se demanda quand la situation avait dégénéré. Sans doute plusieurs semaines avant la lettre de Maggie, le jour où Sydelle avait décidé d'organiser une fête prénuptiale.

L'invitation était arrivée sur du carton couleur crème, doré sur tranche, imprimé dans une calligraphie si tarabiscotée qu'elle était pratiquement indéchiffrable.

Amy avait ricané. « Elle se prend pour qui ? Pour une princesse ? »

« J'veux pas y aller, avait gémi Rose la veille. J'veux aller voir ma grand-mère en Floride.

— Tu as téléphoné ?

— Pas encore. Je ne sais pas quoi dire.

— Si c'est ta grand-mère qui répond, tu dis "bonjour". Si c'est Maggie, tu lui dis que si elle recommence à coucher avec ton petit ami, tu lui flanqueras un coup de pied où je pense dont elle se souviendra longtemps. Tâche juste de ne pas te tromper d'interlocutrice.

— Bon, d'abord, je me débarrasse de la fête prénuptiale, et après je m'occupe de ma grand-mère. »

Ce matin-là, elle avait donc rassemblé tout son courage, s'était rasé les jambes, et s'était rendue à l'heure dite au restaurant où l'attendaient une seule de ses amies et une bonne trentaine d'invitées de Sydelle.

« Rose », annonça Sydelle pompeusement. Il n'y avait plus aucune marque de fragilité sur le visage de sa belle-mère. Toute trace d'humanité était masquée par l'habituelle couche de maquillage et par son expression dédaigneuse.

« Je te présente mes amies », déclara Sydelle. Elle la fit défiler devant des clones d'elle-même : même coiffure laquée, paupières réduites à l'identique. *Elles doivent avoir le même coiffeur et le même chirurgien esthétique*, songea Rose. « Et Ma Marcia est là, elle aussi », conclut Sydelle devant sa fille. Marcia, l'air renfrogné, avait les cheveux ternes et portait une énorme croix en or et en diamants. Elle salua Rose d'un geste apathique puis se tourna de nouveau vers la serveuse afin de savoir s'il y avait du sucre dans les crêpes. Pendant ce temps, Jason et Alexandre, ses jumeaux âgés de quatre ans, se battaient sous la table.

« Comment ça va ? demanda Rose poliment.

— Jésus me bénit de sa grâce », répondit Ma Marcia. Sydelle eut un haut-le-cœur et Rose se dépêcha de rejoindre Amy.

« Au secours », murmura-t-elle tandis que sa belle-mère bavardait avec ses invitées. « J'aurais bien convié d'autres amies à elle, l'entendit-elle se plaindre, mais elle n'en a pas ! »)

Amy lui tendit une margarita. « Souris », chuchota-t-elle. Rose plaqua un sourire sur son visage. Sydelle se pencha pour serrer sur sa maigre poitrine ses petits-fils qui se débattirent jusqu'à ce qu'elle les relâche. Elle se redressa et commença son discours. « Celles d'entre vous qui connaissent Rose doivent se réjouir de ce beau jour ! » À sa grande stupeur, Rose vit arriver deux serveurs qui poussaient vers leur table une télévision sur une desserte à roulettes. « Que se passe-t-il ? » chuchota-t-elle à Amy, qui eut un geste d'ignorance. Sydelle lui décocha un sourire étincelant et dirigea la télécommande vers l'écran. Rose se vit apparaître à l'âge de onze ans, l'air bougon, le cheveu gras et avec l'inévitable appareil dentaire. Un rire gêné parcourut l'assistance. Rose frissonna d'horreur.

« Nous avions vraiment peur de ne jamais arriver à la caser, commenta Sydelle avec un grand sourire. Elle a traversé ses années de collège et d'université les cheveux dans les yeux, le nez dans ses livres. » Rose se vit après sa première année d'université, avec huit kilos de plus, boudinée dans son jean.

« Bien sûr, Rose a eu des soupirants… » Rose se reconnut à une fête du lycée, engoncée dans une horrible robe en dentelle rose, un collégien depuis longtemps oublié agrippé à sa taille. « Rien ne semblait lui réussir… » Suivirent Rose à une bar-mitsva, un miniéclair dans la bouche, Rose de profil à la fin des années 80 avec des épaulettes qui lui donnaient l'air d'un arrière de football américain, Rose à Halloween déguisée en Vulcain, la main levée à la Mr Spock.

« C'est pas vrai, murmura Rose à Amy avec un rire nerveux, elle collectionne des photos de moi depuis des années, au cas où je ferais un régime un jour, pour fournir les comparatifs.

— Elle a du culot, quand même », constata Amy pendant que d'autres photos de Rose défilaient. Sur l'une, elle avait l'air d'un tonneau ; sur une autre, elle tirait une tête de six pieds de long ; et sur une dernière, elle avait un énorme bouton sur le nez.

« Maman, elle a quoi, la dame ? » demanda Jason ou Alexandre. Marcia le fit taire.

« Pitié, qu'on m'achève, gémit Rose.

— Je peux t'assommer pour quelques heures, si tu préfères, proposa Amy.

— Levons nos verres au miracle de l'amour », conclut Sydelle.

Quelques rires, toujours très gênés, suivirent, ainsi que de faibles applaudissements. Rose parcourut des yeux la pile de cadeaux, espérant de tout son cœur y trouver vite le couteau que Simon avait mis sur la liste et qui lui permettrait d'aller se suicider dans les toilettes.

« Rose, tu commences ? » demanda Sydelle.

Rose se leva, se plaça devant la pile de cadeaux et les ouvrit un à un. Elle essaya de pousser des cris de joie devant les essoreuses à salade, les tasses en porcelaine, les Tupperware, les verres à vin, et même une balance de cuisine offerte par Sydelle, avec sur la carte : « J'espère que tu en feras bon usage » souligné deux fois.

Au bout d'une demi-heure, elle était à la tête de trois moules à gâteau, d'une planche à découper, de cinq sets de table, de deux vases en cristal et avait dû annoncer à six invitées différentes que, non, elle et Simon ne prévoyaient pas d'avoir d'enfant dans un futur immédiat. L'assiette en carton dans laquelle on piquait les rubans des paquets-cadeaux pour lui en faire un chapeau était pleine de nœuds, et on la lui fixa de force sur la tête.

Amy disparut dans les toilettes et revint à table, l'air d'avoir vu un fantôme.

« Que se passe-t-il ? » demanda Rose qui essayait désespérément de détortiller son couvre-chef.

Amy saisit deux margaritas et lui attrapa la manche pour l'attirer dans un coin.

« Je l'ai vue qui donnait le sein à ses mouflets !

— Qui ?

— Marcia ! »

Rose jeta un coup d'œil sur Marcia qui revenait des toilettes, Jason et Alexandre à sa suite. « Tu te fiches de moi, ils ont quatre ans.

— Je l'ai vue comme je te vois.

— Mais quoi, elle leur en envoyait des giclées dans leurs Frosties ?

— D'abord, je suis sûre qu'ils n'en mangent pas, Jésus ne doit pas trouver ça bon pour la santé, et ensuite, s'il faut te faire un dessin, je te dis qu'elle leur mettait son sein dans la bouche. »

Rose avala encore une gorgée de margarita. « Comme ça elle est tranquille, elle est sûre que c'est bio », commenta-t-elle.

Sydelle arriva à cet instant précis.

« Merci de m'avoir organisé une si belle fête, dit Rose.

— Tu pourrais au moins être un peu reconnaissante ! siffla Sydelle.

— Quoi ? bégaya Rose.

— Je te souhaite le mariage que tu mérites ! » jeta encore Sydelle avant de tourner les talons pour sortir du restaurant. Rose se raccrocha à sa chaise. « Mais qu'est-ce qui lui prend ? souffla-t-elle. Elle a dû nous entendre parler de Marcia et de sa laiterie.

— Flûte ! Tu crois ? Excuse-moi. »

Rose plongea la tête dans ses mains. « Ben dis donc, c'est pas ça qu'on raconte dans le *Nouveau Mariage juif*. C'était pas prévu qu'on me dise ça à ma fête prénuptiale.

— Ne fais pas attention à elle, conseilla Amy en prenant la balance de cuisine. Dis, tu sais que mon pouce pèse cent dix grammes ? »

Finalement, elles avaient empilé les cadeaux dans un taxi et, une fois arrivées à l'appartement, les avaient déchargés au milieu du séjour. Ensuite, elles étaient descendues au bar du coin, où elles avaient essayé de se remettre en buvant cocktail sur cocktail.

Quand Rose rentra, Simon n'était pas là. Il avait laissé un mot pour dire qu'il était sorti promener Pétunia et faire des courses pour le dîner. Elle resta plantée au milieu de la cuisine et ferma les yeux.

« Ma mère me manque », murmura-t-elle. Enfin, ce n'était pas tant sa propre mère qui lui manquait qu'une mère tout court, n'importe laquelle. Si elle avait eu une mère, cette horrible épreuve n'aurait pas été aussi pénible. Une mère l'aurait prise dans ses bras et aurait renvoyé Sydelle dans les abîmes sulfureux d'où elle avait surgi. Une mère lui aurait donné un petit coup de baguette magique sur la tête, et sa robe se serait transformée en une magnifique robe de mariée. Une mère aurait su organiser son mariage.

« Ma mère me manque », répéta-t-elle. Soudain, Rose réalisa que c'était surtout Maggie qui lui manquait ; même si elle n'avait pas de baguette magique, elle aurait trouvé le moyen de la faire rire. Rose eut un petit sourire en imaginant Maggie, éméchée, portant des toasts outranciers ou demandant à Ma Marcia si elle n'avait pas une goutte de lait en trop pour son café. Maggie l'aurait aidée à supporter ce calvaire. Et, de toute façon, elle n'avait pas le choix, elle n'avait qu'une sœur.

« Je ne peux pas rester ici », murmura-t-elle. Elle sortit son sac à dos du placard, le remplit de tout ce qu'elle pensait pouvoir lui être utile en Floride : des shorts, des sandales, un maillot de bain, une casquette de base-ball et *La Croisière de Chastity*, qu'elle avait emprunté à la mère de Simon. Après dix minutes sur Internet, elle avait trouvé un billet à deux cents dollars pour Fort Lauderdale. Puis elle prit le téléphone et tapa le numéro que lui avait envoyé Maggie dans sa lettre – qu'elle savait par cœur sans l'avoir appris. Quand sa sœur répondit, elle oublia le discours suggéré par Amy et dit simplement : « Maggie ? C'est moi. »

52

« Allez ! cria Maggie, tout le monde en place ! » Mme Lefkowitz se mit à gauche de la porte d'arrivée, Lewis au milieu, Ella de l'autre côté. Assise dans le fauteuil électrique de Mme Lefkowitz, Maggie filait des uns aux autres afin d'orchestrer l'accueil de sa sœur. « Levez vos pancartes ! » ordonna-t-elle. Ils brandirent les affichettes faites maison. Celle de Mme Lefkowitz disait « Bienvenue » écrit en rose, celle de Lewis « en Floride », et celle d'Ella, que Maggie avait particulièrement surveillée, disait « Rose ». Maggie elle-même portait un grand collage représentant un bouquet de roses, composé de photos découpées dans les magazines de jardinage de Mme Lefkowitz.

« Vol 512, en provenance de Philadelphie, au débarquement », annonça une voix dans le haut-parleur. Maggie appuya sur le frein si brusquement qu'elle faillit être éjectée.

« Finalement, dit-elle, je me demande si ce ne serait pas mieux que vous alliez l'attendre à la réception des bagages.

— Quoi ? demanda Ella.

— Elle a dit quoi ? » hurla Mme Lefkowitz.

Maggie s'expliqua à toute allure, tournant et retournant sa pancarte dans ses mains. « C'est que… avant mon départ… Rose et moi on s'est un peu disputées. Alors, peut-être que ce serait mieux si je pouvais lui parler d'abord. Toute seule.

— D'accord », dit Ella. Elle entraîna Lewis et Mme Lefkowitz (qui récupéra son fauteuil) vers la salle des bagages.

Maggie respira un grand coup, leva sa pancarte bien haut et scruta les passagers qui débarquaient de l'avion.

Une vieille dame… une vieille dame… une mère avec un enfant en bas âge qui avançait à pas d'escargot… Où était Rose ? Maggie posa sa pancarte et s'essuya les mains sur son short. Quand elle releva la tête, Rose passait la porte, plus grande, plus bronzée que dans son souvenir. Ses cheveux lui arrivaient aux épaules, retenus sur les côtés par des barrettes en émaux. Elle portait un tee-shirt rose à manches longues et un short kaki, et Maggie vit des muscles jouer sur ses jambes.

« Salut, dit Rose. Elle est jolie, ta pancarte. » Elle regarda par-dessus la tête de Maggie. « Alors, cette grand-mère mystérieuse, elle est où ? »

Maggie eut de la peine. Rose ne lui demandait même pas comment elle allait. Est-ce que cela lui était égal ? « Elle est à la salle des bagages. Attends, je vais te porter ton sac à dos. C'est tout ce que tu as apporté ? Tu as l'air en pleine forme. Tu fais de la musculation ?

— Non, du vélo. » Rose partit vers la récupération des bagages, si vite que Maggie dut presque courir pour rester à sa hauteur.

« Eh, attends !

— Je veux voir notre grand-mère, protesta Rose sans regarder sa sœur.

— Elle ne va pas se sauver ! » Maggie baissa les yeux pour voir ce que Rose portait aux pieds et vit une bague briller à sa main gauche : un anneau en platine avec un diamant taillé en émeraude. « Attends ! C'est une bague de fiançailles ?

— Oui », répondit Rose qui regardait toujours droit devant elle.

Maggie eut un coup au cœur. Il s'en était passé, des choses, pendant son absence, et elle n'était au courant de rien ! « Est-ce que c'est… ?

— Non, c'est quelqu'un d'autre. » Elles arrivèrent à la salle des bagages, où les attendaient Ella, Lewis et Mme Lefkowitz, qui regardèrent Maggie sans trop savoir quoi faire. Lewis leva sa pancarte.

« La voilà ! » s'écria Ella en courant au-devant de ses petites-filles, Lewis et Mme Lefkowitz dans son sillage.

Rose s'arrêta, étudia le visage d'Ella. « Bonjour, dit-elle.

— Ça fait tellement longtemps… Bien trop longtemps. » Ella fit un pas en avant et Rose la laissa la serrer dans ses bras, mal à l'aise et très raide. « Bonjour, chérie. Si tu savais comme je suis contente de te voir !

— Merci. C'est vraiment bizarre… »

Ella dévisagea sa petite-fille. Pendant ce temps, Maggie avait réintégré le fauteuil de Mme Lefkowitz et faisait des cercles en mitraillant sa sœur de questions. « Comment s'appelle ton fiancé ? Où as-tu trouvé tes barrettes ? J'aime bien tes cheveux longs ! » Elle s'arrêta devant Rose et désigna ses baskets. « Dis donc, ce n'est pas à moi, ça ? »

Rose baissa les yeux sur ses pieds avec un sourire gêné. « Tu les avais oubliées chez moi. Je ne pensais pas qu'elles te manqueraient, et puis je ne savais pas où te les envoyer. Elles me vont.

— Allez, on y va », dit Maggie en descendant du fauteuil roulant. Elle entraîna sa sœur vers la sortie. « Raconte-moi tout. Qui est l'heureux élu ?

— Il s'appelle Simon Stein. » Rose rejoignit Ella et marcha près d'elle. Elle lui parla doucement, laissant Maggie, Lewis et Mme Lefkowitz les suivre, l'oreille dressée pour essayer d'entendre leur conversation. Rose avait tellement changé ! Elle n'était plus ni pâle, ni donneuse de leçons, ni coincée. Elle portait des vêtements que Maggie aurait pu choisir elle-même, elle avait une démarche rapide mais décontractée. Même si elle n'était pas plus mince qu'avant, elle était plus tonique, comme si sa masse corporelle s'était redistribuée, ce qui lui donnait l'air à l'aise dans son corps, peut-être pour la première fois de sa vie. Maggie se demanda ce qui avait causé une telle transformation. Simon Stein, peut-être. Ce nom lui disait quelque chose. Maggie se creusa les méninges et finit par retrouver le souvenir d'une soirée au Dave and Buster, l'image fugace d'un petit type aux cheveux frisés avec un costume-cravate, qui avait tenté de convaincre Rose d'entrer dans l'équipe de softball de leur cabinet.

« Dis, Rose ! » appela-t-elle. Rose et Ella parlaient toujours à voix basse, et Maggie eut un accès de jalousie qu'elle eut du mal à réprimer. « Ce garçon que tu vas épouser. Il travaille dans ton cabinet, non ?

— Mon ancien cabinet, rectifia Rose.

— Ah bon ? Tu as changé de cabinet ?

— J'ai changé bien plus que ça ! » Elle tourna le dos à Maggie pour continuer à avancer au côté d'Ella. Maggie les regarda s'éloigner, triste et déçue… Mais, après tout, se dit-elle, elle le méritait bien. Après ce qu'elle avait fait à Rose, elle ne pouvait pas s'attendre que sa sœur se jette dans ses bras pour lui pardonner. Elle soupira, remonta le sac à dos de sa sœur sur ses épaules et les suivit.

53

Rose avait l'impression d'être une astronaute à la sortie de sa capsule après un atterrissage forcé sur une planète inconnue. Planète Grand-Mère, pensa-t-elle. Elle s'essuya le front ; il devait faire quarante à l'ombre. Comment pouvait-on supporter ça ?

Elle soupira, ajusta la visière qu'Ella lui avait prêtée et sortit de l'appartement derrière Maggie. « N'oubliez pas de vous mettre de l'écran total ! cria Ella.

— Ne t'en fais pas ! » cria Maggie en retour. Elle plongea la main dans sa poche pour montrer le tube à Rose. *C'est vraiment bizarre*, pensa Rose sur le trottoir brûlant qui longeait les pelouses impeccables (quoique de dimensions réduites) de Golden Acres. En quelques mois, sa petite sœur s'était transformée en une jeune adulte responsable, ou pas loin. Et, encore plus extraordinaire, elle était devenue la grande amie des personnes âgées. Rose n'arrivait pas à s'y faire. Jusque-là, elle avait eu très peu de contacts avec les plus de soixante-cinq ans, et sa nouvelle grand-mère la mettait un peu mal à l'aise. Ella la regardait trop, avait constamment la larme à l'œil et lui posait des milliers de questions. Comment était son appartement ? Comment avait-elle rencontré Simon ? Quel était son plat préféré ?

Aimait-elle les chats et les chiens, ou les deux, ou ni les uns ni les autres ? Quels films avait-elle préférés récemment ? Quels livres avait-elle lus ? C'était comme un premier rendez-vous avec un homme qu'on ne connaissait pas. Intéressant mais épuisant.

Une petite vieille dame juchée sur un énorme tricycle pédala jusqu'à elles. « Maggie, bonjour !

— Bonjour, madame Norton. Comment va votre hanche ?

— Bien, très bien ! »

Rose n'en revenait pas, Maggie avait été enlevée par les Envahisseurs. Comment survivait-elle dans un endroit où elle n'avait que des soupirants à pacemaker à se mettre sous la dent ? Qui lui faisait la cour, qui lui offrait à boire, qui lui donnait de l'argent pour aller chez la manucure, qui la flattait ? Abasourdie, elle adressa un signe de tête à la vieille dame au tricycle et suivit sa sœur jusqu'à la piscine. Elle avait eu l'intention de bien montrer sa colère à Maggie, mais toute cette nouveauté la déphasait ; on aurait dit que la petite peste qu'elle connaissait n'existait plus.

« Bon, tu peux me réexpliquer ce qu'on fait là ? demanda-t-elle.

— On vient voir mes amis de piscine. Dora est facile à reconnaître, c'est la seule femme et elle parle tout le temps.

— Dora, répéta Rose.

— C'est une de mes premières clientes.

— Comment ça, cliente ? Tu fais quoi ? Des massages ?

— Non, de l'aide personnalisée à l'achat. » Elle plongea la main dans sa poche et en sortit l'une des cartes de visite que Mme Lefkowitz lui avait faites sur son ordinateur. « "Maggie Feller, aide personnalisée à l'achat, Les Vêtements de vos rêves", lut-elle. C'est mon slogan. Je demande à mes clientes de me dire dans quels vêtements elles se sont senties le mieux, dans leur vie, et quand je leur cherche des fringues, j'essaie de reproduire le même sentiment. Par exemple, si ton vêtement préféré était une robe d'été en lin bleu, je ne vais pas t'acheter une robe d'été en lin bleu, mais je vais essayer de reproduire ce que tu sentais quand tu la portais.

— C'est une bonne idée. » Rose devait reconnaître que c'était plutôt bien vu. S'il y avait une chose que Maggie savait faire, c'était choisir les vêtements. « Et qui allons-nous voir d'autre ?

— Bon, il y a Jack, qui a un peu craqué sur Dora, je pense, parce qu'il est tout le temps désagréable avec elle. Avant, il était comptable, alors il va m'aider à faire les comptes des "Vêtements de vos rêves". Ensuite, il y a Herman. Il ne dit pas grand-chose, mais il est gentil… C'est un obsédé des tatouages.

— Il en a ?

— Je ne crois pas. Je n'ai pas trop cherché à savoir. En tout cas, tout le monde a beaucoup entendu parler de toi. »

Qu'est-ce que Maggie avait bien pu raconter ? « Ah oui ? Tu as dit quoi ?

— Où tu vis, ce que tu fais. Je leur aurais bien dit que tu étais fiancée, mais je ne le savais pas. Le mariage est pour quand ?

— Mai.

— Et comment se passe l'organisation ? Pas de problèmes ? »

Rose se crispa. « Tout va bien », répondit-elle brièvement. Maggie eut l'air vexée, mais, au lieu de se mettre en colère ou de bouder, elle se contenta de hausser les épaules.

« Bon, mais si tu as besoin d'aide, tu peux me demander, je suis une pro, maintenant.

— Je n'y manquerai pas. »

Elles arrivèrent à la piscine, où elles furent accueillies par Jack, Dora et Herman, qui regarda tout de suite les bras et les jambes nues de Rose, sans doute à la recherche de tatouages. Toujours très étonnée, Rose étala sa serviette sur une chaise longue grinçante. *Détends-toi.* Elle se força à sourire et suivit Maggie qui allait saluer ses nouveaux amis.

« Vous allez avoir assez de place, toutes les deux ? » demanda Ella. Le convertible dans lequel avait dormi Maggie lui semblait trop petit pour le faire partager à ses deux petites-filles.

« Pas de problème », affirma Rose en tirant un drap propre sur le matelas. À la fin de sa première journée en Floride, elle se sentait toujours aussi désorientée, et abrutie de coups de soleil. Elle avait passé l'après-midi avec Maggie à la piscine, puis elles étaient allées dîner tôt avec Ella et Lewis, qu'elle avait trouvé très gentil. Ella n'avait pas cessé de la dévisager d'une façon très embarrassante. Après le dîner, elles avaient regardé la télévision pendant une heure, et maintenant elles se retrouvaient dans la petite chambre d'amis. Rose remarqua que, bien entendu, Maggie s'était approprié l'espace tout comme elle avait envahi son appartement et avait transformé la chambre et la terrasse en une sorte de bureau-boudoir. Une table pliante était couverte de dessins, de calepins, et de guides qui expliquaient comment lancer et gérer une petite entreprise. Il y avait un mannequin de couturière que Maggie avait acheté à une vente et drapé de différentes longueurs de tissus – satin ivoire à franges, cotonnade prune. Rose retrouva aussi l'inévitable désordre de vêtements et de produits de beauté. Seul point étonnant : les livres. Rose en prit un. *Voyages* de W. S. Merwin. Elle l'avait lu à l'université et feuilleta le volume écorné et annoté de l'écriture irrégulière de Maggie.

« Tu lis de la poésie, maintenant ? demanda-t-elle.

— Oui, j'adore ça », répondit Maggie fièrement. Elle tira un livre d'une pile. « Celui-ci est de Rilké.

— Rilk-*eu*, corrigea Rose.

— Si tu veux. » Maggie s'éclaircit la voix. *Poème pour te souhaiter bonne nuit*, annonça-t-elle avant de commencer la lecture. À la fin, elle sourit, satisfaite de sa prestation, tandis que Rose la contemplait, bouche bée.

« Mais comment... depuis quand... » Elle n'en revenait pas. On la lui avait changée ! Elle réfléchit. C'était comme si le besoin obsessionnel de Maggie de s'approprier des choses, comme les chaussures, ou de courir après la gloire, avait été chassé par Rilke.

« J'aime spécialement le vers qui parle du chien qui passe, dit Maggie. Ça me rappelle Caramel.

— Moi, ça me fait penser à Pétunia. La petite chienne que tu as laissée chez moi.

— Ah oui, c'est vrai. Elle va bien ?

— Oui. » Rose ne s'étendit pas sur la question. Elle ne pardonnait toujours pas à Maggie de lui avoir imposé le chien, son désordre et le souvenir indélébile de ses ébats avec Jim Danvers. Elle se brossa les dents, se lava le visage et se coucha, accrochée à son bord de matelas, dos tourné à sa sœur.

« Ne me donne pas de coups de pied, avertit Maggie. Je te demande même d'éviter tout contact physique avec moi.

— Avec plaisir. Bonne nuit.

— Bonne nuit. »

Silence, brisé par le coassement des grenouilles. Rose ferma les yeux. « Alors ! lança Maggie d'un ton jovial, tu vas épouser Simon Stein ! »

Non, pitié ! Rose avait oublié cette manie de Maggie d'annoncer qu'elle se couchait, d'éteindre, de bâiller, de se tourner, de dire bonne nuit, de donner l'impression qu'elle allait vraiment dormir, et puis, juste au moment où on était sur le point de sombrer soi-même, de relancer la conversation.

« On a déjà parlé de ça pendant le dîner. »

Maggie ne se laissa pas décourager. « Je me souviens de lui, à cette soirée. Il était supermignon ! Pas très grand, mais mignon. Parle-moi du mariage, ça va se passer comment ?

— C'est un petit mariage, répondit Rose, qui pensait que, moins elle en dirait, plus vite Maggie la laisserait tranquille. Sydelle m'aide.

— Ma pauvre ! Ça va être un désastre. Tu te rappelles le mariage de Ma Marcia ?

— Vaguement. Je n'y suis allée que pour la cérémonie. » Sydelle, toujours aussi attentionnée, avait fixé la date du mariage de Ma Marcia le week-end précédant les derniers examens de Rose à la fac de droit. Elle avait dû rentrer réviser tout de suite après le consentement.

« Tu aurais vu ça ! Elle a battu le record du mariage le plus raté de l'histoire de l'Amérique !

— D'après les photos, j'ai trouvé que tout avait l'air très bien. » Mais Rose soupçonnait un petit souci au cours de la noce dont son père et Sydelle ne voulaient pas parler.

« Tu n'as pas remarqué que sur aucune des photos on ne voit les pieds des invités ? »

Cela ne disait rien à Rose.

« Je vais t'expliquer pourquoi, moi. Tu te souviens que la réception a eu lieu dans le parc d'un country-club très chic ?

— Silver Glen, non ?

— Silver Glen, Silver Lake, quelque chose de ce genre, s'impatienta Maggie. Le jardin était vraiment joli, belle pelouse, belles fleurs, sauf que l'arrosage automatique était déglingué et que le chapiteau n'avait pas de plancher. Il y avait quinze centimètres de boue par terre. Les tables s'enfonçaient et il faisait un froid de canard…

— Tu plaisantes.

— Je t'assure que non ! Ma Marcia a fini dans les toilettes, à pleurer toutes les larmes de son corps. » Maggie était en joie. « Elle répétait tout le temps : “Le plus beau jour de ma vie, complètement gâché ! Le plus beau jour de ma vie, complètement gâché !”

— C'est pas vrai, gémit Rose qui commençait à se sentir mal et à éprouver une certaine compassion pour Marcia.

— Et ce n'est pas tout ! Sydelle avait oublié de demander une dérogation pour le stationnement, ce qui fait que les gens n'arrêtaient pas de sortir pour changer leur voiture de place. Et puis l'arrosage s'est remis en marche au milieu de la première danse, et tout le monde est parti en courant. En plus, continua-t-elle, on avait oublié de me réserver une place à table et j'ai dû déjeuner avec l'orchestre. On n'a eu droit qu'à des sandwichs au lieu de la langouste et de l'entrecôte. »

Selon Rose, l'oubli avait été volontaire, mais elle n'en dit rien.

« Un vrai cauchemar, conclut Maggie, toute guillerette. Mais le bar était gratuit, ce qui rattrapait bien des choses. Je n'ai pas boudé les cocktails.

— Je m'en doute.

— Et j'en ai fait profiter tout le monde.

— Tu avais le droit ? Tu avais plus de vingt et un ans ?

— Ben, non. Alors, et toi ? Quoi de neuf ?

— Pas grand-chose », dit Rose lentement. Ce n'était pas vrai, mais pourquoi aurait-elle raconté à Maggie la fête prénuptiale cauchemardesque, sa dispute avec son père, sa rencontre avec Jim Danvers ? Avant ça, elle devait comprendre la spectaculaire métamorphose de sa sœur.

« Raconte-moi comment doit se dérouler ton mariage. Tu vas avoir des demoiselles d'honneur ? »

Il y eut un bref silence. « Rien qu'Amy, je pense, répondit Rose d'une voix tendue. Et toi, aussi, peut-être. Si tu veux.

— Tu as envie que je sois demoiselle d'honneur ?

— Ça m'est égal. Si tu veux, ça ne me dérange pas.

— C'est ton mariage, c'est à toi de dire ce que tu veux.

— C'est ce que tout le monde me répète tout le temps.

— Bon, ben… bonne nuit, alors, dit Maggie d'une voix distante.

— Bonne nuit.

— Bonne nuit », répéta Maggie. Silence.

« Rose ? Dis, tu pourrais aller me chercher un verre d'eau avec un glaçon, s'il te plaît ?

— T'as qu'à y aller toi-même. » Mais, avant même de finir sa phrase, Rose se levait du lit. Elle avait aussi oublié ce détail : c'était toujours elle qui apportait son eau à Maggie. Elle donnait un verre d'eau avec un glaçon à sa petite sœur tous les soirs depuis qu'elles étaient enfants, et elle avait continué même pendant les semaines où Maggie l'avait squattée. C'était une habitude qui se perpétuerait sans doute quand, à quatre-vingts ans passés, elles seraient veuves et se seraient retirées dans un Golden Acres des années 2060.

Lorsque Rose revint, quelque chose brillait sur l'oreiller. Elle se pencha. C'était peut-être un insecte. Mais non, c'était un carré de chocolat entouré de papier d'alu. « Comme dans les grands hôtels, commenta Maggie.

— Dors.

— Oui, oui, tout de suite. » Mais avant, elle posa le chocolat sur la table de nuit pour que ce soit la première chose que sa sœur voie en ouvrant les yeux le lendemain matin.

Dans sa chambre, Ella s'écarta de la cloison et se laissa retomber sur son lit, la tête pleine de questions. Sydelle était-elle vraiment aussi terrible qu'elles le disaient ? Qui était Ma Marcia ? Pourquoi Rose faisait-elle la tête à Maggie ? Pourquoi Maggie semblait-elle tant vouloir faire plaisir à sa grande sœur ? Rose allait-elle vraiment organiser son mariage sans faire participer Maggie ? Elle-même serait-elle invitée ?

Il y avait des explications à tout ce qu'elle venait d'entendre, bien entendu. Maggie n'était pas partie de chez Rose pour se cacher à Princeton pour rien. Comment expliquer qu'elles n'aient pas été en contact depuis dix mois ? « Laisse-leur le temps », avait conseillé Lewis. *Je vais essayer*, se murmura-t-elle, puis elle envoya deux baisers vers la chambre où dormaient ses petites-filles.

54

Rose plongea sa main gantée de plastique dans la marmite de cuisses de dinde bouillies, en prit une et détacha la viande de l'os.

« Merci d'être venue me donner un coup de main », dit Ella, qui épluchait des carottes à côté d'elle. Elles préparaient le repas des sans-abri du vendredi dans la salle des fêtes de la synagogue. « Tu es sûre que ça ne te gêne pas de t'occuper de la dinde ?

— C'est mieux que les oignons.

— Oui, c'est sûr ! » Ella regretta son excès d'enthousiasme. Elle se remit aux carottes, sans trop regarder sa petite-fille.

Rose était en Floride depuis trois jours et Ella ne parvenait toujours pas à la cerner. Elle répondait à tout ce qu'on lui demandait, dans le détail et poliment ; elle posait beaucoup de questions elle-même, toutes si bien formulées qu'on voyait que c'était sa profession d'interroger les gens. Enfin, sa première profession, puisque Rose lui avait expliqué qu'elle ne pratiquait plus le droit pour l'instant.

« Un break ? avait demandé Maggie. Tu veux dire quoi, par là ?

— Un break. Je m'arrête un peu », avait répondu Rose sans regarder sa sœur. Il y avait eu une grave dispute, c'était évident. Mais pourquoi ? Maggie refusait d'en parler et suivait sa sœur partout comme un petit chien perdu.

Rose enleva ses gants et s'étira. Même avec le filet qui lui couvrait les cheveux, Ella trouvait sa petite-fille très belle. Elle ressemblait à une héroïne biblique : grande, puissante, grave, avec des épaules larges et des mains efficaces.

« Ça va ? » demanda-t-elle.

Rose soupira. « J'ai fini la dinde.

— Faisons une pause », proposa Ella. Elles rejoignirent Mme Lefkowitz, assise à une table pliante dans un coin de la pièce où elle lisait le dernier numéro de *Hello !* (Parce que, disait-elle, la presse people était beaucoup plus intéressante en Angleterre).

« La promise ! » s'exclama-t-elle pour accueillir Rose, qui se força à sourire et s'assit sur une chaise pliante.

« Parlez-moi du mariage, demanda Mme Lefkowitz. Vous avez choisi votre robe ? »

Rose tressaillit. « Le mariage… Euh… Sydelle m'aide à l'organiser.

— Sydelle ? C'est quoi, ça ?

— Ma belle-mère. La Cruella d'Enfer de Cherry Hill. » Elle se tourna vers Ella. « Comment s'est passé le mariage de ma mère ?

— Discrètement. Tes parents l'ont organisé sans moi. Ils se sont mariés dans le bureau du rabbin un jeudi après-midi. J'aurais voulu les aider… organiser un beau mariage… mais Caroline ne voulait rien de spécial, et ton père faisait tout ce qu'elle voulait.

— Ça me rappelle quelque chose… Mon père n'est pas… Il n'a pas beaucoup de caractère. »

Sauf quand il s'agissait de m'empêcher de te voir, songea Ella sans rien dire. « Il aimait ta mère, expliqua-t-elle. Ça crevait les yeux. Il a essayé de s'occuper d'elle, de la rendre heureuse.

— Parlons plutôt de votre mariage à vous ! coupa Mme Lefkowitz en repoussant les derniers potins sur les frasques de Fergie. Allez-y, racontez-moi ça !

— Il n'y a pas grand-chose à dire, soupira Rose. La cérémonie est organisée par un monstre qui se moque complètement de ce que nous voulons, Simon et moi. Elle fait le forcing pour qu'on accepte ses idées.

— C'est un citron, remarqua Mme Lefkowitz.

— Pardon ?

— Oui, pensez aux fruits. Quand vous pressez une orange, vous obtenez quoi ? Pas du jus de pamplemousse, mais du jus d'orange. Les gens sont comme ça. On ne peut donner que ce qu'on a en soi. Si elle n'arrive qu'à vous embêter, c'est qu'elle n'a que ça à donner. Elle ne fait que déverser ce qu'elle a dans le cœur. » Fière de son discours, Mme Lefkowitz se carra sur sa chaise.

« Bon, dit Rose. Dans ce cas, vous diriez que Maggie est quel genre de fruit ?

— Un fruit délicieux.

— Si c'est ce que vous pensez, persifla Rose, c'est que vous ne connaissez pas bien ma sœur.

— Elle n'est pas délicieuse ? » demanda Ella.

Rose se leva, soudain virulente. « Elle prend tout ce qui appartient aux autres ! » *Enfin !* se dit Ella tandis que Rose se mettait à marcher de long en large. *Enfin, nous allons savoir ce qui ne va pas.* « Elle s'approprie tout, continua Rose, la voix tremblante. Tu n'as pas remarqué ? Ma sœur pense que tout est à elle. Elle estime qu'elle a le droit de voler vos vêtements, vos chaussures, votre argent, votre voiture… et plein d'autres choses. »

Quelles autres choses ? se demanda Ella.

« Je suis sûre que depuis qu'elle est ici, des tas de trucs ont disparu.

— Je ne crois pas, dit Ella.

— Nous n'avons rien qui pourrait la tenter », remarqua Mme Lefkowitz.

Rose secoua la tête. « C'est tout elle, ça. Une fois qu'elle m'a bien démolie, elle a décidé de se racheter une conduite. »

Quelles autres choses ? se demanda encore Ella. « Qu'est-ce que Maggie t'a pris ?

— Hein ?

— Je crois que Maggie t'a pris une chose à laquelle tu tenais beaucoup. C'était quoi ?

— Rien. » *Elle est furieuse contre Maggie*, jugea Ella. *Et peut-être s'en veut-elle aussi à elle-même.* « Elle ne m'a rien pris de bien important. »

Ella lui tendit la main, mais Rose fit comme si elle ne la voyait pas. « Ma chérie, je crois que Maggie est une fille bien, au fond, persista maladroitement Ella. Elle met de l'argent de côté, et je crois que son idée d'entreprise est bonne. Elle a déjà trouvé des vêtements pour pas mal de gens que je connais. Elle a habillé son amie Dora, ma voisine Mavis Gold…

— Méfie-toi, coupa Rose. Si elle ne t'a encore rien pris, ça ne saurait tarder. Elle a peut-être l'air gentille comme ça, mais c'est une profiteuse. » Sur cette conclusion, elle sortit, laissant Ella inquiète.

55

Deux jours plus tard, Maggie était allongée sur une chaise longue à côté de Rose et la regardait dormir.

« Elle est fatiguée, remarqua Dora.

— Quel sens de l'observation ! ironisa Jack.

— Elle a l'air gentille, jugea Herman, dans une de ses rares interventions qui n'aient pas trait aux tatouages.

— Oui, elle est gentille », confirma Ella.

Maggie soupira. « Je crois qu'elle va rentrer chez elle. » Elle avait entendu Rose au téléphone le matin. Elle parlait à quelqu'un qui devait être Simon et lui demandait de vérifier pour elle les horaires des vols à destination de Philadelphie.

C'était bête, Rose ne pouvait quand même pas déjà partir. Pas comme ça. Pas sans que Maggie l'ait convaincue qu'elle avait vraiment changé, qu'elle allait vraiment mieux, qu'elle regrettait sincèrement ce qu'elle avait fait.

Elle se tourna sur le côté afin de réfléchir à la situation. Rose avait besoin de se reposer et Maggie s'était arrangée pour qu'elle puisse faire la sieste tous les jours, paresser près de la piscine et finir par un petit tour le soir après le dîner. Elle avait indiqué à Ella ce que sa sœur aimait manger, y compris sa passion secrète pour les croustilles au fromage et la glace. Elle lui avait systématiquement laissé la télécommande quand elles regardaient la télévision, ne disait rien quand Rose tripotait ses livres de bibliothèque pour retrouver des poèmes qu'elle avait étudiés à l'université. Pourtant, aucun de ses efforts ne semblait porter ses fruits. Rose ne quittait pas Ella d'un pouce, lui posait des questions sur leur mère, regardait des photos, l'accompagnait dans ses sorties. Elles s'entendaient comme larrons en foire, se suffisaient à elles-mêmes. Maggie n'avait pas encore été pardonnée, c'était évident. Mais comment s'y prendre ? Elle ne voyait pas quoi faire d'autre que de demander directement pardon à Rose, ce qu'elle avait fait des dizaines de fois sans résultat. Il devait bien y avoir quelque chose à lui donner, un acte à accomplir, pour la convaincre qu'elle regrettait et qu'elle avait décidé de changer.

Et maintenant, pensa-t-elle en se tournant sur le ventre, Rose avait un nouveau petit copain. Un futur mari. Elle planifiait certainement son mariage avec l'efficacité redoutable dont elle avait fait preuve dans son métier. Maggie imagina la liste des invités sous forme de tableau. L'attribution des places au banquet gérée par ordinateur. Le fleuriste embauché un an à l'avance afin qu'il cultive des fleurs parfaites pour son bouquet. Et la robe de mariée ?… Maggie se redressa si vite qu'elle renversa son verre d'eau, ce qui déclencha les cris de Dora, un froncement de sourcils de Jack et l'envoi d'une serviette par Ella.

« Eh, Rose ! » Cette dernière se réveilla en sursaut et la regarda, les yeux embrumés. « Tu as trouvé ta robe de mariée ? »

Sa sœur referma les yeux. « Non, je cherche encore.

— Rendors-toi », dit Maggie. Parfait ! Si elle arrivait à lui trouver la robe de mariée idéale… ça n'arrangerait pas tout, mais ça ne ferait pas de mal. Ce serait plus qu'un bon début, ce serait un signe… un signe que Maggie était sincère et qu'elle se préoccupait vraiment d'elle.

Et puis, plus elle y pensait, plus elle se rendait compte que ce serait un acte symbolique. Cela lui évoquait un cours qu'elle avait suivi à Princeton sur la naissance des mythes. Le professeur avait parlé des quêtes sacrées. Le héros devait parcourir le monde à la recherche d'un objet et le rapporter : une épée, un calice, une pantoufle de vair. « Comme dans *Le Seigneur des anneaux*, avait-il expliqué. Et ces objets représentent quoi ? La connaissance. » Une fois que le héros avait trouvé la connaissance, il pouvait vivre heureux jusqu'à la fin de ses jours. D'accord, Maggie n'était pas un héros, et certaines choses lui échappaient encore sûrement sur le symbolisme, mais elle savait choisir les vêtements mieux que personne. Elle était styliste dans l'âme et, mieux encore, elle connaissait sa sœur et se savait capable de lui trouver une robe.

Maggie feuilleta son carnet de rendez-vous. Elle était assez prise, avec le cinquantième anniversaire de mariage des Lieberman et la croisière de Mme Gantz, mais elle pouvait se débrouiller pour caser Rose. Par où commencer ? D'abord, le rayon robes de mariée de chez Saks, pour trouver de l'inspiration. Il n'y aurait pas grand-chose à la taille de Rose, sans doute, mais au moins elle verrait ce qu'il y avait. Ensuite, quand elle aurait une idée, elle irait dans ses trois dépôts-ventes préférés. Elle y avait vu des robes de mariée, sans y prêter attention parce qu'elle voulait autre chose, mais elle savait où chercher…

« Dis donc, tu restes jusqu'à quand ? reprit-elle, tâchant de paraître désinvolte.

— Lundi. » Rose se leva, alla lentement au bord de la piscine et plongea. Il restait donc quatre jours. Maggie pourrait-elle trouver une robe de mariée pour Rose – la robe de ses rêves – en quatre jours ? Ce n'était pas gagné. En tout cas, il fallait s'y mettre tout de suite.

« C'est quoi, ta fringue préférée ? demanda-t-elle à sa sœur. Le vêtement dans lequel tu t'es sentie le mieux de ta vie ? »

Rose nagea jusqu'au bord. « J'aimais beaucoup mon sweat-shirt bleu avec la capuche. Tu te souviens ? »

Maggie hocha la tête, la mort dans l'âme. Elle se souvenait parfaitement de ce sweat-shirt à capuche, pour la bonne raison que Rose l'avait porté pratiquement jour et nuit en sixième. « Mais je l'aime », protestait-elle obstinément quand leur père essayait de le lui faire enlever pour le laver.

« Tu l'as porté jusqu'à ce qu'il soit en loques, commenta Maggie.

— Ah, mon vieux sweat bleu », soupira Rose avec l'affection qu'on réserve en général à un chien ou à une personne. Maggie n'en eut que plus peur d'échouer. Comment pouvait-on concevoir une robe de mariée en s'inspirant d'un sweat-shirt avachi avec une fermeture Éclair sur le devant ?

Elle se passerait d'inspiration de départ. Et si elle n'avait que quatre jours, il lui faudrait de l'aide. Pendant que Rose continuait ses longueurs, Maggie fit signe à Dora, Ella et Lewis d'approcher. « J'ai besoin de vous », chuchota-t-elle.

Dora tira sa chaise vers elle, les yeux brillants : « Chic !

— Mais vous ne savez même pas ce que je vais vous demander ! »

Dora jeta un coup d'œil sur Lewis, qui échangea un regard de connivence avec Ella, puis ils se tournèrent tous les trois vers Maggie.

« On s'ennuie à mourir, expliqua Dora.

— On serait ravis que tu nous donnes quelque chose à faire, confirma Ella.

— Bon, d'accord. » Maggie ouvrit son calepin à une page blanche. Elle avait déjà son plan d'action. « Voilà comment on va s'y prendre… »

56

« Tu es prêt ? » Ella remit fébrilement de l'ordre dans une chemise en carton pleine de feuillets tapés à la machine. « Tu serais peut-être mieux assis.

— À mon âge, commenta Lewis, ça ne me fait jamais de mal de m'asseoir. » Il s'installa derrière son bureau dans le local de la *Gazette de Golden Acres* et attendit avec intérêt. Ella s'éclaircit la voix et regarda Maggie qui lui adressa un sourire d'encouragement. Ella se mit à lire le poème qu'elles avaient écrit ensemble et qui s'intitulait *Le Cri du senior.*

J'ai vu les plus grands esprits de ma génération
[détruits par
des tics de seniors, dyspeptiques, oublieux, vêtus
[de polyester,
se traîner vers les places de stationnement pour
[handicapés à
16 heures, à la recherche de plats à tarif réduit
[pour couche-tôt.

« Eh bien, commenta Lewis en se retenant de rire, j'ai l'impression que vous venez de lire Allen Ginsberg.

— C'est vrai, reconnut Maggie fièrement. Je veux signer, évidemment.

— Cosigner, rectifia Ella.

— Oui, oui, bien sûr.

— Comment avance la mission top secret ? » s'enquit-il.

Maggie eut l'air ennuyée. « C'est plus difficile que je ne pensais, mais je crois que je vais y arriver. Tu es toujours d'accord pour nous aider ?

— Évidemment. »

Maggie, satisfaite, sauta du bord du bureau et prit son sac.

« Je dois y aller. Mme Gantz attend ses maillots de bain. Je vous retrouve à l'appartement à 16 heures. »

Ella la suivit des yeux avec un sourire.

« Alors, ça fait quel effet d'être grand-mère ? demanda Lewis quand Maggie fut partie.

— C'est agréable. Ça va mieux qu'au début. Elle se débrouille bien. Son affaire prend tournure. Elle a beaucoup de travail.

— Et Rose ?

— J'ai l'impression que son mariage la déboussole. Et Maggie aussi. En tout cas, elles s'aiment beaucoup, j'en suis sûre. » Elle engrangeait comme des trésors tous les indices qui évoquaient leur vie de petite fille, tout particulièrement ce qu'elle avait appris au début du séjour de Maggie en Floride, quand elle ne parlait presque pas. Ella les imaginait dans la chambre aux lits jumeaux, Rose allongée sur le ventre, lisant… quoi ? *Alice détective*, par exemple. Et Maggie, un tout petit bout de chou portant… une salopette rouge, pourquoi pas ? Maggie bondissait d'un lit à l'autre en criant « Le petit renard brun ! Saute sur le gros chien ! Qui dort ! ».

« Je voudrais… » Elle s'interrompit. Oui, que voulait-elle, au juste ? « Je voudrais pouvoir les réconcilier. Je voudrais donner à Maggie la vie dont elle rêve, et dire à Rose comment s'y prendre avec sa belle-mère, et aussi… (Elle leva la main gauche et fit un geste avec sa baguette magique imaginaire.)… réparer. Tout réparer dans leur vie.

— Mais ce n'est pas le rôle des grands-parents.

— Non ? demanda Ella tristement.

— Pas du tout.

— Ils font quoi, alors ? » Elle regrettait si fort les années perdues où elle aurait dû l'apprendre…

Lewis, pensif, fixa du regard le plafond. « Je crois que nous sommes là pour leur donner notre amour inconditionnel, les encourager et les aider de temps en temps à boucler leurs fins de mois. On les accueille chez soi quand ils en ont besoin et on essaie de ne pas leur faire la morale, parce que leurs parents le font suffisamment comme ça. Pour le reste, on les laisse se débrouiller tout seuls.

— Je me demande si Rose m'en veut beaucoup », dit-elle si doucement que Lewis faillit ne pas l'entendre. Elle ne l'avait avoué ni à lui, ni à Maggie, ni à personne mais, tout en étant très heureuse de voir Rose, elle avait aussi redouté ces retrouvailles ; il y avait tant de questions difficiles auxquelles elle ne pouvait répondre…

« C'est impossible de t'en vouloir longtemps, affirma Lewis. Tu te tracasses trop. Elles sont intelligentes. Elles ne peuvent pas te rendre responsable de ton absence alors que ce n'était pas ta faute. Et elles ne s'attendent pas à ce que tu arranges tout pour elles. On ne peut demander ça à personne.

— Et tu me trouverais bête d'avoir quand même envie de tenter le coup ? »

Lewis sourit et lui prit la main. « Non, dit-il, je ne t'en aime que davantage. »

57

Malheureusement, Maggie s'en rendit compte le lendemain matin, les robes de mariée en prêt-à-porter n'existaient qu'en deux tailles.

« Nous pouvons commander le modèle qui vous plaît, expliqua la vendeuse. Ce que nous avons là, ce sont des tailles types pour l'essayage.

— Mais si on ne fait ni du 38 ni du 40 ?

— On vous les épingle si elles sont trop grandes.

— Et si elles sont trop petites ? »

La vendeuse haussa les épaules et griffonna un nom et une adresse sur un papier. « Essayez là. Ils font les grandes tailles. »

À la boutique suivante – la succursale d'une gigantesque chaîne de robes de mariée –, Ella et Maggie trouvèrent comme promis des grandes tailles, pendues avec tact dans une section nommée « les divas », mais elles étaient toutes affreuses.

« Je ne sais pas trop », dit Ella en montrant à Maggie la énième robe à taille haute. Celle-ci avait un gros bouquet de fleurs en soie cousu sur la poitrine.

« Oui, elle pourrait faire l'affaire… Mais je veux mieux, je veux l'idéal. Je ne pense pas qu'on trouvera ici. »

Avec un soupir, elle s'appuya à la vitrine des jarretières en promotion. « Je ne sais même pas ce que je cherche. J'ai l'impression que je me rendrai compte que c'est la bonne en la voyant, mais je ne suis pas sûre de la voir un jour !

— Et Rose, elle sait ce qu'elle veut ?

— Non. Son vêtement préféré, c'est un vieux sweat bleu à fermeture Éclair et à capuche. Je vais peut-être devoir m'adresser à des couturières, ajouta-t-elle avec un nouveau soupir. À moins qu'on ait plus de chance ailleurs. Où est Lewis ? »

Elles le retrouvèrent dans le salon d'essayage, où il dispensait des conseils aux futures mariées.

« Je ne suis pas sûre que ça m'aille, dit une petite rousse noyée dans une énorme robe qui ressemblait à une meringue. Vous ne la trouvez pas un peu imposante ? »

Lewis l'observa attentivement. « Repassez la troisième, celle avec le décolleté dans le dos. C'est quand même celle que je préfère. »

Une jeune femme noire, coiffée avec des petites tresses ornées de perles et de coquillages, lui tapa sur l'épaule et tourna sur place pour se faire admirer.

« Elle est faite pour vous, approuva Lewis.

— Lewis ! appela Maggie. On s'en va ! »

Des protestations angoissées éclatèrent dans cinq ou six cabines. « Non ! Ne partez pas ! Encore une ! »

Lewis sourit. « J'ai l'impression que je suis assez doué. Maggie, tu devrais m'embaucher.

— Marché conclu. Mais il ne nous reste que deux jours avant le départ de Rose, et nous n'avons encore rien trouvé. Il faut qu'on s'active. Allons-y. »

Maggie et Ella rentrèrent tard et très déçues à Golden Acres, par une soirée humide qui bruissait du chant des criquets. Elles étaient allées voir une robe que vendait un particulier, et c'était une horreur : faux satin trop brillant, décolleté rond trop plongeant, perles décoratives qui rebondissaient partout sur le lino de la cuisine de la propriétaire de la robe. Quand Maggie avait annoncé qu'elle ne la prenait pas, la dame les avait suppliées de l'emporter quand même parce qu'elle ne voulait plus la voir.

« C'est la robe que vous avez portée à votre mariage ? avait demandé Maggie.

— Que j'ai failli porter… »

Elles se retrouvaient donc dans la voiture, la robe accrochée à un crochet à l'arrière, comme un fantôme. Maggie était de très mauvaise humeur et s'affolait à l'idée de ne rien trouver.

« Qu'est-ce que je vais faire ? gémit-elle.

— Tu sais, c'est surtout l'intention qui compte.

— Elle ne va pas porter une intention à son mariage.

— Peut-être, mais ton envie de l'aider et les efforts que tu fais pour elle devraient lui prouver à quel point tu l'aimes.

— Sauf qu'elle ne sait même pas que je lui cherche une robe. Et je veux vraiment lui trouver quelque chose. C'est important. Très important.

— Bon, mais tu n'es pas obligée de lui trouver une robe avant son départ. Tu as encore cinq mois, ce qui te laisse le temps d'en commander une. Ou alors, nous pourrions la lui fabriquer nous-mêmes.

— Je ne sais pas coudre, maugréa Maggie.

— Toi peut-être pas, mais moi si. En tout cas, je savais coudre dans le temps, mais ça fait très longtemps. Je faisais plein de choses : des nappes, des rideaux, des robes pour ta mère quand elle était petite…

— Mais une robe de mariée… ce ne serait pas trop dur ?

— Ce serait très difficile, oui, mais nous pourrions essayer si tu trouves une forme qui te plaît.

— Je crois que je sais ce qui va lui aller. » Après avoir vu plus d'une centaine de robes différentes, et environ cinq cents photos d'autres modèles, Maggie commençait à avoir une idée assez claire de ce qu'il fallait à Rose. Elle n'avait pas trouvé la robe parfaite, mais elle pouvait l'imaginer. Ce serait une robe princesse avec un décolleté pas trop échancré pour rester décent et peut-être des perles brodées tout le long. Pas une robe trop voyante, surtout, et pas dans un tissu qui gratte. Des manches trois quarts seraient flatteuses. Les manches courtes lui donneraient un air de rombière, et Rose ne voudrait jamais porter une robe sans manches. La jupe serait très bouffante, comme une robe de conte de fées, mais pas trop théâtrale, et avec une traîne, mais pas trop longue. « Je pense que Rose me ferait confiance. » En réalité, elle n'en était pas sûre du tout, mais elle l'espérait. Elle l'espérait de tout son cœur.

« Si on la fabrique nous-mêmes, est-ce qu'on va devoir trouver un patron ?

— C'est ce qu'on fait en général, répondit Ella.

— Mais si on veut créer un modèle qui ne ressemble à aucun autre ? »

Ella se tapota les lèvres du bout du doigt.

« Eh bien, on peut sans doute prendre des parties de patrons différents et les assembler. Ce serait un peu délicat, et ça coûterait assez cher, mais...

— Combien ? Quelques centaines de dollars ? demanda Maggie d'une petite voix.

— Plus que ça, je pense. Mais j'ai de quoi te financer.

— Non ! Non, je veux payer la robe moi-même. C'est mon cadeau. »

Il faisait nuit noire maintenant, et, au loin, on entendait les roulements de tonnerre annonciateurs de la pluie quotidienne. Toutes les anciennes peurs de Maggie se réveillaient : elle pensait aux camarades de classe qui s'étaient moqués d'elle, aux patrons qui l'avaient renvoyée, aux propriétaires qui l'avaient expulsée, aux garçons qui l'avaient traitée d'idiote. « Tu n'y arriveras jamais, disaient-ils. Tu es trop bête. Tu n'en es pas capable. »

Ses mains se crispèrent sur le volant. *Mais si, j'y arriverai*, se dit-elle. Elle revoyait les après-midi passés à coller des affichettes dans tout Golden Acres, avec le dessin d'une robe sur un cintre, et le texte : LES VÊTEMENTS DE VOS RÊVES, et MAGGIE FELLER, AIDE PERSONNALISÉE À L'ACHAT écrit en dessous. Son téléphone sonnait tellement depuis deux semaines qu'elle avait fini par se faire installer sa propre ligne. Elle repensa aux explications de Jack qui lui avait montré comment gérer son budget. Il avait pris son temps, sans jamais perdre patience, lui avait expliqué que si elle voulait tenir sa propre boutique, il faudrait qu'elle mette de l'argent de côté. Il fallait imaginer que son argent était un gâteau et qu'elle avait besoin de presque tout manger pour vivre – pour son loyer, la nourriture, l'essence et le reste – mais que, si elle arrivait à mettre de côté une petite part, même minuscule, tous les mois, à la fin (pas tout de suite, avait-il averti, mais un jour), elle aurait assez d'argent pour financer ses projets. Elle étudierait de nouveau les chiffres et en prendrait une portion pour la robe de Rose.

Maggie pensa aussi à la petite boutique qu'elle avait vue près du magasin de bagels, vide depuis trois mois, avec un joli store vert et blanc à rayures, et une vitrine toute sale. Elle passait devant à l'heure de sa pause et s'imaginait la nettoyer, peindre les murs en blanc cassé et installer dans l'arrière-boutique des cabines d'essayage avec des rideaux en coton blanc et en mousseline. Elle ajouterait des bancs capitonnés dans les cabines pour permettre aux clientes de s'asseoir, une tablette pour qu'elles puissent poser leur sac, et elle trouverait des vieux miroirs dans des brocantes. Tous les prix seraient des chiffres ronds, taxe incluse. Ce ne serait pas Hollywood, mais c'était l'activité qu'elle réussissait le mieux, ce qu'elle préférait faire. Et elle remportait déjà du succès, ce qui signifiait qu'elle pouvait très bien réussir à faire une robe, il n'y avait pas de raison. Cette fois, il n'y aurait pas de catastrophe, et elle n'aurait pas besoin qu'on l'aide à se récupérer. Au contraire, ce serait elle qui sauverait Rose.

« On peut essayer ? » demanda-t-elle finalement. À l'arrière, la robe oscillait doucement d'avant en arrière, comme si elle dansait.

« Mais bien sûr, répondit Ella. Bien sûr, ma chérie. »

58

« Résidence Stein, Simon à l'appareil.

— Ils savent que tu réponds comme ça au téléphone ? » demanda Rose. Il était 10 heures du matin ; Ella était allée bercer des bébés de mères droguées à l'hôpital, et Maggie était partie pour une de ses missions top secret. Rose disposait donc du trois pièces pour elle toute seule.

« Je savais que c'était toi, ton numéro s'affiche. Tu te reposes ?

— On peut dire ça.

— Alors, soleil, boissons fraîches et grands séducteurs ? »

Rose soupira. Simon la taquinait, d'ailleurs elle le trouvait drôle comme toujours, mais il avait une voix bizarre. C'était à cause de Jim, sans doute. Et puis de sa grand-mère cachée et de son départ soudain pour la Floride. Il fallait qu'elle rentre vite pour s'expliquer. « Les seuls séducteurs du coin ont quatre-vingts ans et des stimulateurs cardiaques.

— On ne se méfie jamais assez. Plus on a de la bouteille, plus on a de ressources. Tu vas bien ?

— Oui. Ella aussi. Et Maggie… » Rose fronça les sourcils. Maggie avait changé, mais elle se méfiait.

Elle emporta le téléphone dans le séjour. « Maggie a monté une petite affaire. Elle achète des vêtements pour les gens. C'est logique, en fait : elle a beaucoup de goût et elle est d'excellent conseil. La plupart des gens ici ne peuvent plus conduire, et même s'ils ont une voiture, cela les fatigue de faire des courses...

— Déjà que moi ça me fatigue... Ça doit être génétique. La dernière fois que ma mère est allée dans un centre commercial, elle a alerté la police parce qu'elle croyait qu'on lui avait volé sa voiture. En fait, elle avait oublié où elle l'avait garée.

— La pauvre ! C'est pour la reconnaître qu'elle entasse des animaux en peluche sur sa banquette arrière et qu'elle accroche des rubans à son antenne ?

— Non, c'est parce qu'elle aime les rubans et les animaux en peluche. » Il y eut un silence. « Tu sais, j'étais un peu en colère contre toi quand tu es partie.

— À cause de Jim Danvers ?

— Oui... Ça m'a ennuyé. Pas l'histoire en elle-même, mais parce que je veux que tu puisses tout me dire sans avoir peur. Je vais être ton mari. Tu dois pouvoir me faire confiance. Et puis j'aimerais bien que tu me dises au revoir avant de partir. » À l'autre bout du fil, Rose perçut son émotion. « Quand je suis rentré l'autre soir et que tu n'étais pas là... »

Rose ne comprenait que trop bien. Elle savait comme il était dur de découvrir que la personne qu'on aimait avait disparu sans un mot.

« Je te demande pardon, dit-elle. Je vais essayer. » La gorge serrée, elle approcha de la bibliothèque pleine de photos d'elle, de Maggie et de leur mère en robe de mariée, tout sourires comme pour dire qu'elle avait toute sa vie devant elle et qu'elle allait être très heureuse. « Je suis désolée d'être partie comme ça et de ne pas t'avoir parlé de Jim. Je regrette que tu aies appris l'histoire de cette façon.

— Ça n'a pas été évident, mais j'ai été trop dur avec toi. Je sais que les préparatifs du mariage te stressent beaucoup.

— C'est normal que je m'en occupe, j'ai plus de temps que toi.

— En parlant de ça, hier soir, tu as reçu un coup de fil d'un chasseur de têtes. »

Le cœur de Rose battit plus fort. Quand elle travaillait chez Lewis, Dommel et Fenick, elle recevait des appels de chasseurs de têtes plusieurs fois par semaine. Les recruteurs trouvaient son nom et son curriculum dans les annuaires professionnels et l'appelaient pour essayer de la persuader de passer dans un autre cabinet, dans lequel, très probablement, elle travaillerait encore plus dur. Depuis qu'elle avait pris son congé, le téléphone avait cessé de sonner.

« C'était quelqu'un de l'association Femmes et solutions alternatives.

— Ah ? » Elle essaya de se souvenir de cet organisme. « Comment ont-ils trouvé mon nom ?

— Ils ont besoin d'un juriste », expliqua Simon. Comme il ne répondait pas directement à sa question, elle comprit aussitôt que c'était lui qui les avait contactés. « Il s'agit de donner des conseils juridiques à des femmes à bas revenus. Droits de garde, pensions alimentaires, droits de visite, des trucs comme ça. Il y a pas mal à plaider, j'imagine, et le salaire n'est pas mirifique parce que ce serait un mi-temps au départ, mais je me suis dit que ça pourrait t'intéresser. » Il s'interrompit. « Bien sûr, si tu n'es pas encore prête à reprendre…

— Si ! Si ! s'écria Rose, enthousiaste. Ça me semble très… Enfin, je trouve ça très… Ils ont laissé leur numéro ?

— Oui. Mais j'ai dit que tu étais en vacances, alors il n'y a pas d'urgence. Profites-en ! Mets ton maillot, va filer une crise cardiaque à un vieux bonhomme.

— Il faut que j'appelle Amy d'abord. Elle me laisse des messages depuis que je suis arrivée et on se rate tout le temps.

— Tu l'embrasseras de ma part. Ce qui ne lui fera probablement aucun plaisir.

— Elle t'aime beaucoup.

— Amy pense que personne n'est assez bien pour toi. Et elle a raison, mais je ne suis pas si mal, de façon générale. Et puis…

— Quoi ? »

Simon répondit dans un murmure. « Je t'aime très fort, ma promise.

— Moi aussi, je t'aime. »

Elle raccrocha en souriant, l'imaginant derrière son bureau encombré de papiers. Puis elle composa le numéro de sa meilleure amie.

« Cool ! s'exclama Amy, raconte-moi tout ! Comment est ta grand-mère ? Elle te plaît ?

— Oui, dit Rose, étonnée d'être si sûre de son jugement. Elle est intelligente, gentille et… heureuse. Je crois qu'elle a été très triste pendant longtemps et qu'elle est contente maintenant que Maggie et moi nous sommes chez elle. Le seul problème, c'est qu'elle me regarde tout le temps.

— Pourquoi ?

— Sans doute parce qu'elle ne nous a pas vues grandir… Je lui ai dit qu'elle n'avait pas loupé grand-chose.

— Mais si, ma grande, au contraire ! Elle aurait sûrement voulu te voir rafler tous les premiers prix et te déguiser en Vulcain pendant trois ans de suite aux défilés de Halloween… J'en ai, des trucs à lui raconter, moi !

— Pas question, je te l'interdis ! s'écria Rose, riant à moitié, rouge de honte.

— Alors, dis-moi… Est-ce que Maggie va venir au mariage ?

— Oui, je crois.

— Elle va me remplacer ?

— Certainement pas. Ne t'en fais pas, tu vas pouvoir porter ton nœud sur les fesses.

— Impec. Bois une piña colada à ma santé.

— Et toi, sois sage. »

Rose raccrocha et se demanda ce qu'elle allait faire de sa journée. Elle n'avait pas de chiens à promener, pas de crises pré-nuptiales à régler. Dans le salon, elle avisa un album photo au sommet d'une pile posée sur la table basse. « Caroline et Rose », disait l'étiquette. Elle l'ouvrit et se vit, nourrisson, enveloppée dans une couverture blanche. Ses yeux étaient clos, et sa mère, face à l'appareil, souriait d'un air hésitant. *C'est fou ce qu'elle était jeune*, songea Rose. Elle tourna les pages. Elle se vit bébé, ses premiers pas, sur son vélo avec des stabilisateurs, sa mère derrière elle avec une poussette dans laquelle Maggie, bébé, était assise telle Cléopâtre sur son navire. Rose sourit, feuilleta lentement l'album et se regarda grandir avec sa sœur.

59

Maggie tira sur sa queue-de-cheval d'un geste décidé. « Ça y est, annonça-t-elle. Je crois que j'ai tout ce qu'il faut. » Elle fit signe à Ella et à Dora de la rejoindre à la table au fond du magasin de tissus. « Voilà la jupe, déclara-t-elle en leur montrant le patron. Avec ce haut, ajouta-t-elle en posant un deuxième patron sur le premier. Et ces manches, conclut-elle en prenant un troisième patron. Seulement on les fera trois quarts, pas longues.

— Nous tenterons un premier essai en mousseline de coton, décréta Ella. Nous n'aurons qu'à prendre notre temps et nous y arriverons très bien. » Elle rassembla les patrons. « Nous nous y mettrons dès demain matin de bonne heure. Vous allez voir ce que vous allez voir ! »

Maggie sourit avec fierté. « Ça va être super ! »

Ce soir-là, Maggie rentra après son service et s'arrêta en route pour rendre trois des maillots de bain que Mme Gantz avait rejetés. En arrivant, elle trouva le sac à dos de sa sœur près de la porte. Son cœur se serra.

Elle avait échoué. Rose allait partir sans savoir que Maggie s'était donné un mal fou pour lui trouver une robe. Elle n'avait même pas compris à quel point Maggie regrettait ce qu'elle avait fait. Rose lui adressait à peine la parole, la regardait à peine. Tout était raté.

Elle entendit les voix de Rose et d'Ella sur la terrasse.

« Contrairement à ce qu'on pourrait croire, ce ne sont pas les petits chiens les plus faciles, expliquait Rose. En fait, les petits sont les plus butés, ceux qui aboient le plus fort.

— Vous avez eu un chien, quand vous étiez petites ?

— Une fois, oui, mais ça n'a duré qu'une journée. »

Maggie alla dans la cuisine ; elle avait envie de préparer à dîner à sa sœur. Au moins ce serait quelque chose, un geste, petit mais éloquent, qui lui montrerait qu'elle faisait attention à elle. Elle sortit des pavés d'espadon du réfrigérateur, coupa des oignons roses, des avocats et des olivettes pour faire une salade. Elle avait posé le panier de petits pains à côté de l'assiette de sa sœur, et quand Rose l'aperçut en se mettant à table, elle eut un sourire.

« Des glucides !

— Vas-y, régale-toi », l'encouragea Maggie en lui passant le beurre.

Ella les observait avec curiosité. « Notre marâtre Sydelle… » commença Rose, la bouche pleine. Elle avala. «… avait horreur des glucides.

— Sauf quand elle suivait un régime dissocié à la patate douce, rectifia Maggie.

— Exact. Elle détestait aussi la viande rouge. Mais quel que soit le régime en cours, elle me défendait de manger du pain. »

Maggie attira le panier à elle et gonfla les narines aussi fort que possible. « Rose ! Tu vas te couper l'appétit !

— Tu penses, comme si ça risquait d'arriver ! »

Maggie se servit de salade. « Tu te souviens de la dinde baladeuse ?

— Évidemment !

— C'est quoi, une dinde baladeuse ? interrogea Ella.

— Bon..., fit Rose.

— Une fois... » dit Maggie en même temps.

Elles échangèrent un sourire.

« Vas-y, raconte, toi, proposa Rose.

— D'accord. Donc, c'était les vacances de printemps, et Sydelle avait commencé un régime.

— Un régime parmi tant d'autres, précisa Rose.

— Eh ! Attends, c'est moi qui raconte ! Donc on se met à table pour dîner, et elle nous sert quoi ? De la dinde.

— De la dinde sans la peau.

— Sans la peau, et rien que de la dinde, compléta Maggie. Pas de pommes de terre, pas de farce, pas de jus...

— Du jus, t'es folle !

— De la dinde et rien d'autre. Au petit déjeuner, on a eu droit à des œufs pochés, et au déjeuner, elle ressort sa dinde. La même dinde.

— C'était une très grosse dinde, précisa Rose.

— On en a encore eu pour le dîner, et pour le déjeuner le lendemain. Mais le jour d'après, nous devions aller dîner chez une amie de Sydelle. Nous, on était supercontentes, parce qu'on pensait qu'on allait enfin échapper à la dinde. Sauf qu'en arrivant on s'est aperçues que Sydelle...

— ... avait apporté la dinde ! complétèrent Rose et Maggie ensemble.

— Le fin mot de l'histoire, expliqua Rose en se beurrant du pain, c'est que son amie suivait le même régime qu'elle.

— Alors on s'est tous tapé de la dinde encore une fois, conclut Maggie.

— La dinde baladeuse », acheva Rose.

Pendant que ses petites-filles éclataient de rire ensemble, Ella sentit un immense soulagement l'envahir.

Ce soir-là, pour la dernière fois, Maggie et Rose se retrouvèrent couchées côte à côte sur le mince matelas du convertible. On entendait les grenouilles, le vent chaud qui faisait bruisser les feuilles de palmier, et quelques manœuvres grinçantes de résidents de Golden Acres qui avaient du mal à se garer.

« Je n'en peux plus, j'ai trop mangé, gémit Rose. Où as-tu appris à cuisiner comme ça ?

— En regardant Ella. C'était bon, hein ?

— Délicieux, approuva Rose en bâillant. Alors, tu comptes faire quoi ? Tu vas rester ?

— Oui. D'un certain côté j'aime bien Philadelphie, et je regrette encore parfois la Californie, mais je me plais ici. J'ai un travail et je monte ma petite entreprise. Et puis Ella a besoin de moi.

— Tu crois ?

— Bon, peut-être pas, mais je crois qu'elle est contente que je sois là. Je suis bien, ici. Enfin, je ne veux pas dire ici ici… » Elle indiqua la pièce, l'immeuble, l'ensemble résidentiel de Golden Acres en général. «… mais je suis bien en Floride. Tout le monde vient d'une autre région, tu as remarqué ?

— Oui, c'est vrai.

— Ça me plaît, je crois… Si tout le monde a fait ses études ailleurs, on ne risque pas de rencontrer des gens qui vous connaissaient avant. C'est plus facile de ne pas être comme tout le monde.

— On peut ne pas être comme tout le monde n'importe où. Regarde, moi, par exemple. »

Maggie s'appuya sur un coude et contempla sa sœur, son visage familier, ses cheveux étalés sur l'oreiller, et la vit soudain non plus comme quelqu'un d'intimidant qui allait lui adresser des reproches, lui dire qu'elle faisait tout de travers, mais comme une alliée, une amie.

Il y eut un silence. Dans sa chambre, Ella tendit l'oreille et retint son souffle.

« Je vais y arriver, tu sais, reprit Maggie. Les Vêtements de vos rêves, ça va marcher. Je vais ouvrir une boutique, un jour. Je sais même déjà où.

— Je viendrai à l'inauguration.

— Et je voulais te dire...

— C'est ça... tu regrettes. Tu as changé...

— Non ! Enfin si, mais c'est vraiment vrai.

— Oui, je sais... Ça se voit.

— Mais ce n'est pas ce que je voulais te dire. Je voulais te dire de ne pas t'acheter de robe.

— Pardon ?

— Ne t'achète pas de robe. C'est moi qui vais te l'offrir, comme cadeau de mariage.

— Je ne sais pas... Maggie...

— Fais-moi confiance.

— Tu voudrais que je me marie dans une robe que je n'ai même pas vue ? » Rose s'imagina habillée par Maggie : coupe longue, décolleté, pas de manches, dos plongeant, avec des franges partout.

— Tu peux me faire confiance, je t'assure. Je t'enverrai des photos, je te la ferai essayer. Je viendrai spécialement pour les essayages.

— On verra.

— Mais tu veux bien me laisser essayer ?

— Bon, concéda Rose avec un soupir. Vas-y, alors, défonce-toi. »

Un nouveau silence.

« Je t'aime, tu sais, dit l'une des deux sœurs sans qu'Ella sache laquelle.

— Arrête, dit l'autre, t'es bête. »

Ella retint son souffle mais elle n'entendit plus rien. Plusieurs heures plus tard, sur la pointe des pieds, elle ouvrit tout doucement la porte de leur chambre et entra. Elle trouva les deux sœurs endormies, toutes deux blotties sur le côté gauche, la joue posée sur la main gauche. Elle se pencha et les embrassa l'une après l'autre sur le front. *Je vous souhaite beaucoup de chance*, songea-t-elle. *Beaucoup d'amour. Tout ce que votre cœur désire*. Après quoi, aussi doucement que possible, elle posa deux verres d'eau sur la table de nuit, chacun avec un glaçon, puis elle ressortit sur la pointe des pieds.

60

« Calme-toi », répéta Maggie pour la centième fois. Elle se rapprocha de Rose, qui eut un mouvement de recul. « Si tu n'arrêtes pas de bouger, je ne vais jamais y arriver.

— Je ne peux pas m'en empêcher. » Rose portait un gros peignoir en éponge. Ses cheveux, après des heures entre les mains de Michael, de chez Pileggi, étaient remontés en une masse de boucles retenue par des pinces et piquée de petites fleurs blanches. Elle avait déjà son fond de teint, son contour des lèvres. Amy était resplendissante dans un fourreau bleu marine tout simple, ornementé d'un nœud gros comme un oreiller sur le derrière ; elle poursuivait les traiteurs, bien décidée à obtenir le plateau de sandwichs qui leur avait été promis. Quant à Maggie, elle essayait, sans succès, de recourber les cils de sa sœur.

« Bonjour tout le monde. » Michael Feller passa la tête par la porte. Il était magnifique dans son smoking neuf, les cheveux savamment drapés sur sa calvitie. « Tout se passe bien ? » Il eut un geste d'inquiétude à la vue de Maggie avec la pince à cils. « C'est quoi, cet engin ?

— Une pince pour lui recourber les cils, expliqua Maggie. Rose, ça ne fait pas mal, je te promets. Regarde-moi bien en face… Ne bouge pas la tête… Ça y est ! Je les ai !

— Ah ! gémit Rose, qui recula tant qu'elle pouvait sans s'arracher les cils. Aïe ! Ça fait mal !…

— Ne fais pas mal à ta sœur ! lança Michael d'un ton sévère.

— Je vous dis que ça ne fait pas mal ! protesta Maggie en ouvrant la pince. Superbe ! Maintenant, tu es bien obligée de me laisser faire l'autre côté !

— Au secours… » Rose regarda ses pieds pour se réconforter. Ils étaient très beaux, il fallait l'admettre, et pourtant elle avait opposé une farouche résistance à la séance de pédicure. « Je ne suis pas du genre à me faire manucurer les pieds », avait-elle protesté. Mais Maggie n'avait rien voulu entendre. Elle était désormais très sûre d'elle depuis qu'un article élogieux sur Les Vêtements de vos rêves était paru dans le *Fort Lauderdale Sun-Sentinel.*

« Mais enfin, personne ne va voir mes pieds », avait protesté Rose. Maggie lui avait alors fait remarquer que Simon allait les voir, lui, ce qui l'avait aussitôt convaincue.

Maggie appliqua la pince de l'autre côté, recourba les cils avec soin et recula pour admirer son œuvre. « Tu as vu le garçon que j'ai amené ? demanda-t-elle. Je sais bien que c'est toi la reine de la journée, mais… » Elle s'interrompit, sans quitter sa sœur des yeux.

« Maggie ! Je rêve, ou tu rougis ?

— Mais non, pas du tout. C'est juste un peu difficile d'inviter un garçon à un mariage…

— Charles n'a pas l'air timide. » En fait, Charles était charmant. C'était tout à fait le genre d'homme que Rose lui avait souhaité de rencontrer une fois que sa fascination pour les musiciens ratés lui aurait passé. Maggie expliqua sans s'étendre sur les détails qu'il était plus jeune qu'elle et qu'ils s'étaient rencontrés à Princeton. « Il est fou de toi, jugea Rose.

— Tu crois ?

— Absolument. »

Amy revenait, un plateau de sandwichs au-dessus de la tête, et Maggie en profita pour filer. « J'ai trouvé le ravitaillement !

— Où ça ? demanda Rose avec un signe à son père, qui sortait à la suite de Maggie.

— Près de Sydelle, qui montait la garde, qu'est-ce que tu crois ? » Amy enveloppa une moitié de sandwich à la dinde dans une serviette en papier et la tendit à Rose. « Elle les ouvrait tous pour gratter la mayonnaise, et Ma Marcia demandait au rabbin s'il voulait bien dire le Notre-Père.

— Non, là je ne te crois pas ! Tu blagues ? »

Amy fit signe que oui. Rose prit une bouchée puis reposa son sandwich. « Je n'arrive pas à avaler, j'ai trop le trac. » À cet instant, Maggie apporta une énorme brassée de tissu dans un plastique blanc, qui ressemblait vaguement à une robe.

« Tu es prête à passer ta robe, Cendrillon ? »

Rose hocha la tête, terrorisée. Et si elle était mal faite ? Elle s'imaginait marcher vers le dais nuptial, des fils derrière elle, les coutures bâillantes. Au secours ! Quelle idiote d'avoir laissé Maggie s'occuper de sa robe !

« Ferme les yeux, commanda Maggie.

— Pas question.

— Allez, je t'en prie. »

Rose obéit avec un soupir. Maggie baissa la fermeture du sac avec la plus grande précaution et détacha la robe de son cintre.

« Et voilà ! » s'écria-t-elle en la faisant tourbillonner devant elle.

D'abord, Rose ne remarqua que la jupe : des couches et des couches de tulle. Puis, quand Maggie la monta bien haut, elle la vit dans toute sa splendeur : le haut de satin crème, parsemé de minuscules perles nacrées, les manches trois quarts, le décolleté échancré juste ce qu'il fallait. Fidèle à sa promesse, Maggie avait envoyé des photos et pris l'avion pour un essayage à Philadelphie. Mais le produit fini dépassait toutes ses espérances.

« Combien de temps cela vous a-t-il pris ? demanda-t-elle en passant les jambes par l'ouverture.

— Peu importe. » Maggie mit un moment à fermer la rangée de petits boutons qu'elle avait elle-même cousus dans le dos.

« Elle a dû vous coûter les yeux de la tête !

— Ne t'inquiète pas. C'est notre cadeau. » Maggie redressa le décolleté et tourna sa sœur vers le miroir.

« Oh ! souffla Rose, sans voix. Maggie… »

Amy les rejoignit, avec le bouquet de mariée, composé de roses roses et de lis blancs. Le rabbin passa la tête dans la pièce, sourit à Rose et lui annonça qu'il était temps de commencer. Ella arrivait en courant derrière lui, la fleur de travers à la boutonnière, un carton à chaussures dans les mains.

« Tu es magnifique », dirent Ella et Maggie exactement au même moment. Rose était fascinée par son image. Sa robe était parfaite, et elle n'avait jamais été aussi jolie, aussi heureuse qu'en cet instant, avec sa sœur à sa droite et sa grand-mère à sa gauche.

« Tiens, dit Ella en ouvrant le carton à chaussures. C'est pour toi.

— Mais j'ai déjà des chaussures… » Rose jeta un coup d'œil à l'intérieur et vit les plus belles chaussures du monde : satin ivoire, talons bas, broderies du même fil que la robe. « Elles sont belles ! Où les as-tu trouvées ? » Elle regarda Ella. « Elles étaient à ma mère ? »

Maggie retenait son souffle.

« Non. C'étaient les miennes. » Ella s'essuya les yeux avec son mouchoir. « Je sais que j'aurais plutôt dû te prêter des boucles d'oreilles ou un collier. D'ailleurs, si tu préfères, c'est encore possible, mais...

— Non, je les veux, elles sont trop belles ! s'exclama Rose en les enfilant. Et elles sont à ma taille ! »

Les yeux d'Ella s'embuèrent encore de larmes. « Je sais bien, murmura-t-elle.

— Attends un peu pour pleurer, conseilla Lewis, qui était entré dans la pièce. Nous n'avons même pas encore commencé. » Il sourit à Rose. « Tu es ravissante. On n'attend plus que toi. »

Rose serra Ella sur son cœur, puis prit sa sœur dans ses bras. « Merci pour ma robe. Je n'arrive pas à y croire. Je n'ai jamais rien vu d'aussi beau !

— Ce n'est rien, murmura Ella.

— C'est tout naturel, ajouta Maggie.

— Vous êtes prêtes ? » demanda Rose. Maggie et Ella hochèrent la tête.

On ouvrit les portes en grand, et les invités virent Rose apparaître. Les flashs crépitèrent. Mme Lefkowitz reniflait. Michael souleva le voile de sa fille. « Tu es très belle, lui murmura-t-il à l'oreille. Je suis vraiment fier de toi.

— Je t'aime, papa. » Elle se tourna vers l'endroit où Simon l'attendait, un sourire aux lèvres, ses yeux bleus chaleureux brillant de bonheur, le yarmulke perché sur ses cheveux frisés soigneusement coupés, ses parents, radieux, à côté de lui.

Ella attrapa la main de Maggie et la serra fort dans la sienne. « Bravo, tu as réussi », chuchota-t-elle. Maggie hocha la tête, folle de bonheur, et elles regardèrent toutes les deux Rose. *Nous t'aimons, chérie*, pensa

Ella. Elle lui envoya toutes sortes de vœux de bonheur par la voie des airs… et, à cet instant, le regard de Rose tomba sur elles, et elle leur sourit.

« Et maintenant, reprit le rabbin, Maggie Feller, sœur de la mariée, va nous lire un poème. »

Maggie fut prise de trac (elle portait une robe vert pâle sans manches, mais avait renoncé au décolleté plongeant et à la fente sur le côté qui auraient, elle le savait, gêné sa sœur). Sydelle et son père la croyaient certainement trop illettrée pour dire autre chose que des vers de récitation. Ils allaient avoir une belle surprise.

« Je suis très heureuse pour ma sœur, déclara-t-elle. Quand nous étions petites, Rose s'occupait beaucoup de moi. Elle a toujours été là quand j'avais besoin d'elle et elle m'a beaucoup encouragée. Aujourd'hui, je suis vraiment contente, parce que je sais que maintenant Simon va s'occuper d'elle et que nous resterons toujours très proches. C'est ça, être sœurs. » Elle sourit à Rose. « Rose, ce poème est pour toi. »

Elle prit une profonde inspiration ; même si elle avait répété des dizaines de fois dans l'avion et connaissait le poème par cœur depuis très longtemps, elle tremblait d'angoisse. Ella redressa fièrement la tête, avec cette attitude dont Rose et Maggie avaient toutes les deux héritée sans le savoir, et Charles, assis à l'arrière, eut un sourire d'admiration. Maggie fit un petit signe à sa grand-mère, puis regarda Rose vêtue de la magnifique robe qu'elle avait créée pour elle avec l'aide d'Ella. Elle commença :

« Je porte en moi ton cœur (je le porte en
mon cœur) toujours (partout

où je vais tu vas, ma très chère ; et tout ce que je fais,
toi seule en es la cause, mon amour)

je ne crains
nul destin (car tu es mon destin, ma douce) je ne
[désire
pas le monde (car belle tu es ce monde, ma très
[chère)
et tu es ce que la lune a toujours voulu dire
et tu es ce que le soleil chantera toujours »

La gorge de Maggie se serra à l'étouffer. Au premier rang, Lewis hocha la tête pour l'encourager, Ella souriait à travers ses larmes, son père remontait ses lunettes sur son front pour s'essuyer les yeux, et l'assemblée attendait la suite. Sous la chuppah, Rose semblait très émue. Maggie imaginait aussi leur mère, fantôme installé tout au fond de la salle, avec son rouge à lèvres éclatant et ses boucles d'oreilles en or ; elle protégeait ses filles et voyait que, malgré les difficultés, elles étaient devenues des femmes courageuses, intelligentes et belles, solidaires comme des sœurs, des amies. Rose, elle le savait, serait toujours là pour Maggie, et Maggie toujours là pour Rose. *Respire*, s'ordonna Maggie, et elle reprit :

« Tel est le grand secret que nul ne connaît
(telle est la racine de la racine et la fleur de la fleur
et le ciel du ciel d'un arbre appelé vie ; qui pousse
plus haut que l'âme n'espère ou que l'esprit ne
[conçoit)
et telle est la merveille qui fait briller les étoiles

je porte en moi ton cœur (je le porte en mon cœur) »

Elle sourit aux invités, sourit à sa sœur, et eut une vision de l'avenir – la maison et les enfants de Rose et de Simon, les vacances qu'ils viendraient passer chez elle et Ella en Floride. Ils iraient nager ensemble, Rose, et Maggie, et Ella, et les enfants de Rose, dans une grande piscine bleue sous le soleil. Le soir, ils se blottiraient sur le lit d'Ella, serrés les uns contre les autres, et ils s'endormiraient ensemble.

« E. E. Cummings », conclut-elle. Elle y était arrivée : tous les yeux étaient braqués sur elle, et elle avait dit le poème à la perfection. Elle, Maggie Feller, avait réussi au-delà de toute espérance.

Remerciements

Ce livre n'aurait jamais vu le jour sans le soutien et l'énergie de trois femmes d'exception : mon agent, la divine et généreuse Joanna Pulcini, infatigable négociatrice et relectrice de talent ; Liza Nelligan, dont l'enthousiasme et l'engagement m'ont plus apporté que je ne saurais le dire (ainsi que ses récits personnels du front de la sororité) ; Greer Kessel Hendricks, qui m'a non seulement prise sous son aile en acceptant de me publier, mais qui s'est aussi bombardée plénipotentiaire officieuse de mon fan-club et publicitaire personnelle de facto. Aucun auteur n'aura été autant comblé par des lecteurs plus attentifs et plus encourageants, et j'ai une chance incroyable de les avoir pour collègues et amies.

Teresa Cavanough et Linda Michaels ont aidé Rose et Maggie à voir le jour. L'assistante de Joanna, Anna deVries, et l'assistante de Greer, Suzanne O'Neill, ont traité avec compétence tous mes coups de téléphone. Laura Mullen d'Atria a été d'une efficacité qui frise le miracle, et super cool en plus. Je les remercie toutes grandement.

Si je voulais remercier tous les auteurs qui m'ont inspirée et poussée à continuer avec une totale générosité, il me faudrait un livre entier, aussi me contenterai-je de mentionner Susan Isaacs, Anna Maxted, Jennifer Cruise, John Searles, Suzanne Finnamore, et J. D. McClatchy.

Merci à tous les membres de ma famille qui me donnent leur amour, leur soutien et me transmettent leur expérience. Un merci tout particulier à ma sœur, Molly Weiner, le petit renard brun, pour son charme et sa bonne humeur.

Merci à mes amis, qui m'ont écoutée, encouragée, ont ri en m'entendant lire des passages de mon livre, et ont eu le tact de se taire devant l'état désastreux de mon appartement et de ma personne pendant la période où j'étais plongée jusqu'au cou dans ma relecture, et qui m'ont autorisée à emprunter des parties de leur vie, surtout Susan Abrams, Lisa Maslankowski, Ginny Durham et Sharon Fenick.

Je veux que nul n'ignore que Wendell, roi de tous les chiens, est toujours ma muse, et que mon mari, Adam, est toujours mon compagnon de route, mon premier lecteur, et un garçon épatant.

Finalement, et par-dessus tout, je suis plus reconnaissante que je ne peux l'exprimer à toutes celles et à tous ceux qui sont venus à mes lectures publiques ou qui m'ont écrit pour dire à quel point ils aimaient *Alors, heureuse ?* en me demandant de me dépêcher de terminer celui-ci ! Je les remercie pour leur gentillesse et leurs généreux encouragements, et pour avoir pris le temps de me dire que ce que j'avais écrit leur parlait. Je me réjouis de leur raconter encore beaucoup d'autres histoires à l'avenir. Mon site web www.jenniferweiner.com vous est ouvert à tous, passez m'y faire un petit coucou !

Merci,
Jen

Bouleversement prénatal

(Pocket n° 12964)

Becky, la petite rigolote, Kelly, la business woman, et Ayinde, la fille trop-canon-qu'on-adorerait-détester, attendent toutes les trois un enfant. Quand les futures mamans font connaissance dans un cours de yoga prénatal, elles se disent qu'elles n'ont absolument rien en commun. Mais la maternité leur promet bien des surprises. Au programme : fous rires, petites contrariétés et… envies de fraises.

Il y a toujours un Pocket à découvrir

Composé par Nord Compo
à Villeneuve-d'Ascq

Impression réalisée sur Presse Offset par

CPI
Brodard & Taupin

46405 – La Flèche (Sarthe), le 13-03-2008
Dépôt légal : juin 2006
Suite du premier tirage : mars 2008

POCKET – 12, avenue d'Italie - 75627 Paris cedex 13

Imprimé en France